Voix endormies

Dulce Chacón

Voix endormies

Roman

Traduit de l'espagnol
par Laurence Villaume

LABOR IMPROBUS OMNIA VINCIT

PLON

Titre original :
La Voz Dormida

ISBN édition originale : Alfaguara, Madrid 84-204-6438-4
ISBN Plon : 2-259-19904-6

A los que se vieron obligados a guardar silencio.

À tous ceux qui furent contraints de garder le silence.

PREMIÈRE PARTIE

« En vano dibujas corazones en la ventana :
el caudillo del silencio
abajo, en el patio del castillo, alista soldados. »

PAUL CELAN

« En vain tu dessines des cœurs sur la fenêtre :
le grand chef du silence
en bas, dans la cour du château, enrôle des soldats. »

1.

La femme qui allait mourir s'appelait Hortensia. Elle avait les yeux sombres et ne parlait jamais à voix haute. C'est seulement quand le rire lui remplissait la bouche qu'un *Ay madre mia de mi vida* qu'elle n'avait pas encore appris à contrôler lui échappait, et elle le répétait presque en criant, en se tenant le ventre. Elle passait une grande partie de la journée à écrire sur un cahier bleu. Elle avait les cheveux longs, noués en une tresse qui lui descendait le long du dos, et elle était enceinte de huit mois.

Elle s'était déjà habituée à parler à voix basse. Non sans effort, mais elle s'y était habituée. Et elle s'était aussi habituée à ne pas se poser de questions, à accepter que la défaite s'enfouisse au fond, au plus profond d'elle-même, sans demander la permission, et sans donner d'explications. Et elle avait faim, et froid, et elle avait mal aux genoux, mais elle ne pouvait pas s'arrêter de rire.

Elle riait.

Elle riait parce qu'Elvira, la plus petite de ses camarades, avait rempli un gant avec des pois chiches pour faire une tête de marionnette, et le poids l'empêchait de la manipuler. Mais elle n'abandonnait pas. Ses tout petits doigts luttaient avec le gant de laine, et sa voix, rendue aiguë pour l'occasion, accompagnait la pantomime pour chasser la peur.

La peur d'Elvira. La peur d'Hortensia. La peur des femmes qui avaient en commun l'habitude de parler à voix basse. La peur dans leur voix. Et la peur dans leurs yeux fuyants, pour ne pas voir le sang. Pour ne pas voir la peur, fuyante elle aussi, dans les yeux de leurs proches.

C'était jour de visite.

La femme qui allait mourir ne savait pas qu'elle allait mourir.

2.

La marionnette d'Elvira est à nouveau un gant à sa main droite. Hortensia le regarde, sans cesser de caresser son ventre, et veille à ce qu'Elvira ne surprenne pas son regard. Un gant. Un seul gant, un petit gant tricoté par les mains aimantes d'une mère peut se muer en chagrin si on ne le manipule pas avec précaution, si la prudence cesse d'être une compagne de voyage par inattention, juste un instant, le temps suffisant pour qu'un visage se retourne, que des yeux voient ce qu'il aurait mieux valu ne pas voir. Hortensia se trouvait près d'Elvira au parloir, une pièce traversée par un couloir central flanqué de solides cloisons métalliques. À l'intérieur de ce couloir déambulait une gardienne qui surveillait les détenues et leurs familles. Elvira recevait la visite de son grand-père, et Hortensia celle de sa sœur, Pepa. Aucun des quatre ne parvenait à s'entendre. Hortensia gesticulait pour que sa sœur comprenne que sa grossesse ne lui causait aucune gêne. Elle articulait des paroles précises, une à une, juste les paroles essentielles, lentement, pour que Pepa transmette à son mari tout son amour. Et elle enroulait ses bras autour d'elle-même, comme pour le serrer dans ses bras.

Le brouhaha des visiteurs ne permettait pas à Hortensia d'entendre ce que sa sœur s'éreintait à lui dire. Pepa tentait de la mettre au courant, en criant, que la date de son procès n'avait pas encore été fixée.

— On ne sait pas encore quand aura lieu ton procès.

— Quoi ?

— Le procès, on ne sait encore rien.

Hortensia s'agrippait à la grille clôturant le couloir qui la séparait de Pepa. Pepa s'agrippait à la grille d'en face pour se rapprocher davantage de sa sœur ; ce fut alors que toutes deux virent la gardienne qui déambulait dans le couloir tourner la tête, et poser son regard sur le gant d'Elvira.

3.

Les pois chiches de la tête de la marionnette étaient encore tachés de sang. Elvira défit le pantin devant les yeux stupéfaits de son grand-père, qui l'observait de l'autre côté du couloir. Elle leva le gant. La surveillante passa devant, pensant que la jeune fille amusait son grand-père avec un pantin, et continua de parcourir le couloir d'un pas ferme, les mains croisées dans le dos. Lorsqu'elle fut suffisamment éloignée, Elvira sortit les pois chiches tachés de sang et montra ses genoux.

La distance et la pénombre masquaient au vieillard les blessures de sa petite-fille, même en sang.

La gardienne s'arrête net, tourne la tête. Son air se durcit. Elle crie : Elvira, en arrière ! Puis se remet lentement à marcher et se dirige vers Elvira, serrant ses lèvres en un rictus travesti en sourire. Elle se tord les doigts en gardant les mains dans son dos et crie à nouveau :

— Elvira, en arrière !

Elvira fait un pas en arrière, juste au moment où la geôlière frappe la grille de sa paume gauche, à la hauteur du visage d'Elvira.

— La visite est terminée pour vous. Retournez dans votre division et attendez-moi là-bas.

Et elle ajoute, sans crier, en s'adressant au grand-père d'Elvira :

— Partez.

Le vieil homme regarde la femme qui se tient à côté de lui, la sœur de celle qui va mourir, Pepa. Il l'interroge du regard, mais ne demande pas ce qui se passe, parce qu'il vaut mieux ne pas poser de questions.

— Allez-y, grand-père, la visite est terminée pour vous et votre petite-fille.

Elvira garde les pois chiches dans sa poche, enfouit le gant dans sa petite main et la cache également dans sa poche, réprimant le désir de l'agiter pour dire au revoir à son grand-père. Le grand-père n'ose pas la saluer non plus. Il la regarde. Et se retourne. Il se fraie un passage entre les familles qui continuent de crier tout en se poussant les unes les autres pour occuper l'espace qu'il a laissé vacant devant la clôture métallique. Et il s'en va sans avoir rien compris.

Rien. Absolument rien.

4.

Il n'avait pas neigé. Les femmes formaient des petits cercles dans la cour pour joindre leur tiédeur, pour rassembler, à elles toutes, un peu de chaleur. Un peu. Elles observaient le ciel, avec l'espoir de voir tomber la neige. S'il neige, c'est que le temps se radoucit, insistait Reme, l'aînée du groupe ; tandis que Tomasa, une fille d'Estrémadure au teint olivâtre et aux yeux en amande, la regardait, incrédule.

— C'est que ça se radoucit, je te dis.

— Qu'en sais-tu ?

— Je le sais, parce que mon fils vit dans la province de León, et il me l'a dit. Et puis, l'an passé, quand il a neigé, le temps s'est radouci.

— On verra bien.

Cela faisait trois jours qu'elles regardaient le ciel.

— Et que fait ton fils à León ?

— Il travaille à la mine.

— Et il a vu la mer ?

— Il n'y a pas la mer, à León !

— Ah !

— Mais un jour, il a vu la Pasionaria* [1].

— Pas possible !

---

1. Les termes ou noms propres suivis d'un astérisque sont explicités aux pages 393-396.

Reme occupait ses doigts à peigner Hortensia, faisant et défaisant sa tresse, encore et encore.

— J'avais les cheveux aussi longs que les tiens. Et aussi noirs.

— C'est vrai que ton fils a vu la Pasionaria ?

— De loin, mais il l'a vue.

Cela faisait trois jours qu'elles regardaient le ciel. Et trois jours qu'Elvira ne pouvait le voir. Les trois jours qu'elle passa, recluse dans sa cellule d'isolement, pour avoir voulu expliquer à son grand-père qu'elle supportait la douleur pendant les interrogatoires, à genoux sur des pois chiches, sans desserrer les lèvres, sans répondre a une seule question, sans révéler l'identité de son frère Paulino.

Et maintenant, blottie dans un coin de la cour, après avoir refusé de partager le cercle où Tomasa, Reme et Hortensia tentent d'enrayer le froid, Elvira caresse ses joues avec les gants tricotés par sa mère.

Et elle commence à tousser.

— Elvirita est tombée malade.

— Elle a de la fièvre depuis qu'elle est sortie du « mitard ».

— Il faut avertir la gardienne.

— Elle va même pas t'écouter.

Reme cessa de nouer la tresse d'Hortensia.

— J'y vais quand même.

— Eh bien vas-y, tu verras bien.

— T'es qu'une râleuse, Tomasa. Tu ne sais que râler et encore râler. Râler et rien d'autre, merde !

Tomasa planta ses poings sur ses hanches, sous son châle de laine, et fit front :

— Et qu'est-ce qu'on peut faire d'autre dans cette saloperie d'endroit ?

Les disputes de Tomasa et Reme ne duraient jamais longtemps. Avant que toutes deux s'emportent, Hortensia s'interposait et les calmait sans grande difficulté. Mais, aujourd'hui, Hortensia ne les entend même pas. Elle concentre toute son attention sur Elvira. Elle l'observe, veillant à ce qu'Elvira ne surprenne pas son regard.

Hortensia a cessé de se caresser le ventre. Elle se tient les reins et se dirige vers le coin où Elvira glisse sur ses joues les gants que sa mère lui a tricotés avant de mourir.

Et Elvira grelotte.

5.

La fièvre n'est qu'une autre forme de délire. Délirer, c'est rêver. Et rêver, c'est se sentir loin. Rêver, c'est être de nouveau à la maison. Loin. Sentir le parfum des mandarines. Elvira est à la maison. Et la musique qu'elle entend à la radio la fascine.

Ojos verdes, verdes como la albahaca [1]...

Elvira est passionnée par Miguel de Molina, et aussi par Celia Gámez et la zarzuela, elle aime beaucoup aussi la zarzuela, et Antoñita Colomé et doña Concha Piquer. Elle aimerait être chanteuse, et que les maîtres Valverde, León et Quiroga lui composent des *Ojos verdes* pour elle seule, *avec des reflets de poignard.*

... y el verde, verde limón [2].

1. Yeux verts, verts comme le basilic... (N.d.T.)
2. ... et le vert, vert citron. (N.d.T.)

Mais son père a formellement interdit à sa mère d'encourager les fantaisies de la petite. Alors sa mère, doña Martina, éteint la radio dès qu'elle sent que son mari arrive. Elle ne trouve pas que les chansons sont obscènes, mais elle éteint la radio pour éviter qu'il se fâche.

— Maman.

Doña Martina a éteint la radio. Et Reme revient pour dire qu'il n'y a pas de place à l'infirmerie, que la gardienne lui a dit que l'infirmerie était pleine.

Et qu'elle n'a pas de cœur :

— Cette gardienne a une pierre à la place du cœur.

La fille d'Estrémadure au teint olivâtre signifie un *Je te l'avais bien dit* sans prononcer un mot, baissant à la fois le menton et les yeux en même temps qu'elle se tord les lèvres, bien serrées. Elle n'a pas permis à Hortensia de s'approcher de la paillasse d'Elvira, de peur que cette dernière la contamine et qu'Hortensia fasse une fausse couche.

— T'approche pas, vaut mieux pas, nous avons déjà bien assez avec tout ce qui nous arrive.

Et elle continue à appliquer des serviettes d'eau froide sur le front qui brûle, sur les bras qui brûlent, sur la nuque, et dans le cou.

— Maman.

Mais la fièvre ne baisse pas. Le délire nourrit le rêve dans les yeux ouverts d'Elvira et, en cachette de son père, elle chante un couplet pour sa mère et son frère Paulino. Ils applaudissent. Elle a l'impression d'être une artiste. Je ne comprendrai jamais d'où te vient ce talent, lui dit sa mère en posant un plat de mandarines au centre de la table. Je ne le comprendrai jamais, répète-t-elle.

— Je ne me l'explique pas.

Et doña Martina ne se l'explique pas, parce qu'elle est fille d'un militaire bien fade, née à Pampelune, et épouse d'un autre militaire, encore plus fade, mariée à Burgos ; elle n'a jamais connu la moindre expression de légèreté ou de fantaisie, ni chez elle, ni dans sa famille, ni dans celle de son mari.

— C'est Valence, maman. Le soleil. Les fleurs. Le climat. C'est la faute de Valence. Et la tienne, pour l'avoir mise au monde ici, comme une orange.

Paulino sourit. Paulino. Son grand frère. Son héros, même s'il n'est pas parti à la guerre. Elvira adore Paulino, qu'il rie d'elle, et de sa mère, de toutes les deux, et Elvira gémit :

— Maman.

Hortensia écrit dans son cahier bleu. Elle écrit à Felipe. Elle lui écrit qu'elle sent les petits coups de pied du bébé dans son ventre, et que si c'est un garçon, il s'appellera comme lui. Elle écrit qu'elle pense qu'Elvirita se meurt, comme est morte Amparo ; et Celita, sans cesser de tousser ; comme sont morts les enfants de Josefa, et d'Amalia, au pavillon des mères. Elle écrit que la petite rousse a une très mauvaise fièvre. Et que tout ce qu'elles peuvent faire pour elle, c'est lui donner le jus des moitiés d'orange qu'on leur donne à chacune après la soupe. Elle écrit qu'il n'y a pas beaucoup de jus qui en sort parce qu'elles sont très sèches.

— Maman.

Reme et Tomasa se regardent, puis regardent Hortensia. Reme se souvient de sa mère. Souvent, elle aurait voulu appeler sa mère, elle aussi, comme le fait Elvira, bien que sa mère soit morte il y a plus de vingt ans, souvent, mais elle n'a jamais osé. Tomasa redresse la gamine et lui donne à la petite cuillère le jus des moitiés d'orange qu'elles ont eues en dessert. Elvira avale. Et entre deux cuillerées, elle gémit :

— Maman.

Tomasa pense aussi à sa mère, comme Hortensia, qui lève les yeux de son cahier bleu.

— Maman.

Et le gémissement d'Elvira est leur gémissement à elles toutes.

6.

À la porte de la prison, le grand-père d'Elvira attend la femme qu'il a rencontrée lors de sa précédente visite. Ils ne l'ont pas autorisé à voir sa petite-fille. Elle est malade, lui a-t-on dit. Mais on lui a pris la timbale en zinc dans laquelle il apporte toujours la nourriture pour Elvira, et on la lui a rendue vide, c'est bon signe. Et maintenant, il attend Pepa, la sœur de la femme qui écrit son journal dans un cahier bleu.

— Señorita.

Elle est menue, et blonde. Elle marche à pas courts et accélérés parce qu'il a commencé à pleuvoir.

— Señorita.

Elle marche, enroulée dans un manteau trop grand. Une mèche de cheveux s'échappe du fichu qui couvre sa tête, un fichu noir défraîchi.

— Señorita.

Le vieil homme lève légèrement son chapeau pour la saluer, tout en se rapprochant d'elle.

— Qui, moi ?

— Excusez-moi, señorita.

Aucun des deux n'a de parapluie. Et tous deux ont les yeux d'un bleu très clair, presque céleste.

— Savez-vous quelque chose à propos de ma petite-fille ?

— De qui ?

— Elvira González Tolosa, ma petite-fille.

— La petite rousse ?

— Exactement, oui.

— Elle est dans la même division que ma sœur, mais aujourd'hui elle n'est pas venue au parloir.

— Oui, oui, justement. Vous voyez...

— Je me souviens de vous maintenant.

— C'est vrai ?

Le vieil homme remonte le col de sa veste pour couvrir son cou. Il porte un costume et une cravate noirs, mais pas de manteau et Pepa est étonnée parce qu'il a l'allure d'un vrai monsieur et on devine la qualité de ses vêtements jusque dans le feutre de son chapeau.

— Oui, ils vous ont même traité de très mauvaise manière, oui, très mauvaise. Venez, venez par ici, nous allons être trempés.

Le vieil homme la suit, et une fois à l'abri, il lève son chapeau.

— Pardonnez-moi, je ne me suis pas présenté. Je m'appelle Javier Tolosa Ibarmengoindia.

— Doux Jésus !

— Ravi de vous connaître.

— Josefa Rodríguez García, pour vous servir.

Pepa a de la peine en voyant cet homme galant transi de froid. Leurs regards bleus se croisent pour la première fois. Elle est au chaud dans le manteau qui autrefois était à son père, et ne se doute pas que le grand-père d'Elvira a vendu le dernier qui lui restait, il y a une semaine à peine.

La jeune femme s'apprête à écouter le vieil homme. Elle remarque sa maigreur extrême, sa peau pâle et délicate, presque transparente, l'élégance de ses longs doigts qui retiennent le col qui lui protège la gorge.

— Je vous écoute.

Dès que le grand-père commence à parler, Pepa perçoit la fragilité de sa voix. Elle la connaît bien cette fragilité. Des demi-mots. Des mots que l'on cherche et qui restent bloqués avant d'atteindre les lèvres.

— Ils m'ont dit qu'elle était malade, alors...

Des mots qui ne veulent pas sortir.

— Votre sœur vous a dit quelque chose au sujet de ma petite-fille... ?

Il veut encore poser une question.

— Vous savez si... ?

La timbale en zinc tremble dans la main de Javier Tolosa Ibarmengoindia. Il veut savoir si elle est morte. Pepa sait que c'est cela que le grand-père d'Elvira veut savoir. Et elle sait qu'il n'ose pas le lui demander.

— On vous a bien pris la timbale avec la nourriture, non ?

Dit-elle, en désignant la timbale vide.

— Oui.

— Alors, il ne faut pas vous en faire.

Et elle lui raconte que la dernière fois qu'elle a rendu visite à son père, à la prison de Porlier, elle est revenue chez elle avec la timbale pleine.

— Mon père était chef tourneur à Cordoue, vous savez.

Elle lui dit qu'ils sont partis de Cordoue au début de la guerre, parce que son père était avec la République, et là-bas, tout le monde était au courant.

— Et ici, ils devaient le savoir aussi, parce qu'ils l'ont arrêté à peine arrivé à Madrid.

Ne lui apporte plus de nourriture, il n'en aura plus besoin, lui ont-ils dit à la porte de la prison de Porlier. Et ils ont refusé la timbale quand Pepa a voulu la leur remettre. Et où est-il ? Il n'est pas là. Ne pose pas de questions, va-t'en, et ne reviens pas. Et gare à toi si tu pleures et si tu fais un scandale.

— C'est comme ça que je l'ai su, moi.

Dit-elle, montrant sa propre timbale.

C'est comme cela qu'elle a su qu'elle ne reverrait pas son père.

— Et c'est comme cela que vous savez que votre petite-fille est là, à l'intérieur.

Pepa montre cette fois la timbale vide du grand-père d'Elvira.

Et le vieil homme a du mal à retenir ses larmes. Et elle aussi.

7.

Pepa se demande encore comment elle a pu trouver assez de courage pour envoyer un message à Hortensia. Et elle est encore nerveuse, même si cela fait des heures qu'elle est revenue du tribunal. Cela fait des heures qu'elle a quitté le grand-père d'Elvira. Cela fait des heures qu'elle a vu don Javier s'éloigner d'elle, sous la pluie, tête basse, serrant sa timbale vide. Cela fait des heures qu'elle est revenue à la maison de ses maîtres. Et elle a préparé la soupe de don Fernando.

Elle tremble.

Il faut être prudente.

Parce qu'elle n'est pas courageuse comme sa sœur, qui n'a pas hésité à s'enrôler dans la milice. Parce qu'Hortensia a été dans la milice. Et elle a été dans la guérilla aussi ; elle s'est enrôlée peu après la mort de son père, alors qu'elle était déjà enceinte de cinq mois.

Elle a menti au grand-père de la petite rousse.

Elle a menti au monsieur élégant qui porte un nom si rare, parce que, par les temps qui courent, il faut se garder quelques vérités pour soi. Son père, ils ne l'ont pas arrêté parce qu'il était avec la République ; mais parce qu'ils savaient que le mari d'Hortensia était dans le maquis ; et ils l'ont tué parce qu'il n'a pas voulu révéler où il était. Son père était courageux. Son père était aussi courageux qu'Hortensia. Elle aussi, ils l'ont interrogée quand ils ne pouvaient plus interroger son père. Pratiquement tous les jours, ils l'ont fait, pensant qu'elle finirait par avouer que son mari était avec El Chaqueta Negra, pensant qu'elle finirait par dire où il se cachait. Un jour, Hortensia a failli se fatiguer d'aller et venir sans cesse avec la peur au ventre. Mais elle a tenu bon. Elle a supporté sa peine. Et elle a fini par rejoindre son homme parce qu'un policier qui venait de Barcelone lui a donné un coup de pied dans le ventre. Elle a seulement craint de perdre l'enfant qu'elle attendait. Hortensia était courageuse.

Mais Pepa, elle, ne résisterait pas à un seul coup de pied. Pas elle. S'ils l'attrapent, elle, ils les attrapent tous. Elle est comme sa mère, qui n'a pas supporté un hiver après un accouchement prématuré, le sien. Menue, fragile, faible et blonde, inachevée comme sa mère.

Il faut être prudente.

Elle pense. Et elle fait attention au plateau parce que ses mains tremblent encore un peu et elle ne veut pas renverser la soupe qu'elle apporte à don Fernando. Elle avance lentement, en regardant devant elle, puis l'assiette de soupe, et ensuite vers le sol, puis devant elle, et ensuite l'assiette, et le sol.

Faire attention de ne pas regarder le pain.

Elle marche lentement et met plus de temps que jamais à atteindre la salle à manger. Les couverts tintent lorsqu'elle dépose le plateau sur la table. Mais elle n'a pas renversé une goutte de soupe. Pas une seule.

— Pepa.

La voix de don Fernando traverse la salle. Elle accourt en écartant la mèche qui lui tombe sur le front et s'arrête devant la cheminée allumée pour profiter un peu de la chaleur et demande :

— Oui ?

Don Fernando pose le journal sur ses genoux et retire ses lunettes pour la voir :

— Il fait froid. Je vais dîner ici, aujourd'hui.

Pepa s'éloigne de la chaleur des flammes et retourne au plateau et à la soupe, résolue à contrôler ses tremblements.

Elle ne veut pas voir le pain. Mais elle le regarde. Elle le regarde et sourit tandis qu'elle soulève à nouveau le plateau. Elle le regarde.

Elle sourit.

Elle tremble.

Puis elle pense à Hortensia. Elle imagine son frémissement lorsqu'elle mordra son quignon de pain, et quand ses lèvres frôleront le message de Felipe. La lettre que Pepa a recueillie sur le chemin de Cerro Umbría, sous la troisième pierre après le poteau avec une entaille au milieu, une pierre bien grande et assez plate cachée du chemin par un buisson. La même pierre que son beau-frère lui avait indiquée lorsqu'ils ont emmené Hortensia :

— Regarde, et fais bien attention. Ici, en bas, il y a une boîte ; demain, je t'y laisserai quelque chose. Tu la prends sans te faire voir, et tu l'apportes à Tensi.

Parce qu'il l'appelait toujours Tensi. Tu la prends sans te faire voir. Pepa l'a regardé dans les yeux, et elle n'a pas voulu lui dire qu'elle mourait de peur. Elle lui a dit qu'elle était venue sur la colline pour le prévenir que, dans les granges d'El Altollano, la Garde Civile comptait les animaux la nuit, et elle obligeait les paysans à lui remettre les clés des enclos ; et que, le matin, elle rendait les clés et comptait les animaux pour savoir qui vendait des provisions à la guérilla. Et que c'est comme cela qu'Hortensia s'était fait prendre, en allant acheter une poule. Pepa était seulement venue l'avertir, pour qu'il n'attende pas sa femme. Elle aurait voulu lui dire qu'elle était venue avec la peur lui tiraillant les entrailles ; et que, pendant qu'elle attendait Felipe près du buisson, quand elle avait entendu les trois coups de pierre en signe de reconnaissance, elle avait presque oublié qu'elle devait répondre en donnant trois autres coups. Elle aurait voulu lui dire qu'elle ne reviendrait jamais sur la colline. Mais elle ne le lui a pas dit. Elle l'a regardé dans les yeux et elle y a vu le regard de sa sœur, le regard d'Hortensia lorsqu'elle lui avait demandé d'aller sur la colline dire à Felipe de ne pas l'attendre. Ce même regard qu'avait Felipe à cet instant ; et Pepa lui promit de remettre à Hortensia ce qu'il voulait lui faire parvenir.

Mais la première fois, cela avait été plus facile. Ce jour-là, ses jambes ne tremblaient pas lorsqu'elle avait soulevé la pierre presque plate cachée derrière le buisson, et ouvert la boîte en fer-blanc. Parce que, ce que Felipe avait laissé pour Hortensia n'était pas une chose interdite. Et, en arrivant à la prison de Ventas, elle l'avait remise à la religieuse qui se tenait à la porte, chargée de recueillir les paquets. C'était seulement un cahier vierge.

Un cahier bleu.

8.

Avant d'avaler le papier, Hortensia le retient dans sa bouche. Elle l'a lu plus de vingt fois. Elle l'a appris par cœur et suit les instructions de Felipe. Ne le déchire pas, ils pourraient retrouver les morceaux. Elle ne veut pas l'avaler tout de suite ; elle veut garder dans sa bouche les baisers que lui envoie Felipe. Ne le brûle pas, ils pourraient te surprendre avant que tu aies fini de le brûler. Elle veut savourer son nom, écrit de la main de Felipe. Mange-le, Tensi, il n'a pas mauvais goût, et pense à moi. La cellulose commence à se dissoudre et Hortensia ne veut pas l'avaler. Pense que je serai dans ta bouche, Tensi. La boule sèche du début est maintenant une pâte amère avec un goût d'encre. Elle ne veut pas avaler, mais les pas de la gardienne se rapprochent. Je t'envoie plein de baisers, Tensi. Les pas de la gardienne résonnent dans la galerie, c'est l'heure de l'atelier.

Tiens bon, mon amour.

Le bruit métallique des clés résonne et s'ajoute au bruit de la porte qui s'ouvre. Hortensia essaie d'avaler. Je t'aime, Tensi. L'effort pour avaler lui donne des haut-le-cœur. Ici, c'est comme d'habitude, ça dépend des jours. Mais Hortensia réprime ses nausées et avale. La nuit, quand nous changeons de campement et que les étoiles brillent dans le ciel, je regarde toujours la nôtre ; bientôt, nous la verrons ensemble, très bientôt. La nausée et l'effort pour avaler font couler une larme sur la joue d'Hortensia.

La gardienne est déjà entrée.

C'est Mercedes.

— À l'atelier !

Elle accompagne sa voix chantante en tapant des mains. Elle répète :

— À l'atelier !

Les femmes qui vont à l'atelier de couture dans les sous-sols de la prison forment une file pour suivre Mercedes en silence et en ordre. Hortensia enroule sa paillasse de bourre de laine, sèche sa larme et cherche son cahier bleu. Elle ne va pas à l'atelier, parce qu'elle n'a pas encore été condamnée. Tomasa reste au chevet d'Elvira. Elle non plus ne va pas à l'atelier. Tomasa n'y va pas par principe. Elle refuse de coudre des uniformes pour l'ennemi. Tomasa soutient que la guerre n'est pas terminée, que la paix consentie par

Negrín* est une offense à ceux qui continuent la lutte. Elle refuse d'admettre que les trois années de guerre commencent à faire partie de l'Histoire. Non. Ses morts ne font pas partie de l'Histoire. D'abord, ce n'est pas pour l'Histoire qu'elle a été condamnée à mort et vu commuer sa peine. Elle ne va pas donner trente ans de sa vie pour l'Histoire. Ni même un seul jour, ni un seul mort, pour l'Histoire. La guerre n'est pas finie. Mais elle se terminera, et bientôt. Et elle n'aura pas donné un seul coup d'aiguille pour réduire sa peine en collaborant avec ceux qui veulent déjà écrire l'Histoire. Pas un seul. Et elle regarde Reme avec mépris lorsque celle-ci rejoint le rang. Parce que Reme, elle, a abandonné. Elle a été domptée. Reme n'a pas conscience des sacrifices de ceux qui continuent à lutter. C'est une défaitiste, qui ne sait que compter les morts. Tout ce qu'elle sait faire, c'est les pleurer. Et elle raconte son histoire, sa petite histoire, dès qu'elle le peut, comme si son histoire se terminait ici. Mais elle ne se termine pas ici. Bien sûr que non, et Tomasa n'a pas l'intention de raconter la sienne avant que tout soit terminé. Et on en est loin. Très loin. Elle observe Reme. Et Reme rejoint nonchalamment la file, ignorant son mépris.

Hortensia se cache de Mercedes, en se rapprochant du mur, et essaie de décoller avec la langue un petit bout de la pâte de papier qui a adhéré à son palais.

Un bout. Un tout petit bout.

Bientôt, tout sera fini, peut-être même avant que ton procès ait lieu ; et je serai à tes côtés quand naîtra le bébé. Si c'est une fille, nous l'appellerons Hortensia, comme toi, Tensi.

9.

Cela fait à peine deux semaines que Mercedes a obtenu son premier emploi comme fonctionnaire de prison. Elle l'a obtenu parce qu'elle est veuve de guerre, et elle en est contente. Elle a les cheveux crépus, ramenés en un chignon haut, en forme de banane, qui laisse voir les têtes d'une multitude d'épingles à cheveux tout le long de sa coiffure, de la nuque au sommet de la tête. Elle préfère ne pas les enfoncer tout à fait, pour être sûre qu'on les voie bien ; et elle les compte une à une lorsqu'elle se coiffe. Elle sent que cette coiffure la met en valeur ; et d'ailleurs, l'uniforme aussi la met en valeur. Elle serre sa ceinture au maximum pour marquer sa taille, et après avoir mis sa cape bleue, elle fait toujours un tour sur elle-même face au miroir.

Avant de conduire les femmes à l'atelier de couture, elle s'approche du chevet d'Elvira et demande à Tomasa comment va la petite :

— Comment va la petite ?

— Comment veux-tu qu'elle aille ! Elle va mal.

L'expression du visage de Tomasa se durcit. Elle fronce les sourcils et ses rides se creusent comme des sillons sur sa peau d'olive. Elle plisse ses yeux en amande pour marquer son mépris. Hortensia l'observe. Assise sur sa paillasse roulée, elle ferme son cahier bleu et lui jette un regard de *Ne sois pas si méchante.* Mercedes lui donne discrètement des pilules qu'elle a apportées en cachette, tout en tâtant le front de la malade.

— Tu lui en donnes une le matin et une autre le soir.

Le cœur de Tomasa ne se laisse pas attendrir, malgré le regard d'Hortensia, et même si elle sait que Mercedes risque d'être dénoncée par la cafteuse, qui guette ses moindres mouvements depuis la tête de la file, avide de trouver quelque information qui lui serve de monnaie d'échange. Elle ne se laisse pas attendrir, parce qu'à elle, on ne la lui fait pas, personne ne peut la berner, et la nouvelle ne fait que semblant d'être gentille. Elle prend les pastilles que Mercedes lui tend et les cache dans sa main, sous son châle de laine, sans la remercier, au moment où Elvira ouvre des yeux clairs et alertes pour la première fois depuis que son délire a commencé.

— Nous sommes à Valence ?

— Non, ma fille.

— Je pensais être à Valence.

Mercedes est heureuse de la voir se réveiller. Elle la borde et tâte à nouveau son front.

— La fièvre a baissé. Mais, donne-lui quand même le médicament.

Dit-elle à Tomasa dans un murmure, parce qu'elle a pris l'habitude de parler de cette façon aux détenues. Et rejoignant la tête de la file, elle recommande :

— Qu'on la couvre bien.

La fille d'Estrémadure à la peau olivâtre acquiesce sans dire un mot.

— Tu as froid, Elvirita ?

— Je vais mourir ?

Tomasa cherche Hortensia et Reme du regard, pour leur sourire. Elle sourit, la bouche entrouverte. Reme et Hortensia comprennent la raison de son sourire et sourient également.

Reme marche vers l'atelier de couture. En rang, en silence et en ordre, elle suit Mercedes et les autres, en regardant derrière elle, vers Tomasa. Et Hortensia reprend son crayon sans cesser de sourire.

Elvirita ne va pas mourir, disent ces sourires complices.

Non, Elvira ne va pas mourir.

10.

En silence et en ordre, elles quittent la salle des femmes pour aller dans les sous-sols de la prison de Ventas. Et Elvira répond à Tomasa qu'elle n'a pas froid.

— Mais j'ai faim.

Mais elle a faim. Elle a faim comme au port d'Alicante, quand elle attendait un bateau qui n'est jamais arrivé, et que sa mère n'avait déjà plus de bijoux et plus rien à échanger contre du chocolat à des gardes italiens qui les surveillaient ; l'argent républicain n'avait plus de valeur, et les billets qu'avait économisés doña Martina moisissaient, inutiles, au fond d'une boîte en acajou que son père avait achetée en Guinée. Parce que son père avait vécu en Guinée équatoriale, avant de rencontrer sa mère, avant qu'on ne le transfère à Pampelune, et puis à Burgos, où ils se marièrent et où naquit Paulino. Son père avait vécu dans de nombreux endroits différents.

Elvira, seulement dans deux : elle est née à Valence, et n'en est jamais sortie jusqu'à ce qu'on l'amène ici, dans cette ville qu'elle ne connaît même pas, dont elle n'a aperçu que les arènes, très jolies, à travers les barreaux de la porte du fourgon. Elle ne connaît pas Alicante non plus ; elle a seulement vu une rue bordée de palmiers, menant au port.

Mais son père, lui, connaissait bien toutes les villes dans lesquelles il avait vécu, et de chacune d'elles, il avait conservé un souvenir. De Malabo, il avait rapporté la petite boîte en bois dans laquelle sa mère gardait les économies, mais il avait également ramené une douleur à l'estomac qui l'avait obligé à quitter l'armée, au moment de la loi d'Azaña*. Il était lieutenant quand il avait pris sa retraite. Et Elvira se souvient que sa mère avait été très heureuse. Mais elle le fut beaucoup moins quand il fut réintégré, même au grade de capitaine. Là, elle n'était plus du tout heureuse. C'était le début de la guerre, et le bataillon dont son père était le capitaine s'appelait Alicante Rojo[1]. C'est ainsi que son père l'écrivait dans ses lettres, « Bataillon Alicante Rojo », avant la date, et après « Vive la République ! ».

Deux jours après avoir reçu le premier « Vive la République ! » qui venait de Segorbe, un village de la province de Castellón, Paulino rentra à la maison, un papier à la main.

Sur sa bouche, Paulino cachait un sourire.

— Je me suis engagé volontaire, maman.

Sa mère abandonna le peigne et la chevelure rousse d'Elvira.

1. Alicante Rouge (N.d.T.).

— Tu es trop jeune.

— Non.

Non, avait fermement répondu Paulino, en montrant le papier qu'il portait à la main. Sa mère reprit, en coiffant Elvira :

— Tu es trop jeune, Paulino.

Elle n'ajouta rien de plus, habituée à ce qu'on ne discute pas les décisions des hommes. Paulino est déjà un homme, lui avait écrit son mari dans sa première lettre, et la République a besoin de lui.

Quand la mère, doña Martina, eut terminé de nouer la queue-de-cheval qu'elle avait faite à Elvira avec un ruban, la petite courut à la chambre de son frère.

— Toi aussi tu pars à la guerre ?

— Fais bouger tes cheveux comme j'aime, mignonne.

La crinière d'Elvira fouetta l'air de gauche à droite, et son frère profita des yeux fermés de sa sœur pour tirer sur le ruban.

— Maman, maman, Paulino a défait ma queue-de-cheval.

Paulino partit rejoindre le front cet après-midi-là. Il venait d'avoir dix-neuf ans.

11.

Les lettres du père d'Elvira arrivaient presque tous les jours à Valence. La mère les lisait d'une voix cadencée à sa fille, au chevet de son lit, prononçant les phrases comme s'il s'agissait d'un conte pour enfants.

Sur le même ton que Tomasa, quand elle lui raconte que cela fait cinq jours qu'elle est en plein délire.

Au début, doña Martina attendait les lettres avec joie et les lisait avec émotion. Mais, plus le temps passait, plus la joie de l'attente laissait place à l'anxiété de l'attente. Et le plus petit retard transformait l'anxiété en angoisse.

Cela faisait plus de sept mois qu'elle recevait une lettre de son mari presque chaque jour. Parfois ce n'était qu'un petit mot pressé écrit sur un papier quelconque, n'importe où, seulement pour dire que tout allait bien, et qu'il ne l'oubliait pas.

Je ne t'oublie pas.

C'est ainsi que, n'ayant pas reçu de lettre depuis deux semaines, doña Martina sut qu'elle ne devait plus en attendre.

Mais elle fut surprise quand arriva la valise.

Sa valise est revenue.

Un sergent payeur l'a rapportée à la maison.

Sa valise.

Doña Martina a ouvert la porte et le sergent lui a montré la valise en disant qu'on la lui expédiait de Trijueque.

— Il y a eu un énorme désastre à Guadalajara, avec les Italiens.

Elvira a vu sa mère pâlir et se cacher le visage dans les mains.

— Allez à la Capitainerie générale, señora, là-bas, il y a de longues listes avec beaucoup de noms.

La petite a pris la valise que le sergent payeur tenait à la main. Elle l'a remercié et a fermé la porte. Doña Martina ne pouvait détacher ses yeux de cette valise.

Peut-être les lettres qui manquent sont-elles à l'intérieur, toutes ensemble, celles des quinze derniers jours, ou peut-être son mari lui envoie-t-il un souvenir de Trijueque. Oui, elle va ouvrir la valise, doña Martina, avec ce reste d'espoir. Avec un reste d'espoir, même si ce n'est qu'un instant, elle ouvrira la valise, parce qu'elle refuse la vérité qu'elle avait pourtant commencé à accepter quand les nouvelles de son mari ont manqué ; cette vérité, qui n'a jamais été aussi évidente, elle ne peut l'accepter. Parce qu'il est encore possible que ce ne soit pas vrai. C'est encore possible. Et tandis qu'Elvira traîne la valise jusqu'au salon, sa mère renonce à la certitude à laquelle elle s'était peu à peu résignée ces quinze derniers jours.

Non, c'est encore possible que ce ne soit pas vrai.

Non.

C'est encore possible que la valise contienne les quinze lettres.

Ses doigts caresseront la douceur de sa peau, ils parcourront les traces de tous ces voyages. Ils s'arrêteront sur le cuir qui recouvre la boucle de sa ceinture, qu'ils déferont lentement.

Parce que c'est encore possible.

Je ne t'oublie pas.

Il est encore possible qu'un souvenir arrive de Trijueque.

Nous sommes le neuf mars mille neuf cent trente-sept.

C'est le neuf mars que doña Martina a ouvert la valise. C'est ce matin-là qu'Elvira a couru avec sa mère à la Capitainerie générale, et qu'elles n'ont pas trouvé le nom de son père sur les listes.

Le neuf mars mille neuf cent trente-sept, peu après

avoir refermé la valise, doña Martina dit à Elvira qu'il fallait avertir Paulino ; elles n'avaient trouvé que deux uniformes, une casquette, deux paires de guêtres et du linge de corps : aucun objet personnel, et tout le silence de son père.

12.

À maintes reprises, et même plus que cela, Elvira et sa mère se sont rendues à la Capitainerie générale de Valence pour chercher le nom de son père sur les listes. Et chaque fois, elles sont revenues sans l'avoir trouvé. Mais Elvira rêve qu'il n'est pas mort. Elle imagine même, qu'un jour, il reviendra. Il faut qu'il revienne pour la réprimander quand elle chante *Ojos verdes*. Et elle l'aidera à mettre les guêtres qui étaient dans sa valise. Elle les nouera avec soin, pour ne pas les tacher avec le cirage des chaussures qui brilleront comme jamais aux pieds de son père.

Après plus de trois ans, elle en rêve encore.

Dejaste mis brazos cuando amanecía[1]...

Les femmes reviennent de l'atelier de couture, calmement, en rang, en silence et en ordre. Reme et Mercedes s'approchent du lit d'Elvira.

... *y en mi boca un gusto a menta y canela*[2]...

Tomasa interrompt la mélodie qu'elle fredonne pour la gamine rousse qui ne va pas mourir.

---

1. Tu as quitté mes bras au lever du jour... (N.d.T.)
2. ... et tu as laissé dans ma bouche un goût de menthe et de cannelle... (N.d.T.)

— Elle s'est rendormie. Ça fait un bon moment qu'elle dort, et j'ai l'impression que maintenant elle se réveille.

— Dieu soit loué.

Il lui a échappé à Reme, ce Dieu soit loué. Il lui a échappé quand elle a vu la tranquillité du sommeil d'Elvira. Il lui a échappé devant Tomasa, qui méprise de telles expressions.

— Qu'Il soit béni et loué pour toujours.

Répond Mercedes, et Tomasa se lève sans un regard et se retire dans le coin où elle a étendu les serviettes hygiéniques qu'elle a lavées hier soir. Elle vérifie si elles sont sèches et s'il ne reste pas encore quelques taches. Et, à voix basse, elle maugrée :

— Que je sois maudite.

Elle maugrée parce qu'elle est de mauvaise humeur. Et parce qu'elle n'a déjà plus l'âge d'avoir ses règles ; et depuis un an, tous les mois, elles tardent de plus en plus à venir. Mais elles arrivent quand même. Et chaque mois, elles sont plus hémorragiques, alors qu'elle n'a que trois serviettes ; et en hiver, elles mettent du temps à sécher.

— Que je sois maudite. Que soit maudite celle qui m'a mise au monde.

Elle l'a dit entre ses dents. Mais Mercedes a entendu. Elle l'a dit en regardant Mercedes. Et la gardienne s'approche d'elle :

— Qu'avez-vous dit ?

— J'ai dit que je sois maudite.

— Et quoi d'autre ?

— Rien d'autre.

— Je vous ai entendue dire autre chose.

La femme qui a les cheveux crépus et un chignon

en forme de banane s'impatiente. Elle travaille depuis deux semaines à peine comme fonctionnaire de prison, et c'est la première fois qu'elle doit faire face à un conflit. Je vous ai entendue dire autre chose, répète-t-elle, en haussant la voix.

Tomasa garde le silence. Elle couvre sa poitrine avec son châle de laine et, en même temps qu'elle croise les bras, sans bouger les pieds, elle reporte tout le poids de son corps sur sa hanche droite, se cambrant légèrement en arrière. Elle connaît l'inexpérience de Mercedes. Elle sait qu'elle veut faire sa sympathique, sa gentille. Mais elle ne l'est pas. Elle l'a en face d'elle, et la sent nerveuse. Il semble même qu'une de ses veines palpite sur sa tempe. Mercedes est faible ; et c'est pour cette raison qu'elle a besoin de se cacher des autres fonctionnaires lorsqu'elle parle aux détenues à voix basse. Et c'est pour cela qu'elle s'approche d'elles, parce qu'elle est faible, et fait semblant d'être bonne. Mais Tomasa n'est pas dupe. Tomasa sait très bien de quel côté elle est.

— Je vous ai entendue dire autre chose. C'était quoi ?

Mercedes insiste ; elle veut savoir. Et Tomasa persiste dans son silence. Elle n'a pas l'intention de l'affronter. Mais elle l'affronte. Elle n'a pas l'intention de la défier. Mais elle la défie. Elle la regarde fixement et lève le menton.

À prudente distance, la cafteuse observe la scène, un sourire aux lèvres. Mercedes la voit sourire ; elle retient sa respiration et avale sa salive. Elle l'avale encore. Et crie :

— Répondez !

Maintenant toutes les femmes qui occupent le couloir de la division l'observent. L'impuissance décuple la rage de Mercedes. Oui, elle a une veine qui palpite sur la tempe. Elle crie encore plus fort :

— Répondez !

Tomasa aimerait lui répondre qu'elle maudit la putain de mère qui l'a mise au monde, elle, Mercedes. Mais elle ne le fait pas. Parce que le silence est ce qui fait le plus mal, elle garde la bouche fermée et la même position, marquant sa détermination par ses bras croisés et son air obstiné.

On ne peut pas apprendre un travail en quinze jours ; mais Mercedes doit réagir si elle ne veut pas que la cafteuse l'accuse devant ses supérieurs de manquer d'autorité, ni que les prisonnières découvrent qu'elle ne sait pas quoi faire. Il faut réagir, c'est tout ce qu'elle sait. Tomasa aussi le sait. Elle plisse les yeux. Et elle attend.

La gifle résonne dans le couloir.

Les femmes qui regardaient fixement Mercedes baissent les yeux.

Elvira vient de se réveiller. Mais elle ne peut pas encore ouvrir les yeux.

13.

C'est plus facile de faire son deuil quand on peut veiller le défunt. C'est plus facile quand on peut tenir sa tête dans les bras, comme l'a fait Tomasa avant de se revêtir de noir. Doña Martina n'a pas eu cette chance. Doña Martina n'a même pas pu lire le nom de son mari sur les listes de la Capitainerie générale. Et c'est pour cette raison qu'Elvira, sa fille, la plus jeune de la division numéro deux, peut rêver. Même si Paulino leur a raconté, en les conduisant à Alicante, que le bataillon Alicante Rojo a été anéanti sur une route de Guadalajara. Nul n'a survécu au bombardement.

— Les avions volaient si bas qu'ils ont tout balayé. Et père le premier, car il n'était pas de ceux qui reculent devant l'ennemi.

Doña Martina écoute sans ciller, le regard fixé sur Paulino, revenu uniquement pour s'assurer que sa mère et sa sœur quittent Valence. Il est revenu avec un camarade, les accompagner à Alicante. Au port, ils prendront un bateau qui les emmènera à Oran.

— Il faut que tu partes avec Elvirita, mère.

Mère. Son fils l'appelle mère. Jamais plus il ne l'appellera maman. Il porte un pantalon et une veste de velours côtelé, une casquette et un fusil-mitrailleur sur l'épaule. Il lui assure que la situation est très dangereuse, que Casado* tente de négocier la paix avec Franco pour qu'il n'y ait pas de représailles. Il a déjà envoyé des émissaires à Burgos. C'est un coup d'État.

— Mère, tu m'entends ?

Mère. Doña Martina a seulement entendu que son fils l'appelle mère, et elle a seulement entendu le mot paix.

— Alors, la paix arrive !

Le désarroi de Paulino oblige son compagnon à intervenir ; il prend doña Martina par les épaules et lui explique que ce qui arrive, c'est beaucoup de sang. Les représailles ne vont pas cesser.

— Tu dois sortir la gamine d'ici, mère.

Elle acquiesce d'un geste. Elle garde dans son sac la boîte de ses économies. Et soupire.

— Allons-y !

Paulino ajuste le fusil à son épaule en disant « Allons-y ! ». Il l'a dit à Felipe, le camarade qui l'accompagne depuis qu'il a rejoint l'armée. Le milicien qui le suit comme son ombre depuis le jour où tous deux sont arrivés à Benimamet pour suivre un stage de formation à la guérilla. Ils l'ont suivi durant huit semaines. Ensuite, ils ont intégré, ensemble, le XIVe Corps d'Armée de la Guérilla, et ont été assignés à la région d'Estrémadure. Ensemble, ils ont préparé l'attentat contre le train Mérida-Cáceres. Et le lendemain, Felipe lui a sauvé la vie lors d'un affrontement contre des troupes franquistes. Dès lors, ils ne se sont plus quittés.

— Ne vous inquiétez pas, señora, vous pourrez bientôt revenir.

Paulino chargea la valise rapportée un jour par le sergent payeur, dans laquelle sa mère avait plié les vêtements qu'elle avait fait teindre en noir, le neuf mars mille neuf cent trente-sept, en revenant la première fois de la Capitainerie générale. Deuil. Deuil pour une veuve qui n'embrassera pas la tête de son époux. Deuil et absence pour la petite fille rousse qui persiste encore à rêver.

Rêver. À moitié endormie.

Debout, les damnés de la terre,

Et Elvira se redresse, dans un demi-sommeil, en écoutant Reme, qui a commencé à chanter à mi-voix. Elvira écoute, dans un demi-sommeil. Reme chante faux.

Debout, les forçats de la faim.

Reme tente de dévier l'attention de Mercedes, qui recommence à lever la main sur Tomasa, mais Reme chante faux. Et Elvira entonne la mélodie qu'elle a entendu tant de fois Paulino chanter. Hortensia la suit dans un murmure à peine audible, juste suffisant pour que Mercedes tourne la tête vers elles.

La raison tonne en son cratère,

Le trio continue à chanter à mi-voix. Tomasa se joint à l'hymne.

Du passé faisons table rase.

Les autres détenues de la division reprennent en chœur avec leurs camarades. Presque un murmure, à peine un susurrement, même s'il monte, sans qu'elles élèvent la voix. Il monte à mesure que, une à une, elles se rallient au chant. Un murmure qui monte. Monte.

Foule esclave, debout ! Debout !

Mercedes retire sa menace, baisse la main qu'elle brandissait devant le visage de Tomasa et, avec des éclairs dans les yeux, se tourne vers le groupe qui s'est formé autour du grabat d'Elvira.

Nous ne sommes rien, soyons tout !

— Silence !

C'est la lutte finale,

— J'ai dit silence !

Juchée sur sa paillasse, Elvira orchestre le chant avec les bras, sans pouvoir contrôler son émotion, agitant de ses mains la houle d'une mer dressée, sans se rendre compte que ses genoux se remettent à saigner. Et Hortensia oublie pour un moment la douleur des siens et chante en regardant son ventre. Elle chante avec les paumes ouvertes entourant son ventre rond. Ses doigts maternels tapotent au rythme du chant.

Au fur et à mesure que la rumeur s'intensifie, que le son devient un lent brame inondant la division, la peur de la cafteuse augmente. Elle se bouche les oreilles et cherche un endroit où se dissimuler. Elle cherche. Cherche. Et trouve le dos de Mercedes. En sentant les mouvements de la cafteuse derrière elle, la surveillante prend peur. Elle se retourne et hurle à celle qui cherchait à se cacher de ficher le camp.

— Allez-vous-en !

L'Internationale sera le genre humain !

— Silence ! Silence !

Des femmes ont levé le poing pour chanter.

14.

Pleurer, c'est perdre le contrôle de soi. Et Tomasa n'aime pas le perdre. Mais, à cet instant, dans la cellule d'isolement où Mercedes l'a fait enfermer pour la punir, une larme s'échappe de ses yeux en pensant à Reme. Et durant les quinze jours que va durer son enfermement, elle parviendra à en retenir plus d'une entre ses cils ; et les essuiera de son index replié, sans leur permettre de couler.

Elle pensera à Reme. Et aux camarades qui ont levé la voix quand Mercedes a levé la main, la menaçant d'une seconde gifle. Et elle résistera au froid et à la faim. Elle résistera au vide et au silence de cet espace clos qu'elle connaît bien, ce n'est pas la première fois qu'ils la punissent. Elle résistera aux nuits qui passent, et elle saura qu'un nouveau jour a commencé quand une gardienne ouvrira la porte pour lui donner une louche de soupe, un quignon de pain et un balai. Elle résistera et balaiera son cachot en pensant à Reme. Elle se remémorera son regard à l'instant où celle-ci a commencé à chanter. Et elle sourira, parce que Reme ne sait pas chanter. Elle ne sait pas, mais elle s'entête à vouloir rendre les choses plus faciles en chantant. Elle ne sait pas, mais elle s'entête à dire que sa mère lui a appris à chanter en même temps qu'à coudre, et aussi que les choses amères, il vaut mieux les avaler vite fait, elles deviennent plus douces si on leur ajoute le miel d'une chanson. Reme est comme cela. Pure innocence. Innocente et si âgée. Et c'est pour cela qu'elle est ici. Parce qu'elle est innocente. C'est pour cela qu'ils l'ont amenée de son village de Murcie, dont elle ne veut pas prononcer le nom, et où elle pense qu'elle ne retournera pas. La Reme pense que c'est de la faute de ses voisines. Mais on ne peut pas être plus naïve qu'elle. C'est clair comme de l'eau de roche : tu ne peux pas broder un drapeau et en recouvrir le canapé de ton salon si ce canapé est contre la fenêtre. Ce n'est pas possible. Tu as beau garder les volets fermés et recouvrir ta fenêtre d'un drap blanc ; tu as beau penser que la rébellion ne va pas durer, la rébellion durait déjà depuis plus d'une année. Ce n'est pas possible, même si ton ouvrage commence à prendre belle tournure. Tu ne peux pas être marraine de guerre et sortir dans la rue, la joie sur le visage, avec une photo à la main pour la montrer à la belle-mère de ton fils, juste le lendemain de la prise de Teruel. Ce n'est pas possible. Et encore moins dans un village comme le tien, Reme, où les rebelles n'ont pas eu à tirer un seul coup de feu, pas un seul : car dans ton village, Reme, ils devaient tous être de la CEDA*, ou soudainement devenus phalangistes. Seigneur, Seigneur. Et tu aurais dû savoir, Reme que, quand quelque chose se sait, ce n'est pas la peine de le crier sur les toits. Et tu n'aurais jamais dû ouvrir ta fenêtre. Et montrer, devant le bistrot, la photo du soldat à la belle-mère. Parce que la patronne a commencé à crier que vous deux étiez des Rouges, et que vous célébriez la prise de Teruel. Et c'est comme cela qu'est arrivé ce qui devait arriver. Sans qu'on puisse rien y faire.

Dormir, cela voudrait dire fermer les yeux. Fermer les yeux et s'endormir, c'est tout, bon sang. S'endormir sans chercher sans arrêt une position pour ne pas avoir mal aux hanches. Comme c'est dur. Et qu'espères-tu d'une paillasse en crin de cheval aplatie par l'usure, imbécile ! Et les paupières lourdes comme du plomb.

Elle pensera à Reme.

Si c'est vrai que le froid donne sommeil, alors c'est que la faim réveille...

Elle pensera à Reme, à sa voix de coquille d'œuf fêlé, quand on les casse pour faire des œufs sur le plat et une bonne omelette de pommes de terre, avec beaucoup de pommes de terre et beaucoup d'œufs. Et dans de la bonne huile d'olive vierge. Il faut que ce soit de l'huile d'olive vierge. La salive lui remplit la bouche. Non. La voix de Reme n'est pas une voix d'œuf fêlé. Tant pis. Ce doit déjà être le lever du jour. La voix de Reme est celle d'un coq noir dans une nuit noire. C'est ça. En revanche, on voit que la petite Elvirita a des qualités. C'est mieux de ne pas compter les heures, ni les jours. Il n'y aura pas une seule entaille dans le mur. Pas une seule. Il n'y a pas de nuit qui ne finisse pas. S'il y avait eu plus de gens de la carrure de Líster*, le chant du coq au matin aurait été différent. Des milliers de Líster, si seulement il y en avait eu plusieurs milliers, ils auraient écrasé le fascisme en quelques mois. Líster en avait lui, et sa renommée est bien méritée, parce que, bien avant Teruel, il l'avait déjà prouvé à Brunete, toujours le premier à monter à l'assaut, toujours le premier à se battre. Mais il n'a pas eu de chance ; parfois, il faut courir. Comme la Reme.

N'importe qui aurait couru pour se cacher. N'importe qui, sauf elle, qui s'est sauvée vers chez elle. Car la Reme n'est que pure innocence et croyait que les choses se limiteraient aux cris de la patronne du bistrot et des voisines, qui l'ont vue partir en courant et qui ont couru derrière elle en hurlant. Et quand elle a voulu emprunter sa rue, à bout de souffle, et qu'elle s'est arrêtée un instant pour reprendre un peu d'air, alors elle a aperçu, depuis l'angle de la rue, les gardes civils et les phalangistes qui l'attendaient déjà sur le seuil de sa porte, et qui avaient fait sortir son mari et ses trois filles, les trois qui n'étaient pas encore mariées.

Et heureusement que la nouvelle veut faire la gentille et l'a laissée prendre ses serviettes hygiéniques. Elle croit que toutes ces épingles à cheveux la rendent jolie, tout un chapelet pour se vanter d'en avoir autant qu'elle veut et que les autres n'ont qu'à s'arranger avec des bouts de fils de fer. Elle n'est pas bonne. Comment cette garce pourrait-elle être bonne ! Les religieuses non plus ne sont pas bonnes, alors qu'elles ont l'obligation de l'être. Mais non, on dirait plutôt de vieux gendarmes. Elle l'a laissée les prendre, ces serviettes, parce qu'elle ne sait pas dire non. Elle n'en est pas capable. Mais elle apprendra, la vipère. Elle apprendra, comme les autres. La Vénéneuse, elle, ne l'aurait pas laissée les prendre, c'est sûr. La Savate non plus, elle est plus mauvaise que la gale, ou pareille. Elles ne sont pas complètement sèches, et ici, avec cette humidité, elles ne sécheront pas. Quelle poisse !

Et voilà qu'apparaît le plus petit, qui a entendu les vociférations depuis la place et qui s'accroche aux jupes de sa mère. On se doute que la Reme n'est pas en état de chanter des chansons de miel, mais elle dit qu'elle a donné la main à l'enfant et qu'elle a chanté dans son cœur.

Il vaut mieux qu'elle se change tout de suite, sinon, elle va tacher son jupon. Il lui reste deux serviettes et, avec un peu de chance, un jour et demi à saigner. Cela va aller. Oui, si elle calcule bien et les utilise jusqu'au bout, cela ira.

Seigneur, Seigneur. Un phalangiste a envoyé cet enfant, qu'elle avait eu si tard et dans la douleur, acheter de l'huile de ricin. Le père lui a donné les sous. De sa propre bourse, il a payé l'humiliation de sa femme. Donne à cet enfant de quoi acheter un litre, sa mère va boire un coup. C'est ainsi que le raconte la Reme. Elle dit qu'ils lui ont fait avaler un litre entier d'huile, avec un entonnoir, devant ses filles. Et elle rit. Elle rit chaque fois qu'elle le raconte, la pauvre innocente.

Et Tomasa porte à nouveau son index plié à ses yeux.

Ras le bol de cette humidité, même dans les yeux. La Reme rit parce que le préparateur de l'apothicaire l'aimait bien. Et quand l'enfant un peu simplet lui a demandé de l'huile de ricin parce qu'ils allaient purger sa mère, il a préparé un litre d'un liquide quelconque. Cela avait un goût amer. Amer. Mais la Reme n'a eu aucun tiraillement d'estomac. Ensuite, ils lui ont rasé la tête. Excepté une mèche au milieu du crâne, à laquelle ils ont attaché un ruban aux couleurs du drapeau républicain. Et ils lui ont peint UHP sur le front. C'est tout ce qui restait de la Unίon de los Hermanos Proletarios [1], un sigle sur le front pour humilier les femmes. Reme dit qu'elle avait les cheveux aussi longs qu'Hortensia, et aussi noirs. Maintenant, ils sont couleur de cendre ; elle dit que c'est à cause des soucis. Quelle idée elle a eue de chanter, elle qui n'aime pas se faire remarquer ! Elle a chanté, une chanson de miel qui a stoppé aussi sec la main de la nouvelle. Les autres aussi ont chanté. La voix de Reme est de la couleur de ses cheveux, celle de la cendre quand elle est propre, avant de racler le cul d'une marmite pour lui enlever la suie. Comme elle chante bien la petite Elvirita, pauvre petite fille.

Oui, la voix de la Reme a le goût de la cendre.

---

1. Union des frères prolétaires (N.d.T.).

15.

La femme qui allait mourir écrit sur son cahier bleu. Elle écrit que douze femmes des Jeunesses Socialistes Unifiées sont arrivées et qu'au tribunal, elle fera partie du même lot ; ils vont la juger très bientôt, à treize heures. Treize heures, comme les jeunes filles qu'ils ont fusillées le cinq août mille neuf cent trente-neuf, les Treize Roses. Elle écrit qu'ils ont mis Tomasa au « mitard » pour quinze jours. Reme lui fait une tresse. Dans son journal, elle écrit aussi que la fille d'Estrémadure a dû faire des choses graves parce qu'elle ne veut jamais dire pour quelle raison on l'a amenée ici. On dit qu'elle a passé deux ans à Olivenza, dans les couloirs de la mort. Elle écrit que Tomasa demande toujours qu'on lui parle de la mer. Elle pose toujours la même question :

— Tu as vu la mer ?

— C'est comment, la mer ?

Puis elle écrit qu'Elvira va mieux et que la division entière est punie, même la cafteuse. Elle écrit qu'ils les ont toutes soumises à la pire des punitions. Elle écrit et écrit encore tandis que Reme la coiffe.

Elles pensent toutes les deux à Tomasa.

Mais pas une ne parle de Tomasa.

Le temps passera plus vite pour Tomasa si elles ne parlent pas de Tomasa.

— Bouge pas !

A ordonné Reme ; elle incline la tête d'Hortensia et lève ses cheveux pour regarder sa nuque.

— Des poux !

Hortensia commence à se gratter. Et Elvira aussi.

— Regarde-moi.

À peine quelques mèches soulevées de la tempe rousse suffisent à Reme pour établir le même constat.

— Des poux aussi ! Je vais passer le peigne tout de suite. En appuyant bien, tout du long, pour qu'aucune lente ne s'échappe, pas une.

Et après avoir passé le peigne comme elle seule sait le faire, en appuyant bien, elle passe et repasse le peigne dans les cheveux d'Hortensia. Encore et encore. Mèche par mèche, elle passe le peigne tout en disant que ses cheveux étaient aussi longs et aussi noirs.

— J'avais les cheveux aussi longs et aussi noirs que les tiens.

Elvira et Hortensia l'écoutent, faisant comme si elles ne l'avaient jamais entendue se lamenter. Et elle leur raconte à nouveau qu'ils l'ont rasée quand ils ont trouvé le drapeau à moitié brodé sur le canapé du salon.

Et elle leur raconte qu'elle est restée presque deux années dans la prison de son village, et que ses cheveux avaient commencé à repousser quand ils l'ont rasée à nouveau avant de la transférer dans la province de Murcie, où elle fut jugée par le tribunal militaire.

— Ils m'en ont collé pour douze ans.

Douze ans.

Et elle leur dit qu'elle a assisté à son procès sans y croire et sans même réussir à chanter dans son cœur.

Douze ans.

Elle voulait aider la rébellion militaire.

— Je croyais que c'étaient eux les rebelles. J'avais rien compris.

Elle ne ressentait qu'une profonde honte lorsqu'elle passait la main sur sa tête rasée.

Chaque fois qu'elle en parle, elle touche sa nuque.

— Maintenant, j'ai les cheveux jusqu'au cou.

Et comme toujours, elle se met à frissonner.

— Quand on nous coupe les cheveux, on se sent comme neuve.

Reme plaisante. Elle plaisante pour se donner le courage de continuer à parler. Parce qu'à présent, elle va parler de ses filles ; et en parler va lui permettre d'alléger son chagrin. Elvira et Hortensia le savent bien, et elles écoutent avec attention pour que Reme soulage sa peine.

— Viens, mon ange, c'est ton tour maintenant.

Quand Reme se souvient de ses filles, elle appelle Elvira comme ça, mon ange.

— Viens, mon ange, pose la tête sur mes genoux.

Elle l'appelle mon ange et lui place la tête sur ses genoux. Et elle raconte qu'à ses filles, il ne leur est rien arrivé. À la belle-mère de son fils, si. Ils l'ont mise pendant trois mois avec elle, à la morgue, parce que la prison du village était pleine.

— Quand ils nous ont dit qu'ils nous emmenaient à la morgue, la belle-mère de mon fils leur a demandé s'ils allaient nous autopsier vivantes.

Ils lui ont donné de l'huile de ricin, de la vraie, et ils l'ont rasée. La pauvre. Simplement parce qu'ils pensaient qu'elle fêtait la prise de Teruel.

— Et elle avait beau se mettre les doigts dans la gorge pour se faire vomir, et cracher le fond de ses entrailles, elle n'a pas tardé à rendre l'âme.

Mais grâce à Dieu, il n'est rien arrivé à ses filles, ni à son fils. Grâce à Dieu et à un des phalangistes qui sont entrés pour fouiller la maison.

— C'était un phalangiste, et un type bien ; il n'a pas permis que l'on rase mes filles, ni qu'on leur fasse avaler des cochonneries.

Il ne l'a pas permis. Mais il n'a pas pu empêcher qu'on les oblige à récurer le sol de l'église. Mais cela Reme ne le raconte pas, parce qu'elle préfère ne pas en parler.

Le temps que Reme est restée emprisonnée dans son village, ses filles ont dû, chaque jour, traverser la place en transportant leurs seaux et leurs serpillières sous le regard accusateur des voisines qui s'arrêtaient pour les contempler et disaient à voix haute :

— Aucun imbécile pourrait avaler qu'elles savaient pas ce que leur mère était en train de coudre !

— Ces filles, faut les corriger, je te le dis !

Et les filles baissaient les yeux et pressaient le pas jusqu'à l'église.

Reme préfère oublier que ses filles retenaient leurs larmes quand elles lui apportaient à manger à la morgue, et que parfois, malgré tout, elles éclataient en sanglots.

— Bouge pas, mon ange.

Et elle passe sa main dans la chevelure rousse d'Elvira, lui caresse la tête, et la serre discrètement contre son ventre.

Il n'est rien arrivé à ses filles. Rien. Et à son fils non plus.

— Mais mon pauvre Benjamín, lui, ils l'ont bien humilié. Jour après jour. Mais il est fort. Pauvre Benjamín.

Benjamín est fort. Ils lui ont fait balayer les rues du village pour avoir permis à sa femme de couvrir d'opprobre sa famille. Ils lui ont fait balayer les rues jour après jour, jusqu'à la fin de la guerre. Balayer et encore balayer, jusqu'à ce qu'on transfère sa femme à Murcie, où elle a été condamnée à douze ans de prison. Balayer et encore balayer jusqu'à ce qu'il apprenne que sa femme accomplirait sa peine à la prison de Ventas et qu'il décide d'abandonner le village et de louer un petit appartement à Madrid, pour être près de sa Reme. Pauvre Benjamín.

16.

Elles sont punies. Toutes les détenues de la division deux seront privées de parloir jusqu'au mois prochain. C'est ce qu'elles disent à Tomasa, on les a soumises au pire des châtiments. Et elles lui racontent que Mercedes leur a imposé la punition presque en faisant la moue. C'est ce qu'elles disent à Tomasa quand celle-ci revient avec les os endoloris et la jupe tachée de sang.

— Retire ta jupe, on va la rincer à grande eau.

— C'est moi qui vais m'en occuper.

— Comment, tu vas t'en occuper ? T'arrives complètement claquée !

Reme se tient debout, face à Tomasa, la main tendue.

— Allez, enlève-la, ils vont couper l'eau.

Tomasa retire sa jupe par les pieds, et profite du

mouvement en se baissant un peu plus que nécessaire, pour glisser en cachette, sous la paillasse, les serviettes hygiéniques qu'elle gardait cachées sous son châle. Puis elle tend sa jupe à Reme.

— Tiens, merci.

— Ici, il n'y a que des femmes, Tomasa.

— Et alors ?

— T'as pas besoin de les cacher.

— De cacher quoi ?

— Celles-là.

— Ça te dégoûte pas que ce soient pas les tiennes ? Je t'ai donné la jupe, déjà, et je t'ai dit merci. Et moi je laverai ce que je dois laver.

— C'est bon, ma belle, t'en as un mauvais caractère ! T'as pas changé. Passe-moi au moins ton jupon.

— J'en ai pas de rechange.

La femme qui ne savait pas qu'elle allait mourir s'interpose, comme d'habitude, entre elles deux :

— Vous êtes encore en train de vous crêper le chignon ?

— C'est elle, qui veut me mettre à poil.

— Oui, mais elle a son jupon tout taché...

— C'est vrai, Tomasa, tu as une énorme tache.

— Bon, je vais la couvrir avec mon châle, vous n'avez pas l'intention de me faire aller à la réunion en culotte, non ?

— Tu viens pas à la réunion aujourd'hui, tu te reposes, et demain, ton linge sera sec.

— Comment j'y vais pas ? Faut remplir la feuille pour demander qu'ils nous laissent travailler.

— On l'a déjà remplie, et rendue.

— Et l'école ?

— Ça marche bien.

Elles lui racontent que les filles qui savent lire et écrire sont en train d'apprendre à celles qui ne savent pas, et que l'atelier de couture fait du bon travail.

— Nous faisons sortir des vêtements pour la guérilla.

— Et merde, comment vous vous y prenez ?

La présence d'Elvira interrompt la conversation. Elle vient se joindre au groupe. Elle porte une robe dans les mains, et un jupon. Et les offre en silence à Tomasa. Elle les a pris dans sa valise, la valise en cuir qui porte la trace de tant de voyages. Elle lui remet les vêtements qui avaient appartenu à sa mère comme si elle faisait une offrande, avec l'émotion de quelqu'un qui se défait de son bien le plus précieux. Tomasa ne sait pas quoi dire. Hortensia et Reme ne savent pas quoi faire. Toutes trois observent Elvira. Et Elvira sourit. Elle sourit. Et, d'un air décidé, tient ses bras tendus et son regard fixé sur les vêtements.

La dernière fois qu'elle a vu sa mère bien habillée, c'était avec cette robe. Elles étaient toutes les deux à Alicante, sur le port, et attendaient le bateau qui n'est jamais arrivé. Paulino les avait conduites jusque-là. Une nuit, Paulino et un ami à lui, qui avait de très longues mains, les avaient amenées de Valence, et étaient partis, convaincus qu'ils les laissaient en lieu sûr. Doña Martina tricotait des gants de laine pour tromper son attente et Elvira la regardait, éblouie, parce que cela faisait longtemps qu'elle n'avait pas vu sa mère aussi jolie. Elle s'était pomponnée pour le voyage et avait mis ses plus beaux vêtements fraîchement repassés, un manteau de velours noir et un chapeau assorti, en forme de demi-lune, une sorte de petite calotte, presque insignifiante, qui lui couvrait à peine la moitié avant de la tête, et faisait ressortir la couleur de ses yeux, la couleur de la mer. Elvira ne s'était plus souvenue de ce chapeau ; elle l'avait essayé à plusieurs reprises, en jouant à se déguiser en femme, face au miroir de la penderie, juchée sur les chaussures à plus hauts talons de sa mère. Elvira ne sait pas combien de jours elles ont passés sur le quai, assises sur la valise. Elle ne sait pas combien de nuits. La robe de sa mère sentait la lavande quand elle se reposait sur son giron pour dormir. Son parfum l'enveloppait et l'accompagnait dans son sommeil le matin où elles ont commencé à entendre des cris. Jusqu'alors, l'attente avait été tranquille. Les milliers de personnes qui s'étaient rassemblées sur le port attendaient pleines d'espoir les bateaux pour leur évacuation et, malgré le manque de place et les difficultés pour se procurer de la nourriture, elles ne se décourageaient pas. Les messages du consul français, émis depuis un porte-voix sur une tribune improvisée, calmaient l'attente et redonnaient le moral, promettant l'intervention de la Société des Nations, dont les plans d'évacuation contrôlée étaient en œuvre.

— Elvirita, regarde, j'ai terminé tes gants. Tiens, essaie-les.

La fillette avala avidement un morceau de chocolat que sa mère venait d'échanger contre son chapeau. Elle se frotta les mains l'une contre l'autre. Et prit les gants. C'est à ce moment-là, quand Elvira était en train d'essayer les gants, que la voix du consul parut différente des autres fois et que des cris commencèrent à s'élever. Le Caudillo refusait la médiation des puissances étrangères. Le Caudillo promettait magnanimité et pardon à ceux qui n'avaient pas de sang sur les mains. C'est à ce moment-là qu'ont commencé les cris. Et beaucoup d'hommes se sont approchés de l'eau et ont lancé leurs armes au fond du bassin. Et les suicides ont commencé. Un milicien s'est pendu à un lampadaire, un autre s'est attaché une pierre au cou et s'est jeté dans l'eau, et un homme âgé s'est tiré une balle dans la bouche, à deux pas seulement d'Elvira. Sa mère l'a protégée de l'horreur en la cachant dans ses bras. Et elle lui a enfoui la tête dans le parfum de lavande de sa robe.

— Je te remercie, Elvirita, mais elle sera trop petite pour moi.

— Reme peut t'arranger ça.

17.

Les clameurs qui annoncèrent le châtiment des détenues de la division numéro deux se répandirent comme les cris de l'enfer parmi les parents qui se tenaient dans la file d'attente du parloir, le premier jour de la punition.

— Ils ont puni les femmes de la numéro deux.

— Ils les ont privées de parloir jusqu'au mois prochain.

— Qui ?

— Celles de la deux.

— Toutes ?

— Toutes.

C'est sœur María de los Serafines qui fut chargée d'annoncer que les détenues ne viendraient pas au parloir. Elle a crié que les familles portant des paquets et de la nourriture pouvaient rester dans la file, et les autres s'en aller.

— On peut leur laisser une lettre ?

La file d'attente était si longue que seuls ceux qui se trouvaient près de la religieuse pouvaient l'entendre.

— Qui ont-ils puni ?

— Celles de la division deux.

— Toutes ?

— Toutes.

— Ils ont puni toutes les détenues.

— Ils les ont toutes privées de parloir.

— Celles de la deux ; ils ont dit celles de la deux.

— La mienne est dans la un.

— Alors, la tienne, non.

— Et la mienne ?

— Où est la tienne ?

— J'en ai deux, une dans la deux et une autre à la chapelle.

Lorsque la confusion parvint au bout de la file, les rangs avaient commencé à se défaire. Les familles s'agglutinaient pour atteindre la porte. Au milieu de la bousculade, Pepa tomba sur le grand-père d'Elvira, qui tentait de s'approcher de la religieuse.

— Attention, poussez pas, señora, vous voyez pas que ce monsieur est très âgé !

L'agitation ne cessa pas. Craignant qu'il tombe, Pepa attrapa le bras de don Javier. Les gens se pressaient contre sœur María de los Serafines et criaient le nom des détenues, chacun cherchant à savoir si la sienne pouvait venir au parloir.

— Si vous ne vous remettez pas en file, personne

n'entrera. Je veux tout le monde en file indienne et en silence.

Cria la religieuse. Elle cria une fois. Pas plus haut que les autres. Mais tous se turent.

— J'ai dit en file indienne ou personne n'entre, et je ne le répéterai pas.

Sœur María de los Serafines ne le répéta pas. Ce ne fut pas nécessaire. Pepa agrippa le bras de don Javier Tolosa et l'amena tranquillement se ranger dans la file. Les autres firent de même. Car tous savaient que la religieuse était capable de mettre sa menace à exécution. Elle l'avait déjà fait une fois. Personne n'aurait pu oublier cet après-midi-là, où ils durent retourner chez eux sans être entrés dans la prison, sans avoir pu ne serait-ce que remettre la nourriture qui leur avait coûté tant de sacrifices, punis par sœur María de los Serafines.

— Je suis derrière cette dame.

— Nous deux, nous sommes ensemble.

— Savez-vous qui a été puni ?

— Vous deux, je vous ai cédé ma place.

— Celles de la deux.

— Et moi, derrière ce monsieur au chapeau.

Les cris de tout à l'heure s'étaient transformés en murmures et accompagnaient la recomposition de la file. Quelques femmes, ayant appris qu'elles n'entreraient pas au parloir, laissaient libre cours à leurs pleurs. De même que certains hommes. Benjamín en faisait partie, mais ses larmes n'étaient pas les plus amères. Il le savait. La femme qui le précédait avait fait le chemin depuis Huelva et se lamentait devant une autre qui venait de Vitoria.

— Je ne pourrai pas revenir avant l'année prochaine. Mon Dieu, je ne pourrai pas revoir ma fille avant une année entière. J'ai économisé toute l'année pour pouvoir venir aujourd'hui, et je dois repartir sans l'avoir vue, ma fille chérie.

Ils avaient la mine triste, ceux qui étaient rangés dans la file et qui retourneraient chez eux sans avoir vu leur femme, leur fille, leur mère, leur grand-mère, leur petite-fille ou encore leur sœur. Toujours des parents de lien direct, les autres visites n'étaient pas permises.

— Je vais repartir à Cuenca sans avoir vu ma mère.

— Vous savez si on peut leur faire passer des lettres ?

— Je viens d'El Torno.

— Et moi, de Santa Cruz de Moya.

— Et des paquets ?

— Moi, de Noblejas.

Il y avait ceux qui cherchaient à reprendre la place qu'ils occupaient avant, et ceux qui profitaient de la confusion pour tenter de resquiller.

— Vous êtes un peu trop pressé, señor.

— Moi ?

— Non, pas vous, ma pomme ! Vous croyez que je vous ai pas vu ? Petit malin.

— J'étais derrière ce monsieur au chapeau.

— Non, vous étiez derrière le chapeau là-bas.

— Ah, c'est vrai.

— Dépêchons !

La file ne tarda pas à se reformer, et à avancer tristement vers la porte de la prison de Ventas.

— Vous savez si « La Pepa » est venue cette nuit ?

— Oui, ils en ont pris trois.

La sœur d'Hortensia se rapprocha des femmes devant elle :

— C'est qui « La Pepa » ?

— La « fournée », ma petite.

— Quelle fournée ?

— Quand ils les font sortir pour les emmener.

— Qui ça ?

— Ils font sortir les condamnées à mort et ils les emmènent.

— Où ça ?

— Où les emmènent-ils ?

Elle ne posa plus de question. À partir de ce moment-là, Pepa décida de s'appeler Pepita.

La file commença à bouger en silence.

Triste chemin pour Pepita, qui la mène vers la porte de la prison. Triste chemin pour le grand-père d'Elvira. Triste chemin pour le mari de Reme, pauvre Benjamín. Et triste chemin pour leurs filles.

18.

Au balcon de la voisine, le linge étendu fit frémir Pepita. Elle regardait toujours ce balcon à l'angle des rues Relatores et Atocha, pour voir si Felipe l'appelait. Elle le regardait du coin de l'œil, chaque fois qu'elle sortait ou entrait à la pension.

Il faisait pratiquement nuit. Les réverbères n'étaient pas encore allumés. Pepita revenait de la gare, où elle se rendait chaque jour pour récolter la charbonnaille que recrachaient les trains. En général, elle y allait tôt le matin, avant de se rendre à la maison de ses maîtres. Mais, aujourd'hui, elle refit le trajet l'après-midi, en sortant de la prison, puisque, n'ayant pas pu communiquer avec Hortensia elle disposait de plus de temps que d'habitude. Elle regarda vers le balcon, et y distingua immédiatement la nappe à carreaux, les deux serviettes et la chaussette pincée sur l'une d'elles. Felipe l'appelait. Elle pressa le pas. Pour ne pas sentir la douleur qui lui montait de l'estomac, elle se mit à courir. Felipe l'appelait. Elle pourrait feindre d'être malade. Elle pourrait tomber sur-le-champ et se briser en deux. Elle courut, comme si elle pouvait fuir, comme si elle pouvait ignorer le linge étendu au balcon de la voisine. Elle courut, renversant derrière elle la charbonnaille qu'elle portait dans son seau en zinc.

Lorsqu'elle arriva rue Magdalena, elle tomba sur don Fernando.

— Que t'arrive-t-il ? Où vas-tu comme ça ?

Elle ne put lui répondre.

— Respire, ma fille, respire et calme-toi.

Pepita reprit son souffle et marmonna, haletante, qu'elle se rendait à la pension.

— Il s'est passé quelque chose ? Pourquoi courais-tu comme ça ?

Elle fit non de la tête et répondit qu'elle courait parce que le chiffonnier allait fermer et elle voulait lui vendre le menu charbon. Elle se rendit alors compte qu'elle avait perdu la moitié de son chargement en chemin, et se mit à rire.

— Maintenant, il faut que je retourne le ramasser. Et en plus, j'ai dépassé la boutique du chiffonnier.

Don Fernando écouta ses excuses et fut surpris de son rire brusque, sans doute nerveux, mais il ne posa plus de questions.

— Allez, je vais t'aider.

— Non merci, señorito, il n'en est pas question.

Bien que Pepita ait refusé plusieurs fois son aide, don Fernando s'accroupit à côté d'elle jusqu'à ce que son seau fût à nouveau rempli.

— Merci beaucoup, señorito.

Cette nuit-là, Pepita mangea sans appétit le repas que lui avait préparé sa patronne. Soupe et omelette d'épluchures de concombre. Elle se retourna tant et tant dans son sommeil, d'un côté, de l'autre, à moitié éveillée, qu'elle finit par tomber du lit. Le linge étendu sur le balcon de la voisine n'arrêtait pas de flotter au vent dans ses rêves ; et même une fois réveillée. Felipe l'appelait. Et elle ne s'était pas brisée en deux. Elle avait réglé le réveil pour se lever deux heures plus tôt et se rendre sur la colline. Elle ne s'était pas brisée en deux. Elle prendrait le premier train. Et l'omelette de la patronne ne l'avait pas rendue malade. Qu'il ne l'appelle plus jamais. Ce miracle d'omelette sans œufs. Car la patronne fait des miracles. Pepita se relève en riant de sa bêtise. À son âge, tomber du lit. Et elle se glisse dans les draps, encore chauds. Les épluchures du concombre en omelette ont un goût de courge. Et la soupe, faire une soupe avec des os recuits, nettoyés jusqu'à la moelle ; comment pourraient-ils donner du goût, ces os qui luisent comme le vase en cristal sur le buffet ? Pourtant le bouillon a l'air assez appétissant. Elle dira à Felipe de ne plus l'appeler. Elle meurt de peur chaque fois qu'elle aperçoit la chaussette à cheval sur la serviette à carreaux.

Elle lui dira qu'elle a déjà son compte avec la peur qui la tenaille quand la voisine la salue dans la rue, après avoir regardé à gauche et à droite, puis devant et derrière, et furtivement ; parce qu'elle regarde toujours furtivement. Elle sait bien que la voisine fait cela pour s'assurer que nul ne la suit. Mais elle en a plus qu'assez. Elle pensait que sa peur resterait à Cordoue. La peur aurait dû s'arrêter avec la fin de la guerre. Mais non. Non, señor. Felipe a considéré qu'il devait prendre le maquis et entraîner tout le monde avec lui dans la lutte. La politique est une araignée velue, noire, très noire. Et Pepita se pelotonne dans son lit ; un coup à gauche, un coup à droite. Et elle serre le traversin dans ses bras. Elle sait qu'elle est prise dans la toile visqueuse de l'araignée, et qu'elle ne peut s'en défaire. Il reste à peine une demi-heure avant que sonne ce maudit réveil. Felipe l'a appelée. Et elle se lèvera, bien sûr qu'elle se lèvera. Parce qu'Hortensia serait vraiment contrariée si elle apprenait que Felipe l'avait appelée et qu'elle n'avait pas eu envie de venir. Vraiment contrariée. Vingt minutes, et c'est précisément maintenant qu'elle a besoin d'aller aux toilettes. Elle ira. Mais elle va lui dire bien clairement qu'il ne devra pas la rappeler. Elles auraient dû rester à Cordoue. Mais quand la guerre s'est terminée, elles sont venues ici, parce que Felipe s'y trouvait, et parce qu'elles ne pouvaient pas rester là-bas, à cause de la Causa General*. Qui a bien pu inventer la Causa General, qui monte les gens contre leurs voisins ? Combien de mensonges au nom de la Causa General, combien de dénonciations, même fausses ! Que de pagaille ! Et Felipe qui a pris le maquis, qui est parti dans cette maudite montagne, comme s'il n'y avait pas de sierra à Cordoue ; il aurait pu prendre le maquis à Cordoue, mais non, il fallait qu'il aille avec El Chaqueta Negra ; et El Chaqueta Negra devait venir ici, comme s'il n'y avait pas d'autres endroits pour prendre le maquis. Maudit soit El Chaqueta Negra. On dit qu'il est très beau. Au moins, s'ils étaient à Cordoue, Hortensia ne serait pas en prison, et elle, elle n'en serait pas là, avec la peur lui rongeant les entrailles parce que Felipe l'a appelée. Elle aurait dû retourner à Cordoue, parce qu'elle y possède encore la maison de son père. Elle conserve la clé dans sa boîte en fer-blanc, sous son lit. Il faudrait qu'elle y retourne. Et qu'elle y reste. Seule comme un chien. Ici aussi, elle est seule comme un chien. Et elle travaille comme un chien. Ce n'est pas qu'elle se plaigne. Mais, parfois, elle n'en peut plus. Il y a des fois où cela la dégoûte d'acheter les os à la señora Celia, même s'ils sont luisants comme un sou neuf. Ce que lui en donne le chiffonnier c'est à peine plus que ce qu'elle les paie à sa patronne, mais chaque centime compte, et avec cet argent, plus celui qu'elle tire de la charbonnaille, et ce qu'elle touche chez ses maîtres, elle se débrouille pour acheter de la nourriture pour Hortensia. Parce qu'elle n'accepterait pas que sa sœur ait pour seule nourriture une demi-louche de lentilles avec des capucins des grains et une moitié d'orange. Quand même, ils ne manquent pas d'humour, appeler « capucins des grains » les bestioles qui parasitent les lentilles ! Moins de vingt minutes, et toujours cette envie d'uriner ; mais si elle utilise le pot, il faudra le vider et cela la fatigue de traverser le couloir avec ses petits besoins à la main. Et puis, si elle se lève, elle va perdre un peu de la chaleur de ses draps. Elle va tenir bon. Elle va s'emmitoufler dans son lit et serrer les jambes. C'est sûr que le chiffonnier les fait cuire encore une fois et les suce avant de les vendre pour faire de la farine. La faim est partout. Et la faim, elle ne connaît pas. Elle a vu des femmes, dans la rue de Torrijos, brasser les ordures et récupérer les épluchures des pommes de terre et des oranges. Mais elle, elle n'a pas faim. La patronne est plutôt bonne. La patronne lui donne le petit-déjeuner, le déjeuner, et le dîner, et ne lui fait pas payer la chambre qui était à sa fille, fusillée en trente-neuf, peu avant l'entrée des Nationaux à Madrid ; la seule fille qu'elle avait, la pauvre, elle s'appelait Almudena. Le mari de la patronne, le señor Gerardo, est à la prison de Burgos. Doña Celia va le voir une fois par an, parce qu'elle ne peut pas y aller plus souvent. Et elle va tous les matins au cimetière. En plus, elle lui permet de récolter les miettes de pain sur les nappes. Plus d'une aimerait travailler pour elle. Plus d'une s'estimerait heureuse de trouver une pension où rester gratuitement en échange d'un coup de main à la patronne, faire la vaisselle, nettoyer la cuisine, le couloir, les toilettes et repasser le linge. Et faire le ménage général tous les dimanches. C'est ce qui lui déplaît le plus. Parce qu'elle ne travaille pas le dimanche chez ses maîtres. Ils sont bien étranges, don Fernando et sa femme, ils ne se parlent pas et vivent chacun d'un côté de la maison ; ils pensent qu'elle ne s'en est pas aperçue, ils la prennent pour une imbécile ? Sa maîtresse, doña Amparo, est très propre, elle passe la journée dans la tourelle ronde qu'il y a en haut, comme une colombe. Et heureusement qu'elle a trouvé une maison où servir et la pension Atocha où loger, quand Hortensia s'est retrouvée en prison. Sa sœur lui a dit que c'était grâce à El Chaqueta Negra en personne, il connaît don Fernando ; ainsi que la señora Celia, El Chaqueta Negra connaît aussi la señora Celia. Pepita, elle, aimerait se rendre au parc le dimanche. Mais une pension gratuite est une pension gratuite, et, en plus, située en face de la maison des maîtres ; elle n'a qu'à traverser. Plus d'une voudrait sa place. Felisa, la gamine qui servait avant chez don Fernando, connaissait aussi El Chaqueta Negra ; un jour, elle lui a dit que c'était un beau garçon, elle s'en souvient maintenant. Hortensia aussi le disait. Tout le monde connaît El Chaqueta Negra. C'est vrai que, en y pensant bien, plus d'une éprouverait quelque réticence à aller de table en table pour recueillir les miettes de pain noir. Hier, le fossoyeur a laissé un bon gros morceau de pain. Elle l'a enduit avec l'huile d'une boîte de sardines et l'a vendu à la Puerta del Sol. Un pain parfumé à la sardine. Elle l'a vendu à la criée, sans attendre. Nous verrons s'il revient aujourd'hui avec aussi peu d'appétit. Encore un petit quart d'heure ; elle va éclater. Vivante, elle va éclater vivante. Mais elle a fabriqué un sac en velours rouge avec un coupon de tissu qui restait à sa patronne après la confection de coussins ; et quand elle le remplit de miettes de pain, et qu'elle le porte au boulanger, elle fait pas mal d'envieuses. Pure jalousie. Mauvaise. C'est vrai qu'il n'y a pas de bonne jalousie. Pas seulement pour les sous qu'elle gagne, mais aussi pour l'élégance de son petit sac de velours rouge avec une doublure intérieure de la même couleur. Elle va se lever. Elle n'en peut plus. Elle va aller aux toilettes et revenir au lit dans cinq minutes. Les chaussures sans bas, c'est beaucoup plus froid qu'avec les bas. Mon Dieu, comme elles sont froides.

Pepita se chausse comme si elle allait se baigner dans les eaux glacées d'une rivière. Elle introduit ses pieds progressivement dans ses chaussures sans parvenir à les enfiler entièrement. Elle serre les jambes, avance presque sur les pointes et porte la main à son sexe. Elle le serre. Elle ne va jamais arriver aux toilettes. Non, elle ne va pas y arriver. Au coin de l'œil gauche, point une larme. Elle serre les lèvres. Elle serre plus fort les cuisses. Elle serre plus fort son sexe dans sa main. Ça coule. C'est en train de couler. Elle transpire. Elle décide de prendre le pot de chambre. Elle ouvre la porte latérale de la table de nuit. Elle s'accroupit. Et enfin elle se soulage, elle respire. Un sourire timide illumine son visage. Elle ferme les yeux. Et, tout doucement, deux larmes roulent.

19.

Sous la pierre presque plate, sur le chemin de la colline, Pepita n'a trouvé aucun message. Blottie derrière le buisson, elle observe le poteau électrique. Oui, c'est bien celui qui a une encoche au milieu. Peut-être est-il trop tôt. Elle s'assied sur la pierre, et attend. Elle regarde autour d'elle et recouvre sa bouche avec les bords du fichu qui coiffe sa tête, s'y accrochant des deux mains. Un hibou. Ce cri doit être celui d'un hibou. Elle est là depuis à peine cinq minutes, lorsqu'elle entend les trois coups des pierres que l'on frappe l'une contre l'autre ; elle prend deux cailloux ronds et répond au signal de reconnaissance en les entrechoquant trois fois. Un homme s'approche. Ce n'est pas Felipe. Il est plus jeune que Felipe. Il porte un pantalon et une veste en velours, une casquette et un fusil-mitrailleur à l'épaule. À sa vue, Pepita se couvre davantage le visage avec le fichu, laissant à peine ses yeux à découvert, comme s'il lui était possible de se cacher.

— Ne crains rien, petite.

La voix de cet homme la fait sursauter. Elle s'appuie des deux mains sur la pierre presque plate. Et se lève. Elle laisse tomber le fichu et court se cacher derrière le buisson.

— Viens ici, ne crains rien.

L'homme la suit calmement. Il a ramassé le fichu et le tient dans sa main. Pepita commence à marcher à reculons en contournant les buissons.

Lentement, il avance vers elle, et elle recule ; ils se regardent.

— Tu es Pepa ?

— Pepita.

— N'aie pas peur, je viens de la part de Felipe.

Sans cesser de marcher, Pepita tend la main vers son fichu. Mais elle n'arrive pas à l'atteindre.

— Et qu'est-ce qui me dit que vous n'êtes pas un garde civil déguisé ? Il paraît qu'il y en a plein.

— C'est ce qu'on dit. Et on dit aussi qu'il n'y a pas de fumée…

— Sans feu.

— Est-ce que j'ai l'air d'une flamme ? Je m'appelle Paulino. Je suis un ami de Felipe, je viens de sa part.

— Et pourquoi il est pas venu lui-même, on peut savoir ?

— On peut.

C'est Paulino. Et cela fait très longtemps que Paulino n'a pas parlé à une aussi jolie femme. À vrai dire, il y a longtemps que Paulino n'a pas parlé à une femme. Quelle qu'elle soit.

— Donne-moi mon foulard.

— Prends-le.

Face à face, les deux jeunes gens continuent de tourner lentement autour des buissons.

— Tu vas tomber. Tu marches comme un crabe.

— Je dois m'en aller.

— Attends, j'apporte un message de Felipe.

— Je connais pas de Felipe.

Paulino éclate de rire et la regarde dans les yeux, merveilleusement bleus. Pepita lui arrache le fichu des mains.

— Qu'y a-t-il d'aussi drôle ?

— Sois pas aussi méfiante, je ne suis pas garde civil. Il est un peu tard pour dire que tu connais pas Felipe, petite, tu viens de me demander pourquoi il était pas venu lui-même.

— Je dois partir.

— Moi aussi, je pourrais croire que t'es pas celle que tu prétends. J'ai jamais vu de Cordouane aussi blonde. Comment peux-tu être si blonde et ta sœur si brune ?

— Il y a dû avoir une erreur en haut lieu.

— Heureuse erreur. Remarque, Hortensia aussi est très jolie, mais tu lui ressembles pas du tout. Qu'est-ce qui me dit que tu es Pepa ?

— Pepita.

— Pepita, d'accord ; bon, je te crois parce que tu me le dis.

— C'est ton affaire, je dois m'en aller.

Les soupçons de Pepita ne l'empêchent pas de regarder Paulino dans les yeux. Attirée par ce regard qui la cherche sans qu'elle puisse résister, elle remet son fichu et répète qu'elle doit partir.

— Je dois m'en aller.

— Écoute, si j'étais garde civil, je pourrais pas savoir que, sous cette pierre, Felipe t'a laissé un jour une lettre pour Hortensia. Et une autre fois, un cahier bleu. Et maintenant, ça suffit, petite !

— Comment Felipe appelle Hortensia ?

— Tensi, il l'appelle toujours Tensi. Et il l'aime beaucoup.

— Et pourquoi il est pas venu ?

Paulino s'approche de Pepita et elle lui demande à nouveau :

— Pourquoi Felipe n'est pas venu ?

Il écarte la mèche qui cache le front de Pepita. Elle repousse sa main. Le jour n'est pas encore levé.

20.

Regarde-moi. Regarde-moi, lui demandait toujours Hortensia après l'amour, quand il abandonnait son corps ; et elle cherchait son épaule nue pour y appuyer sa tête. Regarde-moi, le suppliait-elle, en cherchant son regard, même si je ne te regarde pas. Et elle fermait les yeux. Tensi. Lui, ouvrait les bras, fatigué, trop épuisé même pour la regarder. Allongé sur le dos, il savourait sa fatigue et lui mentait :

— Je te regarde.

Maintenant, Felipe regrette de ne pouvoir mentir à Hortensia. Il regrette de ne pouvoir l'embrasser une fois de plus, une seule fois, avant de mourir. Et il regrette de s'être emporté contre Tensi lorsqu'elle est venue le rejoindre.

— Tu es folle ? On peut t'avoir suivie. En plus, ici ce n'est pas un endroit pour une femme, encore moins pour une femme enceinte.

Elle lui retourna ses reproches en lui répondant qu'un policier de Barcelone lui avait donné un coup de pied dans le ventre. Et maintenant, Felipe regrette d'avoir crié, et se souvient du dernier baiser qu'elle lui a donné, en lui disant au revoir, avant de descendre à El Llano pour acheter une poule. Il a évité sa bouche et lui a dit que le maquis n'était pas un endroit pour les baisers. Maintenant, il le regrette. Et il regrette de ne pas s'être laissé aller une seule fois avec elle, depuis qu'il est dans le maquis, pas une toute petite fois. Tensi. Et il porte sa main sur le côté de son abdomen et presse la blessure pour maîtriser la douleur. Il ne saigne plus. Le pansement de résine fraîche que Paulino lui a appliqué, après la fusillade, a stoppé l'hémorragie ; mais la douleur lui déchire le flanc comme les griffes d'une bête sanguinaire. Felipe essaie de la dominer en pensant à Hortensia. Tensi. Il sort de sa poche la photographie qu'elle lui a offerte à Don Benito, du temps où elle apprenait à écrire. *En témoignage de mon amour, je t'offre ce souvenir. À toi pour toujours : ton Hortensia*. À toi pour toujours. Il parcourt la peau de son visage. Il caresse sa joue. Il savoure sa douceur avec la pointe de ses doigts. Il caresse son bras. Il sourit de la voir sourire. Il embrasse ses yeux, ses lèvres entrouvertes et ses dents. Tensi, avec son uniforme de milicienne, avec son fusil en bandoulière et l'étoile rouge à cinq pointes cousue sur le côté, elle sourit pour lui, avec un enfant qui n'est pas le sien dans ses bras. C'était un jour chaud de juillet, elle avait mis les boucles d'oreilles qu'il lui avait achetées à Azuaga, et avait relevé ses cheveux, cachant ses nattes.

— Quand la guerre sera finie, nous aurons un enfant comme celui-ci, regarde comme il est beau.

Elle souleva l'enfant et se mit à rire.

— Ah, Jésus, mon doux Jésus.

Elle agita ses boucles d'oreilles et le pompon de son bonnet. Il faisait chaud. Et Tensi descendit la fermeture à glissière de sa combinaison, découvrant sa gorge.

— Tu aimerais, Felipe ? Un comme celui-ci, regarde. Ça te plairait ?

— Avec son poing fermé, alors.

— Mais avec ses cinq petits doigts.

— Avec petits doigts ou sans petits doigts, mais avec le poing fermé.

— Sois pas bête, Felipe.

Il l'embrassera dans le cou. Lui enlèvera son bonnet et caressera ses tresses. Tensi. Il descendra la fermeture jusqu'en bas. Et il jouira de la douceur de son corps. Il règlera sa respiration sur la sienne, et se glissera entre ses cuisses dorées. Sans se presser. Et après, elle lui demandera qu'il la regarde. Felipe serre les lèvres et réprime un sanglot. Parce que Tensi attend un enfant, et il ne pourra pas la voir avec son propre enfant dans les bras.

La douleur revient. Felipe essaie de se redresser pour guetter le sentier par lequel Paulino doit revenir.

Tous les autres sont morts.

Et maintenant, il va mourir, seul, sur cette montagne, en embrassant le portrait de Tensi. Tensi. Tensi.

Il devrait se tirer une balle dans la tête sur-le-champ.

Une balle. Sur-le-champ. Paulino aurait dû le faire quand il le lui a demandé, mais il ne l'a pas fait.

— Je veux pas qu'ils me prennent vivant.

Son compagnon n'a pas écouté sa supplication.

— Ils te prendront pas.

Il l'a attrapé par la ceinture, l'a appuyé sur son épaule et soutenu pour l'aider à marcher jusqu'à un lieu sûr avant d'aller chercher de l'aide. Il s'est caché avec lui pendant des heures, sous un pont qu'avaient traversé les gardes civils pour repartir triomphants, les cadavres de leurs camarades chargés sur des mules. Et là, dans leur cachette, il a soigné la plaie de Felipe avec un pansement de résine de pin fraîche et il l'a écouté parler de sa femme, combien il l'avait aimée, combien il l'aimerait toujours.

— Emmène-moi la voir.

Il l'a supplié de l'emmener la voir. Il le lui a demandé à plusieurs reprises, sans se plaindre de la balle logée dans son flanc, regrettant seulement l'absence de Tensi.

— Emmène-moi la voir.

— D'abord, il faut t'enlever cette balle.

Paulino pensa à don Fernando. Parce que don Fernando était médecin, et il avait encore une dette envers eux. Pour l'affaire de Paracuellos*. Oui, il se souvenait de don Fernando, le docteur Ortega, et de Paracuellos del Jarama. Felipe et Paulino l'avaient connu lors de la première réunion de la Junte de Défense de Madrid, au ministère de la Guerre ; et quelques jours après, ils l'avaient à nouveau rencontré avec Koltsov*, dans les environs de l'aéroport de Barajas, au moment même où plus de mille prisonniers politiques étaient transférés de la prison Modelo. On disait qu'on les emmenait dans une autre prison. Don Fernando a encore une dette envers eux. Faire en sorte que la sœur d'Hortensia entre à son service, c'était juste donner un coup de main, pas s'acquitter de sa dette.

Sans entendre Felipe, qui continuait à parler de Tensi à voix basse, Paulino décida de faire appel à don Fernando. Il prit cette décision et attendit le moment opportun pour aller à la recherche de son contact dans les jardins potagers d'El Altollano. Il ne laisserait pas mourir son compagnon. Non, il ne le laisserait pas mourir. Il n'avait pas pu empêcher la mort des autres. Il avait été incapable de les convaincre de changer de campement le matin même ; alors qu'un homme qui ramassait du bois s'était approché d'eux dans un chariot tiré par des bœufs. Le chien qui l'accompagnait avait commencé à aboyer, et le paysan était descendu du chariot pour voir pourquoi son chien aboyait. Le maître et le chien s'étaient arrêtés à une centaine de mètres du groupe ; les hommes avaient déjà épaulé leurs fusils en entendant les aboiements. L'homme fit mine de fuir.

— Pas un geste.

Il ne bougea pas. Il ne pouvait pas bouger.

— Vous savez sans doute qui nous sommes. Nous sommes les guérilleros, défenseurs de la République.

— J'ai entendu parler de vous.

— Que pensez-vous faire maintenant ?

— Je sais pas ce que je dois faire.

— Ce que vous devez faire c'est la fermer, dire à personne que vous nous avez vus.

— Je le dirai à personne.

— Si vous le racontez à qui que ce soit, vous vous mettez vous-même en danger, et si c'est pas aujourd'hui, ni demain, vous vous mettrez en danger de mort un jour ou l'autre.

— Non, non, soyez tranquilles.

Cet homme suait la peur. Il leur donna du « Vive la République ! » et sourit. Mais la peur se devinait à la chair de poule sur ses mains, à son poil hérissé, à ses tremblements et au nombre de fois qu'il a regardé derrière lui en s'en allant.

— Il a pas été ravi de tomber sur nous, tu peux en être sûr. Tu as vu ses mains ?

— Arrête avec ta méfiance.

— Ce type va nous dénoncer.

— Penses-tu !

— Si nous dressons le camp ici, ils viendront nous chercher et nous liquider ici même. Et c'est ici que nous livrerons notre dernière bataille.

— On casse une croûte, et on se tire.

Tous accusaient la fatigue de la longue marche de la nuit précédente. Il avait plu et ils étaient trempés. Paulino n'insista pas. Ils allumèrent un feu pour se sécher et s'installèrent pour se reposer. La Garde

Civile ne tarda pas à les encercler. Il était trois heures de l'après-midi, et ils étaient en train de manger. Les gardes civils arrivèrent à découvert, à distance les uns des autres, en feux croisés. Certains camarades furent tués, un morceau de fromage dans la bouche. Ils ne résistèrent pas à un seul assaut. Pas à un seul. Felipe et Paulino ouvrirent une brèche dans le flanc ennemi, brisant l'encerclement avec une grenade ; mais Felipe fut blessé, et ils ne purent s'éloigner que de quelques mètres. Ils se cachèrent dans un champ. Une haie de petits buissons séparait le champ du terrain de campement. C'est à ce moment-là que Felipe lui demanda de le tuer.

— Ils nous auront morts mais pas vivants. De toute façon, ma vie n'a aucune valeur.

Sa vie à lui non plus n'avait aucune valeur. Il l'aida à se traîner jusqu'aux buissons, et là, camouflés, avec leur arme pointée sur leur tête, prêts à se tuer plutôt qu'à se faire tuer, ils entendirent les voix se rapprocher.

Douze de leurs compagnons étaient morts. Et au moins cinq gardes civils avaient été fauchés par l'explosion de la grenade. Felipe voulut en lancer une autre, mais Paulino le retint :

— Attends, je crois qu'ils ne nous ont pas vus.

— Le premier qui nous voit, je me le fais.

Le premier qui vint vers eux était un sans-grade de la Garde Civile, suivi d'un sergent.

— Sergent, il y a du sang ici, il doit y avoir un blessé.

Felipe et Paulino se sentirent perdus.

— J'ai mis un uniforme neuf ce matin, et j'ai pas l'intention de le déchirer en fouillant le maquis.

— On vous en donnera un autre.

Peut-être le sergent se doutait-il que la mort était tapie derrière ces buissons. Peut-être est-ce pour cela qu'il ne s'est pas laissé convaincre par le soldat qui insistait. Et ils s'en sont allés. Fuyaient-ils ainsi Felipe et Paulino ? Ou peut-être ces derniers devaient-ils leur salut au nouvel uniforme du sergent ? Tous deux attendirent de les voir partir, vers le pont, avec le reste de la troupe.

Paulino sentit que le meilleur endroit pour cacher Felipe pendant qu'il allait chercher de l'aide était précisément le chemin que prirent les gardes civils pour repartir. Le pont.

Et depuis leur abri, ils ont vu s'éloigner les cadavres ensanglantés de leurs camarades, sur des mules, leurs têtes et leurs bras balançant dans le vide. Douze. Ernesto. El Porra. El Gallego. Ils les ont vus, sans pouvoir les distinguer les uns des autres. Sebas. Carlos. Leurs visages défigurés. Victoriano. El Torero. El Chiqui. Tomás. Paco. Cíen Palos. Murillo. Mais il ne laissera pas El Cordobés mourir. Il ira chercher Carmina pour faire venir Pepita, et Pepita lui amènera le médecin pour extraire la balle. Et après, Paulino remplira son serment. Parce que Felipe voulait voir Hortensia.

— Jure-moi que tu vas m'emmener la voir, jure-le moi.

— Je te le jure.

21.

Les yeux inquiets de cette fille font oublier à Paulino sa propre peur, et l'urgence de revenir auprès de Felipe. Son regard de fond d'océan le retient dans un jeu imprudent, dont il n'a sans doute pas l'habitude. Paulino savait que l'embuscade de la veille était due à la trahison de l'homme qui avait la chair de poule. De cela, il en était certain. Et il savait pertinemment que la Garde Civile reviendrait dans le maquis. Son contact l'avait averti :

— Ils ont étendu vos hommes sur le sol de la gare pour que tout le monde les voie avant de les jeter dans la fosse. Mais ils savent qu'il manque deux corps. Ils savent que deux hommes ont échappé à la battue ; et ils soupçonnent l'un d'eux d'être El Chaqueta Negra. Ils reviendront.

Ils reviendront. Ils reviendront, lui avait-il dit. Et il s'était pressé de dire à son contact d'avertir Pepita. Ensuite, il avait couru rejoindre Felipe sans perdre une minute.

Maintenant aussi, il devrait retourner près de Felipe sans perdre une minute.

Mais ces yeux bleus ne cessent de le regarder.

— Je dois m'en aller, je vais rater mon train.

— Felipe est blessé.

— Il est blessé ?

Et les yeux si bleus expriment une peur plus grande que celle qu'ils ressentaient déjà :

— Il est blessé ?

— Il a besoin d'un médecin.

Un médecin. Felipe a besoin d'un médecin et Pepita ne sait pas encore ce que Paulino vient lui demander.

— C'est grave ?

— Il a besoin d'un médecin.

— Ça, tu me l'as déjà dit, c'est grave ?

— Il a pris une balle, il faut la retirer.

— Et en quoi te suis-je utile ?

— Tu travailles chez un médecin.

— Le señorito n'est pas médecin.

— Il l'était.

— Don Fernando ?

À cet instant Pepita se méfie, mais elle ne sait pas encore très bien où Paulino veut en venir.

— Don Fernando n'est pas médecin. Je n'ai jamais entendu dire qu'il l'ait été. Il travaille à la bijouterie de la rue Moratín.

— Il était médecin. Et quand on a été médecin, on est toujours médecin.

— Rien ne prouve qu'il l'est !

— Il l'est, petite, ne te fâche pas. Et Felipe a besoin qu'on lui ôte cette balle ; si on la lui retire pas, il mourra.

— Mon Dieu !

Oui, Pepita comprend ce qu'il va lui demander.

— Et tu veux que je t'amène le señorito, si je comprends bien. C'est ça, hein ? C'est ça, tu as l'intention que moi, je te l'amène ici ?

— Non, pas ici. On te dira cet après-midi où l'emmener. Le maquis n'est pas un lieu sûr.

Ce n'est pas un lieu sûr. Pepita regarde à gauche et à droite, puis devant et derrière elle ; comme elle a si souvent vu faire sa voisine.

— Le señorito peut me dénoncer si je lui demande ça.

— Dis-lui que tu viens de ma part. Dis-lui que tu viens de la part de Paulino González.

— Toi aussi, il peut te dénoncer.

— Il ne le fera pas.

— Tu en sais des choses, toi ! Incroyable !

Paulino se remet à rire. Et Pepita lui demande à nouveau pourquoi il rit.

— Et pourquoi ris-tu maintenant ?

— Mon contact te dira où tu devras amener le médecin. Rends-toi à deux heures précises au marché de la Cebada, cherche l'étalage vingt-six et demande Carmina. Elle te demandera si tu veux des pommes de terre. Tu lui répondras que tu veux des pommes de terre, des poireaux et du persil. Tu t'en souviendras ? C'est très facile, pommes de terre, poireaux, persil ; tout commence par p.

— Comme Paulino.

— Et comme Pepita.

Elle aurait voulu lui demander de ne pas la regarder comme cela. Mais elle ne le fit pas.

— Je veux voir Felipe.

— Non.

Non, répondit Paulino, et il ajouta :

— Pas maintenant. Tu le verras cette nuit. Au revoir, petite. Et Pepita se retourne pour partir.

— Au revoir.

Avant de la quitter, Paulino la retient par le bras :

— Souviens-toi, pommes de terre, poireaux et persil. Et n'en parle à personne. Et encore moins devant la femme de don Fernando.

Pepita lui répond : Non, ne t'inquiète pas. Mais elle

aurait aimé lui demander pourquoi la señora ne devait pas être au courant. Elle aurait aimé lui dire qu'elle n'oserait en parler à personne, pas même à don Fernando. Elle aurait voulu savoir pourquoi ce n'était pas à son contact de le faire. Pourquoi ? Mais elle ne le demande pas. Pourquoi elle ? Et elle s'éloigne de Paulino, accrochée à son châle, en regardant par terre.

Pourquoi elle ?

Pourquoi ?

22.

Fuir, ce n'est pas prendre le train. Ce n'est pas non plus s'éloigner. Fuir, ce n'est pas être loin. Pepita appuie la tête sur la vitre, en évitant de regarder vers la colline. Elle tourne le regard pour s'éloigner de Paulino. Car Paulino lui a caressé les cheveux. Il lui a dit qu'Hortensia aussi est très belle. Il lui a dit : aussi. Il lui a serré le bras avant de lui dire au revoir. Et il l'a regardée dans les yeux. Pepita refuse de regarder la colline, pour s'éloigner de Paulino, et de la mission dont il l'a chargée. Elle ferme les yeux, bien qu'elle sache que le train la conduit directement au lieu qu'elle prétend fuir. Plus elle s'éloigne de Paulino, plus elle se rapproche de don Fernando, et revient à Paulino.

— Il y a encore du sang, vous avez vu ?

— Ils n'ont pas voulu qu'on le nettoie.

Les murmures de ses voisines de wagon font sursauter Pepita.

— Quel sang ?

Elle a presque crié.

— Tu n'as pas vu les dalles de la gare ?

Non. Elle n'a pas vu les dalles de la gare. Elle regardait par terre, mais elle n'a rien vu.

— Hier, ils en ont tué douze.

— Dix.

— Moi, on m'a dit douze.

Chuchotements. Chuchotements qu'échangent les femmes en rapprochant leurs têtes pour que Pepita ne les entende pas. Mais Pepita les entend.

— Je les ai vus, ils étaient douze.

— Toute la bande d'El Chaqueta Negra.

— Me dis pas qu'ils ont tué El Chaqueta Negra !

— Non, El Chaqueta Negra n'était pas parmi les morts, il s'est échappé avec un autre.

— Et avant, ils ont tué cinq ou six gardes civils.

— Comment peux-tu le savoir ? Ça, ils ne le disent jamais.

— Ils ne le disent peut-être pas ; mais on m'a dit à moi que, dans les jardins d'El Altollano, El Chaqueta Negra a tué cinq ou six gardes civils, et qu'il s'est échappé avec un autre qui est blessé.

— Alors, Paulino, c'est El Chaqueta Negra.

Cela lui a échappé, à Pepita, et à haute voix, mais aucune des passagères n'a entendu.

Oui, Paulino est El Chaqueta Negra.

Paulino est El Chaqueta Negra. Et il l'a regardée dans les yeux. C'est El Chaqueta Negra, et c'est pour cela qu'il connaît don Fernando. À présent, Pepita regarde vers la montagne et se demande pourquoi Paulino ne lui a pas dit qu'il était El Chaqueta Negra. Elle porte un message d'El Chaqueta Negra.

À l'arrivée à la gare de Delicias, elle pense encore à Paulino. Elle descend du train sans hâte. Sans hâte, elle marche en regardant les fiancés qui se sont levés de bonne heure pour se retrouver ; les amoureux qui se donnent rendez-vous sur le quai et qui font semblant d'être des voyageurs se disant au revoir, pour éviter la contravention à laquelle ils s'exposent s'ils s'embrassent en pleine rue. Et, sans hâte, elle se dirige vers le métro, regardant d'un côté et de l'autre, la tête enfouie dans les épaules. Elle porte un message d'El Chaqueta Negra. Elle sortira du métro en guettant du coin de l'œil ceux qui montent les escaliers en même temps qu'elle. Elle surveillera les passants. Elle parcourra les rues. Sans se presser. La Puerta del Sol, Montera, la place Jacinto Benavente. Atocha. Et elle franchira le seuil de la pension en regardant à droite et à gauche avant d'entrer. Parce qu'elle porte un message d'El Chaqueta Negra. Les cloches de l'église San Judas Tadeo sonneront la demie. Huit heures et demie. Elle aura encore le temps de nettoyer les toilettes et d'aider la señora Celia à la cuisine avant de se rendre chez don Fernando.

Lorsque Pepita ouvrira la porte de la pension, elle trouvera sa patronne dans le couloir :

— Pourquoi ne m'as-tu pas prévenue que tu partais ?

Lui demandera, intriguée, doña Celia ; pourquoi ne l'a-t-elle pas prévenue, alors que d'habitude, Pepita la réveille tous les matins pour lui dire qu'elle part, avant d'aller chercher la charbonnaille.

La voix de doña Celia recèlera davantage de curiosité que de courroux. Et Pepita réalisera alors que ses jambes tremblent et qu'elle a du mal à respirer. Elle réalisera qu'elle a du mal à tenir debout et à la regarder dans les yeux. Car elle porte un message d'El Chaqueta Negra. Et elle sera surprise de se trouver là, dans l'entrée de la pension, parce qu'elle ne se souviendra pas d'avoir marché dans les rues, ni d'avoir fait le trajet en métro, ni d'avoir traversé le quai, ou encore d'être arrivée en train à Delicias. La seule chose dont elle se souvient, c'est qu'elle doit porter un message à don Fernando. Elle doit se rendre chez don Fernando.

— Tu es pâle comme un linge, ma fille, que t'est-il arrivé ?

Et Pepita ne veut pas répondre, parce que sa tête est pleine de brume, une brume très dense ; et elle entend au loin un coup de sifflet, un train qui part. Elle doit se rendre chez don Fernando. Elle porte un message d'El Chaqueta Negra. Elle a du mal à écouter sa patronne, elle a du mal à la regarder, elle a du mal à soutenir son regard, à l'écouter ; et de son épaule, elle cherche le soutien du mur.

— Où est ton seau ? Tu ne viens pas de la gare, n'est-ce pas ?

Elle ne veut pas répondre. Elle sent que le sifflet du train traverse la brume dans sa tête. Et elle est dans ce train.

Elle s'en va.

Et, avant de tomber, elle se laisse glisser contre le mur.

Elle ne voudra pas répondre, mais elle dira dans un murmure :

— J'apporte un message d'El Chaqueta Negra.

23.

C'est bientôt la nuit de Noël. Et doña Amparo a laissé un message sur la table de la salle à manger pour son mari, don Fernando. Elle veut qu'il lui apporte de la mousse parce qu'elle va faire une crèche. Et elle lui demande, au passage, qu'il lui laisse un peu d'argent ; elle a déjà dépensé ce qu'il lui donne pour la semaine et n'a plus rien pour acheter la dinde de Noël et donner ses étrennes à Pepita.

Don Fernando parcourt le message rapidement, cherchant, dans les quelques mots écrits sur le papier qu'il tient dans la main, des marques de tendresse de son épouse. Mais il n'en trouve pas. Non. Pas le moindre reliquat de tendresse de sa femme. Elle termine son mot en lui disant qu'après-demain, dimanche, ils n'iront pas à la messe à San Francisco El Grande, mais à Saint-Sébastien. Et pour finir, elle lui rappelle que San Francisco est en travaux, l'autel détruit par les bombardements va être enfin restauré.

Cela fait presque deux ans que don Fernando et son épouse ne se parlent plus. Et cela fait presque deux ans qu'ils ne se voient que les dimanches. Il la prend par le bras au sortir de la maison et ils marchent jusqu'à l'église en regardant droit devant, répondant au salut des gens qu'ils croisent, avec un sourire, comme le veut la courtoisie. C'est ainsi que le pacte a été conclu. Don Fernando accompagnerait doña Amparo à la messe le dimanche, pour ne pas laisser libre cours aux rumeurs. Et elle habiterait l'étage du haut. Ils renverraient Felisa dans son village, et engageraient une bonne quelques heures par jour.

— Je ne veux pas que quelqu'un dorme à la maison. Je ne veux pas de témoin qui puisse aller raconter ce que nous faisons et ce que nous ne faisons pas.

Je ne veux pas, apprit à dire doña Amparo.

— Je ne veux pas te voir en haut. Et je ne veux pas descendre quand tu es en bas. Je ne veux pas te croiser dans les couloirs.

Je ne veux pas, s'est-elle ensuite habituée à répéter.

— Je ne veux plus que tu me racontes quoi que ce soit. Plus rien, tu m'entends ? Je ne veux plus jamais te parler de ma vie.

C'est ainsi que fut conclu le pacte, lorsque le docteur Ortega annonça à sa femme qu'on lui avait offert un poste de comptable à la bijouterie de Moratín et qu'il abandonnait la médecine.

— J'ai vu trop de sang, Amparo.

— La guerre, c'est la guerre ; et dans une guerre, il y a du sang. C'est ce que j'ai dit à ton père pour ne pas qu'il te dénonce. Que vas-tu lui dire maintenant ? Qu'à présent tu as peur du sang ?

Elle lui rappela qu'il était encore en vie grâce à elle ; que c'est elle qui avait convaincu le père de don Fernando de ne pas dénoncer son fils à la Causa General.

— Tu lui as déjà suffisamment fait honte.

Et doña Amparo répète à don Fernando qu'il a fait honte à son père :

— Je pense que tu lui as déjà suffisamment fait honte.

Et elle le dit, persuadée que c'est vrai. Car le père de don Fernando, lui aussi, est médecin. C'est un ami personnel de Francisco Franco ; et pendant la guerre, il l'a suivi à Burgos, pour exercer dans la zone nationale, mérite suffisant pour que le chef de l'État en personne lui confie le poste de médecin-conseil au ministère de l'Intérieur, une fois la guerre terminée. Le père n'a jamais pardonné au fils d'être resté fidèle à la République en offrant ses services à l'hôpital de Sangre de Chamartín. Il lui a fait honte pendant la guerre, et il lui a encore davantage fait honte lorsque le Généralissime a présidé le premier Défilé de la Victoire sur l'avenue de la Castellana de Madrid, et que son fils a refusé d'assister à la cérémonie. La famille entière était invitée à la tribune d'honneur, aux côtés du Corps Diplomatique. La garde maure surveillait la tribune où le général Varela remit au Généralissime la Grande Croix de l'ordre de San Fernando, et son fils a refusé d'y assister.

— Vois-tu, je n'ai pas l'intention de participer à une telle mascarade. Sais-tu comment il a obtenu la Croix de l'ordre de San Fernando ?

— Ne me parle pas de mascarade, Fernando, ne me parle pas, toi, de mascarade. Toi, l'honnêteté en personne, le capitaine médecin Ortega, le héros de Paracuellos.

— Je t'ai dit maintes fois que je n'étais pas à Paracuellos.

Doña Amparo rappelle cette discussion à son mari et ajoute qu'elle était alors parvenue à convaincre son beau-père qu'il n'était pas à Paracuellos del Jarama.

— Mon père n'en a jamais été convaincu.

— Mais il ne t'a pas dénoncé. Et moi non plus. Ce que tu avais fait ou pas m'était bien égal.

— Amparo, tu dois le comprendre. Le sang me répugne, me donne la nausée.

— Comment, je dois le comprendre ? J'ai épousé un chirurgien, voilà ce que je comprends, moi, un chirurgien ; et si tu cesses d'être chirurgien, tu peux partir en Russie avec tes amis communistes, et tu t'en repentiras. Moi, tu ne m'infligeras pas la honte d'avoir à expliquer à qui que ce soit que tu as abandonné la médecine parce que le sang te dégoûte. Et je n'ai pas non plus l'intention de dire que tu n'es plus désormais qu'un simple employé de pacotille. Pas question, je n'ai pas l'intention de me rendre ridicule, tu m'entends ? Et je ne te laisserai pas faire non plus.

Durant des mois, don Fernando a tenté de calmer la colère de son épouse. Il a continué d'exercer la médecine, et lui a juré qu'il ne reviendrait pas sur le sujet. Il a obtenu que sa femme, lorsqu'il rentrait à la maison, l'accueille avec un baiser. Don Fernando l'aimait. Il a obtenu que sa femme lui délivre un peu de sa tendresse au lit. Il l'aimait, mais il sentait bien que la reddition de sa femme exigeait de sa part une soumission totale, une reddition plus intime, un renoncement qui le plongeait dans un état de mélancolie dont il était incapable de se remettre.

— Je ne peux plus continuer comme cela, Amparo, nous devons parler.

— Il n'y a rien à dire, je ne veux parler de rien.

— Je vais travailler à la bijouterie.

Il lui en coûta de le lui dire, mais il le lui dit. Et son épouse, comme il fallait s'y attendre, ne l'accepta pas. Elle transféra toutes ses affaires dans la tour et lui cria que, de sa vie, elle ne lui adresserait plus jamais la parole.

— De ma vie, tu entends ? Plus jamais de ma vie.

Elle ajouta qu'il avait intérêt à ne jamais monter ces escaliers, jamais :

— Jamais, à moins que ce ne soit pour me dire que

tu es médecin. Et je ne descendrai pas tant que tu seras en bas et que tu seras un comptable de rien du tout.

Cet après-midi-là, Felisa vint dire au revoir à doña Celia. Et doña Celia rendit visite à don Fernando de la part d'El Chaqueta Negra.

— La sœur d'une camarade détenue a besoin de travailler.

Contrairement à l'usage, qui voulait que ce soit la maîtresse de maison qui engage la domesticité, don Fernando recruta la servante sans même consulter son épouse.

Le lendemain, à dix heures précises, don Fernando ouvrit la porte de sa maison à une fille aux yeux d'un bleu intense.

24.

Cet hiver-là, les premiers flocons de neige commencèrent à tomber quand Pepita arriva à la maison de don Fernando. Elle signala sa présence à la porte discrètement, d'un léger coup de sonnette timide et bref, un seul. Il attendait Pepita, prêt à sortir, sa cape espagnole sur les épaules et son chapeau à la main. Une telle absence d'énergie dans ce coup de sonnette le surprit. Il fut surpris parce qu'il était dix heures du matin, l'heure à laquelle Pepita arrivait ; et Pepita ne sonnait jamais ainsi. Avant d'ouvrir, don Fernando regarda à travers la vitre pour décider s'il prenait ou non un parapluie. Ensuite, il s'approcha de la porte et jeta un coup d'œil par le judas. Oui, c'était bien

Pepita. Il enfouit le mot de sa femme dans une de ses poches et ouvrit.

Il neigeait.

— Bonjour.

— Bonjour, señorito.

— Tu as vu, il neige ?

Pepita ne répondit pas à son sourire. Elle ne ferma pas la porte. Elle n'enleva pas son manteau et ne se dirigea pas comme d'habitude vers la cuisine. Elle resta plantée dans le vestibule, à le regarder fixement. Il ajusta son chapeau devant le miroir du portemanteau, étonné par le manque d'enthousiasme de la jeune femme. Il neigeait, et elle ne courait pas à la fenêtre pour regarder.

— La señora est là ?

— Elle est à la messe.

C'est alors qu'elle ferma la porte et se plaça derrière don Fernando. Il remarqua ses cernes dans le miroir, ses lèvres pâles et ses yeux rougis. Il se tourna vers elle et lui demanda si elle avait pleuré.

— Tu as pleuré ?

— J'ai quelque chose à vous dire.

Don Fernando se pencha à la hauteur de ses yeux.

— Tu te sens bien ?

Il observa sa pâleur. Lui prit le poignet et chercha son pouls.

— Tu es au bord de la syncope.

— Je dois vous dire quelque chose de très important.

Craignant de s'évanouir à nouveau avant d'avoir dit ce qu'elle doit dire, Pepita respire un grand coup et répète :

— Je dois vous dire quelque chose.

Don Fernando la conduit vers la chaise la plus proche et l'aide à s'asseoir.

— Je vais te chercher un verre d'eau sucrée.

Quand il revient de la cuisine, en remuant rapidement l'eau à l'aide d'une cuillère, don Fernando trouve Pepita les coudes sur les genoux, la tête baissée et le visage caché entre ses mains.

— Tiens, bois ceci.

— Quelque chose de la part de Paulino González.

C'est au tour de don Fernando de pâlir. Tendant le verre à Pepita, il insiste :

— Bois ceci.

Et il s'assoit à côté d'elle.

— Bois lentement.

Pepita boit. Lentement.

— Bois tout.

La dernière gorgée est la plus sucrée.

— Vous êtes médecin.

Il reste silencieux.

Les derniers mots seront les plus difficiles à prononcer, les mots qui restent à dire, pourtant ce sont ceux qui calmeront l'angoisse de Pepita. Ils vont répéter d'un seul jet que Paulino González a besoin d'un médecin, parce que Felipe a pris une balle et qu'il faut l'extraire, pour ne pas qu'il meure. Ils vont répéter d'un seul jet que don Fernando est le médecin dont Felipe a besoin, que Felipe est le mari de sa sœur Hortensia et qu'Hortensia est en prison et enceinte et qu'elle mourrait si Felipe venait à succomber à sa blessure et qu'un contact lui donnera sur la place du marché les indications pour conduire le señorito pour retirer la balle de Felipe. Et que la señora ne le sache pas.

— Je ne sais pas pourquoi la señora ne doit pas être au courant, mais il faut pas qu'elle le soit. C'est ce que m'a dit El Chaqueta Negra. C'est ce qu'il m'a dit. Et que vous n'allez pas me dénoncer, cela aussi il me l'a dit, señorito, que vous n'allez pas me dénoncer.

25.

Ave María, numéro seize. Ave María, avait dit Carmina à Pepita au marché de la Cebada, après que celle-ci lui eut demandé des pommes de terre, des poireaux et du persil. Ave María. Et Pepita reconnut la femme qui étendait le linge au balcon. Carmina parla une minute, sans même la regarder. Elle lui indiqua le lieu et l'heure du rendez-vous : Rue Ave María, numéro seize, troisième droite, cette nuit à neuf heures et demie. Et elle disparut derrière l'étalage de légumes.

Pepita revint à la pension. Elle déjeuna, peu, et en silence. Elle aida sa patronne à servir les tables et recueillit les miettes de pain noir dans son petit sac de velours. En silence, elle retira les assiettes et les couverts des tables ; et en silence, elle ramassa les miettes, sans répondre aux questions de sa patronne, niant de la tête ce qu'elle avait murmuré le matin avant de tomber raide par terre.

— Mais tu ne m'avais pas dit que tu m'apportais un message d'El Chaqueta Negra ?

— Non, señora.

Devant les réticences de la jeune fille, doña Celia choisit de ne pas lui poser davantage de questions. Mais, tandis qu'elle préparait une chicorée dans la cuisine, Pepita arriva toute préoccupée, s'assit sur une chaise, éclata en sanglots et lui raconta tout. Tout. Et elle le lui raconta sans que sa patronne lui ait rien demandé.

Pendant que Pepita lave les assiettes en pleurant, doña Celia boit sa tasse de chicorée et essaie de la calmer.

— Sois pas si nerveuse, mon enfant, tout ira bien. El Chaqueta Negra sait ce qu'il fait. Tu t'habitueras à prendre les choses avec calme.

— Je n'ai pas l'intention de m'habituer à quoi que ce soit. Après la nuit prochaine, il faut qu'il m'oublie et qu'il ne compte plus sur moi, car ça va nous attirer que des ennuis, des ennuis, uniquement, et j'en ai déjà bien assez. Je ne sais pas pour vous, mais, moi, la seule chose que le Parti m'ait apportée, c'est des ennuis. Cette nuit, je lui amène le médecin, et je ravalerai ma peur parce que cette fois-ci, je n'ai pas d'autre solution. Mais jamais plus. On aura des ennuis à en pleurer, et c'est la dernière fois que je pleure, j'ai déjà eu mon compte de souffrances, j'ai déjà pleuré toutes les larmes de mon corps et j'ai pas l'intention de continuer.

— J'ai dit la même chose la première fois que je suis allée au cimetière.

— C'est pas la même chose.

— Non, c'est pas la même chose.

Et ce n'était pas la même chose, parce que doña Celia ne pleurait plus. Et parce que doña Celia n'allait pas tous les matins voir sa fille au cimetière, comme le croyait Pepita. Elle ne savait même pas si Almudena se trouvait là-bas. Elle avait seulement la certitude que sa fille était morte. Non, ce n'était pas la même chose. Même si doña Celia avait ressenti une frayeur identique à celle qu'à cet instant Pepita supporte avec difficulté, lorsque sa nièce Isabel s'était approchée d'elle sur la place d'Antón Martín et lui avait parlé à l'oreille.

— Je dois te demander un service, ma tante.

Elle allait lui demander un service. Isabel allait lui signaler que le fossoyeur déjeunait tous les jours à sa pension. Et elle lui raconta que, tous les matins, devant la porte du cimetière de l'Est, des femmes s'attroupaient et faisaient la queue.

— Elles attendent, mais on les laisse jamais passer.

Elles attendaient en file, les femmes qui savaient qu'un des leurs allait être fusillé, dans l'espoir qu'on leur permettrait de voir leurs morts.

— Avant qu'on les jette à la fosse.

Elle devait seulement demander au fossoyeur, lui avait dit sa nièce en arrivant au passage Doré, devant la porte du marché, elle devait seulement lui demander qu'il les laisse se cacher dans un caveau, elle et une autre.

— Tu n'as rien d'autre à faire que lui demander cela.

— Rien d'autre. Rien que cela. Comme si c'était si facile ; comme si demander au fossoyeur de permettre à deux femmes de se cacher dans un caveau était aussi facile que lui demander l'heure. Tu es folle, Isabelita.

Pourtant, elle le lui demanda le jour même. Et en échange, elle lui offrit de lui servir plus de nourriture et de pain noir qu'à personne. Elle le lui demanda, et le lendemain matin, à l'aube, c'est elle-même qui accompagna sa nièce Isabel au cimetière, la gorge nouée par la peur. Maintenant elle n'a plus peur. La peur, elle l'a perdue, comme les larmes. Et avec la peur et les larmes, elle a perdu les premières fureurs, la colère furieuse qui la faisait suffoquer, cachée dans un caveau du cimetière de l'Est, quand elle entendait les salves des fusils et les coups de grâce. Elle ne sentait plus qu'une rage amère, qu'elle avalait doucement avec son chagrin lorsqu'elle approchait des cadavres, des ciseaux à la main. Et doña Celia écoute les lamentations que Pepita égrène en maudissant tandis qu'elle lave furieusement la vaisselle, en étouffant des sanglots.

— Bon sang. Je le fais pour ma sœur, vous savez ? Seulement pour ma sœur, qui me fait de la peine. Dieu m'est témoin. Mais je maudis le Parti, et avec lui, El Chaqueta Negra, et la mère qui les a mis au monde. Tout cela, c'est la faute de ce malheureux Parti. Excusez-moi si je vous offense, mais si ce maudit Parti servait à quelque chose, nous n'en serions pas là, señora Celia, me dites pas le contraire, me dites pas que cela a un sens. Je leur amène le médecin cette nuit, et ensuite, je veux plus en entendre parler.

La première fois que doña Celia s'est rendue au cimetière de l'Est, elle se répétait qu'elle ne le ferait plus jamais. Et elle a pleuré. Elle le faisait pour Almudena, parce que doña Celia n'avait pas eu la chance de savoir à temps qu'ils allaient fusiller sa fille. Elle n'a pas pu lui donner une sépulture, ni lui fermer les yeux, ni lui laver le visage pour nettoyer le sang avant de la mettre en terre. Almudena. C'est pour cette raison qu'elle se rend tous les matins au cimetière de l'Est, et qu'elle se cache avec sa nièce Isabel dans un caveau jusqu'à ce que les salves des fusils se taisent. C'est pour cette raison, qu'après, elle court vers les morts et coupe avec ses ciseaux un petit bout de leurs vêtements. Puis elle le rapporte aux femmes qui attendent à la porte, celles qui ont su à temps le jour de leurs morts, pour que quelques-unes les reconnaissent à ces minuscules coupons, et entrent au cimetière. Et puissent leur fermer les yeux. Et leur laver le visage.

— Vous pensez que je peux alléger ma tenue de deuil, señora Celia ?

26.

Pour ne pas sentir le froid, Pepita plisse les yeux. Elle marche dans la neige, en levant exagérément les pieds et en fléchissant les genoux, avec le rythme lent d'un échassier. Les chaussures qu'elle porte ne sont pas les plus appropriées pour cette nuit enneigée, mais ce sont les seules qu'elle possède. Doña Celia l'a vue les lustrer, elle l'a vue les faire briller avec soin et changer les semelles en carton qu'elle met à l'intérieur depuis qu'un trou menace de traverser les semelles de cuir. Elle l'a vue se chausser, redresser la couture de ses bas, et regarder ses jambes dans la glace de la penderie, de face et de profil, lissant de ses mains sa jupe, comme faisait Almudena avant de quitter sa chambre pour sortir avec un jeune homme.

Pepita était de plus en plus nerveuse depuis qu'elle était revenue de la maison de don Fernando.

— Señora Celia, ça vous dérange pas que je vous aide pas aujourd'hui pour le dîner ? Je dois arranger mes vêtements.

— Non, ma fille, je me débrouillerai toute seule.

C'était la tenue qu'elle gardait pour la fin de sa période de deuil. Une tenue composée d'une jupe ample, imprimée de grandes fleurs violettes et de bouquets de feuilles grises et noires, que lui avait offerte doña Celia.

— Regardez, vous trouvez que cela me va bien ?

— Très bien, très très bien.

— Mais c'est un peu long pour moi, non ?

— Un peu.

— Je vais remonter l'ourlet.

Sous le regard attendri de sa patronne, Pepita courut à sa chambre, faisant virevolter les fleurs de sa jupe. Et revint aussitôt à la cuisine.

— Vous auriez la gentillesse de me reprendre la longueur ?

Doña Celia sourit, et prit les épingles qu'elle lui tendait. La jeune fille enserra sa taille de ses mains grandes ouvertes.

— Comment vont les pinces sous la poitrine ?

— Bien.

— Elles sont pas trop petites ?

— Non.

— Et le décolleté ?

— Bien.

— Je sais pas, mais j'ai l'impression qu'il est trop grand.

— Il n'est pas trop grand.

Elle revint trois fois encore à la cuisine. Les trois fois pour demander à doña Celia si elle pensait que deux années de deuil rigoureux suffisaient pour respecter la mémoire de son père.

— J'aimerais pas lui manquer de respect.

— Et si Hortensia se fâche ?

— Ne devrais-je pas en parler d'abord à Hortensia, pour qu'elle allège elle-même son deuil ?

Les réponses qu'elle obtint mirent fin à ses préoccupations :

— La moitié de l'Espagne est en deuil, je suis sûre que ton père aimerait que toi tu ne le portes pas.

— Pourquoi diable veux-tu que ta sœur se fâche pour ça ?

— Achète-lui un coupon de tissu à Pontejos, et la prochaine fois que tu vas la voir, apporte-le-lui.

À neuf heures précises, Pepita sortit de la pension, pomponnée comme si elle se rendait au bal, avec la robe à fleurs qui avait appartenu à Almudena, et portant le manteau de son père. Don Fernando l'attendait à la porte, une mallette à la main. En voyant la mallette, Pepita se mit à rougir, se souvenant de la blessure de Felipe, et se repentit aussitôt de s'être habillée de la sorte.

À présent, elle marche sur le trottoir de la rue Ave María, en levant les pieds, et en regardant la neige, sans parvenir à apaiser l'anxiété suscitée par la perspective d'une nouvelle rencontre avec Paulino, et sans pouvoir oublier le trouble, l'angoisse et la panique qu'elle éprouve à la pensée de ce rendez-vous clandestin. Elle redoute que la grande araignée noire et velue s'empare d'elle. Elle regarde la neige, pour ne rien voir d'autre que la neige, pour ne pas voir qu'ils approchent du numéro seize, pour ne pas voir le monde. Elle aimerait revenir en arrière, être à Cordoue. Elle aimerait être en été mille neuf cent trente-six, au début de cet été-là, quand Hortensia n'avait pas encore revêtu la tenue de milicienne et que Felipe lui faisait la cour, ou au carnaval, au bal masqué, quand leur père pouvait encore leur apprendre à rire. Et elle se sent coupable du désir qu'elle a de voir Paulino, de faire la belle avec la robe d'Almudena, de ne pas être détenue comme sa sœur, blessée comme Felipe ou morte comme son père. Elle se sent coupable d'avoir mis cette robe. Elle lève les pieds et fléchit les genoux. Et pour échapper à la grande toile d'araignée qu'elle imagine, visqueuse, s'enroulant autour de ses jambes, elle essaie de parler à don Fernando :

— Il a neigé.

Il sourit.

— Oui.

— Il y a tellement de neige qu'on ne voit plus le monde.

27.

— J'ai besoin de plus de lumière.

Étendu sur la table de la cuisine, Felipe étouffa un gémissement lorsque don Fernando palpa les lèvres de sa blessure.

— Ne bouge pas.

La blessure était moins grave que ne le craignait don Fernando. Il fit une anesthésie locale à son patient, et lui administra une compresse imprégnée d'une petite dose d'éther.

— Plus de lumière, on ne peut pas avoir plus de lumière ?

Non, il n'y avait pas plus de lumière. Rien qu'une ampoule suspendue au plafond. Et même ainsi, il parvint à extraire la balle avec adresse, et la donna à la maîtresse de maison, qui avait servi d'assistante lors de l'intervention chirurgicale. Celle-ci la mit dans une tasse pleine d'eau pour la nettoyer, la sécha à l'aide d'un mouchoir et l'offrit au blessé quand il ouvrit les yeux.

— Tu la veux ?

Non, répondit-il, encore sous l'effet du narcotique qu'il avait inhalé, et il demanda que l'on fasse venir sa belle-sœur.

— Dis à ma belle-sœur de venir.

— Demain, je reviendrai pour nettoyer la plaie.

— C'est pas la peine, docteur Ortega, vous avez déjà fait ce que vous pouviez.

— Je reviendrai demain, à la même heure.

Pepita et Paulino attendaient ensemble dans une petite pièce, sans fenêtre, contiguë à la salle à manger. Ils passèrent le temps que dura l'opération de Felipe à essayer d'éviter de se regarder dans les yeux. Pepita parla d'Hortensia, de l'amour que celle-ci et Felipe éprouvaient l'un pour l'autre, et de la peine qu'elle avait de la savoir prisonnière. Après quelques secondes de silence, elle croisa les bras, fit face à Paulino et lui demanda ce qu'elle n'avait pas osé lui demander dans le maquis. La question qui la tourmentait depuis qu'ils s'étaient quittés :

— Pourquoi moi ?

— Pourquoi quoi ?

— Pourquoi ai-je dû amener don Fernando ? Pourquoi Carmina ne l'a-t-elle pas fait elle-même ?

— Parce que Carmina nous connaît déjà toi et moi, c'est pas nécessaire qu'elle connaisse aussi don Fernando.

— Et pourquoi donc ?

— C'est comme ça, petite. C'est dangereux qu'une seule personne connaisse trop de monde.

— Mais je connais plein de monde, je vois pas pourquoi tu m'as mêlée à cette histoire.

— Tu y es mêlée naturellement.

Pepita fit une moue de dégoût. Elle tourna le regard vers la toile cirée qui recouvrait la table et en gratta un coin avec l'ongle. Elle ne sut quoi ajouter, elle comprenait que ce que venait de dire Paulino était vrai. La toile d'araignée l'avait entièrement recouverte. Elle était mêlée à cette histoire, et jusqu'au cou. Sans regarder Paulino et sans le penser vraiment, elle lui dit qu'il ne ressemblait pas à El Chaqueta Negra.

— Aujourd'hui, tu ressembles pas à El Chaqueta Negra.

Paulino ne ressemblait pas à El Chaqueta Negra parce qu'il ne portait pas son fusil, ni sa casquette, ni sa veste de velours côtelé ; il était vêtu d'un costume croisé, d'un gilet, d'une chemise à col dur et d'une cravate.

— El Chaqueta Negra ?

— C'est toi El Chaqueta Negra, tu vas pas me dire le contraire.

— Tu veux pas vraiment le savoir.

— Et on peut savoir pourquoi ?

Il ne répondit pas, et se contenta de sourire.

Ils avaient passé plus d'une heure dans cette pièce sans fenêtre, lorsque la femme qui aidait don Fernando ouvrit la porte :

— C'est fini. Jeune fille, ton beau-frère te demande.

Les deux jeunes gens se levèrent et se dirigèrent vers la cuisine. Pepita marchait devant Paulino et, sans s'en rendre compte, elle se mit à onduler les hanches. Paulino gardait discrètement les yeux rivés sur elle, jusqu'à ce qu'ils aient rejoint Felipe.

— Je vais pas mourir, Pepa.

— M'appelle pas Pepa, mais Pepita.

— Comme quand tu étais petite ?

— Oui.

— D'abord, je t'ai pas encore remerciée.

— De rien, c'est normal.

— Merci, Pepita, de tout cœur.

Elle écarta une mèche de son front et répéta :

— C'est normal.

Elle sourit, tous deux sourirent. Felipe tendit une main et Pepita la prit entre les siennes.

— Tu es ravissante.

Alors Paulino la regarda franchement et dit :

— Oui. Elle a les yeux d'une couleur incroyable.

Et il sourit lui aussi. Pepita se mit à rougir, avala sa salive et serra la main de Felipe :

— Je suis heureuse que tu meures pas.

— Je vais aller voir Tensi.

Le regard sombre de Felipe chercha dans les yeux de Paulino la confirmation de la promesse que celui-ci lui avait faite dans le maquis.

— Paulino va m'emmener la voir.

Paulino hocha la tête, et Pepita leur reprocha à tous deux de penser à pareille folie :

— Vous êtes fous ?

— Calme-toi, nous avons tout bien préparé.

— Vous êtes cinglés. Vous avez perdu la tête, n'est-ce pas ? S'ils vous attrapent, ils vous tuent tous les deux.

— Ils ne vont pas nous attraper.

— Eh bien moi, je suis pas dans le coup, c'est compris ? Vous croyez que je vous ai pas vus venir ?

— Du calme, petite.

— Du calme ? Écoute, mon gars, je file d'ici, et je suis au courant de rien.

Elle lâcha la main de Felipe et sortit de la cuisine.

— Attends.

Pepita n'attendit pas. Elle se dirigea vers la pièce sans fenêtre où l'attendait don Fernando, prêt à partir ; mais avant qu'elle n'ouvre la porte, les mains de Paulino l'arrêtèrent, la retenant par les épaules :

— Je lui ai promis, et je vais tenir ma promesse.

— Ce que tu promets ou non ne regarde que toi, mais ne compte pas sur moi.

— Felipe entrera avec une fille de Peñaranda de Bracamonte dont la mère est détenue à Ventas ; le jour de Noël, il se fera passer pour son mari, ce jour-là, il y a beaucoup de va-et-vient, ils demanderont pas les papiers, ils se rendront compte de rien.

— Vous savez toujours comment vous y prendre pour berner les gens mais, en ce qui me concerne, vous n'allez jamais plus vous servir de moi, jamais plus, tu entends ?

— T'as rien à voir là-dedans.

— Alors, me donne pas de détails, je veux rien

savoir. Vous dupez sans arrêt les autres, mais un jour viendra où l'on vous dupera à votre tour, et va savoir si la trahison ne viendra pas de Peñaranda de Bracamonte.

— C'est une personne de confiance, militante de Solidarité Ouvrière.

— Je veux pas le savoir ! Tu m'entends ?

— Te fâche pas. Si je pensais que tu courais un risque, je t'en parlerais pas.

— Je sais pas si je cours un risque ou non. Tout ce que je sais, c'est que mon père est mort, ma sœur est en prison, et que vous, ils vont vous tuer. Et je veux rien savoir de plus. Ils vous tueront tous, tous autant que vous êtes.

Elle cria. Pepita cria, et la maîtresse de maison apparut sur le seuil avec le manteau de Pepita sur le bras, suivie de don Fernando.

— Qu'est-ce que c'est que ces cris ? Vous voulez ma perte ?

— Excusez-moi, c'était pas mon intention, je m'en allais. Et vous, vous venez ou vous restez, señorito ?

— Je pars moi aussi, je t'attendais.

— Bon, allons-y ! C'est fini, passez tous une bonne nuit, n'en parlons plus, point final. Vaut mieux que nous partions, señorito, il est grand temps.

Pepita enfila son manteau et ouvrit la porte ; don Fernando la laissa passer, et ils sortirent tous deux sur le palier.

— Bonne nuit.

Bonne nuit, dit la maîtresse de maison.

— Bonne nuit.

Bonne nuit, dit Paulino en retenant la porte. Mais il ne la ferma pas. Lorsque Pepita et don Fernando descendaient les marches, il appela la jeune fille, à voix basse :

— Pepita.

— Quoi ?

— Attends.

— Qu'est-ce que tu veux maintenant ?

Paulino descendit les marches qui les séparaient, s'approcha de son oreille et lui demanda :

— Tu as un fiancé ?

28.

La lumière est allumée dans la tour. À l'étage en dessous, don Fernando écoute le claquement des talons de sa femme. Au rythme de ses pas, il sait qu'elle a attendu son retour avec inquiétude. Il sait qu'elle marche de long en large et qu'elle le fera encore pendant un moment, martelant le sol, pour bien lui faire comprendre qu'il est tard. Il est tard. Et elle est réveillée. Il est tard pour rentrer à la maison. Le bruit de ses talons s'affaiblira peu à peu. Ensuite, il cessera. Et don Fernando l'entendra pleurer, comme les autres fois. Il s'approchera de l'escalier, remontera l'horloge du mur de l'entrée, en faisant le bruit nécessaire, juste ce qu'il faut, pour que doña Amparo sache qu'il l'entend pleurer. Il aimerait monter, lui dire qu'il l'aime encore. Et elle, descendre. Mais aucun des deux ne rompra le pacte. Ils dormiront chacun de son côté, sachant que la distance qui les sépare est chaque jour plus grande, et ils attendront dimanche pour se tenir par le bras. Cela fait presque deux ans qu'ils attendent le dimanche.

Cette nuit, elle écrira une note : je ne sais pas avec qui tu étais, cela ne m'intéresse pas. Et lui, la lira demain. Et il se posera à nouveau des questions sur son travail à la bijouterie. Il pensera derechef qu'il s'est peut-être trompé. Il aimait la médecine. Et il ressentira une oppression dans la poitrine qui l'obligera à aspirer une grande bouffée d'air. L'angoisse l'empêchera de respirer, en dépit de ses poumons emplis d'air. Car il se souviendra tout à coup de Koltsov, le correspondant de la *Pravda*, qui se faisait appeler Miguel Martínez, et était, disait-il, l'agent personnel de Staline en Espagne. Le jour où ils se sont rencontrés, ils ont ri ensemble. Don Fernando ignore si c'est Koltsov qui a donné l'ordre. On dit que c'est lui ; oui, c'est ce que l'on dit. Et on dit qu'il était chargé de l'évacuation des prisonniers politiques de la prison Modelo. Plus de mille. Le gouvernement de la République avait fui à Valence. Ils avaient beau s'efforcer de maquiller cette fuite, ils avaient fui. Madrid était assiégé. Et le médecin capitaine Ortega se noie à Paracuellos del Jarama. Il se noie. Parce qu'il n'a pas empêché le massacre. Le médecin capitaine Ortega est parti en courant et, sur la route de Barajas, il a salué Koltsov et a été incapable de le regarder en face. Il se noie. Il a vu mourir les prisonniers. Il ne s'est pas éloigné des gardiens qui tiraient. Il ne s'est pas éloigné, jusqu'à ce que la tuerie ait pris fin. Il a regardé. Et il est coupable. Il a regardé. Et il n'a pas dit « Arrêtez ! ». Pas une seule fois, « Arrêtez ! ». Il a regardé les corps qui tombaient. Et il étouffe. Il a regardé comment le sang jaillissait. Il a regardé. Et il a aimé regarder. Et il le sait. Il a regardé le sang jaillir. Le sang. Les artères. Les veines. La jugulaire, la carotide, la fémorale, l'aorte, l'iliaque, la saphène. Le sang veineux est plus sombre. C'est évident, cette balle a perforé la saphène. Il a regardé. Et il s'est seulement mis à courir lorsqu'il a pris conscience qu'il était en train d'observer le sang jaillir comme s'il diagnostiquait l'origine d'une hémorragie. Il a regardé. Sans cligner une seule fois des yeux. Et maintenant il éprouve de la répugnance. Ils étaient peut-être mille à mourir, et il n'a pas vu un seul visage.

Je ne sais pas où tu étais cette nuit, ni avec qui. Cela ne m'intéresse pas.

Il lira. Demain. Et ce sera comme d'habitude. Parce qu'il était chirurgien. Et il ne veut plus l'être. Il ne veut plus de sang. Et il étouffe. Aujourd'hui, c'est vrai, il a été capable d'extraire une balle. Il n'a pas tremblé. Aujourd'hui, il a tenu un bistouri sans que le sang de Paracuellos del Jarama rejaillisse dans son esprit.

Il lira, demain matin, la note que doña Amparo laissera sur le buffet avant d'aller à la messe. Il aimerait attendre avec impatience que sa femme revienne de l'église pour lui dire qu'il est redevenu médecin. Et que cette nuit aussi il rentrera tard, qu'elle ne s'inquiète pas, qu'il va rendre visite au patient qu'il a opéré hier. Mais il ne le fera pas. Il ira à la bijouterie, drapé dans sa cape espagnole, et il laissera dans une soucoupe, sur le buffet, l'argent que doña Amparo lui réclame dans son mot :

Tu ne m'as pas laissé l'argent pour Pepita, ni pour la dinde, et tes parents seront là pour le repas de Noël.

29.

Avec les étrennes que lui a données la señora, Pepita veut acheter un coupon de tissu pour Hortensia. Elle lui confectionnera une robe ample qui lui servira durant toute sa grossesse et la couvrira bien. Elle va chercher une flanelle grise avec de petites fleurs blanches. Elle a le temps, si elle se dépêche, de passer par Pontejos avant d'aller à la Puerta del Sol acheter la dinde, comme l'en a chargée doña Amparo.

Elle presse le pas. Elle n'aime pas prendre du temps pour elle quand elle sort faire les courses, mais si elle n'achète pas maintenant le coupon de tissu, elle ne pourra pas commencer à coudre cette nuit. Il ne reste que trois jours avant la prochaine visite. Il ne lui reste que trois nuits pour faire la robe. Elle se mettra à courir pour que doña Amparo ne lui demande pas à son retour pourquoi elle a mis autant de temps.

Elle traverse la place Jacinto Benavente en s'accrochant à son châle, et regarde ses pieds pour ne pas glisser sur la neige. Avant d'arriver de l'autre côté, elle réalise que quelqu'un la suit. Un homme la suit de près.

Mais non, l'homme qui la suivait est passé près d'elle sans s'arrêter. Elle inspira profondément et leva les yeux. Un bref instant. Elle regarda à nouveau vers le sol et retint sa respiration. Elle s'arrêta net. Depuis le coin de la rue de la Bolsa, l'homme qui l'avait dépassée la salua en levant son chapeau, tout en écrasant avec le talon de sa chaussure son mégot sur la neige. Pepita ferma les yeux. Elle tourna une épaule et se protégea avec le châle avant de regarder à nouveau vers le coin de la rue où cet homme s'appuyait contre le mur. Oui, il recommençait à la saluer en abaissant son chapeau sur son front. Pepita fit un pas en arrière. Alors, il s'avança vers elle.

— Prends mon bras, mignonne, et n'aie pas peur.

C'était Paulino, oui. Et il ne dit rien de plus. Il la conduisit à l'église San Judas Tadeo et, une fois à l'intérieur, il alluma un cierge, le remit à Pepita et en prit un autre :

— Nous partons pour Toulouse.

Le cierge allumé dans une main et le chapeau dans l'autre, il répéta qu'ils partaient pour Toulouse, s'approcha de l'image de saint Judas et demanda si c'était bien le saint qui procurait des fiancés aux jeunes filles. Elle répondit que non :

— Non, celui qui donne des fiancés, c'est saint Antoine de la Florida.

— Et où pose-t-on cela ?

— Ici, mets-le par là.

Pepita plaça les cierges à l'endroit où l'on faisait les vœux.

— Et ce saint, que fait-il ?

— C'est le patron des vœux impossibles.

— Tu vas aller voir saint Antoine de la Florida ?

— En quoi ça te regarde ?

— Non, t'iras pas le voir, toi t'en as pas besoin.

Ils n'étaient pas seuls dans l'église, quelques paroissiens les regardaient, mais soudain, Pepita n'eut plus peur qu'on la voie avec Paulino. Elle oublia la peur qui l'avait paralysée sur place en voyant El Chaqueta Negra posté au coin de la rue ; la peur que les gens le découvrent marchant à ses côtés ; et la peur que Paulino la frôle. Elle s'approcha de lui et lui demanda où était Toulouse.

— En France, mais je serai de retour bientôt, et je viendrai te chercher si tu veux bien être ma fiancée.

— Je suis déjà promise à un garçon de Cordoue.

— C'est pas vrai.

— Ça alors ! Tu le sais mieux que moi, peut-être ?

— Felipe me l'a dit.

— Comment va-t-il ?

— Mieux.

— Quand partez-vous ?

— Tu me donneras une réponse ?

— À quoi ?

— À ce que je viens de te demander.

— À Cordoue, les choses ne se font pas comme cela.

— Et comment se font-elles ?

— On y met les formes. Le jeune homme courtise la jeune fille et si elle est d'accord et que le cœur lui en dit, elle se laisse courtiser. Et tout ça prend beaucoup de temps, si le fiancé a des intentions sérieuses.

Il n'a pas le temps. Paulino n'a pas le temps de courtiser une jeune fille, comme Pepita l'aurait voulu. Il lui donne un délai :

— Viens cette nuit. Viens rue Ave María et donne-moi une réponse.

Derrière eux, une femme toussota pour qu'ils se taisent. Paulino prit un autre cierge, le remit à Pepita et lui demanda à l'oreille de le déposer en offrande au patron des vœux impossibles. Elle regarda du coin de l'œil la femme qui venait de broncher, et murmura à Paulino, en bougeant à peine les lèvres :

— Que veux-tu que je lui demande ?

Les deux mains de Pepita tenaient le cierge allumé, il les entoura des siennes et répondit :

— Tu le sais, mignonne.

Et il partit. Elle le vit marcher vers la porte. Elle le vit prendre de l'eau bénite et faire maladroitement le signe de la croix, il la regardait.

Lorsque Paulino allait embrasser son pouce, Pepita se signa et porta aussi le sien à ses lèvres. Elle le regardait.

30.

Lorsqu'un camarade se fait arrêter, il faut prendre des précautions. Carmina a été arrêtée. Felipe et Paulino doivent abandonner le numéro seize de la rue Ave María. Ils partiront ce matin même, quand Paulino reviendra ; la famille de Peñaranda de Bracamonte les logera chez elle, rue Ayala, jusqu'à Noël. D'ici là, ils iront avec eux à la prison de Ventas. Tout de suite après, ils entreprendront leur voyage vers Toulouse. Felipe est inquiet pour Paulino qui a commis l'imprudence de sortir dans la rue. Il n'a pas pu l'en empêcher. El Chaqueta Negra est entêté, il a refusé de donner des explications et de considérer qu'il risquait de se faire prendre. Il est sorti dans la rue, après avoir discuté avec Felipe, qui l'a apostrophé en criant :

— Où vas-tu ?

— Je sors un petit moment, je reviens tout de suite.

— T'es devenu fou ? Parce que tu crois qu'il suffit que tu quittes ta veste de velours pour ne plus être un fugitif ?

— J'ai un bon déguisement, on dirait un bourgeois.

— Mais pas assez pour t'exposer stupidement, qu'est-ce qui te prend ?

— Je serai de retour d'ici une heure, je te promets.

— Mais où as-tu besoin d'aller ?

— Je dois sortir.

— Tu vas nulle part.

— Felipe, je vais sortir.

— Tu me dis même pas où tu vas ?

— Si tu y tiens.

— J'y tiens.

— Voir Pepita.

— Quoi ?

— Je vais voir Pepita.

— Et qu'est-ce que tu fricotes avec elle ?

— J'ai que de bonnes intentions. Dans une heure, je suis là, camarade, je te promets.

— M'appelle pas camarade, salopard, alors que tu sais que tu vas faire la cour à une gamine qui n'a plus ni mère, ni père, qui est seule, et que tu mets en danger. Elle, toi, moi, tu nous mets tous en danger si tu sors.

— Plus en danger qu'en allant voir Tensi ?

— Parle pas d'elle, salaud, ou je te tue.

La discussion n'a servi à rien ; Paulino est sorti en laissant Felipe continuer à l'insulter du haut de l'escalier.

Quand Paulino est revenu, Felipe lui a dit que Carmina s'était fait prendre et qu'ils devaient partir sans perdre une minute. Ils ont repris leur discussion, mais sont sortis habillés en bourgeois, après s'être serrés dans les bras.

Paulino n'est pas à l'aise dans les vêtements qu'il porte. Plusieurs fois, de ses doigts, il desserre le col de sa chemise pour libérer son cou, sa rigidité le gêne. Dans le tramway qui les emmène vers la place Manuel Becerra, il ne cesse de penser à Pepita. Assis à côté de Felipe, il répond à son compagnon par monosyllabes. Il sait que celui-ci essaie de converser pour se faire pardonner les insultes proférées il y a à peine une heure, mais il n'a pas envie de parler.

— Moi, j'ai bien compris ce que tu as, si notre costume de bourgeois te plaît pas, c'est parce qu'on a l'air de vrais bourgeois.

— Ouais.

— On voit bien que ça te plaît pas.

— Quoi ?

— On voit bien que ça te plaît pas, tu vas finir par t'arracher le col.

— Ouais.

— Ouais, ouais, arrête avec ce « ouais », ça me tape sur les nerfs.

Il l'a abandonnée. Il a abandonné Pepita comme il a abandonné Elvira et sa mère sur le port d'Alicante. Peut-être ne la verra-t-il plus jamais ; peut-être va-t-elle disparaître dans les ténèbres de ce chaos, comme ont disparu sa mère et sa sœur, dont il n'a plus de nouvelles. Paulino sait seulement que tous ceux qui étaient sur le port ont été considérés comme prisonniers politiques. Qu'ils ont séparé les hommes des femmes et qu'ils les ont tous enfermés ; que même les cinémas de la ville ont servi de prisons improvisées. Même certains couvents ont servi de centres de détention. Quand les cinémas et les couvents ont été pleins à craquer, ils ont emmené les femmes au camp de los Almendros, et les hommes à celui d'Albatera. Un camarade du Parti lui a dit qu'après, ils ont transféré un grand nombre de femmes à Madrid. Ils les ont emmenées en train. Pendant le trajet, cinq enfants sont morts. Ils ont mis cinq jours pour arriver, dans des wagons plombés, la chaleur était insupportable. Le premier jour, ils leur ont donné une orange et une sardine à l'huile. Le troisième, une moitié de quignon de pain noir. C'est tout ce qu'elles ont mangé en cinq jours.

— C'est joli, Madrid.

Il n'a pas pu prévenir Pepita, il n'a même pas pu lui dire qu'ils quittaient la rue Ave María. Il n'a pas pu. Et la maîtresse de maison n'a pas voulu lui porter un message, elle a dit que non, qu'elle ne voulait pas l'avoir sur elle s'ils l'attrapaient. Felipe s'est à nouveau emporté quand il a entendu ce que Paulino lui demandait.

— T'as perdu la tête, ta cervelle fond comme la glace au soleil, mon vieux, bientôt il t'en restera plus une goutte !

— Je voulais seulement lui remettre un mot.

— Quel mot, aucun mot, putain ! T'as pas compris que cette femme ne doit rien savoir d'elle, même pas son nom ? Et toi tu lui racontes tout, et tu veux lui donner son adresse en plus, espèce de crétin !

— Je lui ai demandé de venir cette nuit.

— À qui, à Pepita ?

— Oui.
— T'as fait une belle connerie.
Felipe découvrit alors dans l'expression d'angoisse de Paulino une terreur qu'il ne lui avait jamais vue, pas même dans les pires moments des pires atrocités dont ils avaient tous deux été témoins. Il le regarda dans les yeux, et lui dit de ne pas s'en faire, que Pepita serait avertie qu'elle ne devait plus revenir à la rue Ave María.
— Regarde, là on avait fait une barricade, mais ça n'a pas servi à grand-chose.
Le tramway contourne la Porte d'Alcalá.
— Oui.
Il la cherchera à la porte de la prison. Il essaiera de l'approcher et lui remettra une lettre. Il va écrire cette lettre aujourd'hui même.
— Elle en a des impacts de balles, elle est criblée comme une passoire !
Il est bizarre ce Felipe, il l'a serré fortement dans ses bras avant d'ouvrir la porte de la rue Ave María, quand il lui a dit de ne pas s'en faire pour Pepita.
— T'en fais pas pour Pepita, et viens là, salopard. Viens que je te serre dans mes bras, tu souffres encore plus que moi.
Il fait un peu ours mal léché, Felipe, mais c'est un sentimental, on le voit quand il parle de Tensi. Il a traité Paulino de « salaud » seulement parce qu'il avait mentionné le nom de sa femme. Et il aime beaucoup Pepita, on le voit bien, car lorsque Paulino a raconté à Felipe, en descendant les escaliers, ce qui s'était passé à San Judas Tadeo, il s'est arrêté et l'a encore pris dans ses bras. Et il n'est plus fâché. D'où sort-il cette valise à double fond pour cacher les

armes ? Il a dû l'avoir ce matin, parce qu'hier, il ne l'avait pas. Il n'a pas voulu qu'il porte la valise, têtu comme il est. Si on m'arrête, lui avait-il dit, tu ne me connais pas. J'irai devant et toi, plusieurs pas derrière ; et si tu vois qu'on m'arrête, fais celui qui ne fait que passer et continue à marcher comme si de rien n'était, ça ne sert à rien de se faire prendre tous les deux. Pourtant, il s'est assis à côté de lui dans le tramway et à présent, il n'arrête pas de lui parler, parce que c'est un sentimental et il ne supporte pas de rester fâché.

— On arrive.

Il ne voudra pas qu'il porte la valise. Quand ils descendront du tramway, il la lui arrachera des mains s'il le faut. Qu'a-t-il vu dans ses yeux quand il l'a serré dans ses bras ? Tu souffres encore plus que moi, lui a-t-il dit. Et Paulino recommence à tirer sur le col de sa chemise, et ferme les yeux. Pepita. Il la voit, assise sur la pierre du chemin du maquis, essayant de cacher son visage dans son châle. Il la voit, inquiète, faire le tour des buissons, en écartant une mèche de son front. Il la voit, avec sa robe à fleurs et ses chaussures mouillées, onduler des hanches. Il la voit fâchée. Il la voit crier. Il la voit avec un cierge à la main dans l'église San Judas Tadeo. Il la voit se signer en le regardant, et porter son pouce à ses lèvres.

Et il la sent sur ses lèvres.

31.

La robe d'Hortensia est prête pour le jour de Noël, la robe que la femme qui va mourir portera le jour de sa mort. Flanelle grise, et petits bouquets de fleurs blanches. Pepita s'est piquée en cousant le dernier point. Distraite, elle suce la goutte de sang qui coule de son pouce et, du balcon, regarde dans la rue. C'est dimanche, la fin de l'après-midi. La neige qui est tombée ces derniers jours s'est transformée en monticules marron de différentes tailles qui fondent le long des trottoirs. Pepita quitte le balcon et va vers la cuisine. Encore pensive, avec la robe de sa sœur dans les mains, elle demandera à doña Celia la permission d'utiliser son fer à repasser :

— Me permettez-vous de repasser la robe de ma sœur ?

— Bien sûr, ma fille. Fais voir, tu t'en es très bien sortie.

Et doña Celia la verra remplir le fer à repasser de charbon ; elle la verra vérifier s'il est chaud avec le bout d'un de ses doigts humecté de salive, et glisser le fer sur le tissu avec des gestes courts et précis, tandis qu'elle écoutera le roman-feuilleton à la radio. Sa patronne ne lui dira rien, elle n'interrompra pas le silence avec lequel Pepita manipule le vêtement, le faisant tourner pour placer la jupe, vaporisant d'eau les fleurs sur les plis qui résistent et redonnant des petits coups de fer après avoir vérifié avec un doigt qu'il était encore assez chaud. Doña Celia ne lui parlera pas, non pas parce que l'histoire qu'elle écoute l'intéresse, non, ce n'est pas pour cela qu'elle garde le silence, ni parce qu'elle pense que Pepita est absorbée par son repassage, c'est parce que doña Celia sait que Pepita n'a pas envie de bavarder. Et elle sait pourquoi.

Doña Celia attend.

Elle la regarde plier le vêtement, et se mettre tout à coup à rougir.

— Les hommes sont culottés. D'abord ils vous abordent sans complexe, et ensuite ils vous envoient promener et disparaissent.

Pepita ne va pas tarder à ressentir le besoin de parler. Mais ce n'est pas encore le moment. Et sa patronne le sait. Elle sait qu'elle doit attendre parce que les mots de Pepita en sont encore au stade de soupirs. Doña Celia l'entend soupirer. Et elle attend.

— Ah, Seigneur, Seigneur.

Pepita replonge dans le silence.

Pourtant, elle ne va pas tarder à déverser ses plaintes. Ce sera un peu plus tard, après le dîner, quand elle se mettra à nouveau à rougir dans la cuisine en essuyant une poêle avec un torchon.

— Ils prennent leurs jambes à leur cou sans donner d'explications. Ils vous jettent comme un vieux machin, et n'en parlons plus. Et lui trouvez pas d'excuses, señora Celia, ce serait le bouquet ! Lui trouvez aucune excuse à cet imbécile ; parce qu'il s'est déguisé en bourgeois, cet individu a cru qu'il en était un ; et qu'il suffisait d'acheter un costume pour devenir quelqu'un. Et s'il s'est permis de me demander d'engager une relation, il aurait pu aussi se donner la peine de me dire qu'il avait changé d'avis. Je vais lui apprendre de quel bois je me chauffe. Quand je le reverrai, il va m'entendre.

Oui, maintenant elle a envie de parler. Et c'est à

doña Celia de tenter de consoler celle qui reste inconsolable depuis deux jours, depuis deux nuits, lorsqu'en sortant de la maison de don Fernando elle a été abordée par un homme avec un chapeau marron qui lui a demandé l'heure.

— J'ai pas de montre. Mais si vous attendez une minute, vous entendrez neuf heures sonner.

Neuf heures sonnèrent, en effet. Pepita n'entendit pas les cloches. Elle entendit que la voix qui lui avait demandé l'heure se changeait en murmure :

— Si je vous demandais des pommes de terre, que me répondriez-vous ?

Et elle entendit sa propre voix qui, sans réfléchir, répondait à son tour dans un murmure :

— Pommes de terre, poireaux et persil.

— Je vous apporte un message de la rue Ave María. On m'a dit qu'il ne fallait pas vous y rendre cette nuit, qu'ils ont dû partir, et qu'il fallait que vous le disiez au médecin.

Sans lui donner le temps de répondre, l'homme au chapeau marron haussa de nouveau la voix :

— Neuf heures, en effet. Merci, señorita.

Et il la laissa sur le seuil de la maison de don Fernando.

— Lui trouvez pas d'excuses, señora Celia, lui trouvez pas d'excuses, il en a pas. Cet imbécile est parti pour la France sans se préoccuper du reste.

— Ma fille, il y a des cas de force majeure.

— Que ce soit un cas de force majeure, mineure, ou même moyenne, ça m'est complètement égal, c'est un irresponsable et moi, j'ai été une parfaite idiote ; et dans mon village, les choses ne se passent pas comme ça, señora.

Cette nuit, Pepita s'endormira en pensant qu'elle est une idiote et demain, elle se lèvera tôt pour aller à la gare chercher la charbonnaille en pensant la même chose. Elle avertira sa patronne qu'il est l'heure d'aller au cimetière. Et doña Celia lui donnera un baiser, avant de glisser les ciseaux dans son sac.

Et le jour de Noël, Pepita revêtira l'uniforme noir que lui a acheté doña Amparo, avec son tablier amidonné et ses poignets en fine dentelle, sa coiffe et ses gants blancs. Elle pensera à Paulino quand elle se regardera dans le miroir, et quand elle verra comme doña Amparo s'est faite belle et les yeux avec lesquels don Fernando la regarde. Elle servira à table comme on le lui a appris, présentant les plats à gauche, d'abord aux dames, en s'inclinant juste ce qu'il faut, sans regarder fixement aucun convive et sans trembler comme tremble doña Amparo en portant son verre de cristal à ses lèvres.

Doña Amparo tremble parce qu'elle sent que son mari la regarde.

Pepita aurait désiré que Paulino la regarde ainsi.

Après avoir servi le café au salon de musique, et des petits sablés, des macarons, du nougat et des dragées sur un plateau d'argent, et avoir évité de regarder l'éclat de la médaille accrochée au revers de la veste du père de don Fernando, ou celui des boucles d'oreilles de sa mère, elle se retire dans la cuisine et place la dinde qui reste dans une tourtière. Et elle sourira, discrètement, parce que cette part de dinde, doña Amparo la lui a offerte, et cet après-midi même, elle la portera à Hortensia. Et Hortensia la partagera avec sa « famille », comme elle appelle, dans ses lettres, les détenues qui sont avec elle ; celles qui partagent la faim et la nourriture. Tomasa, la fille d'Estrémadure qui n'a jamais de visite, Reme, la femme qui a trois filles et un garçon simplet, et Elvira, la petite rousse qui a eu la visite de son grand-père. Elle sourira, discrètement, parce que sa sœur aura une surprise aujourd'hui, quand elle découvrira la dinde au fond de sa timbale. Elle en a mis assez de côté pour tromper la faim jusqu'au lendemain. Elle sourira, parce qu'elle a acheté la plus grosse dinde qu'elle a trouvée à la Puerta del Sol, et elle a dû la tirer avec une corde parce que l'animal ne voulait pas marcher et pesait trop lourd pour qu'elle puisse le porter dans les bras. C'était une dinde énorme, sourit Pepita, elle savait que ses maîtres ne pourraient pas la manger entièrement, même avec l'aide des parents de don Fernando. Elle sourit en se souvenant comme elle tirait sur la corde en admirant son volume, en calculant la viande qui resterait et en pensant à la générosité de doña Amparo. Elle sourit, parce que les gens la regardaient en passant, et s'arrêtaient pour contempler le spectacle de cette femme si menue s'efforçant de dompter une bête aussi impressionnante. Elle tirait sur la corde et elle riait en pensant à Hortensia, avec le coupon de tissu pour sa robe dans une main et traînant de l'autre le destin de la dinde.

32.

L'activité de la division numéro deux droite commença tôt, comme d'habitude. Les prisonnières se levèrent à sept heures du matin. C'était le jour de Noël, et c'était jour de visite. Comme tous les jours de fête, elles assistèrent, contraintes, à la messe, mais seules quelques-unes communièrent. Les autres restèrent debout en signe de protestation durant toute la liturgie et écoutèrent, sans baisser la tête, les imprécations que le curé leur adressait dans son homélie :

— Vous êtes des scories, et c'est la raison pour laquelle vous êtes ici. Et si vous ne connaissez pas ce mot, je vais vous dire ce que scorie signifie. Merde, cela veut dire de la merde.

Tomasa, indignée, réclama en sortant une assemblée extraordinaire et proposa une grève de la faim jusqu'à ce que le curé leur fasse des excuses pour ses insultes.

— Tu veux qu'on ait encore plus faim ?

C'était Reme, qui regardait Hortensia dans les yeux avec désespoir, comme pour lui demander de l'aide, comme pour lui demander du pain.

— Plus faim, non, de grâce.

Certaines femmes approuvèrent l'idée de la grève, et Hortensia prit la parole :

— Il faut survivre, camarades. Nous n'avons que ce devoir. Survivre.

— Survivre, survivre, à quoi ça sert de vouloir survivre ?

— Pour raconter l'histoire, Tomasa.

— Et notre dignité ? Quelqu'un va raconter comment nous avons perdu notre dignité ?

— Nous n'avons pas perdu notre dignité.

— Non, nous avons seulement perdu la guerre, pas vrai ? C'est ce que vous croyez toutes, qu'on a perdu la guerre.

— Nous n'aurons pas perdu tant qu'ils n'auront pas eu notre peau, et on ne va pas leur faciliter la tâche. Des folies, oui mais les folies nécessaires, pas une de plus. Résister c'est vaincre.

Alors que les voix s'ajoutaient les unes aux autres, en faveur ou contre l'opportunité d'une grève de la faim, et que le mot dignité résonnait plus que tout autre sur le mot folie, Elvira arriva en courant à la salle des douches :

— La Vénéneuse arrive, La Vénéneuse, elle arrive !

Les femmes qui avaient des serviettes enroulèrent leurs cheveux dedans ou les mirent sur leurs épaules, et celles qui n'en avaient pas firent semblant de se sécher les mains avec leurs jupes. La réunion était finie. La Vénéneuse, accompagnée de Mercedes, s'approcha de la grille, portant dans ses bras un Enfant Jésus. Mercedes tourna la clé et poussa la porte, laissa passer sa supérieure et entra derrière celle-ci dans le couloir. Elle tourna à nouveau la clé, l'accrocha à sa ceinture et réajusta une épingle qui dépassait excessivement de son chignon banane.

— En rang !

Ce n'était pas l'heure du comptage. Mais personne ne posa de question.

Mercedes frappa trois fois dans ses mains et les prisonnières se mirent en rang. Sœur María de los Serafines montra l'Enfant Jésus couronné de laiton doré, passa la main sous ses genoux grassouillets et croisés, et présenta le pied de l'enfant à la première recluse :

— Le culte religieux fait partie de votre rééducation. Vous n'avez pas voulu communier et aujourd'hui nous fêtons la naissance du Christ. Vous allez toutes lui donner un baiser, et celle qui ne l'embrasse pas n'aura pas droit au parloir cet après-midi.

Une par une, les prisonnières vinrent baiser le pied offert. Une par une, elles inclinèrent la tête pour embrasser l'Enfant. La Vénéneuse le tenait à la hauteur de son ventre pour les obliger à s'incliner profondément. Après chaque baiser, Mercedes séchait le pied de carton plâtre avec un petit mouchoir de lin amidonné.

— À vous maintenant, Tomasa.

C'est le tour de Tomasa, qui a du mal à contenir sa colère.

Lorsque La Vénéneuse lui tendit l'Enfant, la fille d'Estrémadure soutint son regard, serrant les dents de rage. Après quelques secondes, la religieuse obligea Tomasa à se pencher. Elle saisit la tête de la détenue et la baissa vers l'Enfant Jésus. Tomasa inclina la tête, approcha les lèvres du petit pied, et au lieu de l'embrasser, elle entrouvrit la bouche et écarta les dents.

Un craquement résonna dans le silence de la salle des douches.

Un craquement.

Et une bouche qui exhibe un sourire, avec un doigt entre les dents.

Et un cri :

— Monstre communiste !

Le cri provient de sœur María de los Serafines.

Mercedes approche son petit mouchoir amidonné du pied de l'Enfant Jésus et couvre son amputation comme si elle soignait une blessure. La religieuse se remet à crier :

— Monstre communiste !

Et de son poing fermé, elle flanque un coup sec à la bouche de Tomasa.

Un vol de soutane, de larges manches blanches, dirigé vers un visage qui ne se dépare pas de son sourire.

La force du coup de poing fait cracher la sacrilège, et le doigt de pied de l'Enfant Jésus voltige dans les airs au milieu des coiffes.

Le baiser du pied est terminé. Sœur María de los Serafines ordonne la recherche du doigt de pied tranché. Et les recluses rompent le rang, réprimant un éclat de rire. Deux larmes s'échappent des yeux d'Elvira qui essaie de contrôler son envie de rire, et Hortensia porte les mains à son ventre et s'exclame :

— Ah, Sainte mère ! Ah, Sainte mère de Dieu !

Pour ne pas rire, les détenues cherchent le doigt de pied perdu en évitant de croiser leurs regards. Pour ne pas rire, elles ne regardent pas Tomasa.

— Il est là !

C'est Reme qui a trouvé le petit doigt de pied de Jésus et qui le donne à la religieuse.

La lèvre de Tomasa a commencé à saigner ; sœur María de los Serafines la pousse vers Mercedes en ordonnant à celle-ci qu'elle retire la profanatrice de sa vue :

— Retire cette profanatrice de ma vue !

Et elle approche le petit orteil du petit pied pour voir si elle pourra soigner la blessure. Oui, elle pourra le recoller. Elle le regarde avec ravissement. Une larme point au coin de son œil. Elle pourra le recoller, mais on verra la jointure comme une petite cicatrice.

Les prisonnières de la division numéro deux droite laisseront libre cours à leurs rires quand elles se prépareront pour aller au parloir. Lorsque l'agitation bruyante provoquée par la joie de revoir leurs familles leur fera oublier la tristesse de l'image de Tomasa, tentant de garder l'équilibre malgré les bousculades, emmenée de force vers son châtiment. Elles pourront rire quand elles oublieront la peine qu'elles ont ressentie de la voir marcher en boutonnant la jupe de la mère d'Elvira. Alors seulement, quand les détenues se prépareront pour la visite, elles pourront rire. Et ce sera Reme qui déchaînera leurs rires. Comme les autres, elle se pincera les pommettes, pour que la couleur donne à son visage un aspect un peu plus avenant, un peu moins émacié et famélique, et tout en le faisant, elle dira :

— Et maintenant, ils pourront dire qu'ils ont raison quand ils affirment que nous, les communistes, nous mangeons les enfants. Punaise, qu'est-ce qu'elle est mauvaise, La Vénéneuse !

Reme sera la première à en rire. Elvira l'imitera après avoir demandé à Hortensia :

— T'as vu la tête de La Vénéneuse ?

— La tête qu'elle a fait ! J'ai cru qu'elle allait exploser !

La tension accumulée se libérera en éclats de rire, tandis que celles qui auront de la visite se prépareront, aidées par celles qui n'en n'auront pas.

— Tiens, Reme, mets cette écharpe rouge pour égayer un peu ton visage.

Reme se nettoie les mains avec sa salive, parce qu'il y a longtemps qu'ils ont coupé l'eau. Elle s'arrange en pensant à Benjamín. Elle n'aurait pas dû lui demander du savon lors de sa précédente visite. Le savon se fait rare. Elle n'aurait pas dû lui en demander, et encore moins la petite chaise en paille. Pauvre Benjamín, elle n'aurait rien dû lui demander du tout. Il fait toujours tout son possible pour lui apporter ce qu'elle lui demande. Elle sourit en pensant à son petit-fils, qu'elle verra pour la première fois cet après-midi. Le fils de son fils, qui est né en province de León, il y a six mois.

Hortensia est plus excitée que d'habitude, et elle ne sait pas pourquoi. Elle était en train de se faire deux tresses, comme aime Felipe, lorsqu'une femme, qu'ils ont amenée quelques jours auparavant de Salamanque, s'est approchée d'elle. Elle était accusée de collaboration avec des guérilleros, c'est tout ce qu'on avait réussi à savoir de cette femme petite et énergique entrée dans la division numéro deux droite sans aucune lueur de peur dans les yeux. Certaines prisonnières ont cru qu'il s'agissait d'une fille de la guérilla, mais en réalité, elle appartenait à la direction du Parti Communiste de Salamanque.

— Je m'appelle Sole.

Après avoir dit qu'elle s'appelait Sole, elle ajoute qu'elle est sage-femme, et que sa fille lui a fait parvenir un message :

— On m'a dit de rester avec toi, et qu'il fallait qu'on sorte en même temps au parloir, que c'est très important qu'on reste ensemble.

— Pourquoi ?

— Ça, on me l'a pas dit.

Et Elvira chante, plus joyeuse que jamais, en nouant un ruban sur sa queue-de-cheval, comme aime Paulino. Elle a un peu de fièvre qui ne la quitte pas ; mais aujourd'hui cela la réjouit, car son grand-père la verra avec les joues rouges.

Elvira ne sait pas que dans quelques minutes elle verra son frère Paulino. Paulino ne le sait pas non plus.

Paulino marche vers la prison de Ventas, en compagnie de Felipe.

33.

Les yeux de Paulino parcourent avec anxiété la longue file d'attente qui s'est formée devant la porte de la prison. Il cherche Pepita. Ni Paulino, ni Felipe, ni Amalia, la jeune fille qui vient d'arriver de son village de la région de Salamanque et qui milite à Solidarité Ouvrière, ne savaient qu'il était impératif d'arriver en avance pour entrer dans les premiers et se placer à chaque bout du parloir, meilleur endroit pour la visite, où les familles et les prisonnières peuvent mieux se parler, même si elles arrivent à peine à s'entendre.

La file est plus longue que ce qu'ils avaient pu imaginer. Chaque recluse peut communiquer avec au maximum cinq membres de sa famille. Aujourd'hui, c'est le jour de Noël, pratiquement toutes les familles viennent par cinq. Et tous désirent entrer en premier pour se placer aux extrémités.

Les prisonnières entreront au parloir dix par dix, et y resteront dix minutes. Elles aussi courront vers les deux bouts.

Pepita est arrivée parmi les premiers, ainsi que don Javier, le grand-père d'Elvira, les trois filles célibataires de Reme, son jeune fils et son mari, le pauvre Benjamín. Benjamín n'entrera pas au parloir, parce que son fils aîné est venu avec son petit-fils, et Reme ne connaît pas encore l'enfant, et ils viennent de la province de León. À eux tous, ils sont sept, et les sept ne peuvent pas entrer tous ensemble.

— Comme c'est dommage ! On va pas laisser faire cela. Vous entrerez avec moi, l'enfant aussi ; avec la pagaille qu'il y a aujourd'hui, ils vont pas nous demander nos papiers.

— Vous croyez ?

— Je vous le dis.

Le groupe entier a formé un cercle, et Pepita montre aux filles de Reme la robe qu'elle a faite pour sa sœur. Elle n'a pas vu Paulino, qui s'approche d'elle en se frayant un passage entre les gens, serrant dans sa main une lettre qu'il garde dans sa poche. Elle ne l'a pas vu, mais elle le verra bientôt. Elle le verra, quand don Javier va découvrir dans le jeune homme qui s'approche une ressemblance avec son petit-fils.

— C'est pas possible !

Ce n'est pas possible, va-t-il s'exclamer. Ce n'est pas possible. Le grand-père le regardera, incrédule. Ce n'est pas une ressemblance quelconque. Oui, il le regardera et ouvrira grand ses yeux étonnés.

Ce n'est pas une ressemblance.

C'est son petit-fils Paulino qui s'approche. Et il va crier sans pouvoir s'en empêcher :

— Paulino, mon petit !

Et il tendra les bras vers lui. Paulino le regardera, étouffant sa surprise. Il se baissera pour que son grand-père prenne sa tête dans les mains. Ils s'embrasseront, sans prendre le temps de verser une larme. Le grand-père dira à son petit-fils qu'il est déjà un homme, et tandis qu'il le serrera de toutes ses forces dans ses bras, son petit-fils lui demandera s'il a des nouvelles de sa mère et de sa sœur.

— Elvirita est là.

— Elle est là, où ça ?

Paulino tournera la tête à droite et à gauche. Il cherchera sa sœur avec impatience parmi les gens qui font la queue.

— Où, où est-elle ?

— À l'intérieur, mon petit, Elvirita est à l'intérieur.

Don Javier montre la porte de la prison.

La douleur oblige Paulino à chercher un point d'appui.

Pepita les regarde, décontenancée. Peu à peu, elle prend conscience du danger qu'ils courent tous deux si quelqu'un les observe, et demande à la famille de Reme d'entourer le grand-père et le petit-fils.

— Et ma mère ?

— Elle est morte au camp de los Almendros.

Il cherche un appui, Paulino, et il le trouve sur l'épaule de Benjamín.

— Je veux voir Elvirita.

Pepita se plante devant lui et le regarde dans les yeux.

— Où est Felipe ?

— Là-bas, derrière, avec la fille de Salamanque.

— Attends-là un instant, bouge pas d'ici, on va entrer ensemble.

Pepita est partie chercher Felipe et Amalia et,

malgré les protestations de ceux qui font la queue, elle ramène le couple avec elle.

— D'où ils sortent, ces deux-là ?

— De chez moi. Ça vous va ? Lui, c'est mon frère, d'accord ? Il est malade et il peut pas faire le pied de grue pendant deux heures. Et elle, c'est sa femme. Vous voyez pas qu'il est malade ? Et c'est pour ça que je fais la queue depuis le début de l'après-midi et maintenant, j'avance pour retrouver ma place, señora ; je l'ai gardée pour eux et j'ai mal partout d'avoir supporté le froid.

Elle leur fit rejoindre le groupe, et organisa en un instant trois familles distinctes, pour que tous puissent entrer :

— Toi, tu es mon mari, Paulino, et avec moi et mon mari entre cet innocent, qui est notre enfant. Et t'en fais pas, Paulino, notre enfant paraît simplet mais il ne l'est pas.

Elle attrapa l'enfant de Reme par la main, s'accrocha au bras de Paulino et, désignant Benjamín, elle dit à Felipe que ce serait son beau-père :

— Cet homme s'appelle Benjamín, et Benjamín entre avec toi et ton épouse, Felipe, car c'est ton beau-père.

Ses yeux bleu océan croisèrent les yeux bleu océan du grand-père d'Elvira, qui attendait patiemment que Pepita lui dise comment et avec qui il devait entrer.

— Vous, señor Javier, vous entrerez seul, comme d'habitude, pour pas qu'ils se doutent de quelque chose. Et les trois sœurs entreront avec leur frère qui est venu de León et avec le bébé, cela fait cinq.

Les portes s'ouvrirent.

Pepita expliqua à La Vénéneuse la parenté de tous et de chacun avec une telle rapidité et une telle assurance, qu'elle les laissa tous passer.

34.

L'enthousiasme des prisonnières se répand comme une traînée de poudre dans les couloirs de la prison, provoqué par la nouvelle que vient d'annoncer La Vénéneuse. À partir de demain, les détenues pourront faire des travaux de tricot et de couture. Tous les jours, excepté le dimanche et les jours de fête, on remettra à chacune d'elles une pièce à coudre ou à tricoter quand elles sortiront dans la cour, et on la leur reprendra le soir. La directrice a accepté la pétition des détenues, elles pourront remettre les vêtements qu'elles confectionneront à leurs familles.

La joie des détenues va se changer en excitation au fur et à mesure qu'approche l'heure de la visite. Hortensia s'efforcera sans succès de contrôler ses sphincters et, bien qu'elle répugne à aller aux toilettes, elle s'y précipitera à plusieurs reprises, se pinçant le nez avec les doigts. Cela fait des heures qu'ils ont coupé l'eau et les toilettes sont à nouveau bouchées.

Sole, la sage-femme, l'accompagne partout.

— Je monterai la garde.

Et pendant qu'elle l'attend, elle lui raconte que c'est Victoria Kent* qui a fait construire la prison de Ventas qui devait, à l'origine, accueillir cinq cents détenues. Elle se plaint du manque de place. Elle se plaint qu'une douzaine de paillasses occupent le sol des cellules là où, auparavant, il y avait un lit, une petite armoire, une table et une chaise. Elle se plaint que les paliers et les escaliers soient devenus des dortoirs, et qu'il faille sauter par-dessus les prisonnières qui sont couchées pour accéder aux toilettes.

— Quelle pourriture ! On est vraiment dans la merde. Onze mille personnes peuvent pas se soulager dans si peu de sanitaires.

Cela n'intéresse pas Hortensia de connaître les raisons de l'état lamentable des toilettes. Non, en ce moment, elle ne se soucie guère de connaître les causes de la saleté qui l'entoure, ni des maladies dont on souffre par manque d'hygiène et que Sole s'évertue à énumérer :

— Ténia, typhus, poux, punaises, dysenterie, c'est une saloperie.

Non, cela n'intéresse pas Hortensia, à cet instant, parce qu'elle est inquiète, elle pense à Felipe, et elle veut seulement penser à Felipe. Seulement à Felipe, son excitation l'empêche de penser à autre chose. Elle veut seulement se souvenir d'un baiser. Un baiser furtif, le dernier qu'elle a arraché à Felipe dans le Cerro Umbría. Un baiser qui lui a semblé trop court, et à lui trop long. La montagne n'est pas un endroit pour les baisers, l'a-t-il grondée. Ce n'est pas un endroit pour les baisers :

— À la montagne, on se bat.

— Allez, sois pas si bête.

— Laisse-moi, Tensi, on peut nous voir.

— Qui ça ?

— N'importe qui.

Sans hâte. Elle voulait un baiser où se mêleraient leurs langues et il a retiré sa bouche brusquement, à peine leurs lèvres effleurées. Ils se sont quittés comme cela. C'est ainsi qu'ils se sont embrassés pour la dernière fois quand Hortensia est partie acheter des vivres. Et avant de commencer à descendre vers El Llano, elle a tourné la tête et répété que son mari était bête.

— Tu es bête.

— Allez, va-t'en. Et reviens vite, je t'attends ici même.

Mais Hortensia n'est pas revenue. Elle n'est pas revenue. Et à présent elle se demande encore, comme tant de fois depuis qu'ils l'ont arrêtée, comment elle n'a pas été alertée par l'aboiement des chiens en arrivant au jardin potager. Felipe l'attendait et elle n'est pas revenue. Les chiens aboyaient d'une manière étrange, et elle ne s'en est pas rendu compte. Elle a seulement remarqué, comme on le lui avait indiqué, le foulard que la paysanne portait sur la tête, que celle-ci défit en voyant Hortensia arriver.

Les chiens aboyaient.

— Vous vendez des poules ?

Les chiens aboyaient. La maraîchère baissa les yeux pour répondre, en chiffonnant son foulard entre ses doigts.

— Oui.

Elle regarda le ventre d'Hortensia et se mit à courir, portant à ses yeux son foulard chiffonné.

Les chiens aboyaient. Elle aussi aurait dû courir. Mais elle n'a pas couru. Elle a senti le danger dès qu'elle a vu la femme courir, et porter son foulard à ses yeux et les chiens qui n'arrêtaient pas d'aboyer. Mais elle n'a pas couru. Elle a retenu sa respiration. Les armes des gardes civils étaient braquées dans son dos. Et elle a pensé à Felipe. Je t'attends ici même, lui avait-il dit. Un garde civil lui a attaché les mains et l'a poussée :

— En route. Nous, on va t'en donner du bouillon de poule. Une bonne soupe, avec plein de pois chiches !

Les autres riaient.

Elle a passé trente-neuf jours à la préfecture. Elle a passé trente-neuf jours à la préfecture, des dizaines d'heures sur les genoux, et a été tabassée des dizaines de fois. Mais Hortensia ne veut pas y penser. Elle s'assoit sur les toilettes, touche ses genoux et pense à Felipe. Elle se souvient du premier baiser. C'était à Cordoue. Elle se souvient de Cordoue et de la bouche de Felipe cherchant la sienne, et elle touche ses genoux. Ils sont déjà pratiquement guéris, même si elle a encore la sensation qu'un pois chiche est encore dedans. Oui. Il y a une bosse très dure sous la peau, et cela lui fait mal. Le médecin lui a dit qu'elle se faisait des idées. Ce médecin ne voit pas bien. Il est vieux, et il a des chassies jaunes au coin des yeux. En plus, il est dentiste, alors qu'est-ce qu'il en sait ? Elle est persuadée que sa peau a repoussé en recouvrant un pois chiche. Il l'a soignée une fois, seulement une fois, lorsqu'elle est arrivée de la préfecture. Il ne lui a pas demandé où elle avait mal, il voulait seulement savoir pourquoi on l'avait emmenée là-bas. Il lui a dit qu'elle n'avait rien au visage, alors qu'elle ne pouvait même pas ouvrir les yeux tellement ils étaient gonflés. Elle touche ses genoux et se souvient. De l'alcool. Le dentiste lui a frotté ses plaies avec de l'alcool, et c'était pire que lorsqu'on lui avait mis du vinaigre, au second étage de la préfecture. Il y avait un crucifix sur le mur de cette pièce du second étage, et beaucoup de pois chiches sur une table avec du sel par terre. Ils la faisaient toujours monter à deux ou trois heures du matin, et ensuite elle redescendait entre deux hommes, parce qu'elle ne pouvait plus tenir debout. Trente-neuf jours. Trente-neuf jours à ne parler à personne. Dans le cachot d'à côté, il y avait une prisonnière qui passait son temps à chanter. Elle s'appelait Manolita, et elle chantait *Tomo y obligo*, un tango de Gardel. Elle sait seulement qu'elle s'appelait Manolita.

— Allez, Manolita, on monte, on va voir quel air tu vas nous chanter là-haut.

Elle ne sut rien d'autre de cette femme, seulement qu'elle s'appelait Manolita. Elle chantait très bien, et un jour, elle ne l'a plus entendue chanter. De la rage. De la rage, c'est tout ce qu'elle ressentait quand ils lui jetaient du vinaigre sur ses blessures. De la rage. C'est la rage qui a maintenu ses lèvres fermées. C'est la rage qui les a décollées pour hurler sa douleur au ventre.

— La frappe pas là, espèce d'abruti, tu vois pas qu'elle est enceinte ?

Cet enfant sera fort. Il sera très fort. Il a enduré ce qu'il fallait endurer. Maintenant il bouge. Il va être aussi fort que son père. Et il aura les cheveux noirs et frisés, et de grandes mains, et la bouche charnue comme celle de son père. Hortensia sort des toilettes en portant la main à sa bouche. La sage-femme marche sur ses pas, et Hortensia se caresse les lèvres. Elle ne savait pas que les baisers se faisaient avec la langue.

C'était à Cordoue et elle portait deux tresses.

35.

— Me quitte pas d'une semelle.

Hortensia se tenait près de la porte du parloir, derrière Reme et Elvira, attendant que les dix prisonnières entrées lors du premier tour de visite ressortent. La sage-femme s'approcha de son oreille pour lui dire de ne pas s'éloigner d'elle, puis elle ajouta :

— Tu vas avoir une visite très spéciale cet après-midi. Fais bien attention au mari de ma fille.

— Au mari de ta fille ?

— Oui, au mari de ma fille.

Elle insista en prononçant le mot mari, lui fit un clin d'œil et insista à nouveau quand elle le dit la deuxième fois.

— Au mari de ma fille, et ne crie pas en le voyant. Lui parle pas, mais fais bien attention à lui. Souviens-toi de ce que je te dis : ne lui parle pas, et ne dis pas son nom.

Hortensia ne pouvait pas savoir de qui lui parlait Sole, mais elle le devina.

— Le mari de ta fille c'est... ?

— Prononce pas son nom.

— Mais c'est... c'est la personne à qui je pense ?

— Oui. Il est à la porte du parloir. Il a pas voulu que je te le dise avant au cas où ils ne l'auraient pas laissé entrer, mais il est déjà à la porte, celle qui distribue les colis vient de me faire passer ce mot : « Ta fille est entrée avec son mari. »

— Silence, vous ne savez pas encore qu'on parle pas dans les rangs ?

C'est Mercedes qui crie « Silence ». Mercedes veut apprendre à se faire entendre. La gardienne au chignon banane s'adresse à Hortensia et à Sole :

— Vous deux, faites un pas en avant.

Elle crie, parce qu'après l'affaire de l'orteil de l'Enfant Jésus, elle a reçu un sévère avertissement de la part de sœur María de los Serafines. Elle lui a dit qu'elle était trop faible avec les prisonnières, et qu'elle devait apprendre à se faire respecter si elle ne voulait pas perdre son poste.

— Elles se paient votre tête, Mercedes, et si elles se paient votre tête, elles se paient aussi la nôtre. J'ai mes informateurs, ne croyez pas que je ne suis pas au courant pour la petite chanson, je sais ce qui se passe dans cette prison à tout moment, et elles se paient votre tête. À tout moment, n'oubliez pas.

Elle n'oublie pas. Et Mercedes s'approche d'Hortensia en la menaçant du doigt :

— Vous voulez que je vous prive de parloir ?

Hortensia veut dire non. Elle veut dire non, mais un nœud s'est formé dans sa gorge et l'empêche de parler.

— Qu'est-ce qui vous arrive, vous voulez pas répondre ?

— C'est qu'Hortensia se sent pas bien.

C'est Sole qui vient de répondre à sa place.

— Et c'est pour cela qu'elle parle dans le rang ? Peut-être qu'elle a déjà assez parlé et n'a pas besoin d'aller au parloir pour parler encore.

— Elle se sent pas bien, elle a eu un étourdissement, et je suis nouvelle, je savais pas qu'on pouvait pas parler dans le rang, elle a eu un étourdissement, et c'est pour ça que je lui ai parlé, je suis sage-femme, et comme elle est enceinte et que je suis sage-femme, je lui ai demandé ce qui lui arrivait.

Les prisonnières du premier tour ont commencé à sortir du parloir. Hortensia les a regardées, elle a regardé Mercedes, et elle a pincé ses lèvres et retenu ses larmes. Le désespoir lui a fait avaler le nœud qui lui serrait la gorge :

— Aujourd'hui c'est Noël, je vous en supplie. Laissez-moi entrer.

Elle n'a pas eu le courage de lui refuser, Mercedes. Et elle a donné l'ordre que le second groupe entre, après avoir puni Hortensia et Sole.

— Demain vous me récurerez le couloir, toutes les deux. Entrez une par une. Vous, vous passerez les dernières.

La première à entrer au parloir fut Elvira. Elle a couru vers l'extrémité droite et s'est collée à la cloison métallique.

— Ici, grand-père, ici.

Son grand-père fut aussi le premier à entrer. Il a marché le plus vite possible et s'est collé à son tour à la cloison métallique qui le séparait du couloir de son côté.

— Je t'amène une surprise.

Mais sa petite-fille ne l'a pas entendu, les autres prisonnières criaient en parlant à leurs proches.

— Ici, ici.

— Ici, mère, au milieu.

La surprise d'Elvira s'est approchée de la cloison métallique avec de l'émotion dans les yeux. Elvira n'a pas tout de suite reconnu Paulino. Son grand-père a montré l'homme qui se tenait à côté de lui et elle l'a regardé. Elle l'a regardé fixement. Ils se sont regardés. Cela faisait deux ans qu'ils ne s'étaient pas regardés. Paulino reconnut à sa queue-de-cheval rousse la petite fille qu'il avait laissée sur le port d'Alicante.

— Mignonne.

Et elle, sans réfléchir, a balancé sa tête d'un côté et de l'autre, fouettant l'air de sa chevelure rousse.

— Paulino.

Il a porté son index à ses lèvres et lui a intimé de taire son nom. À ses côtés, le fils de Reme soulevait son enfant en le tenant par les bras. Le petit n'arrêtait pas de pleurer. Reme non plus.

— Amène-le-moi le jour de la Merced.

Suppliait Reme, en tentant de dominer ses pleurs. Mais son fils ne l'entendait pas. Son fils n'entendait que les cris de Pepita qui appelait Hortensia :

— Ici, par ici, Hortensia.

Hortensia était entrée en se tenant au bras de Sole. Elles étaient entrées en dernier. Sole essayait de dégager un espace pour toutes les deux, près de Reme, en bousculant une prisonnière qui défendait son territoire à coups de coude. Hortensia cherchait Felipe du regard. Elle retira son bras de celui de Sole et s'appuya sur les épaules de Reme.

— Tensi, tu vas bien ?

Elle fit un pas en avant. Il s'accrocha à la grille.

La sage-femme avait fini par se faire une place. Elle poussa encore un peu et fit une place à Hortensia. Elle lui tendit la main, et Hortensia se laissa conduire vers l'ouverture en regardant Felipe.

La femme qui ne savait pas qu'elle allait mourir

s'approche de la grille métallique. Elle n'essaie pas de parler. Elle savoure le regard de Felipe.

— Tensi.

Il prononce son nom pour la dernière fois, il la regarde en silence. Il savoure son regard. Des deux mains, elle se caresse les joues. Lui aussi.

La gardienne qui déambule dans le couloir central marche lentement, les poings sur les hanches. Elle regarde à gauche et à droite, le sourcil froncé. Elle observe les familles. Elle surveille les prisonnières. C'est La Savate, et elle murmure une litanie, celle qu'elle marmonne chaque fois que c'est son tour de garde au parloir. Certains pensent qu'elle récite une prière. Mais non. Elle répète encore et encore le dernier communiqué de la guerre. La dépêche que son cher Généralissime a écrite pour la première fois de sa propre main. Malade de la grippe et souffrant de fièvre, il l'a écrite de sa propre main. Et elle l'a apprise par cœur : *En ce jour, l'armée rouge est captive et désarmée, les troupes nationales ont atteint leurs derniers objectifs militaires. La guerre est finie.* Elle regarde les prisonnières. Elle regarde les familles. Et elle répète encore une fois son mépris :

L'armée rouge est captive et désarmée.

Et une fois de plus : *Captive et désarmée.*

Quartier général du généralissime
État major
Section des opérations

Communiqué officiel de guerre
concernant le 1er avril 1939 — III Année triomphale

En ce jour, l'armée rouge est captive et désarmée, les troupes Nationales ont atteint leurs derniers objectifs militaires.

La guerre est finie.

BURGOS 1er avril 1939,
Année de la Victoire
LE GÉNÉRALISSIME

DEUXIÈME PARTIE

« Quieres llorar. Y es tiempo
de sequía.

Quieres llorar. Y son tus ojos
Girasoles marchitos. »

MARTÍN ROMERO MORENO

« Tu veux pleurer. Et le temps
est à la sécheresse.

Tu veux pleurer. Et tes yeux
ne sont que tournesols fanés. »

1.

En silence et en ordre, les détenues qui se sont rendues au parloir reviennent à la division numéro deux. En silence et en ordre, toutes, excepté Reme qui porte à la main une chaise basse en paille que lui a apportée Benjamín, se dirigent vers leurs paillasses roulées contre les murs du couloir central, dans les marches des escaliers ou dans les cellules, où elles s'assoiront pour se remémorer la visite, en silence et en ordre. Le regard dans le vague, elles essaieront de revenir sur ces dix dernières minutes, de retenir le temps passé, pour se souvenir.

Reme garde dans ses yeux les larmes de son petit-fils. Elle colle sa chaise près du grabat d'Hortensia et l'invite à s'asseoir. Reme ne doit pas pleurer. Et elle ne pleure pas. Elle reverra l'enfant en septembre, le jour de la Merced, le vingt-quatre ; elle le reverra dans huit mois. Le jour de la patronne des prisonniers, ils permettent aux enfants d'entrer dans la cour de la prison. Reme embrassera alors son petit-fils pour la première fois.

Dix minutes. Toutes les prisonnières qui ont passé dix minutes avec leurs proches auront le regard perdu. Elles le perdront, parce qu'elles ont quelque part où le perdre. Dix minutes. Hortensia accepte la chaise en paille, et dans ses yeux brillent les yeux de Felipe ; son sourire sourit dans sa bouche ; et ce sont les longues mains de Felipe qui caressent les joues d'Hortensia avec les mains d'Hortensia. Dix minutes. Et Hortensia ne doit pas pleurer. Elle s'assoit. Et ne pleure pas. À côté d'elle, Elvira défait sa queue-de-cheval nerveusement. Elle ne doit pas pleurer. Mais elle pleure. Elle pleure et se décoiffe car elle ignore quand elle pourra de nouveau agiter sa queue-de-cheval pour son frère.

— Elvira, retenez-vous.

La Vénéneuse n'aime pas que les détenues perdent le contrôle d'elles-mêmes. Et Elvira commence à le perdre. Elle n'acceptera pas ses larmes. Elle n'acceptera pas qu'elle entraîne chez les autres prisonnières la moindre velléité de rébellion. Elle ne le permettra pas. Elle s'approchera d'Elvira, les bras croisés sous le scapulaire qui orne sa soutane, et lui ordonnera dans un cri de se contrôler :

— Contrôlez-vous.

La discipline commence par le contrôle de soi. Sœur María de los Serafines le sait bien. Et elle est prête à punir la jeune fille rousse qui ne va pas mourir. Elle la regarde avec mépris tandis qu'Elvira pleure et de ses deux mains brasse sa chevelure car elle vient de jeter son ruban aux pieds de la religieuse ; elle vient de jeter son désespoir à ses pieds.

Le volume du ventre d'Hortensia l'empêche de se lever rapidement. Elle veut ramasser le ruban. Elle veut calmer Elvira de peur que sœur María de Los Serafines ne la punisse.

Oui, elle va la punir.

— Vous savez pertinemment que je ne veux pas de

larmes ici. Vous savez pertinemment que je ne tolère pas la moindre colère. Vous le savez. Et, si vous l'avez oublié, je vais vous le rappeler.

La religieuse la saisit par le bras et la lève d'un coup de sa paillasse.

— Venez avec moi.

Elle l'emmène.

Hortensia parvient à vaincre sa pesanteur, se lève en se tenant les reins et se dirige vers la religieuse.

— Ma sœur, de grâce, l'emmenez pas, elle est malade, elle a de la fièvre et tousse beaucoup.

Reme et Sole suivent Hortensia.

— Ça vient de la poitrine, elle a une toux très forte.

— Elle a une mauvaise toux, vous n'avez pas idée comme elle souffre, cette petite.

Sœur María de los Serafines se retourne vers elles. Elle serre les dents et fronce les sourcils en les toisant toutes les trois. Sans proférer un mot, elle tire le bras d'Elvira et la pousse vers le couloir.

Elle l'emmène.

Oui, elle l'emmène.

Et Elvira n'arrête pas de pleurer.

2.

La chevelure rousse d'Elvira n'est plus. Avant de la couper, La Vénéneuse lui a fait une tresse. À la racine, elle l'a coupée à la racine, en présence de La Savate, qui se tient debout face à Elvira, le menton pointé vers elle, campée sur ses jambes, aux aguets, les pouces accrochés dans sa ceinture, lui défendant de bouger.

— Bouge pas.

Elle l'a coupée à la racine, La Vénéneuse. Puis, elle a donné la tresse rousse à La Savate. Et La Savate l'a mise dans le sac où elles gardent les cheveux, pour les vendre.

— Voyons si tu as compris maintenant.

Elvira a compris. Elle ne doit pas pleurer. Elle retourne à la division numéro deux sans sa chevelure. Elle ne doit pas pleurer. Et elle ne pleure pas. Elle s'assoit sur sa paillasse en se cachant la tête dans les mains et elle se lamente sans pleurer :

— Elles m'ont volé mes cheveux.

Reme tente de la consoler, et commence à réciter le proverbe qu'elle s'est tant de fois répété à elle-même :

— Quand on nous coupe les cheveux...

Mais Elvira l'interrompt sans ménagement et se jette dans ses bras :

— On se sent pas comme neuve, Reme, on se sent pas comme neuve.

— Mon petit ange !

Elle l'appelle mon petit ange, même si en ce moment, Reme ne pense pas à ses filles, et elle lui caresse la tête.

— Ça repousse, ça repousse vite, tu verras.

— Elles me les ont volés.

Elle dit qu'elles lui ont volé ses cheveux parce que beaucoup de prisonnières les vendent aux religieuses, contre quelques sous qui leur permettent d'acheter à l'économat de la prison. Et les religieuses les vendent à leur tour aux chiffonniers, pour des œuvres de charité.

— Elles vont les vendre.

Elvira voit ses cheveux tressés tomber dans le sac. Elle voit comment sa tresse se faufile dans le sac. Elle voit comment un poisson frétille dans la nasse du pêcheur. Elle ne voit pas Mercedes qui s'approche en réajustant les épingles de son chignon banane :

— Quelle jolie chaise !

Hortensia caresse le dos d'Elvira et répond que la chaise n'est pas à elle, sans regarder la surveillante.

— À qui est-elle ?

— Laissez-nous tranquilles.

— Qu'est-ce que vous dites ?

— Soyez gentille, nous sommes entre nous et nous voulons rester entre nous. La chaise est à Reme, si vous voulez savoir. Et maintenant que vous le savez, vous voulez autre chose, ma chérie ?

Tous les regards se tournent vers Mercedes : celui de Sole, d'Elvira, de Reme, d'Hortensia ; et Mercedes tourne les talons tandis que les prisonnières la suivent du regard.

— Merde, tu l'as bien envoyée paître !

S'est esclaffée Sole, en admirant Hortensia.

— Tu lui as montré que tu en as !

A rigolé Reme. Elles ont toutes ri. Et Elvira a ri.

— Maintenant, voyons ce qu'on nous a apporté, parce que les mauvaises choses arrivent toutes seules, mais les bonnes, faut aller les chercher.

— Ventre bien nourri apaise l'esprit.

La première chose que vit Hortensia parmi les objets que lui avait envoyés Pepita fut sa robe. Une robe en flanelle grise, ornée de tout petits bouquets blancs.

— Elle souhaite que j'allège mon deuil.

— Alors faut l'alléger, Hortensia.

Reme sortit un paquet enveloppé dans un papier gris. C'était du jambon. Un petit morceau de jambon.

— Benjamín m'a apporté du jambon.

— Du jambon ? Tu as dit du jambon ?

— Le pauvre, je lui avais demandé du savon. Je lui avais demandé un morceau de savon. Et il m'a apporté du jambon. Il m'a mal comprise.

— J'ai de la dinde, mon Dieu. Regardez, j'ai de la dinde !

— Aujourd'hui, nous allons manger divinement, Elvirita.

— Comme des reines, nous allons manger comme des reines !

— Alors je vais aller à l'économat nous acheter de l'eau chaude et nous allons nous faire du café, tu veux ?

Toutes essayaient de distraire Elvira, qui cessa de se toucher la tête pour chercher sa nourriture, et poussa un cri de joie en découvrant la surprise que son grand-père lui avait apportée :

— Du nougat !

Cette nuit-là, tandis qu'elles partageront le plaisir de manger à leur faim, Hortensia, Reme et Sole penseront à Tomasa. Mais aucune ne parlera d'elle.

Elvira ne pensera qu'à son frère. Elle mangera en revoyant son visage, sa ressemblance avec son père. Puis elle s'endormira à côté de Reme, en se blottissant contre elle pour sentir sa chaleur, et se réveillera plusieurs fois :

— Paulino.

Elle le verra s'approcher de la cloison métallique du

parloir, et porter son index à ses lèvres. Tous deux se regarderont. Ils se reconnaîtront :

— Paulino.

Elle essaiera de nouveau de s'endormir, en couvrant sa bouche avec sa main, pour taire son nom. Elle s'endormira. Et elle le reverra. Elle ne pourra pas s'en empêcher, elle criera :

— Paulino.

Il portera son index à ses lèvres.

3.

La lettre que Paulino a écrite est toujours dans la poche de sa veste. Il l'a écrite pour Pepita. Et il l'a oubliée. Il l'a complètement oubliée quand il a vu son grand-père à la porte de la prison de Ventas. À présent, il la caresse du bout des doigts. Et il se met à douter. C'est peut-être mieux qu'elle ne l'ait pas eue. Il serre dans ses doigts la lettre qu'il a écrite en arrivant chez Amalia, la fille de Salamanque qui milite à Solidarité Ouvrière, la fille de Sole. Je dois partir, mais je veux que tu saches que, malgré mon désir de rester avec toi, mon devoir passe avant mon désir, et il en sera toujours ainsi. Ce serait peut-être mieux de dire à Pepita d'oublier ce qu'il lui a demandé à l'église San Judas Tadeo.

Il serre la lettre. Et la froisse.

Pepita marche à ses côtés.

Le groupe qui s'était formé pour pénétrer dans la prison s'est dispersé en sortant. Ceux qui étaient entrés ensemble sont sortis ensemble et se sont quittés devant la porte. Chacun est reparti avec son compagnon de route, mais Paulino a dit à Felipe qu'il ne reviendrait pas avec lui, qu'il reconduisait son grand-père chez lui. Et il a demandé à Pepita de les accompagner.

— Si ça te fait plaisir...

Si cela te fait plaisir, avait-elle répondu, en le regardant dans les yeux et en rougissant. Et maintenant qu'ils ont quitté don Javier, ils marchent ensemble. Tous les deux. Et les yeux d'une couleur incroyable le dévisagent encore timidement pendant qu'il froisse la lettre dans sa poche. Et Pepita baisse les yeux pour lui dire à mi-voix :

— Tu m'as demandé une réponse que je t'ai pas encore donnée. Tu veux que je te la donne ou t'en veux déjà plus ?

— Avant, je veux que tu saches une chose.

— Quoi ?

— Une chose très importante, que je veux que tu comprennes.

— Je t'écoute.

— Je veux que tu la comprennes bien, tu entends ? Si après ce que je vais te dire, tu veux plus entendre parler de moi, je comprendrai, tu entends ?

Elle continuait à regarder par terre. L'indignation qu'elle avait ressentie en se croyant abandonnée par Paulino n'avait cessé de croître au fil des jours. Mais elle s'est dissipée sur-le-champ quand elle a vu Paulino à la prison de Ventas. En le voyant entrer, son sentiment d'abandon s'est évanoui. La peur de ne plus jamais le revoir s'est évanouie. Cependant, une peur identique la saisit à présent. Que doit-elle savoir avant de lui répondre ? Il va l'abandonner. Que doit-elle comprendre ? Qu'elle ne le verra plus jamais.

Il lui demande une seconde fois :

— Tu entends ?

Elle a plus peur que jamais en disant de nouveau :

— Je t'écoute.

— Je suis communiste.

Pepita éclata de rire et mit la main devant sa bouche pour continuer à rire.

— Qu'est-ce qui te fait rire ?

— J'imaginais que tu allais me dire que t'étais marié, ou que t'avais un enfant.

— T'as de ces idées.

— Voyons, ça n'a rien d'étonnant, avec cette guerre !

— C'est beaucoup plus sérieux qu'un enfant, mignonne. Je suis communiste, et je le serai toute ma vie. Je pars à Toulouse me mettre à la disposition du Comité Central. Sur la route, je peux me faire prendre et jeter en prison, ou me faire tuer, tu comprends ?

— T'en fais toute une histoire, qu'y a-t-il à comprendre ? Je savais déjà que tu étais communiste. Felipe est communiste, ma sœur est communiste, et don Fernando, le dernier auquel j'aurais pensé, est aussi communiste. Même la señora Celia est communiste, je vois pas pourquoi t'aurais été une exception.

— Mais je suis un homme en fuite, mignonne, et je dois me cacher en permanence. Je veux pas que tu te fasses des illusions, je sais pas combien de temps ça va durer. Tu dois savoir que je suis un militant politique et que personne pourra me faire changer d'idées. Personne. C'est bien plus sérieux que si j'avais un enfant, et ce sera comme ça jusqu'à ma mort, ou jusqu'à ce qu'ils me tuent, s'ils doivent me tuer.

— Et la femme qui partagera ton destin devra s'y résigner.

— La femme qui partagera mon destin doit savoir que le sien risque d'être très sombre. Ils peuvent m'arrêter et ils peuvent me tuer, nous pouvons nous marier et tu resteras veuve, ou ils peuvent me tuer sans que nous soyons mariés. Tu dois bien y réfléchir. Je sais pas si j'ai le droit de te le demander, ou s'il aurait mieux valu que je te le demande pas. Je sais pas combien de temps encore je devrai me cacher.

Elle leva les yeux. Il prit sa main et la mit sous son bras.

— Tu veux être ma fiancée ?

Tous deux sourient. Et ont envie de s'embrasser. Elle passe son bras sous le sien et commence à marcher rapidement.

— Où m'emmènes-tu ?

— Où vont les fiancés de Madrid.

Elle le conduisit à la gare de Delicias ; et quand le premier train arriva et que descendirent les premiers passagers, elle l'embrassa.

Et elle lui offrit son destin dans ce baiser.

Des algues.

Des baisers semblables à des algues mêlées dans la mer.

Les algues de deux mers qui se rencontrent.

Des algues.

Oui.

4.

— Six mille six cents ?
— Six mille six cents.
— Ils sont fous.
— Si nous avions été socialistes, ils nous auraient pas demandé un sou.
— C'est ce qu'ils t'ont dit ?
— Oui, la première chose que m'a demandée cette blonde, c'est si nous étions socialistes.

Pendant que Felipe et Amalia attendent Paulino dans la cuisine, la militante socialiste dont Felipe parlait attend dans le salon. Oui, elle était blonde. Avec un nez aquilin, et un menton proéminent, elle était basque, de Saint-Sébastien. La fille de Salamanque qui milite à Solidarité Ouvrière l'avait fait venir chez elle pour préparer la fuite de Paulino et de Felipe. Mais Paulino n'était pas encore revenu d'avoir raccompagné son grand-père, et Felipe obligea la blonde à s'asseoir dans le salon jusqu'à son retour. La blonde s'assit, après une brève discussion avec Felipe, pour essayer de le convaincre que fuir par le Portugal était impossible. Ceux qui traversaient la frontière portugaise étaient immédiatement renvoyés par les *guardhinas* [1] de Salazar*. Le plus raisonnable était de les faire passer par Irún, comme ils faisaient avec d'autres camarades, et elle le lui proposa sans lui laisser d'autre option.

— C'est toi qui décides, mais nous ne sortons personne par le Portugal.

1. Les gardes (N.d.T.).

— Je suis pas seul à décider, faut attendre le retour de mon camarade.

— Je peux pas attendre, on avait dit huit heures, et il est huit heures !

— Je vois pas pourquoi t'es aussi pressée.

— Écoute, les vôtres tombent comme des mouches, je suppose que t'es au courant.

— Et alors ?

— Vous êtes dangereux, camarades !

— Tu attendras. L'attente est comprise dans le prix.

La fermeté de Felipe fit sourire la blonde, qui répondit avec la même fermeté :

— Jusqu'à huit heures et quart. J'attends jusqu'au quart, pas une minute de plus.

— C'est bon. Assois-toi, je reviens tout de suite.

Felipe quitta le salon, claqua la porte en sortant, et, une fois dans la cuisine, demanda à Amalia si la blonde était fiable.

— Ils en ont fait passer beaucoup, pourquoi ?

— Mon œil ! Elle dit que les nôtres tombent comme des mouches !

— Ça m'étonne pas qu'elle le dise. À Madrid, c'est vrai, les nôtres tombent comme des mouches.

— Ce qui me plaît pas, c'est que ce soit eux qui le disent. Surtout eux.

— On peut lui faire confiance.

— Sans doute mais elle est socialiste, et antipathique comme pas deux. On peut pas être plus sinistre, elle porte le malheur sur son visage.

— Oui, mais elle est fiable.

Alors Felipe raconta à Amalia qu'ils leur demandaient six mille six cents pesetas pour les faire sortir d'Espagne. Elle lui répondit qu'ils étaient fous ; et il lui expliqua qu'ils devaient payer parce qu'ils n'étaient pas socialistes.

— Vous avez cet argent ?

— Nous avons tiré quinze mille pesetas de notre dernière action, dans la fabrique de farine.

— Alors, qu'attends-tu pour lui dire oui ?

— J'attends El Chaqueta Negra, c'est lui qui décide.

— Et toi ?

— Moi, je fais comme il dit.

À cet instant, Paulino entra dans la cuisine en se caressant les lèvres. Felipe vint vers lui :

— Six mille six cents pesetas.

— Quoi ?

— Les socialistes nous demandent six mille six cents pesetas pour nous faire passer en France.

Paulino abandonna sur ses lèvres les baisers de Pepita et mit ses mains dans les poches pour écouter Felipe.

— Six mille six cents, parce que nous sommes pas socialistes, les salauds !

— Chacun ?

— Non, les deux.

Et il lui raconte que la blonde leur garantit qu'elle peut obtenir de vrais papiers.

— De Belchite, étant donné que tout le village a été dévasté et les papiers de la mairie et de la paroisse brûlés, on donne de vrais documents aux habitants de Belchite, ils doivent faire de nouvelles listes parce que tout a disparu. À partir de maintenant, nous sommes de Belchite, camarade.

— Et ils peuvent obtenir des sauf-conduits ?

— Valables six mois.

— Six mois !

S'étonna Paulino, parce que le temps maximum de validité des sauf-conduits était en général d'un mois.

— Quand peuvent-ils nous faire passer ?

— Cette nuit même, ils peuvent nous mettre dans le train pour Saint-Sébastien ; et demain, nous embarquer dans le bateau pour Saint-Jean-de-Luz.

— Minute, on avait dit par le Portugal.

— Impossible, ils attrapent tous ceux qui essaient de passer.

Après que Felipe eut mis Paulino au courant de leur plan de fuite, ils se rendirent au salon où attendait la militante socialiste blonde et l'informèrent qu'ils acceptaient ses conditions.

— Ils viendront vous chercher à dix heures, ils frapperont trois coups à la porte. Vous devrez être prêts à dix heures précises. Et cette fois, on n'attend personne. Un camarade vous apportera les papiers et vous conduira à la gare. Quand vous arriverez à Saint-Sébastien, vous prendrez le tramway numéro sept, celui de Pasajes. Vous descendrez au dernier arrêt et vous attendrez près du mur en face du quai. Vous porterez chacun une petite valise, et un chapeau à la main. Quelqu'un s'approchera de vous, enlèvera son chapeau et vous dira Madrid. Vous lui répondrez Madrid. C'est compris ?

— Parfaitement.

— Vous ne pouvez pas emmener d'armes, vous avez des armes ?

— Oui.

— Alors, vous les laisserez ici. S'ils vous prennent avec elles dans le train, vous êtes fichus.

Ils se mirent d'accord sur le paiement des six mille

six cents pesetas à Saint-Jean-de-Luz. Et la blonde les quitta en disant qu'ils se reverraient.

Felipe demeurait méfiant. Il fit part de ses craintes à Paulino :

— J'ai pas confiance dans cette grande maigre. J'ai pas confiance dans un seul des cheveux de cette blondasse. Moi, j'emmène mon fusil aussi sûr que je m'appelle Felipe ; et mon revolver, il vient avec moi.

— Ça fait presque deux ans qu'on se cache, Cordobés.

La réponse de Paulino surprit Felipe.

— Et alors, quel rapport ?

Oui, cela faisait presque deux ans qu'ils avaient pris le maquis dans le Cerro Umbría. Cela faisait trop longtemps qu'ils fuyaient. Mais El Chaqueta Negra ne s'en était jamais plaint. Le ton de sa voix le trahit, Paulino ne pensait pas aux armes lorsqu'il avait répondu à Felipe :

— Je vais écrire une lettre.

Paulino pensait à la lettre qu'il avait remise à Pepita à la gare de Delicias. Et il porta de nouveau les doigts à ses lèvres. Il voulait écrire une autre lettre. Et il pensait à la lettre qu'il allait lui écrire. Il sortit du papier et un crayon. Il écrira. Le temps que je passe caché dans le maquis m'est égal. Ce qui me fait souffrir, c'est de penser au temps que nous pourrions passer ensemble. Cette nuit me fait souffrir. Et demain me fera souffrir. Chaque minute passée loin de toi me fait souffrir, mignonne. Je dois partir. Et il écrira qu'il désire se marier avec elle le jour de son retour. Le jour de mon retour, écrira-t-il.

Il reviendra, Paulino.

Mais il ne pourra pas épouser Pepita le jour de son retour.

5.

Deux lettres. Pepita a entre ses mains deux lettres de Paulino. La première, il la lui a remise lui-même, après l'avoir embrassée à la gare de Delicias. Pepita l'a relue plusieurs fois, durant des jours et des nuits. La seconde, Amalia la lui a glissée dans la poche de son manteau, à la porte de la prison, et elle l'a aussi lue et relue durant des jours et des nuits. Elle sourit toujours quand elle les lit, et elle pleure toujours quand elle ne les lit pas. Elle ne sait pas que Paulino souriait aussi en écrivant la seconde lettre. Elle ne sait pas que Paulino a dû retenir ses larmes en la glissant dans l'enveloppe. Elle ne sait pas que, ensuite, il a sorti un mouchoir plié de sa poche et a glissé à l'intérieur l'enveloppe pliée avant de la remettre à Amalia, au nez et à la barbe de Felipe :

— Lorsque tu iras voir ta mère, donne cette lettre à Pepita. Fais bien attention qu'on te voie pas. Rends-moi ce dernier service.

— T'inquiète pas, personne me verra.

Alors que Paulino tenait encore son mouchoir, Felipe s'approcha de lui.

— Pepita partage tes sentiments ?

— Oui.

— Nous voilà bien partis, les enfants, c'était vraiment pas le moment de tomber amoureux !

Il porta sa main à son crâne et se gratta. Ensuite, il demanda lui aussi un service à Amalia :

— Peux-tu porter ce cahier ? C'est pour Tensi, elle aime beaucoup écrire, et j'imagine qu'elle en a besoin.

Un cahier bleu. Felipe avait acheté un autre cahier bleu pour Hortensia.

— Entendu.

— Mais le donne pas à Pepita. Tu peux le passer à ta mère, si tu veux bien, et ta mère le donnera à Tensi, comme ça, on évitera des angoisses à Pepita, cette petite se fait du mouron pour un rien.

Il était dix heures. On frappa trois coups à la porte.

— Ouvre, Amalia.

Amalia ouvrit.

Sans qu'on l'ait invité à entrer, un prêtre lança un « Je vous salue Marie » et s'engouffra dans l'entrée. Il apportait les cartes d'identité pour Felipe et Paulino. Et les sauf-conduits valables six mois. Il insista pour qu'ils répètent leurs noms à voix haute.

— Les papiers vous serviront à rien si on vous demande d'abord vos noms et que vous hésitez une seule seconde. Sans réfléchir. Il faut les dire sans réfléchir. Comment t'appelles-tu ?

— Mateo Bejarano.

— Et toi ?

— Jaime Alcántara.

Un léger mouvement de tête, un simple signal du prêtre furent suffisants pour qu'ils répondent à nouveau :

— Mateo Bejarano.

— Jaime Alcántara.

— Bien, gravez vos noms dans vos mémoires. Certains camarades sont tombés rien que pour ça.

Amalia leur dit au revoir en les embrassant et en leur souhaitant bonne chance.

— Bonne chance, Mateo. Bonne chance, Jaime.

Felipe sortit de chez Amalia en s'appelant Mateo.

Paulino se fit à l'idée de s'appeler Jaime. Et cela lui plut.

Durant le trajet vers la gare, Mateo regretta qu'on ne les ait pas laissés prendre leurs armes :

— Pas porter d'armes, c'est être sans défense.

Il le dit à nouveau à la gare, lorsque le prêtre les quitta. Il le répéta à Medina del Campo, quand leur train s'arrêta et qu'ils durent attendre celui qui venait de Salamanque, qui avait du retard. Il le répéta à Saint-Sébastien, en prenant le tramway numéro sept et en descendant au terminus. Et il le répéta encore souvent durant les trois heures où ils patientèrent, chapeau à la main.

— C'est être sans défense, exactement.

Trois heures.

Et nul ne venait leur dire Madrid.

Debout, appuyés contre le mur, sans quitter des yeux l'arrêt du tramway, Mateo Bejarano et Jaime Alcántara fumèrent cigarette sur cigarette. Ils écrasaient leurs mégots avec le talon de leurs chaussures. Puis posèrent les valises par terre. Et ils eurent le sentiment d'être des étrangers avec leurs nouveaux noms, perdus dans leurs costumes gris, chapeau à la main, à Pasajes. Celui qui auparavant s'appelait Paulino, écrasant un autre mégot, donna raison à son camarade :

— Nous aurions dû prendre nos armes.

— C'est ce que je t'ai dit.

El Cordobés éteignit aussi sa cigarette, et regarda

l'arrêt du tramway. Il fit quelques pas sur le trottoir. Puis revint vers son compagnon et battit son chapeau contre sa jambe au rythme d'un flamenco :

— Qu'est-ce qu'on fait s'ils viennent pas ?

C'est au tour de Jaime de frapper sa jambe avec son chapeau.

— Nous attendrons encore.

— Vu la tournure que ça prend, j'ai l'impression qu'ils vont pas venir.

— S'ils viennent pas, on se débrouillera pour traverser la frontière, d'une façon ou d'une autre.

L'inquiétude des deux hommes désarmés se concentra sur un troisième qui descendait du tramway. Il traversa la rue. S'approcha. Les regarda. Regarda ensuite autour de lui. Les rejoignit, observa leurs valises, ôta son chapeau et dit Madrid.

Madrid ! répondirent Mateo et Jaime, laissant échapper leur angoisse contenue, entonnant en duo le mot Madrid comme s'ils entamaient un hymne. Madrid, dirent-ils à nouveau, libérant l'air qui restait dans leurs poumons. Et cette fois, ils prononcèrent Madrid comme dans un soupir.

— Suivez-moi.

Mateo mit son chapeau, prit sa petite valise et la tendit à l'homme qui les avait fait attendre trois heures :

— Gardez ma valise, je vais pisser.

— Dépêchez-vous, on nous attend.

Quelques secondes plus tard, l'homme qui les avait fait attendre pendant trois heures tenait la valise de Jaime dans l'autre main.

— Prenez-la, moi aussi j'ai envie.

Les deux compagnons tournèrent le dos à l'homme

qui portait une valise dans chaque main. Ils s'éloignèrent de lui de quelques pas en enfonçant leurs chapeaux, et se soulagèrent contre le mur.

Un geste. Ce n'était qu'un geste de protestation. Un geste que les deux avouèrent plus tard petit et inutile. Ils en parlèrent dans le bateau à moteur qui les emmenait en France, lorsque le soleil se coucha derrière l'horizon, envoyant son ultime rayon, et que la mer devint sombre. Accoudés à la rambarde de tribord, ils regardaient la côte espagnole s'éloigner, et écoutaient l'homme qui avait tenu leurs valises. C'était la première fois qu'il leur parlait, et ce furent les seules paroles qu'il leur adressa durant la traversée :

— Nous sommes dans les eaux françaises.

Sur la droite, Jaime et Mateo aperçurent la silhouette d'une montagne.

— Mon vieux, la dernière chose qu'on a faite en Espagne, ç'a été pisser.

— Contre un mur.

6.

Lorsque Pepita reçut la lettre d'un inconnu, expédiée par Jaime Alcántara, elle eut peur de recevoir de mauvaises nouvelles. Elle venait de Toulouse. Mais en commençant à la lire, elle reconnut immédiatement l'écriture de Paulino, et déduisit que le nom était aussi une façon de se cacher.

— De qui est-elle, pour te mettre dans cet état, ma fille ?

Doña Celia l'interrogeait du bout du couloir, une tasse de petit-déjeuner à la main.

— Elle vient de France.

La joie de Pepita suscita la curiosité de sa patronne. Doña Celia s'appuya à l'embrasure de la porte, approcha le bord de la tasse de ses lèvres et souffla plusieurs fois sans cesser de regarder la jeune fille. Pepita continua à lire. Elle sourit. Jaime laissait deviner Paulino en mentionnant dans la lettre la gare de Delicias et l'église San Judas Tadeo. Il laissait deviner, à elle seulement, après avoir inventé qu'il était machiniste de train, que les cinq années passées à voyager en France lui pesaient, et que le dernier voyage avait été très long, très fatigant, mais qu'il allait bien. Jaime inventait sa vie, pour que Paulino puisse écrire une lettre à Pepita. Et elle imagina que cette histoire était une succession de pieux mensonges qui cachaient une seule vérité : il l'aimait. Et elle sourit encore. Ce que Pepita ne pouvait imaginer, c'était que le facteur, immédiatement après avoir déposé la lettre, se précipiterait au ministère de l'Intérieur pour signaler qu'il venait de porter une lettre de l'étranger à la pension Atocha. Jaime ne pouvait pas le savoir non plus. Il écrivait la lettre pour rassurer Pepita. Il avait inventé l'histoire du machiniste pour la protéger, pour que son destin ne commence pas à s'assombrir si la lettre tombait dans d'autres mains. Il lui écrivit le jour même de son arrivée à Toulouse, pour que Pepita sache qu'il avait terminé son voyage. Et qu'il était bien arrivé.

La socialiste blonde, à laquelle Mateo ne faisait pas

confiance quand il s'appelait Felipe, les avait accueillis à Saint-Jean-de-Luz. La même blonde. Jaime et Mateo furent surpris de la voir, ils ne s'attendaient pas à la trouver là. Tous deux sourirent et lui serrèrent la main. Elle resta de marbre, et les présenta à un membre du Parti Communiste qui était avec elle, puis leur demanda s'ils avaient fait une bonne traversée. Ensuite, elle annonça qu'elle devait partir.

— Ici prend fin notre engagement, votre camarade vous emmènera à Bayonne.

Elle reçut l'argent pour les services rendus et prit congé en leur disant qu'ils ne se reverraient pas.

À Bayonne, le Comité d'Euskadi* leur procura des laissez-passer pour la police française qui leur permirent d'arriver sans problème à Toulouse. Une fois là-bas, tous deux s'installèrent dans la même chambre d'un petit hôtel et le camarade qui les avait accompagnés pendant le trajet insista pour qu'ils se reposent quelques heures ; entre-temps, il chercherait un médecin pour soigner la blessure de Mateo, et la nuit tombée, il les conduirait au Comité central.

— Comment vont les choses, là-bas ?

— Depuis quand es-tu parti ?

— Depuis le soulèvement de Casado. Je suis venu de Monóvar avec Dolores.

— Alors, tu dois savoir que ça a été un désastre, les casadistes ont remis les fichiers, et les nôtres ont été arrêtés les uns après les autres. Pour la plupart, ils n'ont même pas eu à les chercher, la Junte de Casado les avait déjà jetés en prison.

— Et la guérilla ?

— Elle continue.

— Ici, on dit que ce sont les socialistes qui ont organisé la guérilla.

L'aversion que ressentait Mateo pour les socialistes le fit hurler :

— C'est un énorme mensonge, la vraie guérilla, bien organisée, c'est celle du PC, et la plupart de ceux qui en font partie et que je connais sont communistes.

— D'accord, moi si je vous le dis, c'est pour que vous soyez pas surpris qu'ils veuillent s'approprier cette lutte.

— Qu'ils s'approprient ce qu'ils veulent, mais qu'ils arrêtent de nous les casser !

— Je vais chercher le médecin. Vous autres, reposez-vous un moment.

Malgré la fatigue, Jaime ne put s'endormir. Il essaya, mais n'y parvint pas. Et décida de profiter du repos pour écrire la lettre que Pepita est en train de terminer de lire. Il l'envoya le soir même. C'était vendredi. Il laissa Mateo dormir et descendit dans la rue chercher un timbre et une boîte aux lettres, sans se douter que, en le faisant, il envoyait la jeune fille au ministère de l'Intérieur. Sans se douter que peu de temps après que Pepita se soit émerveillée en la lisant, deux hommes arriveront à la porte de la pension Atocha tandis qu'elle serre la lettre contre sa poitrine. Deux membres de la Police Spéciale du ministère de l'Intérieur appuieront sur la sonnette, et la patronne l'entendra du bout du couloir, en portant une tasse de petit-déjeuner à ses lèvres, et observant avec tendresse l'émerveillement de Pepita. Lorsque la jeune fille aux yeux couleur océan aura terminé sa lecture, et serrera la lettre sur sa poitrine, la sonnette de la pension Atocha retentira avec insistance en même temps que quelqu'un frappera à la porte.

— Oui, oui, on arrive !

Doña Celia s'alarmera en entendant le fracas :

— Ouvre, ma fille, ils vont défoncer la porte.

Pepita ouvrira la porte.

Deux hommes.

Ils diront bonjour et montreront leurs plaques. L'un d'eux demandera après elle :

— Josefa Rodríguez García ?

— C'est moi.

L'autre annoncera :

— Police Spéciale.

Et il voudra savoir si elle a reçu une lettre de France. Pepita serre encore l'enveloppe sur sa poitrine, et la cache dans son dos.

— Montrez-nous cette lettre.

Ce n'est pas de la peur que ressent Pepita. Ce n'est pas du désespoir. En un instant, elle comprend que son sort est jeté, le sombre destin que lui avait annoncé celui qui s'appelait Paulino. Elle regarde doña Celia, laisse tomber les bras, et montre la lettre.

— Accompagnez-nous.

— Attendez !

C'est doña Celia qui crie « Attendez ! ». Elle a jeté la tasse par terre. Et elle court vers les hommes qui emmènent Pepita en la prenant chacun par un bras.

— Laissez-la au moins prendre son manteau.

Les yeux couleur océan se tournent à nouveau vers doña Celia. Les hommes qui l'emmènent ne ralentissent pas.

— Attendez, vous ne voyez pas qu'elle n'est pas

couverte ? Elle ne peut pas sortir comme ça, avec le froid qu'il fait !

Oui, doña Celia a peur. Elle est désespérée. Et elle s'obstine à protéger Pepita. La protéger, ne serait-ce que du froid. Elle court à la chambre de la jeune fille. Cherche son manteau dans l'armoire. Descend les escaliers à toute vitesse. Rattrape Pepita dans la rue. Elle lui couvre les épaules et lui caresse la tête.

— Merci.

Merci, dit Pepita, en tournant son visage vers elle.

— Merci, señora Celia.

Elle regarde à nouveau devant elle ; elle serre la lettre contre sa poitrine et sent sur ses épaules le poids du manteau de son père. Elle marche d'un pas ferme. Elle marche en sachant que Paulino est en sécurité en s'appelant Jaime. Et qu'il restera en France, en sécurité, même si elle ne résiste pas au premier coup de pied.

Doña Celia la regarde s'éloigner entre les hommes qui l'emmènent. Elle se dit que c'est une jeune fille très fragile, et qu'elle doit faire quelque chose. Elle réfléchit. Et elle décide. Elle ira demander de l'aide au docteur Ortega. Elle fera appel à lui. Don Fernando saura quoi faire. Et doña Celia se dirige vers la maison du médecin. Elle commence à courir. Elle court. Elle court, et se souvient de sa fille Almudena. Sans pouvoir s'en empêcher, elle court en pensant à sa fille, se rappelant la dernière fois qu'elle l'a vue. Elle marchait d'un pas ferme, entre deux hommes.

7.

L'arrestation de Pepita sera décisive pour don Fernando, qui cherche depuis une semaine les mots qu'il va dire à son père pour lui notifier qu'il refuse sa proposition de travailler comme médecin à la prison de Ventas. Son père lui a donné une semaine de délai pour se décider.

— Écoute, Fernando, tu es un médecin, pas un minable comptable.

La semaine venait de s'écouler. Mais depuis la visite de la señora Celia, les mots qu'il a choisis sont inutiles. Il acceptera le poste. Il donnera à son père cette satisfaction, mais exigera en retour qu'il use de son influence de médecin-conseil au ministère de l'Intérieur pour faire libérer Pepita.

Il ira voir son père sans perdre un instant. Il sortira, couvert de sa cape espagnole, et sa femme, doña Amparo, le verra traverser depuis l'angle des rues Relatores et Magdalena, où elle attend qu'il sorte de la maison. Elle guette toujours du même endroit quand elle revient de l'église, son voile de dentelle dans une main et serrant son missel dans l'autre. Elle guette, jusqu'à ce qu'elle le voie sortir, et alors elle abandonne sa cachette, elle remonte la rue Relatores et rentre chez elle. Son mari le sait. Il a su qu'elle se cachait de lui un matin, quand il l'a vue reculer derrière le mur. Cet acte l'a trahie. Ce matin-là, don Fernando avait rendez-vous avec son père dans le cabinet privé de celui-ci, place Tirso de Molina, de sorte qu'il fit le tour du pâté de maisons pour ne pas croiser son épouse. Mais aujourd'hui, il est pressé. Aujourd'hui, Pepita est dans les locaux du ministère de l'Intérieur et il prendra le chemin le plus court pour aller demander de l'aide à son père. Il marchera rapidement jusqu'à l'angle de la rue où attend doña Amparo. Et passera près d'elle sans s'arrêter. Un léger salut. Une inclinaison de la tête, à laquelle doña Amparo répondra de même. Et il continuera de marcher jusqu'à la place. Il arrivera au cabinet de son père, décidé à exiger de lui qu'il intervienne pour que Pepita sorte du ministère ; que son père fasse sortir de cet endroit la jeune fille qui était au bord de la syncope en lui remettant un message d'El Chaqueta Negra. Il doit la sortir de là, avant qu'il soit trop tard pour elle, et trop tard pour lui. Pepita parlera, elle racontera tout. Tout. Et causera sa perte. À présent il doit choisir avec exactitude les mots qu'il dira à son père. Il doit décider, et il a peu de temps pour le faire, Pepita se trouve sans doute déjà dans la salle d'interrogatoire. Il doit choisir les mots qu'il doit dire, pour ne pas se trahir lui-même. Il parlera, don Fernando, en faisant bien attention à ce qu'il doit taire. Et il dira ce qu'il faut pour que ses arguments soient convaincants, pour que son insistance à faire libérer sa servante n'éveille nul soupçon. Il doit courir le risque nécessaire, seulement et rien de plus que le nécessaire, et il doit le faire vite. Sans perdre une seconde. En moins d'une seconde, on peut prononcer un nom. Il doit convaincre son père ce matin même, tout de suite, pour que la fragilité de Pepita n'entraîne pas sa propre destruction.

— Tu te souviens de Pepita, la servante de la maison ?

— Bien sûr, celle qui a servi à table le soir de Noël. Très jolie.

Don Fernando ne s'est pas assis. Il n'a pas quitté sa cape espagnole. Il a seulement ôté son chapeau et l'a posé sur le bureau de son père.

— On vient de la conduire au ministère. Si tu l'en fais sortir sur-le-champ, j'accepte le poste à la prison de Ventas.

— Elle est jolie, oui très jolie. Qu'a-t-elle fait ?

— Rien. Elle a reçu une lettre de France, et ils l'ont emmenée seulement pour ça.

— Alors ils la relâcheront, ne t'inquiète pas.

— Tire-la de là. Si tu la fais sortir immédiatement, j'accepte le poste.

— Tu me déçois, Fernando. Tu devrais accepter ce poste pour toi-même, ou pour Amparo.

Les mains de don Fernando agrippèrent le bureau. Son père sentit sa nervosité. La congestion de son visage l'alarma.

— Assieds-toi, mon garçon, et enlève ta cape ou tu vas te sentir mal.

— C'est urgent, papa

— Assieds-toi et discutons calmement.

— Je ne suis pas venu discuter. Je suis venu accepter le poste et te demander un service.

— Amparo le sait ?

— Amparo n'a rien à voir là-dedans.

— Je l'imagine bien. Mais si je fais sortir cette jeune fille du ministère, tu la fais sortir de ta maison. Tu dois le respect à ta femme.

— Mais...

— Il n'y a pas de « mais », tu la congédies aujourd'hui même et demain, tu commences à Ventas.

Don Fernando ramassa son chapeau.

— D'accord, allons-y.

— Ce n'est pas la peine que tu viennes, je m'occuperai de tout dès que j'aurai fini mes consultations.

— Je veux la faire sortir moi-même.

— Je comprends.

— Nous sommes à deux pas de la Puerta del Sol, si nous y allons maintenant, nous pouvons peut-être arriver à temps.

— À temps pour quoi ?

— Papa.

Au ton de sa voix, don Fernando voulut exprimer l'évidence. Il dit « Papa », pour ne pas dire « Tu le sais parfaitement ». Et le père comprit.

— Allons-y.

— Allons-y, dit le médecin qui connaissait le traitement réservé aux détenus, et l'état dans lequel ils ressortaient du ministère.

8.

— Cette femme est morte.

— On dirait.

La femme est morte, en effet. Deux policiers la traînent sur le sol en la tirant par les mains. La femme est morte, et Pepita observe son visage, et reconnaît Carmina, la vendeuse de l'étalage numéro vingt-six du marché de la Cebada. Le contact d'El Chaqueta Negra. Celle qui étendait le linge sur le balcon est morte. Deux hommes l'emmènent sous les yeux horrifiés de Pepita, elle-même poussée par deux autres policiers vers la pièce que Carmina vient de quitter, traînée par terre. Un des hommes qui tirent le cadavre ne quitte pas Pepita des yeux.

— T'en as de beaux yeux, ma jolie !

Les autres rient de l'à-propos de ce compliment. Ils la bousculent pour la faire avancer, de la même manière qu'ils lui ont fait monter les escaliers jusqu'au deuxième étage. Et ils la bousculent encore pour la faire s'asseoir. Elle sait qu'elle va perdre connaissance. Elle le sait parce que sa tête s'est emplie de brouillard. Les deux hommes la laissent assise sur une chaise au milieu de la pièce, et ils s'éloignent. Au mur, il y a un crucifix. Ils font un pas dans le couloir et, sans fermer la porte, l'un d'eux apostrophe ses complices :

— Elle vous a claqué entre les mains, celle-là ?

De sa chaise, Pepita entend quelqu'un répondre. Celui qui traîne Carmina par la main droite répond :

— Faut croire.

Les paroles parviennent clairement aux oreilles de Pepita, et les voix des hommes se fondent dans le brouillard.

— Et c'était une dure à cuire ?

— Comme tu vois !

Elle les entend clairement, mais ses yeux ne distinguent déjà plus le crucifix accroché au mur.

— Elle a avoué ?

Maintenant c'est l'homme qui tient la main gauche du cadavre qui répond, en s'arrêtant à la moitié du couloir, sans lâcher la main de Carmina :

— Elle aurait mieux fait.

— À quelle heure tu termines le boulot ?

Le crucifix a disparu, les paroles aussi commencent à disparaître. Pepita glisse de sa chaise.

— À midi, et toi ?

— Moi aussi. Attends-moi, je termine avec celle-là et on part ensemble.

— Belle proie. Tu te la gardes pour toi tout seul ?

— Et pour lui.

Pepita n'entend plus rien. Elle a les yeux fermés. Et elle gît, inconsciente, sur le sol.

— Merde !

— Qu'est-ce qui se passe ?

— La proie est tombée par terre. Les femmes, on peut pas les laisser seules une seconde !

— Jette-lui de l'eau.

Un seau d'eau froide la réveille.

Et Pepita est ramenée à la conscience, et à l'horreur.

9.

À la pension Atocha, doña Celia arpente le couloir d'un bout à l'autre en serrant son mouchoir dans les mains. Depuis qu'elle est revenue de chez don Fernando, il y a un peu plus d'une heure, elle marche sans pouvoir s'arrêter. Elle fait les cent pas en tordant son mouchoir, refait le chemin en sens inverse et ainsi de suite, les yeux fixés sur les aiguilles de l'horloge. Elle porte le mouchoir à ses yeux rougis et secs. Il y a longtemps qu'elle a cessé de pleurer. Ses yeux la brûlent, elle les frotte de nouveau quand elle arrive au bout du couloir. Elle continue à marcher et s'essuie encore les yeux quand elle atteint l'autre bout. Elle regarde les aiguilles de l'horloge. Et refait le même chemin en tordant son mouchoir. Elle ne peut plus pleurer. Elle aimerait bien que ses larmes rafraîchissent ses paupières.

Elle se remettra à pleurer, doña Celia. Les larmes consoleront ses yeux quand elle embrassera Pepita. Et elle ne va pas tarder à le faire.

Pepita aussi pleurera quand elle se jettera dans les bras de doña Celia. Elle pleurera, en lui racontant que le sang qui tache sa robe n'est pas le sien. Elle s'est tachée en s'asseyant sur la chaise, et elle s'est encore tachée lorsqu'elle est tombée sur le sol d'une pièce où il y a un crucifix au mur. Elle pleurera en lui disant que Carmina est morte.

— Je les ai entendus dire qu'elle n'a pas parlé.

Et elle jurera qu'elle non plus n'a dénoncé personne, qu'elle a perdu connaissance. Elle jurera entre deux gémissements qu'ils ne lui ont pas posé une seule question. Elle répétera qu'elle a perdu connaissance à deux reprises. Et la première fois qu'elle a ouvert les yeux, les boutons de sa robe étaient défaits et elle était trempée. Elle tremblait, mais n'avait pas froid. Ils lui ont à nouveau ordonné de s'asseoir sur la chaise. Elle devait être très pâle, parce qu'un des hommes a demandé à l'autre s'il les aimait aussi blanches et l'autre a répondu que non, qu'il ne fallait pas exagérer, et que si on lui ajoutait une mèche, elle ressemblerait à un cierge. Ensuite quelqu'un a appelé à la porte, et elle ne se souvient plus de rien. Elle sait qu'elle a arrêté de trembler. Et qu'elle a fermé les yeux. Elle avait du mal à tenir sa tête droite. Quand elle a de nouveau repris connaissance, elle se trouvait dans une autre pièce, étendue sur une table d'examen. Le père de don Fernando l'auscultait :

— Elle va bien, c'était un simple évanouissement. Si vous voulez rester seuls un instant, vous pouvez, je vous attends dehors.

— C'est pas la peine, papa.

Don Fernando couvrit Pepita avec son manteau et lui offrit le bras pour se relever :

— Partons.

— Vous allez me faire sortir d'ici, señorito ?

— C'est pour ça que je suis là. Partons.

Dans la rue, don Fernando lui expliqua qu'ils avaient confisqué la lettre venant de France. Et si elle en recevait une autre, elle devrait elle-même la porter sur-le-champ aux autorités, sans attendre que le facteur s'en charge. Pepita marchait en silence, encadrée par le père et le fils, encore livide et sous le coup de sa frayeur. Don Fernando prit congé de son père en l'embrassant, et lui demanda quand il devait prendre son nouveau poste. Le père le retint un instant dans ses bras, puis s'écarta de lui, et caressa la joue de Pepita :

— Elle est vraiment très jolie. Tu commences demain, comme nous en étions convenus, cela fait une semaine qu'ils n'ont plus de médecin. Viens à mon cabinet à quatre heures et demie, je te dirai ce que tu dois faire. Elle est très jolie, mais fais-la partir de chez toi aujourd'hui même, mon garçon, de grâce.

Don Fernando et Pepita reprirent la route vers la pension Atocha. Lorsqu'ils eurent fait quelques pas, il se retourna pour s'assurer que son père était suffisamment loin d'eux, et voulut savoir si Pepita avait cité son nom lors de l'interrogatoire ; il commença par lui demander s'ils lui avaient fait mal :

— Ils t'ont fait mal ?

— Non, señorito.

— Que voulaient-ils savoir ?

— Je sais pas, señorito.

— Que t'ont-ils demandé ?

— Rien.

— Ils ne t'ont pas posé une seule question ?

— Non, señorito.

— Mais tu as sûrement dit quelque chose.

— J'ai rien dit.

L'insistance de don Fernando inquiéta Pepita. Il continua à lui poser des questions.

— Tu as mentionné mon nom ?

— J'ai rien dit, señorito, j'ai perdu connaissance.

— Tu ne leur as rien dit sur moi ?

— Je vous jure sur ma tête que j'ai perdu connaissance et que j'ai rien dit. Sur la tête de ma mère et de mon père qui sont au ciel, je vous jure que j'ai rien dit.

Elle commença à soupçonner que don Fernando l'avait sortie du ministère pour se sauver lui-même. Ses soupçons éveillèrent sa méfiance.

— De qui est la lettre ? C'est El Chaqueta Negra qui t'a écrit ? C'est lui, pas vrai ?

— Non, señorito, c'était mon fiancé.

— Quel fiancé ? Ce n'est pas Paulino González, ton fiancé ? Réfléchis bien, Pepita, ne me mens pas. Je vous ai vus ensemble, j'ai vu comme vous vous regardiez quand j'ai été soigner la blessure de ton beau-frère. Tu ne dois pas me mentir, à moi. Ils sont partis en France et tu as reçu une lettre de France. Ton fiancé nous met tous en danger, tu comprends ?

Les craintes de don Fernando renforcèrent les soupçons de Pepita.

— Je vous ai déjà dit que Paulino n'est pas mon fiancé. Mon fiancé s'appelle Jaime.

— Très bien, et qui est ce Jaime ?

— Jaime Alcántara.

— Et que disait-il dans sa lettre ?

— Des mots d'amour.

— Il ne parlait pas de moi ?

— Non, señorito.

Nul ne pouvait découvrir, en lisant la lettre, qui se cachait derrière Jaime. Personne, excepté Pepita. À présent, elle sait pourquoi Paulino a utilisé des signes qu'elle seule pouvait déchiffrer. Elle sait pourquoi il a inventé une histoire, elle le sait avec certitude alors qu'elle s'apprête à la raconter, et elle comprend qu'il ne l'a pas fait pour se protéger, mais pour la protéger, elle.

— Tu es sûre qu'il n'a pas mentionné mon nom ?

— Sûre, señorito. Mon fiancé ne vous connaît pas. Il est parti en France il y a cinq ans, comme machiniste de train, avant que la guerre commence, et comme maintenant il y a la guerre là-bas aussi, il me dit qu'il va revenir. C'est tout ce qu'il me dit dans sa lettre, qu'il va revenir, et que nous allons nous marier quand il reviendra.

La mémoire est une arme stratégique ; Pepita s'est souvenue des mots que son fiancé avait écrits, et don Fernando a cessé de lui poser des questions.

10.

L'entassement dans l'infirmerie de la prison provinciale de Ventas produisit sur le docteur Ortega un étrange sentiment d'horreur, mélange d'impuissance, de dégoût et de peine. Chaque lit était occupé par deux prisonnières. Les malades partageaient les rares draps propres et les quelques couvertures. Pellagre, dysenterie, syphilis, malnutrition, tuberculose, toutes sortes de maladies, contagieuses ou non, affectaient les femmes qui répondirent d'une voix frêle aux questions de don Fernando, quand il parcourut la première salle que lui fit visiter La Savate. En entrant dans la seconde salle, contiguë à la première, le médecin fut saisi d'épouvante. Des matelas à même le sol, et des sommiers dépourvus de matelas accueillaient les patientes par deux.

— Combien de malades y a-t-il ici ?

La Savate ne sut quoi répondre :

— D'un jour à l'autre, ça change, docteur.

— Et comment ça ?

— Il y en a qui meurent, d'autres non.

La réponse évasive de La Savate était significative de l'état du lieu où les lamentations se confondaient aux toux poussives.

— Qui s'occupe de ces femmes ?

— Ça fait une semaine que le médecin est mort.

— Ça, je le sais, mais il y a bien quelqu'un qui s'occupe des malades, non ?

— Il y a deux gardiennes, là-bas, qui surveillent.

La Savate désigna la grille d'une porte située au fond de la seconde salle.

— Je veux les voir tout de suite.

Derrière la porte grillagée, dans une petite pièce meublée d'une table, de deux chaises et d'un lit d'examen, les deux surveillantes jouaient aux cartes, sans se préoccuper de la venue du médecin.

— Ouvrez cette porte.

Le cri de don Fernando leur fit abandonner les cartes à jouer sur la table. Elles ne ramassèrent pas le jeu, se mirent debout, et l'une d'elles saisit un trousseau de clés et exécuta l'ordre du médecin.

— On peut savoir ce que vous faisiez ?

Les deux fonctionnaires se regardèrent, surprises.

— Rien.

Rien, répondit celle qui avait ouvert la grille, et l'autre ajouta qu'elles avaient déjà donné à manger aux détenues.

— Vous n'avez rien d'autre à faire ? Et vous considérez que vous remplissez votre rôle d'infirmières ?

— Nous ne sommes pas infirmières.

De la cour, s'élevaient des éclats de rire ; au travers des vitres de la fenêtre, on entendait une petite voix aiguë chanter *La Tarántula :*

... es un bicho mu malo.
No se mata con piedra ni palo[1]...

C'était une matinée de soleil, de froid et de vent. La joie qui accompagnait l'air retint l'attention du médecin.

Bailando se cura tan hondo dolor.

---

1. ... est une vilaine bestiole.
Qu'on ne tue ni à l'aide d'une pierre ni d'un bâton... (N.d.T.)

Ay ! Mal haya la araña que a mí me picó[1] *!*

La Savate remarqua sa surprise et s'approcha de l'une des fenêtres.

— Elles se distraient comme ça, les unes chantent, les autres dansent. Le bruit vous gêne, docteur ?

— Mon Dieu, non.

— Vous voulez pas que je les fasse taire ?

— Ce que je veux, c'est des draps propres, et d'autres couvertures.

— Ça, je sais pas si ça va pouvoir se faire.

Si, cela put se faire. Le docteur Ortega obtint des draps propres, et suffisamment de couvertures pour toutes les malades. Il exigea en outre une assistante expérimentée, quand La Savate l'informa que les surveillantes qui jouaient aux cartes n'avaient aucune connaissance médicale, qu'elles travaillaient simplement là parce qu'on leur avait assigné ce poste ; et qu'elles y resteraient un mois, accomplissant un tour de garde auquel étaient astreintes toutes les fonctionnaires de la prison. Leur mission consistait à donner à manger aux malades et aux prisonnières punies qui se trouvaient dans les cellules d'isolement, deux étages plus bas, au bout de l'escalier qui descendait de l'un des coins de la pièce de surveillance.

— Il faudra trouver une volontaire parmi les détenues, docteur.

— Alors, cherchez-en une.

Il faudrait chercher parmi les détenues parce que La Savate supposait qu'aucune fonctionnaire ne voudrait servir d'infirmière volontairement.

---

1. C'est en dansant qu'on guérit la douleur. Ah ! Maudite araignée qui m'a piqué ! (N.d.T.)

Dans l'après-midi, une assistante se présenta comme volontaire à l'infirmerie, et dit au docteur Ortega qu'elle s'appelait Sole.

— Pour vous servir.

Elle lui dit qu'elle s'appelait Sole, pour le servir, qu'elle était sage-femme, et que dans son village, à Peñaranda de Bracamonte, dans la province de Salamanque, elle aidait le médecin dans toutes ses tâches. Mais Sole n'était pas venue seule, contrairement aux conjectures de La Savate. Une surveillante qui avait exprimé son désir de travailler avec le docteur Ortega l'accompagnait. Ce n'était autre que Mercedes, qui arrangea les épingles à cheveux de son chignon avant de parler au docteur Fernando.

— Je n'ai pas d'expérience, docteur, mais mon mari était aide-soignant, et je l'ai vu faire un grand nombre de piqûres.

Le manque de caractère de Mercedes était à l'origine de sa décision. Elle avait découvert qu'elle était incapable d'imposer son autorité quand elle avait demandé à qui appartenait la chaise sur laquelle Hortensia était assise. Elle l'avait découvert, avec une certitude absolue, quand elle s'était retournée et avait senti les flèches des regards des prisonnières dardées sur son dos. Les rires l'avaient mise au supplice comme des coups de fouet sur des plaies ouvertes, et des larmes avaient jailli de ses yeux. On ne tarderait pas à la renvoyer si elle continuait ainsi. Aussi, lorsqu'elle avait entendu La Savate chercher des volontaires pour l'infirmerie, elle s'était dit que peut-être, avec les malades, elle sauverait sa place.

Il suffit de peu de temps à don Fernando pour apprécier les volontaires. L'énergie que déployaient les deux femmes permit de rendre rapidement l'aspect des malades un peu moins lamentable. À elles seules, elles organisèrent les deux salles de l'infirmerie suivant les indications du médecin. Dans la première salle, elles installèrent les patientes contagieuses et dans la seconde, celles qui ne l'étaient pas. Elles les lavèrent, les peignèrent, et fournirent, à celles qui toussaient, des mouchoirs propres qu'elles avaient elles-mêmes confectionnés dans de vieux draps que don Fernando leur avait ordonné de déchirer. Les surveillantes qui jouaient aux cartes avaient abandonné leur jeu. Elles regardaient les deux volontaires avec mépris quand le médecin leur donnait les instructions, se méfiaient de la confiance qu'il leur accordait ; et elles se relayèrent dans le couloir pour garder les prisonnières et surveiller Sole et Mercedes. Elles ne les perdaient de vue que lorsqu'elles descendaient, une fois par jour, aux cellules d'isolement. Ce n'était pas un travail agréable, apporter la nourriture aux prisonnières condamnées à ne manger qu'une louche de soupe pestilentielle ; c'est pourquoi, un matin, alors qu'elles étaient sur le point de descendre et se plaignaient d'avoir à le faire, et que Mercedes se proposa de les remplacer, elles lui cédèrent, avec plaisir et pour toujours, cette pénible tâche. Pour toujours, ou du moins jusqu'à ce qu'elle se fatigue de cette corvée que toutes avaient en horreur. Mercedes se fit accompagner par Sole. La sage-femme portait le panier de quignons de pain et la marmite pleine d'une soupe que les prisonnières refusaient de manger, bouillon tiède et vaseux où flottait la répugnance. Sole réveillait leur faim en emplissant leurs louches, et les réconfortait d'un quignon de pain. Mercedes ouvrait les portes métalliques des cellules et remettait un balai aux détenues. C'est ainsi qu'elles furent bouleversées de découvrir Tomasa, assise sur sa paillasse, sous-alimentée et couverte d'engelures, qui n'avait même plus la force de se lever pour balayer sa cellule, et qui regardait fixement la corbeille de pain.

Mercedes frémit et lui demande depuis combien de temps elle est ici :

— Depuis combien de temps êtes-vous ici ?

— Je n'ai pas compté.

La sage-femme le sait, et rappelle à Mercedes le jour de Noël, le petit orteil de l'Enfant Jésus.

— Ils l'ont mise au « mitard » pour trois mois, et elle y est depuis un mois.

— Balayez la cellule, Sole.

Sole balaie la cellule de Tomasa. Puis revient à l'infirmerie, décidée à parler au docteur Ortega. Décidée à empêcher Tomasa de mourir.

11.

— Elle a des engelures aux jambes, et aux genoux. Même le visage a des engelures. Le nez ressemble à un poivron rouge.

— Qu'a dit le médecin ?

— Qu'il descendrait la voir.

— Et il y est allé ?

— Non. Mais il l'a vue, dès que je lui ai dit dans quel état était Tomasa. Je lui ai dit : Elle n'a plus que la peau sur les os, docteur. Descendez la voir, si vous voulez pas qu'ils la remontent morte pour que vous constatiez son décès ; elle a un tel ictère que son visage ressemble au drapeau des nationalistes, racorni, jaune sur les côtés, et au milieu rouge sang couleur poivron rouge.

— C'est ce que tu lui as dit ?

— À part le drapeau, oui.

— Le drapeau, c'est l'inverse, il est jaune au milieu.

— C'est pareil.

— Et lui, qu'a-t-il dit ?

— Rien. Il s'est retourné et a ordonné à la fonctionnaire qui était de garde de remonter Tomasa. Dès qu'il l'a vue, il lui a appliqué une pommade sur les engelures du visage, qui étaient sur le point d'éclater comme celles des mains, déjà ouvertes comme des bouches béantes ; et il a dit que cette femme souffrait d'avitaminose, qu'on lui donne bien à manger et qu'on lui fasse prendre l'air. La gardienne est partie demander la permission à La Vénéneuse, et elle est revenue en disant que La Vénéneuse avait répondu qu'on la sorte dans la cour dix minutes par jour, mais qu'elle était déjà bien assez nourrie. On voyait bien qu'elle n'avait pas oublié le petit doigt.

Dix minutes de soleil. Sœur María de los Serafines avait concédé dix minutes à Tomasa. Elle avait permis qu'on la sorte dans la cour tous les matins, pendant dix minutes, et toujours une heure avant la descente des autres recluses.

— Demain, ils la sortent au soleil, et je lui donnerai de la purée avec une sonde par la serrure.

— Fais attention qu'on te voie pas.

— T'inquiète pas, personne me verra.

Nul ne vit Sole remplir une timbale avec une double

ration de la purée que l'on donnait aux malades. Nul ne la vit prendre une sonde à l'infirmerie. Et nul ne se douta que, lorsqu'elle dit que le sol du couloir des cellules d'isolement était très sale et se proposa de le nettoyer, elle avait caché la nourriture de Tomasa au fond du seau en zinc qu'elle portait à la main. Elle donna trois coups à la porte métallique. Et laissa filtrer sa voix par la serrure pour demander à Tomasa de s'approcher. Ensuite, elle introduisit un bout de la sonde dans la timbale de purée et fit glisser l'autre par l'orifice destiné à la clé. Et elle souleva la timbale. Tomasa vit la pointe de caoutchouc dépasser, et une goutte tomber. Elle s'agenouilla, leva la tête et approcha la bouche. Et elle téta, comme un veau aux mamelles de sa mère.

Demain, comme aujourd'hui, et comme tous les jours jusqu'à la fin du châtiment de Tomasa, Sole nettoiera le sol du couloir. Et Tomasa commencera à prendre du poids.

Quand les gardes qui surveillent Tomasa remarqueront, lors de leur ronde matinale, son changement d'aspect, elles commenteront entre elles ce fait étrange :

— C'est bizarre, voilà qu'elle se met à grossir.

— C'est vrai.

Et ce sera Sole qui, en les écoutant, ajoutera à leur confusion :

— Elle est pas grosse, elle est gonflée, à cause de l'avitaminose.

De la fenêtre de la division numéro deux droite, Hortensia, Reme et Elvira la verront prendre le soleil, assise sur un banc, et constateront que les nouvelles que Sole leur donne de Tomasa toutes les nuits, lors des réunions du Parti, sont vraies :

— Le médecin la soigne tous les jours. Elle a plus le drapeau national sur la figure.

— Alors, elle va mieux.

Par la fenêtre, elles observeront leur camarade, elles accompagneront sa solitude pendant dix minutes et partageront avec elle, indirectement, la douceur du soleil. Chaque jour, jusqu'au jugement d'Hortensia, elles apparaîtront toutes les trois à la fenêtre.

— On dirait qu'elle se moque de ce qui lui arrive, pas vrai ?

— On dirait. Elle se contrefiche de ce qui a pu lui arriver, ou de ce qui pourrait lui arriver.

— Et il a dû lui en arriver des choses terribles.

Elvira commentera les rumeurs qui courent dans la prison. Et Hortensia et Reme refuseront de prêter l'oreille aux accusations portées contre Tomasa.

— Elle serait incapable de tuer qui que ce soit.

— En puis, elle vient pas de Castilblanco. Elle vient de Santos de Maimona, un village à côté de Zafra, elle me l'a dit à moi, le jour où je lui ai raconté que j'étais à Don Benito en trente-sept.

Elvira ne croit pas non plus que Tomasa ait participé au massacre, mais elle rapporte que les prisonnières racontent que Tomasa était à Castilblanco le dernier jour de décembre mille neuf cent trente et un, pendant la grève organisée par la Fédération Nationale des Travailleurs de la Terre. Et selon les détenues, tous ceux qui étaient là-bas se sont armés de couteaux et de faucilles et ont massacré les quatre agents de la Garde Civile qui tentaient de disperser la manifestation. Elles disent aussi qu'on a mutilé ces gardes civils et que les femmes ont dansé sur leurs cadavres.

Aucune d'elles ne croira ce qu'Elvira vient de raconter. Toutes trois s'indigneront en regardant Tomasa depuis la fenêtre.

— Ce qui s'est passé à Castilblanco est peut-être vrai, mais Tomasa, elle, y était sûrement pas.

Plus tard, quand viendra leur tour de descendre dans la cour, elles se dirigeront sans parler vers le banc où Tomasa s'assoit tous les jours et regarde vers leur fenêtre ; et elles feront leurs travaux de couture à l'endroit qu'elle vient de quitter, refusant de croire les rumeurs qui prétendent que Tomasa était à Castilblanco.

Non. Tomasa n'était pas à Castilblanco.

12.

La femme qui va mourir connaît maintenant la sentence. Elle vient de revenir du tribunal numéro huit. Dans la première salle, devant les juges militaires, l'audience concernant son affaire a fait l'objet d'une procédure expéditive. Hortensia écrit dans son nouveau cahier bleu. Elle étrenne la première page avec un crayon usé à peine plus grand que son pouce. La pire douleur, c'est de ne pas pouvoir partager sa douleur. Hortensia serre la pointe de son crayon mordillé contre le papier, et écrit qu'elle souffrirait moins si elle pouvait parler à Felipe, lui raconter qu'elle a été condamnée à mort avec ses douze compagnes de procès. Elle écrit de la main droite, tandis que de la gauche, elle tient le cahier et lisse le papier. L'ombre de ses boucles d'oreilles danse sur les phrases qu'elle écrit. Elle s'applique à ne pas sortir des lignes, mais ce n'est pas facile. Et elle se souvient de l'été mille neuf cent trente-sept, quand elle a appris à écrire. C'est El Chaqueta Negra qui le lui a enseigné à la Casa Grande de las Tres Cruces, près de Don Benito. Toute l'Estrémadure était occupée, excepté la Bolsa de la Serena. Eux résistaient à la Casa Grande, et El Chaqueta Negra lui avait appris à écrire sur le mur. Les hommes dormaient à l'étage supérieur et le matin, soulageaient leurs vessies du haut de l'escalier. Ce fut Hortensia qui écrivit sur le mur, avec les lettres majuscules récemment apprises : CELUI QUI URINE DU HAUT DE L'ESCALIER SERA CONSIDÉRÉ COMME UN CAMARADE COCHON. Et ce fut elle qui rendit compte de l'arrivée du bataillon numéro cinq à la Casa Grande, le dix-huit juillet mille neuf cent trente-sept, en écrivant sur le mur le nom des miliciens qui le composaient : Pedro Gómez, Aniceto Estévez, Carlos Peinado, Estrella López, Patricio Rovira, Eloy Menéndez. Elle écrivit douze noms sur le mur. Parce qu'elle savait écrire. Elle avait d'abord appris à signer, et ensuite toutes les lettres. Felipe se moquait d'elle :

— Faut apprendre à écrire quand on est petit.

— On peut aussi apprendre quand on est grand. Tu verras quand j'aurai un cahier !

— Je t'en achèterai autant que tu voudras.

Elle lui demanda alors qu'il lui achète un cahier à la couverture bleue, comme ceux que Pepita utilisait à l'école.

Elle caresse ses boucles d'oreilles, et revient à son cahier. Elle écrit qu'elle aimerait être avec Felipe. Et qu'elle voudrait que le bébé naisse avant l'exécution de la sentence, parce qu'elle sait qu'elle va mourir et elle ne veut pas que son enfant meure avec elle. Toutes les camarades d'Hortensia savent qu'elle va mourir. Sole le raconte à Tomasa en introduisant la sonde par la serrure de sa cellule d'isolement :

— Ils les ont toutes condamnées.

— Hortensia aussi ?

— Oui. Les treize femmes ont eu droit à « La Pepa », ils l'accordent facilement, en ce moment.

— Treize, comme les « roses » de trente-neuf !

Comme les « roses », oui.

Tomasa se souvient de Julita Conesa, gaie comme un pinson, de Blanquita Brissac qui jouait de l'harmonium à la chapelle de Ventas, et des taches de rousseur de Martina Barroso. Elle caresse dans sa poche la petite tête noire qu'elle garde depuis la nuit du quatre août mille neuf cent trente-neuf. Elle appartenait à la ceinture de Joaquina. Tomasa avait voulu l'offrir à Reme, parce que Reme n'en avait pas. Mais Reme ne l'a pas acceptée.

— Garde-la, toi.

— Bon, je la garde, mais elle est à nous deux.

— Aspire vite, Tomasa, la purée descend pas et on va me coincer.

— Aujourd'hui, j'ai pas faim.

Sole retire la sonde, et Tomasa cherche refuge dans un coin. Elle s'assoit par terre en enlaçant ses genoux, et refuse de pleurer. Elle refuse, ils n'arriveront pas à la démoraliser. Elle ne doit pas pleurer, mais elle a peur de ne plus jamais revoir Hortensia. Elle sait, comme toutes les recluses de la division numéro deux droite, que l'exécution de la sentence peut avoir lieu d'ici quelques jours. Elles connaissent la procédure. Le juge militaire ratifiera la sentence, qui sera exécutée quand arrivera *l'accord* du Généralissime. Généralissime, marmonne entre ses dents Tomasa en serrant ses genoux avec rage. En Afrique, on l'appelait le Petit Général, celui qui fut nommé Chef du Gouvernement et Généralissime des armées de terre, mer et air, le premier octobre mille neuf cent trente-six. Il n'a pas perdu de temps à se débarrasser du surnom de Petit Général. On dit que sa main ne tremble pas. Et l'on dit aussi que *l'accord* pour les Treize Roses est arrivé le douze ; cela faisait déjà une semaine qu'elles étaient sous terre. On ne sait jamais quand il va arriver. Et Tomasa caresse la petite tête noire. Répartis-les entre les meilleures d'entre nous, jusqu'à ce qu'il n'en reste plus, avait dit Joaquina à une camarade, en défaisant les maillons de sa ceinture. Et la camarade avait distribué les petites têtes noires. Joaquina était très belle, avait les cheveux lisses, les yeux noirs, et une grande bouche. À elle, on lui a donné une petite tête de sa propre ceinture. À elle. À peine deux jours plus tard, elle a été fusillée. On a dit que c'était pour l'exemple. On leur avait mis sur le dos l'attentat contre le commandant Isaac Gabaldón, qui était également inspecteur de la police militaire de la Première Région, et en charge des Archives de la Franc-Maçonnerie et du Communisme. Il était en voiture avec sa fille, une adolescente de dix-sept ans. La fille, le père et le chauffeur furent criblés de balles sur la route d'Estrémadure, à la hauteur de Talavera, en allant vers Madrid. Trois morts. Et, pour chacun, ils décidèrent d'en tuer vingt. Soixante jeunes des Jeunesses Socialistes Unifiées furent jugés et condamnés pour attentat contre le Mouvement National Triomphant. Pour l'exemple. En deux jours, ils furent tous conduits au mur d'exécution. Certains prisonniers ont vécu pendant des mois dans l'attente de leur exécution, et même des années, comme Tomasa. Elle était restée plus de deux ans à la prison pour femmes d'Olivenza, avec « La Pepa » comme une épée de Damoclès, jusqu'à la commutation de sa peine, puis on l'avait transférée ici. Peut-être va-t-il arriver la même chose à Hortensia, ou peut-être pas, cela nul ne le sait. On ne sait jamais rien. Nul ne sait non plus pourquoi Joaquina fut jugée, alors qu'elle était déjà incarcérée à Ventas lors de l'attentat contre Gabaldón. Elle était à Ventas avec deux de ses sœurs, toutes trois jugées et condamnées pour avoir fait partie des Jeunesses Socialistes. Elles étaient à Ventas, mais on ne les laissa jamais être ensemble toutes les trois dans la même cellule. Joaquina fut jugée deux fois. Deux fois condamnée à mort. Elle avait échappé à la première condamnation, la peine ayant été commuée en vingt ans de prison. Et en deux jours, la seconde fut exécutée. Deux jours.

Quelques années, quelques mois, quelques semaines, quelques jours.

Quelques jours, peut-être deux, peut-être trois.

Reme et Elvira resteront aux côtés d'Hortensia faisant semblant de garder leur calme. Elvira ne donnera ses cours d'alphabétisation que lorsque Hortensia donnera les siens. Reme n'ira pas à l'atelier de couture pour ne pas laisser sa camarade seule ne serait-ce qu'un instant ; et les trois renonceront à aller à la fenêtre pour voir Tomasa.

Et leurs têtes collées à la vitre manqueront à Tomasa.

13.

— Quelle guigne que nous ayons été treize au procès ! Quelle guigne. Treize, le numéro porte-malheur, et celui des mineures.

Hortensia cesse d'écrire et porte le bout de son crayon à la bouche.

— Arrête de te faire du mauvais sang en pensant à cela, Hortensia.

Mais, tout en lui demandant de ne pas y penser, Reme ne peut s'empêcher, comme Hortensia, de penser aux treize adolescentes. Ils les ont conduites à la chapelle à minuit, le lendemain du procès, le quatre août. Nous pouvons nous coucher, maintenant, avait dit Anita après avoir attendu jusqu'à minuit. Anita ne s'était pas endormie, mais ils avaient dû réveiller Victoria et Martina pour les emmener. Reme pense à cette nuit du quatre août. Elle se souvient de la pâleur de la gardienne qui était venue les chercher, de la peur qui transpirait de son corps sous sa cape bleu marine. Elle se souvient que Victoria s'était mise à pleurer lorsqu'ils l'ont réveillée. Elle a embrassé une camarade et a pleuré en pensant au chagrin qu'allait avoir sa mère, son fils aîné venait d'être tué dans un commissariat, et elle et Gregorio, les deux enfants qui lui restaient, allaient mourir à l'aube. D'abord Juan, maintenant Goyito et moi, répétait-elle en pleurant.

Hortensia range le cahier et le crayon sous sa paillasse. Elle sort de son sac de couture une brassière et la pose sur son ventre pour la montrer à ses compagnes.

— Tu l'as bientôt finie.

— Ne crois pas, faut encore faire beaucoup de rangées de points de croix, pour que ce soit bien froncé. Regarde.

La jeune fille rousse regarde la brassière, mais n'ose pas regarder Hortensia. Elle ne l'a pas regardée dans les yeux depuis qu'elle est revenue du tribunal. Elle n'ose pas la regarder. Elle ne sait pas pourquoi. Peut-être redoute-t-elle qu'Hortensia découvre sa peur de la mort. Ou peut-être a-t-elle peur de découvrir le regard de la mort dans les yeux de la femme qui va mourir. Ou peut-être est-ce de la pudeur, et elle n'ose pas la regarder à cause de cela, par pudeur. Elle détourne ses yeux de l'habit de bébé et s'assied en tournant le dos à Hortensia. Reme a également sorti son sac de couture, et tricote des langes blancs.

— Elvirita, ma fille, nous n'avons plus de laine. Va à l'économat et rapporte-nous une pelote blanche, sois gentille.

En se dirigeant vers l'économat, Elvira se touche la tête. Pudeur. Oui, elle ressent de la pudeur en regardant Hortensia. Elle n'a pas le droit de découvrir ce qu'il y a dans ses yeux. Julita Conesa non plus, elle ne l'a pas regardée dans les yeux. Ni Virtudes González. Elle n'a osé regarder les yeux d'aucune des treize mineures. Elle avance en regardant par terre. Les jugements expéditifs sont dangereux, ils se terminent toujours par la peine capitale. Elle se réjouit que le sien n'ait pas encore eu lieu, et elle se touche la tête en se souvenant de Virtudes González. Elle aussi, ils lui avaient rasé la tête, au commissariat de Jorge Juan, avant de la conduire à Ventas. Son fiancé s'appelait Vicente. Il faisait partie du même lot, les soixante condamnés à mort, et Virtudes espérait le revoir devant le peloton d'exécution, elle voulait lui dire adieu. Mais ils ne lui ont pas permis. Victoria non plus n'a pas pu voir son frère Gregorio.

La pelote à la main, Elvira revient près de ses camarades et retourne s'asseoir en tournant le dos à Hortensia, sans cesser de penser aux soixante jeunes qui avaient demandé qu'on les fusille ensemble. Ils voulaient se dire adieu. Ils désiraient se voir une dernière fois. On emmena les garçons à six heures du matin au cimetière de l'Est, et à six heures ils tombèrent sous les balles du peloton. Les jeunes filles, elles, furent emmenées à six heures et demie.

— Quand c'est la pleine lune ?

— Après-demain.

Après-demain. Hortensia entoure son ventre rond de ses deux mains. Peut-être arrivera-t-il à temps. Après-demain, ce sera la pleine lune.

— Cet enfant ne veut pas voir le monde.

— Cela fait combien de temps que tu es à terme ?

— Dix jours. La défense a demandé de faire preuve de compassion.

Oui, la compassion a été la seule requête du capitaine de l'Armée de terre qui servait d'avocat de la défense.

— Pour l'enfant, il a demandé de la compassion. Ma sœur a envoyé une demande de grâce à Franco, brave petite. Elle dit qu'il paraît que, parfois, il répond sous trois jours, nous verrons bien.

Trois jours, c'est beaucoup. Reme et Elvira le savent. Elles le savent. Elles étaient à la prison de Ventas le trois août mille neuf cent trente-neuf, lorsque les treize mineures sont revenues du tribunal numéro huit. Elles se souviennent que l'une d'elles a enfilé ses bas avant de se rendre à la chapelle, et une autre a coupé ses tresses. Qu'on les donne à ma mère, a-t-elle demandé. Mais ils ne les ont jamais remises à sa mère. Trois jours, c'est beaucoup.

— Je ne sais pas si ça servira à grand-chose. Ma brave petite sœur, qui a écrit à Franco en personne !

Reme et Elvira craignent que cela ne serve à rien. Comme n'ont servi à rien les signatures que les mères des Treize Roses avaient recueillies, ni les lettres de supplication qu'elles avaient écrites pour implorer la clémence.

Non. Le document que Dolores Conesa signa le cinq août mille neuf cent trente-neuf, année de la Victoire, sans savoir que sa fille avait déjà été fusillée, ne servit à rien. Elle l'avait adressé À Son Excellence le Général Don Francisco Franco Chef de l'État Espagnol, et elle y avait joint le document comportant les signatures qu'elle avait recueillies parmi les voisins de la rue Galería de Robles. Trente-cinq signatures, accompagnées de la lettre d'une mère. Elle avait commencé la lettre par *Señor* et, après un deux-points, elle avait écrit : *Je soussignée*. Elle avait ajouté son nom et son adresse et signalé qu'elle était veuve, *et mère de la prévenue Julia Conesa, condamnée à la peine de mort par les Tribunaux de cette Cour*. En tant que mère, elle demandait que la sentence ne soit pas appliquée. Elle avait écrit : *la Sentence fatale. Car, comme en témoignent les signatures de voisins et de commerçants, elle est excessive*. En tant que mère, elle implora. *Dans ces moments d'amertume, j'implore l'aide de Votre Excellence, de son infinie bonté, et prie pour que Dieu lui prête longue vie afin que notre Espagne dirigée par sa main devienne rapidement la Grande nation qui servira de modèle au monde entier*.

— Si c'est vrai qu'il répond en trois jours, ça peut encore arriver à temps. Quand c'est la pleine lune ?

Trois jours, c'est beaucoup. Reme et Elvira se regardent sans répondre à Hortensia. Elles savent que trois jours, c'est beaucoup. Elvira caresse la petite tête de la ceinture de Joaquina. Elle caresse son cadeau. Et se lève de sa paillasse. Elle cherche sa valise et se penche au-dessus, faisant semblant de chercher quelque chose à l'intérieur, pour qu'Hortensia ne la voie pas pleurer tandis qu'elle se souvient de l'aube de ce cinq août. Elle s'en souvient bien. Depuis la fenêtre, elle a vu les Treize Roses traverser la cour. Elles sont sorties de la chapelle deux par deux, sans baisser la tête. Chaque couple était encadré par trois gardes civils. Ils les ont fait monter dans des camions. Toutes gardaient la tête haute. Certaines chantaient. Julita Conesa aimait chanter.

Cela ne servit à rien que doña Dolores implore la clémence. La mère de Julita Conesa ne reçut qu'une légère consolation : les lettres que sa fille lui avait écrites de la prison pour femmes de Ventas, seconde division droite. Le jour de sa mort, Julita avait écrit la lettre qui allait provoquer chez sa mère la plus grande tristesse. La lettre la plus triste. La dernière. La plus courte aussi :

Madrid, 5 août 1939

Mère, frères, c'est avec toute mon affection et de tout mon cœur que je vous demande de ne pas me pleurer ne serait-ce qu'un jour. Je m'en vais sans pleurer, prenez soin de maman, ils tuent une innocente, et je meurs comme doit mourir une innocente.

Mère, petite maman, je m'en vais rejoindre ma sœur et papa dans l'autre monde, mais souviens-toi que je meurs dans la dignité.

Adieu, mère chérie, adieu pour toujours.

Ta fille qui ne pourra jamais plus t'embrasser ni te serrer dans ses bras.

JULIA CONESA

Je vous embrasse tous. Que ni toi, ni mes camarades ne me pleurent.

Que pour l'histoire, mon nom ne s'efface pas.

Ne me pleurez pas. Elvira retient ses sanglots. Dos à Hortensia, elle retourne sa valise, fait semblant de la ranger, pour se souvenir de Julita. Se souvenir d'elle, pour que son nom ne s'efface pas.

Non. Pour l'histoire, le nom de Julita Conesa ne s'effacera pas.

Non.

14.

Jusqu'à la ratification de la sentence, les prisonnières passeront leurs matinées dans la cour, essayant de tromper leur tristesse. Mais les après-midi, la comédie ne sera pas possible, parce que la nuit approche, parce que l'heure « des fournées » approche, l'heure où la fonctionnaire peut arriver avec les listes dans la main approche. La joie des matinées retombera les après-midi avec la menace de l'appel des listes. Jusqu'à ce que la menace se soit éloignée, tout ce qui se passera dans la prison n'aura qu'un seul nom : l'attente.

— Regarde le chignon qu'elle s'est fait.

— Un chignon dressé comme un salut fasciste.

Hortensia lève les yeux de son ouvrage et observe la coiffure de La Savate, tandis que Reme et Elvira continuent à persifler l'objet de leur critique :

— Elle se croit sans doute belle.

— Tant pis pour elle.

— Elle a toujours cru qu'elle était très raffinée, mais c'est juste un pou qui a fait sa toilette.

La Savate se promène dans la cour enveloppée dans sa cape bleue. Elle s'est fait un chignon haut et crépu et s'est peint la bouche d'un rouge agressif. Elle s'approche des femmes qui la contemplent.

— T'as vu sa bouche ?

— Attends un peu, elle va nous faire le coup du drapeau, tu vas voir !

Lorsque la gardienne arrive près du banc, elle entrouvre les lèvres et laisse apparaître un bonbon au citron ; la couleur jaune contraste, coincée entre ses lèvres rouges. Puis, elle se retourne, promène son chignon de salut fasciste et fait le tour de la cour, cherchant d'autres prisonnières à qui montrer son drapeau national personnel. Seule la cafteuse répondra à sa provocation en lui adressant un sourire.

Il faut briser l'insolence de cette garde-chiourme. Il faut chasser l'angoisse de l'attente, dominée par le silence de cette matinée de mi-février, froide et lumineuse. Il faut pouvoir respirer malgré cette asphyxie, et tromper la tristesse. Il faut pouvoir. Et Elvira commence à chanter :

Maldita la araña que a mí me picó[1]...

Les recluses qui l'entendent s'approchent avec leurs tricots dans les mains et lui demandent si elles vont répéter :

— Nous allons répéter ?

— Bien sûr.

Et elles répètent, pour survivre.

Oui. Elles répéteront, et elles monteront la zarzuela du compositeur Jiménez quand elles l'auront bien apprise. Elles donneront *La Tempranica* en représentation dans la cour, pour la prison, et elles inviteront Antoñita Colomé. Elvira conserve un livret original de Julián Romea, la troisième édition distribuée à toutes les filles de son collège avant le début de la guerre. Elle allait jouer le rôle de María, La Tempranica, la jeune gitane qui tombe amoureuse d'un comte. Sa professeur de musique s'était occupée de distribuer les rôles. À présent, c'est elle-même qui s'est attribué le rôle titre, et elle a donné le rôle de Gabriel à Reme. Hortensia jouera La Moronda. Elles doivent mémoriser tous les dialogues de la pièce complète, au cas où il faudrait remplacer quelqu'un. Elles doivent répéter les chansons l'une après l'autre. Elvira organise la répétition :

— Moronda, que vas-tu nous faire à dîner ?

— Vous verrez bien. Je viens juste de mettre le riz à cuire, on va le manger en entrée. Je l'ai préparé avec des clovisses, qu'on m'a rapportées cet après-midi de Grenade. Quelques tranches de jambon de Trevélez et des poivrons, plus savoureux et plus sucrés que du sirop. Ensuite, de l'agneau grillé accompagné de pommes de terre.

---

1. Maudite soit l'araignée qui me piqua... (N.d.T.)

Les femmes qui observent Hortensia abandonnent leur ouvrage et écoutent le menu en avalant leur salive. Elvira devine la faim dans leur regard, certaines se pourlèchent les babines.

— Bon, nous répéterons cela plus tard. Maintenant, au tour de Gabriel.

Pour aider Reme, la moins douée pour le chant, elles chanteront toutes ensemble *La Tarántula.*

La tarántula es un bicho mu malo.
No se mata con piedra ni palo.
Que huye y se mete por los rincones
y son mu malinas sus picazones[1].

Elvira se colle à son oreille pour qu'elle trouve le ton juste. Reme chante faux. Et ne quitte pas La Savate du regard.

... será que a mí me ha picado la tarántula dañina.
Por eso me he quedao más delgao que una sardina[2]...

Malgré les efforts de la jeune fille rousse, la voix stridente de Reme crisse comme un sifflet et fait rire les autres. Un crissement libéré, que Reme adresse à La Savate.

— Attention, elle va s'en rendre compte !

... no le temo a los rayos ni balas, ni le temo a otra cosa más mala[3]...

---

1. La tarentule est une vilaine bestiole.
Qu'on ne tue ni à l'aide d'une pierre ni d'un bâton.
Qui fuit et se cache dans les recoins et dont les morsures sont très graves. (N.d.T.)

2. ... sans doute la vilaine tarentule m'a piqué.
C'est pour ça que je suis plus maigre qu'une sardine... (N.d.T.)

3. ... je ne crains ni la foudre ni les balles, les pires choses ne m'effraient pas... (N.d.T.)

Les éclats de rire que le chœur ne peut réprimer laissent Reme seule avec la chanson.

... que me hizo mi pare más guapo que al gallo, pero a ese bichito que lo parta un rayo[1].

— Comme ça, on arrivera jamais à rien.

— On dirait le cri d'une poule qui veut couver.

— Ay madre, Ay madre mía de mi vida, et la mine triste qu'elle fait !

— Elle s'en sort pas si mal.

— C'est toi qui le dis, petite, avec ta tête d'enterrement !

À la porte grillagée, surgit La Vénéneuse. Elle frappe la grille comme si elle sonnait les cloches, avec le crucifix de métal suspendu au cordon de sa ceinture. Elle attire l'attention de la gardienne. Et lui remet un mot.

De l'autre côté de la cour, La Savate se dirige à pas lents vers le groupe qui rit. Hortensia cesse de rire en la voyant arriver. La Savate la regarde :

— Hortensia, venez avec moi, vous avez reçu une communication du juge.

Le silence reviendra dans la cour.

Les prisonnières retourneront à leur ouvrage.

L'angoisse de l'attente reprendra le dessus.

Avant de quitter la cour, Hortensia regardera vers le ciel. Les nuages recouvrent entièrement le bout de firmament que laissent entrevoir les murs.

Au bout de quelques minutes, elle reviendra et parlera à voix basse à Reme et à Elvira. Elle leur dira que le juge militaire de l'Armée d'Occupation a ratifié les sentences. Toutes les exécutions auront lieu dès

---

1. ... car mon père m'a fait plus courageux qu'un coq, mais que cette vilaine bestiole aille au diable. (N.d.T.)

réception de *l'accord* du Chef de l'État. Toutes, excepté la sienne. La grâce est accordée à Hortensia d'attendre la naissance de son enfant. Son exécution est suspendue jusqu'à cette naissance.

— On comprend pourquoi le bébé ne veut pas venir au monde, Hortensia.

Avant que Reme ait prononcé le nom de la femme qui va mourir, La Savate aura réuni dans un coin les autres condamnées. Douze. Et elle les fera sortir aussi quelques instants, disant qu'elles ont également reçu une communication du juge.

Hortensia les verra sortir de la cour en rang. Elle les verra toutes regarder quelques secondes vers le ciel. Elle saura que toutes ont le même espoir. Un espoir semblable. Et elle verra les douze femmes revenir en l'ayant perdu, tête baissée.

Cette nuit, elles se remettront en rang dans le couloir après que La Savate aura lu leurs noms, et que La Vénéneuse leur aura ordonné de sortir après s'être habillées.

— Celles que j'ai appelées, sortez habillées.

— Il en manque trois.

— Comment ça, il en manque trois ?

— Oui, il y en a que neuf.

Les neuf jeunes filles qui sont déjà en rang regardent les autres condamnées. Hortensia, Elvira, Reme et Sole les regardent également. La peur a paralysé les trois femmes qui doivent sortir. La surveillante crie leurs noms. La Vénéneuse s'impatiente :

— Elles sont pas là ?

La Savate regarde de tous les côtés, confuse :

— Elles sont là, forcément.

Et elle recommence à les appeler.

La panique des condamnées augmente aux cris de leurs noms. Aucune des trois n'est capable de bouger.

— Bon sang, vous ne savez pas qui doit partir ?

— Si, ma sœur, celles qui sont sur la liste, mais je ne peux pas connaître toutes les détenues. Elles doivent sortir elles-mêmes.

— Ça, c'est le comble !

Sœur María de los Serafines hurlera avec colère. Elle exigera que les trois condamnées sortent.

— Sortez !

La peur augmente.

Encore une fois, trois noms fendront l'air comme une décharge de fusil. Et aucune des appelées, incapables de réagir, ne pourra vaincre sa paralysie.

— Ça suffit ! Emmenez les neuf qui sont là et revenez avec des renforts.

Les renforts arriveront. Toutes les détenues de la division numéro deux droite seront obligées de s'aligner dans le couloir. Hortensia, Reme, Elvira et Sole se mettront à côté des trois condamnées, qui auront eu grand-peine à faire deux pas, entraînées par le mouvement des autres.

Leurs noms seront de nouveau criés.

Et le silence, la peur et la paralysie reviendront.

— Si vous ne voulez pas dire vous-mêmes qui vous êtes, nous comptons jusqu'à trente.

Elles comptèrent jusqu'à trente. Et en firent sortir quatre du rang.

À trois reprises elles comptèrent jusqu'à trente.

Et firent sortir douze prisonnières du rang. Elvira était parmi elles.

— Avancez !

Et, à l'ordre de « Avancez ! », les douze se mirent en marche.

Personne ne demanda aux trois concernées pourquoi elles ne sortaient pas.

Personne ne les désigna du regard.

Elles regarderont leurs camarades se faire emmener. Elles verront que c'est sûr, on les emmène. C'est sûr.

Et elles vaincront leur panique.

Elles feront deux pas en avant.

Et elles sortiront.

La Vénéneuse suspendra la marche des prisonnières qu'elle avait choisies au hasard, et les douze serreront les trois condamnées dans leurs bras. Et elles les remercieront.

Elvira serrera Reme dans ses bras.

— Mon ange !

Hortensia caressera l'enfant qu'elle porte dans son ventre.

Et les douleurs de l'accouchement commenceront.

15.

— Ça dure depuis le début de la nuit, docteur, et toute la matinée. Le sommet du crâne apparaît, et ensuite repart à l'intérieur.

— Et que voulez-vous que j'y fasse ? Je ne suis pas accoucheur moi, Sole.

— Sauvez cet enfant. Sauvez-le, vous qui êtes médecin et qui pouvez le sauver. De toute ma vie, je n'ai vu un accouchement aussi difficile. Le bébé est en position, mais chaque fois qu'on dirait qu'il vient, il vient pas.

À bout de forces, Hortensia sanglote sur la table d'examen de l'infirmerie. Mercedes lui serre la main et sèche son front en sueur en l'encourageant :

— Allez, ma fille, il arrive, tu dois pousser.

— Donnez-le à ma sœur, faites ça pour moi, qu'on ne le mette pas à l'orphelinat, qu'on le donne à ma sœur, je vous en supplie.

La naissance de l'enfant d'Hortensia dura encore sept longues heures. Les contractions faisaient souffrir Hortensia qui ne cessait de gémir. La sage-femme ne savait que faire. Et le médecin non plus ; il se repassa en mémoire les cours d'accouchement de l'Université, l'internat à la maternité de Santa Cristina et les manuels de gynécologie obstétrique qu'il avait utilisés dans les cours supérieurs de la Faculté de Médecine. Lorsque la femme qui allait mourir finit par donner le jour, don Fernando coupa le cordon ombilical et prit le nouveau-né par les pieds en criant que c'était une fille, sans cacher son soulagement ni réprimer sa joie.

— C'est une fille !

— Elle va bien ?

— Très bien, et elle est aussi belle que sa mère.

— Laissez-moi voir s'il lui manque rien, docteur.

Le médecin offrit le bébé aux bras ouverts de la mère.

Et Hortensia lui compta les doigts des deux mains, un par un.

— Cinq petits doigts à chaque main.

— Et autant à chaque pied, Hortensia. Elle est complète. Comment vas-tu l'appeler ?

— Tensi. Elle s'appellera Tensi.

— Tensi ?

— Hortensia, mais un jour elle connaîtra son père, et il l'appellera Tensi, comme il m'appelle, moi.

Le médecin se retira pour se laver les mains en pensant à son épouse, au bonheur qu'elle aurait de tenir elle aussi un enfant dans les bras ; l'enfant que tous deux désiraient mais qui n'était jamais arrivé. Le moment était venu de se réconcilier. Le moment était venu. Il n'avait pas voulu lui dire qu'il était redevenu médecin. Il n'avait pas voulu, parce que les raisons qui l'avaient conduit à reprendre l'exercice de la médecine n'avaient rien à voir avec elle et il n'en éprouvait aucune fierté. Il n'avait pas voulu, parce qu'il ne savait pas encore s'il avait pris la bonne décision. Mais aujourd'hui, il a aidé un enfant à voir le jour, et il souhaite partager sa satisfaction avec son épouse.

— Docteur, je peux vous demander un service ?

C'était Sole, qui s'approchait en lui tendant une serviette.

— Dites-moi, si c'est en mon pouvoir…

La sage-femme lui raconta la situation d'Hortensia, la crainte de l'imminence de son exécution :

— Ils vont fusiller Hortensia.

— Que dites-vous ?

— Ils attendaient que le bébé naisse.

Don Fernando essuie chacun de ses doigts, un par un, comme s'il voulait leur ôter toute trace d'horreur.

— Mais, qu'est-ce que vous me dites ?

— Que la petite est née. Ils vont donc fusiller la mère. Et la petite, ils la donneront à l'orphelinat, ou ils la donneront à n'importe qui.

— Que puis-je y faire ? Je ne peux rien faire.

— Demandez à la gardienne de prévenir sa sœur. Si c'est vous qui le demandez, elle le fera. Aujourd'hui, c'est jour de visite, elle attendra à la porte. Vous n'avez qu'à demander qu'on lui porte le message que l'enfant est née, et qu'elle vienne la chercher.

Les mains du docteur Ortega sont sèches maintenant. Sole insiste en lui reprenant la serviette :

— Vous êtes quelqu'un de bon, docteur, ça se voit sur votre visage. Aurez-vous cette bonté ?

Sole a laissé la serviette sur le lavabo et tire le médecin par la manche. Elle le regarde dans les yeux comme si elle se penchait sur un puits pour voir s'il y a de l'eau. « Aurez-vous cette bonté ? » demande-t-elle à nouveau. Puis, remarquant qu'elle est en train de tirer sur sa manche, elle lui demande pardon.

— Vous en faites pas, Sole, je le ferai.

Il le fera. Il dira à Mercedes d'aller chercher la sœur d'Hortensia à la porte, ignorant que la sœur d'Hortensia s'appelle Pepita. Ignorant que la sœur de la femme qui vient d'être mère est la jeune fille aux yeux d'un bleu profond qui a déterminé son retour à la pratique de la médecine. Il savait que Pepita avait une sœur à Ventas. Il le savait. Mais il l'avait oublié. Doña Celia lui avait dit lorsqu'elle lui avait demandé, de la part d'El Chaqueta Negra, qu'il prenne à son service la sœur d'une camarade prisonnière. Et il l'avait oublié. Hortensia est la sœur de la fille aux yeux bleu océan que lui avait envoyée doña Celia. Pepita. Et le mari d'Hortensia est l'homme qui avait reçu une balle dans le ventre. Don Fernando n'en sera conscient que lorsqu'il remettra le message à Mercedes, lorsqu'il prononcera le nom d'Hortensia et dira que sa sœur doit savoir que l'enfant est née. Alors, il fera la relation entre les deux femmes. Et il se souviendra des paroles qui se bousculaient dans la bouche de Pepita, celles qui sont sorties d'un jet quand elle avait apporté le message d'El Chaqueta Negra :

— ... Parce que Felipe a reçu une balle, et il faut la retirer, pour pas qu'il meure. Et vous êtes médecin, señorito, vous êtes le médecin dont a besoin le mari de ma sœur Hortensia qui est prisonnière et enceinte ; et elle mourrait si Felipe succombait à sa blessure.

Il sortira de la prison en pensant à Pepita. À Hortensia. À Felipe, au projectile qu'il a retiré de sa blessure. À l'enfant qui vient de naître. Et à son retour définitif à la médecine.

Et il arrivera chez lui, en ayant décidé qu'il serait médecin jusqu'à la fin de sa vie.

Il sourira en ouvrant la porte. Il sourira, parce qu'il est temps de faire part de sa décision à son épouse. Il ôtera sa cape espagnole, l'accrochera au portemanteau en souriant et prendra soin de faire résonner ses pas en marchant. Il se dirigera vers la pendule murale du couloir, la remontera sans cesser de sourire.

Et il montera les escaliers lentement.

Il fera du bruit en montant chaque marche, pour que sa femme sache qu'il est en train de monter.

Il est enfin en train de monter.

Et doña Amparo entendra ses pas qui montent, elle les entendra clairement. Il est en train de monter. Son mari est en train de monter les escaliers de la tour.

Il est enfin en train de monter.
Et elle commencera à descendre.

16.

Tous les matins, avant d'aller à la gare ramasser la charbonnaille, Pepita se rendra à la prison de Ventas pour demander des nouvelles d'Hortensia, comme le lui a conseillé Mercedes le jour de la naissance de l'enfant. Et chaque matin, elle s'entendra répondre :

— Ta sœur va bien, ils l'ont emmenée au pavillon des mères. Reviens le jour de visite.

— On sait déjà quand... ?

— Quand quoi ?

— Quand on va la fusiller ?

— Ça suffit comme ça, non ? Je t'ai déjà dit que ce ne sont pas des choses qu'on demande. Reviens le jour de visite. T'es pas fatiguée de demander toujours la même chose ?

Il n'y avait pas moyen de savoir combien de temps on laisserait Hortensia allaiter son enfant. Il n'y avait pas moyen, mais Pepita n'était pas fatiguée de demander.

— C'est pour la petite, vous savez ? Je suis sa tante et je dois l'emmener quand on fusillera ma sœur. Je veux pas qu'on pense qu'elle a personne, elle m'a moi. C'est pour ça, seulement pour ça et pour rien d'autre, il faut que je sache quand...

— Je sais, je sais, tu me l'as dit des milliers de fois,

et des milliers de fois je t'ai répondu qu'ici on pose pas cette question. T'as compris, maintenant ?

— Oui, señora.

— Bon, allez, maintenant va-t'en et reviens le jour de visite.

Oui, señora, répétait Pepita, et elle s'en allait réconfortée, sachant qu'on avait accordé un jour de plus à sa sœur.

Peut-être s'étaient-ils apitoyés sur le sort d'Hortensia, et même si on lui avait refusé la grâce, ils allaient la laisser vivre. Peut-être. Ou peut-être avaient-ils oublié que sa peine était suspendue. Peut-être ne se souvenaient-ils pas d'elle.

Si, ils se souvenaient d'elle.

Durant un mois et demi, Pepita se précipitera chaque matin à la porte de la prison. Les jours de visite, elle verra Hortensia au parloir, toujours avec sa fille dans les bras, lui demander si elle apporte des nouvelles de son mari :

— T'as des nouvelles de lui ?

— Quoi ?

Elle soulèvera le bébé enveloppé dans un lange blanc que lui auront tricoté ses compagnes de détention, Elvira, Reme et Sole.

— Dis-lui qu'elle est blonde, et qu'elle a les yeux bleus comme les tiens, et comme ceux de maman.

Mais Pepita n'entend pas Hortensia, et ne peut pas voir l'enfant. Elle ne peut distinguer qu'une silhouette dans la pénombre, emmitouflée dans un lange, derrière les grilles métalliques. Elle crie pour que sa sœur l'entende dire que la petite fille est très belle.

— Elle est très belle, vraiment très belle.

Même si elle ne sait pas si elle est belle.

Un mois et demi après la naissance de l'enfant, un jour où Pepita sera venue tôt à la porte de la prison pour demander des nouvelles d'Hortensia, la gardienne ne lui répondra pas de revenir le jour de visite.

— Attends ici un instant.

— Qu'est-ce qui se passe ?

— Rien, attends ici.

La fonctionnaire au chignon en forme de banane réapparaîtra au bout de quelques minutes. Elle remettra à Pepita une trousse de couture, et l'enfant qu'elle porte dans les bras. Et alors Pepita saura, ce matin-là, qu'elle devra recommencer à porter un deuil strict.

Quand elle arrivera à la pension, avec sa douleur, doña Celia sera là, à l'attendre. Son visage laissera percevoir l'angoisse de trouver les mots justes pour parler de la mort. Mais en voyant la petite dans les bras de Pepita, elle saura qu'il n'est pas nécessaire d'en parler.

— Je lui ai lavé le visage.

Je lui ai lavé le visage, dira doña Celia.

— Et je lui ai fermé les paupières.

Et elle lui a fermé les paupières.

Puis elle donnera à Pepita un petit morceau d'étoffe coupé aux ciseaux.

Un petit morceau de flanelle grise, avec de petites fleurs blanches.

17.

Tomasa n'a pas pu faire ses adieux à Hortensia. Tapie dans sa douleur et dans l'obscurité, dans son cachot et dans le silence, elle refuse de se laisser vaincre. Notre unique devoir, c'est de survivre, avait dit Hortensia lors de la dernière assemblée à laquelle elle avait assisté. Survivre. Tomasa ne laissera pas la douleur l'écraser. Survivre. Les folies, juste les folies nécessaires, avait dit Hortensia. Folie. Le silence l'entoure. Le silence l'entoure et la folie l'entoure. Survivre. Et elle l'entoure, elle l'entoure. On ne va pas se laisser faire. Non. Tomasa n'a pas pu dire adieu à Hortensia. Elle se tapit dans sa douleur. Survivre. Et raconter l'histoire, pour que la folie n'accompagne pas le silence. Elle se lève. Raconter l'histoire. Elle se lève et elle crie. Survivre. Elle crie de toutes ses forces pour chasser la douleur. Résister, c'est vaincre. Elle crie pour remplir le silence avec l'histoire, avec son histoire, la sienne. L'histoire d'une douleur ancienne qui étouffe le chagrin de ne pas avoir pu dire adieu à Hortensia. Tomasa fait deux pas en avant, tourne et retraverse sa cellule, deux autres pas.

Revenir.

Elle pleure.

Et elle raconte son histoire en criant, pour ne pas mourir.

Elle marche et elle raconte :

— J'avais quatre fils, et une petite-fille.

Elle raconte qu'elle avait quatre fils et une petite-fille, et que la petite est morte de faim à Los Santos de Maimona.

— Elle est morte. Elle s'appelait Carmen, Carmencita, ma petite.

Et elle crie que la mère de l'enfant était nourrice.

— Elle allaitait deux jumeaux, à Zafra ; et elle n'avait pas assez de lait pour les trois. La mère de ma belle-fille mangeait le lait en poudre que sa fille achetait pour la petite. Cette femme avait tellement faim, tellement faim. Elle n'a su que dire à sa fille quand elle s'est aperçue que la petite était morte.

Elle fait deux autres pas. Et raconte que ses quatre fils, sa belle-fille, elle-même et son mari ont été arrêtés dans la montagne. Ils s'étaient enfuis dans la montagne quand on les avait accusés d'être communistes et d'occuper une ferme.

— Et c'était vrai, évidemment que nous étions communistes, et que nous occupions une ferme. Et que nous en avions par-dessus la tête d'aller glaner les olives. Le peu d'olives que nous trouvions après la récolte, nous le changions en huile ; et cela nous le vivions très mal, le peu d'olives qui restaient au sol, le travail de laboureur qui ne rapportait rien et ne suffisait pas à nous nourrir.

C'est le moment pour Tomasa de raconter son histoire. Les paroles qu'elle a tues jusqu'à cet instant sortiront d'un seul jet. Un jet de douleur et de rage. Son histoire étouffée et sordide s'échappera de ses lèvres, déchirant l'air, et lui déchirant les entrailles.

Elle racontera son histoire. Elle la racontera en hurlant pour ne pas succomber à la folie. Pour survivre.

Pour survivre.

Elle raconte, et elle crie que sa belle-fille et ses quatre fils ont été jetés sous ses propres yeux du haut du pont d'Almaraz.

— Ce putain de pont fait cinquante-trois mètres de haut.

Sous ses propres yeux, ils leur ont tiré dessus alors qu'ils étaient dans l'eau, cherchant à regagner la rive. Les tireurs étaient des tireurs d'élite. Et tous les « étourdis » se sont noyés. Ils appelaient cela « l'étourdissement », le procédé de nettoyage qu'utilisaient les forces de la Garde Civile chargées de poursuivre les Rouges en fuite, dans le 2e secteur, celui de Cáceres et de Badajoz. C'est le nom qu'ils donnaient à cet acte odieux. Ensuite, ils les ont « étourdis » elle et son mari. Celui-ci a réussi à se maintenir à flot, à tirer sa femme jusqu'à la rive et à la protéger des balles qui venaient d'en haut avec son propre corps. Quand ils sont arrivés sur la berge droite du Tage, son mari était mort. Elle a pris sa tête dans ses mains. Elle lui a fermé les yeux, puis est restée enlacée à son corps jusqu'à ce que deux phalangistes, aux ordres du Boucher d'Estrémadure, l'arrachent à sa douleur et poussent le cadavre dans l'eau. Elle l'a vu s'enfoncer avec le courant tandis qu'ils lui mettaient les menottes.

Elle crie. Pour que sa voix se réveille, cette voix qui a refusé de raconter la chute des corps dans l'eau. Parce que raconter l'histoire, c'est se souvenir de la mort des siens. C'est les voir mourir une seconde fois.

— Mes fils aussi ont été emportés par le fleuve.

Des mots qui étaient là, tapis dans un coin, prêts à sortir. La voix endormie dans un coin de la bouche. La voix qui ne voulait pas raconter que tous étaient morts.

Elle pleure.

Et raconte.

— Et ma belle-fille, vêtue de blanc, dans son habit de nourrice est partie, emportée par le courant.

Mais pas elle. Elle non.

Elle, ils l'ont relevée en lui disant qu'elle vivrait pour raconter ce qui arrive aux Dames de Negrín*. Et ils l'ont emmenée à Olivenza, à la prison pour femmes. Elle y a passé deux ans, refusant de raconter son histoire, et sans pouvoir pleurer ses morts. Maintenant elle raconte en les pleurant. Elle raconte en les pleurant et crie parce qu'elle n'a pu faire ses adieux à Hortensia. Et elle crie sans craindre que Mercedes arrive, cette garde-chiourme au chignon banane qui veut faire la gentille et qui s'est approchée deux fois de la porte :

— Taisez-vous, de grâce, on vous entend d'en haut, et je n'aurai pas le choix, je devrai prolonger votre punition.

Qu'elle prolonge la punition, si elle veut. J'en ai rien à cirer.

— De grâce, Tomasa, c'est mon tour de garde à la chapelle et je dois m'en aller. Mes collègues se plaignent de vos cris et je ne sais pas quoi leur répondre. M'obligez pas à faire ce que je veux pas faire. Taisez-vous, sinon vous allez finir par obtenir ce que vous cherchez.

Que pourrait-elle obtenir d'autre ? Que peut-elle faire de plus, la novice, qu'elle ne voudrait pas faire ? Elle se croit peut-être gentille. Mais à elle, on ne la lui fait pas. Celui qui naît moine n'a pas besoin d'habit, et celle-là est née avec sa sale besogne inscrite sur sa gueule. Et gentille, elle ne l'est certainement pas, même si elle fait tout pour le paraître. Elle fait partie de celles qui vous attendent au coin de la rue, qui d'un côté vous tendent la main, et de l'autre aiguisent le couteau. On ne la lui fait pas. Et elle n'arrivera pas à la faire taire.

Tomasa ne se taira pas. Elle hurlera, parce qu'elle n'a pas pu dire adieu à Hortensia. Elle n'a pas pu. Il lui restait dix-neuf jours de « mitard » quand Sole lui a annoncé la nouvelle :

— Ils l'exécutent cette nuit.

Cette nuit. Et Tomasa n'arrêtera pas de crier sa douleur. Elle passera la nuit à hurler. La Dame de Negrín s'écorchera la voix parce que son devoir, c'est survivre. Tu vivras pour le raconter, lui avaient dit les phalangistes en poussant le corps de son mari dans l'eau. Tu vivras pour le raconter, lui avaient-ils dit ; ils ignoraient que ce serait le contraire. Elle le raconterait pour survivre.

Survivre. Raconter qu'ils l'ont emmenée à la prison pour femmes d'Olivenza, qu'elle y est restée deux ans avec « La Pepa » suspendue au-dessus d'elle, et qu'elle a partagé sa cellule avec une femme dont les deux fils étaient morts au camp de concentration de Castuera. Ils les avaient attachés l'un à l'autre et, à coups de crosse, les avaient poussés dans le puits de la mine. Leurs gémissements montaient du fond de la terre. Toute une nuit, on a entendu leurs pleurs, jusqu'à ce que d'autres corps se brisent sur eux, et puis d'autres, et encore d'autres. Encore plus de gémissements. Et une grenade qu'on lance de là-haut.

— Au camp de Castuera, on fusillait un jour sur deux, entre minuit et demi et une heure du matin. Les dimanches, on marquait une pause. Mais dans la mine, on les jetait à n'importe quelle heure, et tous les jours.

Tomasa pleure. Elle crie que cette mère s'est pendue un soir de novembre, dans les toilettes de la prison d'Olivenza. Avant, elle lui avait raconté qu'au camp de Castuera, ils avaient fusillé le maire de Zafra ; il s'appelait don José González Barrero. Ils l'ont fusillé un mois après la fin de la guerre. Et ils l'ont enterré à plat ventre, pour qu'il ne ressorte pas. Raconter l'histoire. Survivre à la folie. Se souvenir de don José, qui se promenait avec son épouse dans la rue Sevilla. C'était l'été. À la tombée du jour. Et c'était la République. Sa belle-fille marchait, vêtue de blanc, en nourrice. À Zafra. Et c'était la première fois que Tomasa et sa belle-fille voyaient un maire de près :

— Regardez, señora Tomasa, le maire. C'est le maire.

Don José. Il s'appelait don José. Il donnait le bras à sa femme, et portait un panama. C'était la tombée du jour. Don José était vêtu d'un costume de lin, son épouse à son bras. Ils avaient une fille qui s'appelait Libertad.

18.

— Ils l'exécutent cette nuit.

— Vous en êtes sûre, comment le savez-vous ?

Sole et Mercedes étaient en train de faire le lit d'une malade. La surveillante s'approcha de l'oreille de la prisonnière tout en bordant le lit. C'est ainsi que Sole sut qu'il ne restait qu'une nuit à Hortensia.

Mercedes l'avait su par hasard. La fonctionnaire se

trouvait dans le bureau de la Direction pour demander un changement de garde, quand elle entendit sœur María de los Serafines prononcer l'ordre et proposer à La Savate d'assister à l'exécution en tant que témoin. La Savate accepta, et Mercedes tomba évanouie.

— Vous mangez bien ?

— Oui, ma sœur.

— Debout, allez à l'infirmerie. Et voyez le médecin.

Après avoir reçu quelques tapes sur les joues, Mercedes se leva, le visage encore pâle, quitta le bureau, oubliant de demander le changement de garde. Et la rumeur courut :

— Ils l'exécutent cette nuit.

— Ils l'exécutent cette nuit.

Reme et Elvira se prirent la tête dans les mains en apprenant la nouvelle et, bien qu'il leur fût interdit d'approcher du pavillon des mères, elles s'y glissèrent avec Sole pour dire adieu à Hortensia. Toutes trois purent l'embrasser.

Reme prit un instant le bébé dans ses bras. Sole serra très fort Hortensia dans ses bras, très fort. Et Elvira lui caressa les joues :

— Ça ne fait pas mal.

Les mots étaient venus aux lèvres d'Elvira sans même qu'elle y ait pensé, quand la terreur l'avait fait tressaillir au plus profond d'elle-même en sentant sous ses doigts la douceur de la peau d'Hortensia.

— On m'a dit que ça ne faisait pas mal.

Le lendemain, tous les commentaires tournèrent autour de la mère et de son bébé.

— On dit que la novice l'a accompagnée à la chapelle et qu'elle est restée dehors toute la nuit avec le bébé. Et que le bébé n'a pas arrêté de pleurer de faim, pauvre petite.

— Et que le curé a voulu la convaincre de se confesser et de communier. Il lui a dit qu'il était de son devoir de sauver son âme, et que si elle se mettait en règle avec Dieu, il la laisserait donner le sein à la petite. Mais elle s'est pas confessée et n'a pas communié, cette femme avait plus de principes que de cœur !

— Et on dit que La Savate lui a ordonné de se dépêcher de s'habiller. Hortensia lui a tenu tête en lui répondant qu'elle la laisse tranquille. Vous voyez pas que je suis en train d'enfiler mon propre linceul ?, il paraît qu'elle lui a dit. Et elle s'est habillée tranquillement avec une robe que lui avait faite sa sœur pour Noël.

Et l'on dit, et c'est vrai, que lorsque l'aumônier est sorti de la chapelle, Hortensia a écrit une lettre. Et au moment où elle achevait de la signer, Mercedes est entrée et l'a laissée allaiter son enfant.

— Merci.

Merci, lui a répondu la femme qui allait mourir. Elle a donné le sein au bébé, l'a embrassé, et a ensuite supplié Mercedes de la confier à Pepita.

— On m'a dit qu'elle vient la chercher tous les matins.

L'aube se levait, quand on entendit le moteur d'un camion. Hortensia a ôté ses boucles d'oreilles et les a données à Mercedes, a caché ses deux cahiers bleus et les papiers de sa condamnation dans son foulard, et a prié la surveillante de récupérer sa trousse de couture le lendemain et de remettre le tout à sa sœur. C'est pour la petite, a-t-elle dit.

C'était le six mars mille neuf cent quarante et un.

Dans le registre des défunts du cimetière de l'Est, ils notèrent le prénom et les deux noms de dix-sept suppliciés. Seize hommes et une femme. Une seule : Isabel Gómez Sánchez. Hortensia ne figure pas sur la liste. Le nom d'Hortensia Rodríguez García n'apparaît pas sur le registre des exécutés du six mars mille neuf cent quarante et un. Mais on raconte que ce matin-là, comme les autres fusillés, Hortensia a regardé de face le peloton.

— Vive la République !

Et l'on dit, et c'est vrai, qu'une femme s'est approchée des corps et s'est agenouillée près d'Hortensia.

Elle avait des ciseaux dans les mains. Elle a coupé un morceau du tissu de la robe qu'Hortensia avait revêtue pour mourir.

Lui a fermé les yeux.

Et lui a lavé le visage.

ATTENDU QUE — Ainsi que le déclare le Conseil, l'accusée, Hortensia Rodríguez García, aux antécédents moraux reprochables et membre des Jeunesses Socialistes Unifiées, combattante volontaire de l'armée rouge soutenant les Milices de Cordoue, a pris part aux exactions et aux crimes qui furent commis dans la capitale susmentionnée contre des personnes de droite. Et ayant été prouvé que la prévenue a été arrêtée dans les jardins d'El Altollano alors qu'elle procédait à un ravitaillement de vivres destinés aux bandits du Cerro Umbría.

CONSIDÉRANT — Que les faits ci-dessus mentionnés se référant à l'accusée ont été prouvés et sont constitutifs d'un délit d'ADHÉSION À LA RÉBELLION, prévu et sanctionné par l'alinéa 2 de l'art. 258 du Code de justice militaire, délit dont elle apparaît responsable en tant qu'auteur par sa participation directe et volontaire.

CONSIDÉRANT — Que le Conseil, en vertu des droits qui lui sont conférés par les art. 172 et 173 du Code de justice militaire, et considérant qu'il est de son devoir d'appliquer l'alinéa Y, paragraphe 11 — avec, comme facteur aggravant, le danger extrême que représente l'accusée — de l'annexe à l'Ordre du 15 janvier 1940, estime juste d'appliquer la peine maximale.

CONSIDÉRANT — Que toute personne reconnue pénalement responsable d'un délit ou d'une faute l'est également civilement.

VU QUE — Les préceptes cités sont d'application générale.

LA COUR DÉCIDE — Qu'il est de notre devoir de condamner et nous condamnons l'accusée, en tant qu'auteur de délit d'ADHÉSION À LA RÉBELLION, avec le facteur aggravant qu'elle représente un danger extrême, à la peine de MORT, et aux déchéances légales correspondantes en cas de grâce. L'accusée devra être présentée devant le PELOTON D'EXÉCUTION. La responsabilité civile correspondante est celle dictée par la Loi du 9 février mille neuf cent trente-neuf. Telle est la sentence que nous prononçons, ordonnons et signons.

TROISIÈME PARTIE

« ... si no veis a nadie, si os asustan
los lápices sin punta, si la madre
España cae — digo, es un decir —
Salid, niños del mindo, id a buscarla !... »

CÉSAR VALLEJO

« ... si vous ne voyez personne, si les crayons sans pointe vous inquiètent, si la mère Espagne tombe — je dis, c'est une supposition — sortez, enfants du monde, allez la rejoindre !... »

1.

Le cahier bleu que Pepita a apporté à la prison, il y a maintenant si longtemps, celui qu'elle avait trouvé sous la pierre presque plate sur le chemin du maquis, est rempli de mots, de la première à la dernière page. Des mots écrits avec maladresse, adressés à Felipe. « Pour Felipe », avait écrit Hortensia, sur la couverture, après avoir terminé la dernière page ; et en dessous, elle avait apposé sa signature. Le second cahier n'a que huit pages écrites, et il est bleu également. Pepita les observe en berçant sa nièce dans ses bras. Sur la couverture du second cahier, elle lit à voix basse : « Pour Tensi ». Elle blottit le bébé contre elle et, de sa main droite, lui tapote le dos. Dans la main gauche, elle cache un petit morceau de tissu enroulé dans son poing.

— Ta maman a écrit un livre pour toi.

Le bébé dort depuis un long moment, mais la jeune femme aux yeux bleu océan ne veut pas le laisser dans la corbeille que doña Celia a transformée en couffin, et elle continue à le bercer. Elle le serre contre elle, comme si elle avait peur de se noyer si elle l'éloignait d'elle, comme si l'enfant était la seule bouée à laquelle elle puisse s'accrocher.

— Tu vas lui donner de mauvaises habitudes,

laisse-la dans le couffin sinon elle réclamera les bras toute sa vie.

Pepita ne répond pas. Elle regarde les cahiers, posés l'un à côté de l'autre sur la table de la cuisine, sans oser les toucher, sans se décider à les ouvrir, ressentant la même pudeur que lorsqu'elle les a sortis de la trousse de couture remise par la gardienne, dans laquelle elle a aussi trouvé la lettre de condamnation, les boucles d'oreilles de sa sœur, un crayon sans pointe et une brassière à moitié achevée. Elle a envie de les lire, mais elle ne le fera pas.

Pas encore.

Elle ne le fera pas. Elle craint de trahir Hortensia, d'offenser Felipe, d'ôter à la petite la chance d'être la première à lire les mots écrits par sa mère.

Pepita ignore encore qu'elle finira par perdre cette réticence. Et ce sera doña Celia qui l'aidera à franchir le pas.

— Allez, apporte-moi le bébé, je vais la coucher, moi.

Les bras de Pepita gardent encore quelques instants la position maternelle et son corps poursuit son balancement au rythme du bercement du bébé, déjà étendu dans la corbeille.

— Allons, ma fille, termine la brassière de la petite, ça grandit vite. Faut bien qu'elle l'étrenne un jour !

Doña Celia a arrêté le balancement de Pepita ; elle la prend par les épaules et la regarde dans les yeux.

— Tu as une nièce, et tu m'as, moi.

— Et j'ai une flemme qui m'engourdit jusqu'au bout des ongles, señora Celia. Et une fatigue qui ne passe pas.

— Elle passera, ma fille, elle passera.

Doña Celia répète qu'elle passera. Et elle lui prend les mains.

— Que caches-tu ?

C'est un petit bout d'étoffe coupée aux ciseaux.

— Tu veux le garder, ma fille ?

— Oui, pour toujours.

— C'est bien, mais c'est pas la peine que tu le gardes dans la main.

Doña Celia ouvre le cahier qu'Hortensia a intitulé « Pour Tensi ».

— Tu peux le garder là.

Et en l'ouvrant, une lettre tombe par terre.

« Ma petite sœur, ma petite sœur chérie : »

— C'est pour moi ! Hortensia m'a écrit à moi aussi !

Oui, lors de sa dernière nuit, dans la chapelle de Ventas, Hortensia a écrit une lettre qui vaincra la pudeur de Pepita. Elle lui demande de s'occuper de Tensi et de lire le cahier à haute voix, pour que sa fille sache qu'elle sera toujours avec elle. Elle lui demande aussi de lire le cahier de Felipe, « comme cela, la petite apprendra à connaître son père », et qu'elle lui remette ses boucles d'oreilles quand elle sera grande. Et lui donne des instructions pour terminer la brassière, parce qu'elle n'a pas eu le temps de le faire, « ... au point de croix, il manque deux rangées pour que ce soit bien froncé ».

La lettre est longue. Deux feuilles écrites recto verso que Pepita lira avec empressement. Deux pages qui seront sa tristesse et sa consolation.

— Elle s'est aussi souvenue de vous, señora Celia. Elle dit de ne pas m'éloigner de vous ; que votre affection, je ne la trouverai nulle part ailleurs. Et que vous êtes la bonté même, señora Celia, la bonté même.

— Elle dit cela ?

— Exactement. Et elle a entièrement raison.

Pepita s'est levée de sa chaise. Elle montre la lettre à sa patronne en la pointant du doigt :

— Regardez cette ligne, ici : « la bonté même ».

Doña Celia lit les mots que Pepita a répétés à voix haute et minore leur importance :

— On fait ce qu'on peut.

— Même ce qu'on peut pas, vous le faites, et ça, vous pouvez pas le nier ; jamais je vous remercierai assez pour tout ce que je vous dois. Quand le señorito m'a renvoyée, vous m'avez accueillie comme votre fille et vous m'avez obtenu des travaux de couture ; les trousseaux de mariée les mieux payés de tout Pontejos. Si vous n'aviez pas été là, j'aurais filé depuis longtemps à Cordoue, toute seule, sans même un chien pour me tenir compagnie. Et vous le savez aussi bien que moi. Et Celui qui est là-haut m'en est témoin, s'il y a quelqu'un là-haut.

Pepita ramasse la lettre et les cahiers et part dans sa chambre en marmonnant :

— Si là-haut il y avait quelqu'un, il n'aurait pas le cœur d'accepter ce qui se passe ici-bas.

Elle continue à parler pour elle-même, tout en sortant une boîte à gâteaux qu'elle cache sous son lit.

— Comment est-ce possible ? Comment peux-Tu permettre qu'ils exterminent la jeunesse au son des tambours ? Comment est-ce possible ? Comment peux-Tu nous enlever les meilleurs à coups de peloton d'exécution ?

Elle range à l'intérieur les cahiers, la condamnation, la trousse de couture de sa sœur et ses boucles d'oreilles ; et replace la boîte en fer-blanc sous le lit.

Plus tard, quand la petite se réveillera, Pepita lira pour elle. Pour l'instant, elle va terminer la brassière que la mère de la petite avait commencée.

Pepita s'assoira dans la cuisine et se mettra à coudre, comme tous les après-midi. Elle achèvera de tricoter la brassière et Tensi pourra l'étrenner le dimanche des Rameaux.

— Qui n'étrenne rien ce jour-là, se retrouve sans main, comme dit le proverbe. Et elle continuera à confectionner des trousseaux de mariée pour le magasin de Pontejos qui les lui paie si bien. Elle aime coudre, cela lui plaît bien plus que d'aller ramasser la charbonnaille à la gare, et plus que de servir chez des inconnus. Don Fernando lui a rendu service en lui donnant congé. Il ne lui a pas donné d'explications, mais elle sait qu'il préfère la savoir loin. Elle le sait. Don Fernando a peur. Il a peur et cela se voit sur sa figure. Sous toutes les coutures, cela se voit. Elle sait que don Fernando préfère garder ses distances pour qu'elle ne voie pas la peur qui lui ronge le visage quand elle est en face de lui. Parce que cela se voit, cela se voit bien, même lorsqu'ils ne font que se croiser dans la rue et qu'il lève son chapeau. Il la regarde sans vouloir la voir et il continue son chemin sans s'arrêter. Il la regarde subrepticement, pour éviter que la peur ne lui embrouille le regard quand il cligne des yeux. Et plus il cligne des yeux, plus cela s'embrouille. Bonjour, Bonsoir, c'est la seule chose qui lui sorte de la bouche. Et elle répond Bonjour, Bonsoir, señorito, même si ce n'est plus son señorito et s'il ignore qu'il lui a rendu service en cessant de l'être. À présent, elle gagne sa vie sans avoir à servir chez quiconque, uniquement en cousant, et avec les miettes de pain qu'elle recueille dans son sac de velours. Cela aussi, elle le fait avec plaisir. Et elle se promène tous les dimanches après-midi dans le parc du Retiro, en compagnie de la petite et de la señora Celia. Don Fernando lui fait presque de la peine quand elle le voit s'en aller rapidement, pensant qu'il peut fuir la peur. Mais il ne peut pas, parce qu'elle est ancrée dans ses yeux. Il lui fait presque de la peine, oui, presque, parce que la peine, ce qui s'appelle de la peine, elle n'en éprouve guère pour lui ; elle a déjà bien assez avec sa propre peine, car cette amertume de la vie ne s'arrange pas. En dehors de cela, il n'y a qu'une seule autre chose qui la chagrine, une seule, elle a déjà tellement de chagrins. Elle n'a pas reçu de nouvelles lettres de Jaime, et les mois passent.

Oui, les mois passent. Et ils continueront à passer. Pepita continuera à aider doña Celia à faire le ménage de la pension les matins, et elle coudra les après-midi, attentive à la sonnette, guettant la porte, attendant le facteur, et une nouvelle lettre de France.

Toujours dans l'attente et la crainte qu'on sonne à la porte. Toujours à compter les mois qui passent sans que le facteur ne prononce son nom.

2.

Peut-être le temps se mesure-t-il en mots. En mots qui se disent. Et en mots qui ne se disent pas. Pepita lit encore une fois les cahiers d'Hortensia. Encore et encore. Un jour et puis un autre. Un mois. Et un autre mois. Pepita compte les pages des cahiers bleus et les fois qu'elle les a lues pour Tensi, pendant que Tensi grandit.

Et elle compte les jours et les mois qui passent sans nouvelles de France, identiques les uns aux autres, dans le silence. Oui, le temps c'est aussi la durée du silence.

Il faut apprendre à vivre dans l'attente. Il faut apprendre à respirer lorsque le facteur sonne à la porte, et que l'on redoute une lettre de France avec la même force qu'on la désire. Il faut savoir faire la distinction entre soulagement et déception quand on laisse échapper un soupir en voyant repartir le facteur. Et quand on reste les mains vides.

Cela fait combien de temps que Jaime Alcántara a envoyé sa dernière lettre de France ? Une seule lettre. Et pourquoi n'a-t-il pas continué à écrire ? Combien de temps qu'elle est revenue des sous-sols du ministère de l'Intérieur ? Il faut savoir distinguer une peur d'une autre. Paulino n'est pas mort. Jaime Alcántara doit écrire pour dire à Pepita que Paulino n'est pas mort. Le désir de recevoir une lettre est plus fort que la peur d'aller la présenter au ministère. Il faut apprendre à vivre en silence. Jaime Alcántara n'a plus écrit.

Pepita enlève un reste de bouillie qui colle à la commissure des lèvres de Tensi. Elle fait glisser la cuillère le long des lèvres et la remet dans la bouche du bébé en ouvrant et en fermant la sienne, au rythme des mouvements de lèvres de la petite.

— Une cuillerée pour maman.

Elle tourne la tête, et regarde avec anxiété dans la

direction de la porte de la cuisine. Elle tend l'oreille. La cuillère s'arrête dans le vide. Elle attend.

Elle attend, parce qu'on a sonné à la porte.

Elle attend, et entend sa patronne dire :

— Bonjour.

Et une autre voix, répondre machinalement :

— Bonjour.

C'est la voix du facteur. Pepita se lève d'un bond et attend devant la porte avec la petite fille dans ses bras. Elle a lâché la cuillère et s'accroche à sa nièce.

Doña Celia entre dans la cuisine, une enveloppe à la main.

— C'est pour moi, c'est Gerardo.

Pepita laisse échapper un soupir et regarde doña Celia. Puis la lettre. Doña Celia montre la lettre de son mari qu'elle tient à la main. Elle perçoit l'inquiétude qui transparaît dans les yeux bleu océan.

— Me parlez plus de patience, je vous en supplie, m'en parlez plus. Quoi qu'il arrive, demain je vais à Ventas.

— Ma fille, t'as pas assez souffert comme ça ?

— Ça, j'en ai pris plein la tête, et même plus que mon compte, mais cette fille peut me dire ce qu'il devient ; de toute façon, demain je vais la voir.

— C'est dangereux, Pepita, les nôtres se font prendre comme des mouches, et cette fille peut être surveillée.

— Les nôtres, les nôtres ! Et moi, avec qui je suis ?

— Te mets pas dans cet état.

— Avec qui je suis, on peut savoir ?

— Mais, pourquoi tu te fâches comme ça ? T'as jamais voulu t'engager !

— J'ai pas voulu, et je ne voudrai jamais. Manquerait plus que ça ! Plutôt mourir !

— Alors ?

— Alors, je vais vous dire, comme je suis avec personne, je peux faire ce qui me plaît. Et pas plus tard que demain, j'irai à Ventas, parce qu'un jour, cette fille m'a donné une lettre de lui, et si ça se trouve, elle en a une autre pour moi. Et moi, ça fait des mois et des mois que j'attends ici parce que ce maudit Parti vous a avertie qu'il faut que je me tienne tranquille et que je garde patience. Et de la patience, j'en ai plus. Écoutez bien ce que je vais vous dire, señora Celia, croyez pas tout ce que vous dit le Parti, parce que si c'était vrai que les Alliés allaient venir renverser Franco, tout le monde resterait pas terré dans son coin.

Ce n'était pas la première fois que toutes deux discutaient. Pepita ne pouvait pas comprendre la discipline du Parti. Elle avait du mal à concevoir que doña Celia accepte les décisions que d'autres prenaient pour elle. Elle avait du mal à admettre qu'elle ne discute jamais les ordres qu'elle recevait ; qu'elle trouve normal de recevoir des ordres d'on ne sait où, comme Hortensia, et comme Carmina, la femme qui étendait le linge sur le balcon. Tous morts.

— Vous savez pourquoi ils restent terrés ? Vous le savez ? Si vous le savez pas, je vais vous le dire, moi. Parce que la guerre est finie, malgré le mal que vous autres vous vous donnez ; et ici, personne n'a plus envie de continuer la guerre. Nous sommes plus morts que vivants. Et tout seuls. Nous sommes tout seuls. C'est terminé. Point final. Personne va venir nous sauver. Personne. Et vous autres, vous persistez à dire « les nôtres », « les nôtres », comme si c'était un monde à part. Et les autres ? Je veux plus jamais que vous me disiez « les nôtres ». Je veux pas que ceux qui se figurent détenir la vérité dans leur poing levé me disent ce que je dois faire ; ceux-là ne me commandent pas et ce qu'ils disent ou non me fait ni chaud ni froid ; moi, j'ai à obéir à personne. Je fais partie des « autres ». Et nous, les autres, on est fatigués. Très fatigués. Et on en a par-dessus la tête. Vous comprenez ?

Doña Celia ne répondit pas. Elle savait que Pepita avait besoin de faire éclater son désespoir, et qu'elle n'allait pas tarder à fondre en larmes pour extérioriser son impatience. De sorte qu'elle s'approcha de la jeune fille, pour offrir une épaule compatissante à ses pleurs.

— Me parlez plus jamais des « nôtres », je veux plus en entendre parler, señora Celia. M'en parlez plus ; moi, il y en a qu'un que j'aime, et je sais même pas s'il est encore en vie. C'est tout ce que je veux savoir. Et la fille qui l'avait reçu chez elle va me le dire. Elle va me le dire, parce que demain je vais aller lui demander. Et elle va me le dire.

Alors, elle s'est mise à pleurer. Doña Celia la connaissait bien, et lui a ouvert les bras quand elle s'est approchée de son épaule.

— J'y vais demain. Demain, et pas plus tard.

— Il est possible qu'elle ne sache rien.

Pepita se blottit dans les bras de doña Celia, et murmure entre deux sanglots, sans que sa patronne l'entende :

— Son grand-père saura, lui.

3.

La petite dans les bras, Pepita parcourt la file d'attente à la recherche d'Amalia. Elle observe avec anxiété la foule qui, le jour de la Merced, est plus nombreuse que d'habitude. Mais la fille de Sole n'est pas encore arrivée à la prison de Ventas. Elle n'est pas parmi les adultes qui font la queue, et qui tentent de maîtriser les enfants qui courent dans tous les sens. Les injonctions « Restez tranquilles ! » se mêlent aux rires d'enfants tandis que Pepita avance plus lentement qu'elle ne le voudrait à cause du poids de la fillette. Et, parmi les rires, elle distingue celui du petit garçon de Reme. L'enfant né tardivement et avec difficulté a lâché la main de son père et court rejoindre Pepita. Toute la famille est venue. Le petit-fils qui vit dans la province de León aussi. Saluts et embrassades ; et dans l'émotion des retrouvailles, Pepita exhibe orgueilleusement Tensi. Joie de Benjamín en prenant la petite dans les bras, et en disant qu'aujourd'hui c'est la fête des prisonniers, pauvre Benjamín. Et joie de Pepita en entendant que Reme pourra tenir dans ses bras son petit-fils qui vit à León.

Après avoir quitté la famille de Reme, et échangé les adresses avec la promesse de se revoir, Pepita poursuit son chemin à la recherche d'Amalia. En atteignant les premiers rangs de la file, une voix l'arrête :

— Señorita Pepita.

Don Javier Tolosa lui tend la main.

— Que faites-vous par ici ? Ça fait tellement longtemps qu'on ne s'est pas vus, comment allez-vous ?

— Bien, merci.

La jeune femme retient le voile noir qui s'échappe de ses cheveux, et le vieil homme remarque son deuil. Et se désole :

— J'ai appris pour votre sœur. J'aurais voulu vous envoyer mes condoléances, mais j'avais pas votre adresse. Même si c'est un peu tard, je vous exprime toute ma sympathie. Vous savez que je vous apprécie beaucoup, et je suis réellement de tout cœur avec vous.

— Je vous en remercie.

Le visage émacié du grand-père inquiète Pepita :

— Vous allez bien ?

Le poids de la fillette oblige la jeune femme à changer de bras, tandis que don Javier répond par une question :

— Qui est cette petite beauté ?

— C'est ma nièce. Regarde, Tensi, fais un bisou à ce monsieur si gentil.

Pepita se pencha et approcha la frimousse du bébé près du visage du vieil homme. Mais la petite ne savait pas embrasser et tendit sa joue pour recevoir un baiser.

— Vous êtes malade, señor Javier ?

— J'ai attrapé froid, rien de grave.

— Vous avez mauvaise mine.

— « Homme souffreteux vit bien plus vieux », ne vous inquiétez pas. On dirait que vous avez vu un fantôme.

— Il y en a un que j'aimerais bien voir, de fantôme.

Pepita n'ose pas lui demander de nouvelles de son petit-fils. Don Javier Tolosa aussi aimerait demander si Pepita sait quelque chose, mais il ne le fait pas.

Tous deux interrogent les yeux de l'autre, espérant une réponse sans avoir formulé de question. Tous deux cherchent le regard complice qui chassera la peur de demander. Et la peur de savoir.

Au bout de quelques secondes passées à se dévisager, Pepita se décida à parler. Elle regarda d'un côté et de l'autre, prit le vieil homme par le bras et demanda à ceux qui les suivaient de garder leur place dans la file.

— Vous pourriez nous garder la place un petit moment, s'il vous plaît ?

Et ils s'éloignèrent de quelques mètres.

Pendant un instant, don Javier respira profondément. Il reprit courage, pensant que Pepita s'apprêtait à libérer son angoisse. Peut-être son petit-fils n'est-il pas mort. Pendant un instant, un court instant, il pensera que Pepita lui apporte de bonnes nouvelles. Mais elle s'approchera de son oreille et l'interrogera à voix basse.

Et les mots qu'il entendra ne seront pas ceux qu'il aurait voulu entendre :

— Vous avez des nouvelles de votre petit-fils ?

Don Javier baissera les épaules et inclinera la tête. La déception l'obligera à garder le silence, jusqu'à ce qu'elle répète sa question :

— Vous avez des nouvelles de votre petit-fils ?

Les yeux rivés au sol, il répondra :

— La dernière fois que je l'ai vu, c'est quand vous m'avez tous les deux raccompagné chez moi. Il m'a dit qu'il ne pourrait pas entrer en contact avec moi avant longtemps, et d'être patient.

— Et depuis, vous n'avez plus eu de nouvelles de lui ?

Don Javier lèvera les yeux et baissera la voix :

— Il m'a dit qu'il était en danger, et qu'il partait très loin. Et il m'a demandé de pas lui poser de question.

Il lui a demandé de ne pas poser de question. Et don Javier a promis qu'il n'en poserait pas. Et il n'en a jamais posé. Même si les battements de son cœur s'accéléraient quand il voyait Pepita, jamais il n'a demandé de ses nouvelles, jamais, alors qu'il avait compris qu'ils s'aimaient, à la façon dont ils s'étaient regardés en le raccompagnant chez lui. Il ne lui en a jamais demandé, parce qu'il était préférable de ne pas poser de question, même s'il soupçonnait Pepita de savoir, au moins, où il se trouvait. Mais à présent, il va rompre la promesse faite à son petit-fils. Parce que beaucoup de temps est passé, et son petit-fils est peut-être mort. Il va poser la question, même s'il vaut mieux ne pas poser de question :

— Vous avez de ses nouvelles, n'est-ce pas ?

D'un geste d'une tristesse infinie, Pepita fait signe que non, en silence.

Le vieil homme cherche le regard de Pepita et découvre dans ses yeux fuyants une semi-vérité.

— Vous savez quelque chose que j'ignore, j'en suis sûr.

— Pourquoi dites-vous ça, señor Javier ?

— Parce que vous ne voulez pas me regarder dans les yeux.

— Je ne sais rien. Et si je savais quelque chose, ça sortirait pas de ma bouche. Vous voulez pas vous perdre, señor Javier ; parce que celui qui cherche sa perte finit toujours par la trouver.

— Je perdrai pas grand-chose, señorita, parce que

si j'ai perdu mon petit-fils, si c'est le cas, quand j'aurai perdu ma petite-fille, j'aurai tout perdu.

Et il baissa encore davantage la voix pour ajouter qu'Elvira allait être jugée. Il ne voulait pas prononcer le mot mort. Il avala sa salive, et dit que pour sa petite-fille, on réclamait la peine capitale. Il sortit un mouchoir de sa poche, et sécha ses larmes :

— Elle va finir face à un peloton d'exécution. Comme votre sœur, señorita Pepita, comme votre sœur.

Pepita serra la petite dans ses bras et se mit à pleurer. Tensi tira sur son voile et la regarda pleurer ; avec sa petite main, elle chercha la bouche de sa tante, ses doigts glissèrent sur ses lèvres.

La file commençait à bouger.

— Allons-y, señor Javier, on pourrait nous prendre la place.

Les parents des détenues qui se trouvaient en tête de la file entraient déjà dans la prison. Pepita prit le vieil homme par le bras. Don Javier sanglotait en répétant que sa petite-fille n'avait que seize ans.

— Entrez, et que votre petite-fille ne vous voie pas pleurer. Je vous attendrai ici.

Pepita cessa de pleurer et se remit à chercher Amalia. Elle marcha en sens contraire de la file et, en arrivant au bout, quand elle désespérait déjà de la trouver, une femme la salua en inclinant la tête. Elle portait des lunettes sombres et s'aidait d'une canne pour marcher. On aurait dit une vieille femme. Mais elle n'était pas vieille. Elle balançait d'un côté et de l'autre, en s'appuyant maladroitement sur la canne, comme si elle apprenait à marcher. Pepita dirigea ses pas dans sa direction et, ce n'est qu'une fois près d'elle, qu'elle s'aperçut que c'était la jeune fille qu'elle recherchait.

Oui, c'est Amalia, la fille de Sole, la jeune fille de Peñaranda de Bracamonte qui travaille pour le Secours Rouge.

Pepita observe ses lunettes d'aveugle :

— Que t'est-il arrivé aux yeux ?

— Je suis passée par le ministère de l'Intérieur.

Tout en répondant qu'elle est passée par le ministère, Amalia soulève ses lunettes et montre l'orbite de son œil gauche.

Vide.

Pepita se sent vaciller, et cache les yeux de l'enfant.

— Lui cache pas le visage, laisse-moi voir comme elle est jolie. Mais, pourquoi pleures-tu ? Allons, allons, ma jolie, ne pleure pas, tu deviens toute laide.

Tandis qu'elle lui montre sa nièce, Pepita sèche les larmes de la petite avec le voile, et s'approche de l'oreille d'Amalia :

— T'as des nouvelles d'El Chaqueta Negra ?

— Je connais personne de ce nom. Et toi non plus, tu m'entends ?

Devant le silence de Pepita, Amalia répète :

— Tu m'entends ?

— Si tu le connais pas, dis-moi au moins si tu sais quelque chose de celui qui est avec lui.

— Quelle jolie petite fille !

— Dis-le-moi, pour la petite, ils ont tué sa mère. Et son père, va savoir s'ils l'ont pas tué, lui aussi.

— Son père est en vie.

— Et l'autre ?

— Aussi. Maintenant, cesse de poser des questions et rentre chez toi, faut pas que l'on te voie avec moi.

Avant que Pepita ait pu lui demander autre chose, une femme s'approche d'Amalia. Elle vient de sortir du parloir, et sourit en montrant un paquet qu'elle tient à la main :

— Je l'ai.

La fille de Sole lui rend son sourire et réplique à voix basse, sans la regarder :

— Bien, très bien. Continue à avancer, t'arrête pas.

La femme qui tient le paquet dans la main regarde à droite et à gauche et continue son chemin.

Pepita aussi regarde à droite et à gauche avant d'aborder de nouveau Amalia :

— Dis-moi comment je peux entrer en contact avec eux. À l'un, je dois annoncer qu'il est veuf et qu'il a une fille ; et à l'autre, qu'on a réclamé la peine de mort contre sa sœur.

— Ils savent tout ça. Allez, va-t'en.

— Ils le savent ? Et comment le savent-ils ? Tu leur as dit ? Alors, c'est qu'ils sont revenus. C'est toi qui leur as dit ?

— Écoute, ils savent ce qu'ils doivent savoir ; celui qui leur dit ou non, c'est pas ton affaire. Maintenant, rentre chez toi, et sois patiente.

— Tu les as vus, pas vrai ? Ils sont revenus.

Amalia fronça les sourcils. Elle souleva à nouveau ses lunettes et montra la cavité de son œil gauche. Et avertit Pepita :

— J'ai dit à personne qui j'ai vu ou qui j'ai pas vu. Je l'ai dit à personne et je le dirai à personne. Rentre chez toi.

Elle ne l'a dit à personne, et à elle non plus, elle ne le dira pas. Mais elle en a déjà assez dit. Pepita va retourner chez elle. Elle va laisser Amalia. Elle la quittera en souriant. Et se dirigera vers la porte pour y attendre le grand-père d'Elvira. Son petit-fils est en vie. Elle va le lui dire.

Il est en vie.

4.

Les mères qui recevaient la visite de leurs enfants attendaient avec impatience dans la cour, scrutant la porte. Les grand-mères aussi, comme Reme, observaient l'entrée avec anxiété. Certaines se demandaient si elles allaient reconnaître leurs enfants ; d'autres étaient sûres que non. Près de Reme, une mère serrait ses mains avec une telle force, qu'elle finit par s'enfoncer les ongles dans la chair. La grille venait de s'ouvrir. Deux fillettes portant le deuil entrèrent en premier dans la cour. La plus grande n'avait guère plus de six ans, et donnait la main à la plus petite.

— C'est elles ?

— Je sais pas, ça fait quatre ans que je les ai pas vues. Je sais pas, pas du tout.

La femme s'enfonçait les ongles dans la chair et doutait. Elle avait été arrêtée avec son mari au début de la guerre, une semaine après avoir donné le jour à sa seconde fille. Les fillettes étaient restées avec leur grand-mère paternelle. La mère fut transférée d'une prison à l'autre ; on venait de la transférer de Saturrarán. Dans ce centre de détention, un couvent transformé en prison situé à la frontière entre Guipúzcoa et Vizcaya, elle avait reçu l'unique lettre de sa belle-mère ; celle-ci lui racontait que son fils était mort, et elle lui envoyait un portrait des petites. J'ai pu emprunter un peu d'argent, lui écrivait-elle, pour faire photographier tes filles et que tu puisses les voir. Mais elle n'a pas pu les voir. Ils avaient déchiré la photographie, sous ses yeux, parce qu'elle n'avait pas voulu dire la prière du rosaire ; puis, lentement, ils avaient déchiré la lettre. En arrivant à Ventas elle apprit que son mari avait été fusillé plus de deux ans auparavant.

— Elles sont en deuil ; ce doit être mes petites.

Les fillettes apeurées marchaient vers le centre de la cour, en se tenant la main. La mère s'approcha d'elles. Elle se baissa, les regarda de la tête aux pieds et leur demanda comment elles s'appelaient. En entendant leur réponse, elle poussa un soupir de soulagement.

— Je suis votre mère.

Et elle ouvrit les bras, pour les accueillir. Mais les petites ne se lâchèrent pas la main. Elles ne firent aucun pas en direction des bras maternels.

— C'est moi, votre maman.

Elle n'attendit pas plus longtemps, et les serra contre elle. Les fillettes se mirent à pleurer. Un peu plus tard, ce seront les pleurs inconsolables de la mère qui résonneront dans la division numéro deux droite.

— Mes petites me reconnaissent pas, elles ont eu peur de moi. Je leur ai fait peur.

Ses compagnes chercheront des mots de réconfort qui ne la consoleront pas :

— Non, c'est parce qu'elles sont petites et que la prison, ça les impressionne.

Reme ne veut pas entendre ses pleurs, elle s'assoit sur la chaise en paille que lui a offerte Benjamín et savoure les baisers de son petit-fils, les embrassades de son petit garçon et ses rires turbulents, le vacarme qu'il a fait lorsqu'il a couru vers elle en traînant par la main le petit qui était né à León et qui pouvait à peine le suivre dans sa course. Le regard perdu, comme Elvira, la petite rousse qui ne va pas mourir, elle savoure les baisers qu'ils lui ont donnés, et les baisers qu'elle leur a rendus. Elvira se perd dans le regard bleu profond de son grand-père, dans ses yeux bleu océan qui lui rappellent les yeux de sa mère et lui procurent toujours un peu d'apaisement. Mais, aujourd'hui, elle l'a vu pleurer. Oui, elle l'a vu pleurer, elle l'a vu essayer de sécher l'océan avec son mouchoir.

— Trêve de rêvasserie, faut travailler.

C'est Tomasa, qui frappe dans ses mains, s'approche de Sole et la tire de sa méditation. Et Sole cligne des yeux, assise sur son grabat roulé contre le mur du couloir, essayant de graver au plus profond d'elle-même les courts instants passés avec sa fille. Minute par minute. Dix minutes en tout.

— Au travail, on a dit ! Venez, Sole, voyons ce qu'on a à faire.

Amalia portait des lunettes pour aveugle. Et elle ne les a pas enlevées. Elle voyait. Sole s'était aperçue qu'elle voyait parce qu'elle répondait à ses gestes ; mais, lorsqu'elle a levé les mains, elle a remarqué sa canne. Elle avait aussi une canne.

— Sole, tu m'entends ?

Sole abandonne sa fille dans le parloir pour le claquement des mains et les cris de Tomasa.

— Comment veux-tu que je t'entende pas avec les cris que tu pousses ?

— Eh bien, on dirait pas, bon sang ; voyons ce que t'a apporté ta fille une bonne fois pour toutes.

Ce n'est pas facile de trouver les messages qu'on envoie de l'extérieur. Les paquets sont fouillés minutieusement par une gardienne qui réquisitionne tout objet à l'allure suspecte avant de les remettre aux prisonnières. Il y a longtemps que La Savate a découvert les boîtes à double fond, et on ne peut plus les utiliser.

— Si La Savate a mutilé ce paquet, nous sommes fichues.

Sole inspecte chaque objet que sa fille lui envoie. En l'occurrence, il est impératif que pas un seul mot ne soit endommagé. C'est important, parce qu'elles sont en train de préparer une évasion.

Oui, l'évasion de Sole. Il faut empêcher qu'on découvre ses fonctions dans la hiérarchie du Parti. À la suite de l'arrestation de sa fille, le Parti trouve dangereux qu'elle reste aux mains de l'ennemi.

— Attention aux poivrons.

Tomasa avertit Sole, parce que, il y a un mois, Sole a mordu dans un poivron, et a avalé, avec le morceau mordu, la moitié d'un exemplaire de *Mundo Obrero*[1], journal du Parti Communiste, écrit sur du papier bible. Nul ne s'expliqua comment ils avaient été capables de le copier avec des lettres aussi minuscules, et toutes admirèrent sa taille : peut-être un peu plus petit qu'un paquet de cigarettes.

Mais cette fois-ci, les poivrons sont vides.

Ce sera dans une gamelle, sous les grains de riz

1. Le Monde Ouvrier (N.d.T.).

d'une succulente ration de paella, que Sole trouvera un papier fourré sous la peau d'un morceau de chorizo.

— Je l'ai !

Sole déroule le papier et lit à haute voix :

« Le jour convenu est confirmé, l'invitée est d'accord.

« Le lever du rideau » se poursuit et sans changement.

Bonne chance, les mignonnes ! »

La lecture à voix haute du message par Sole provoquera un soubresaut chez Elvira. Mignonne. Elle ne connaît qu'une personne qui dise mignonne. Elle ne dira à quiconque que, dans ce mot, elle a cru reconnaître son frère. Elle ne le dira pas, mais Elvira sera attentive au moindre détail de l'opération. Elle ne le dira pas, parce que Tomasa est très méfiante, et Sole également ; et c'est possible qu'elles se disent que, si Elvira soupçonne son frère d'avoir envoyé la note, elle pourrait devenir nerveuse et ne pas jouer correctement son rôle. Mais Elvira ne deviendra pas nerveuse, non. Elle sera vigilante. Et lorsque doña Antoñita Colomé, l'invitée, feindra de s'évanouir, elle interrompra la représentation de *La Tempranica* et descendra de la scène avec toutes les autres. Tout le reste ne sera que confusion. Ce sera la confusion, pour que deux camarades déguisés avec les uniformes confectionnés par Reme à l'atelier de couture viennent chercher Sole. Elle ne dira pas qu'elle soupçonne l'un d'entre eux d'être son frère. Elle ne le dira pas, mais elle suivra de près l'opération. Et elle profitera de la confusion pour s'approcher de la porte.

5.

Le jour de la Toussaint, sous les yeux émerveillés des prisonnières, Antoñita Colomé se donna en représentation dans la prison de Ventas. Elvira la regardait avec fierté, sans pouvoir se retenir de bouger les lèvres au rythme de la chanson qu'offrait l'artiste sur scène.

Apoyá en el quicio de la mancebía
Miraba encenderse las luces de mayo[1].

Nul n'avait cru la petite rousse lorsqu'elle avait annoncé que doña Antoñita acceptait d'être la marraine de la représentation de *La Tempranica*. Nul ne pensait qu'elle répondrait à la lettre que lui avait envoyée Elvira, avec l'autorisation de La Vénéneuse, dans laquelle elle lui demandait au nom de toutes les prisonnières, et avec toute l'affection et l'admiration qu'elle ressentait pour elle, d'être la marraine d'honneur d'une zarzuela et de chanter une chanson.

Les applaudissements emplirent la cour d'un fracas jusqu'alors inédit dans la prison. Des « Viva », « Bravo » et « Formidable » s'élevèrent vers la scène quand, à la fin de sa représentation, Elvira remit un bouquet de fleurs à la marraine d'honneur. La Vénéneuse souriait avec arrogance, depuis le premier rang, debout, comme les autres. Elle aussi était fière. Elle était l'amphitryon de l'invitée la plus prestigieuse que la prison de Ventas ait jamais reçue. Elle applaudissait avec enthousiasme, surveillant du coin de l'œil

1. Adossée à la porte du gynécée
Elle regardait poindre les lumières de mai. (N.d.T.)

la chaise vide qui se trouvait à sa droite. C'est ici que doña Antoñita allait s'asseoir, près d'elle, pour assister à la représentation de *La Tempranica*. Elle la regarda embrasser Elvira qui lui remettait le bouquet, et descendre de la scène en la tenant par le bras. En arrivant à la chaise vide qui l'attendait, l'artiste caressa la chevelure rousse de la jeune fille, l'embrassa sur la joue, et lui sourit. Ensuite, elle embrassa le scapulaire qui pendait sur la robe de La Vénéneuse et s'assit. Toutes envièrent Elvira, même La Vénéneuse, parce qu'à elle, elle lui avait embrassé le scapulaire, mais elle ne lui avait pas souri. Sans à peine un regard, elle avait pris le scapulaire que La Vénéneuse lui tendait, l'avait approché de ses lèvres sans à peine l'effleurer, et s'était assise à sa droite, puis avait regardé devant elle.

La prison s'était transformée en un gigantesque amphithéâtre. La cour n'était pas assez grande pour héberger toute la population carcérale, de sorte qu'on avait permis aux prisonnières qui n'avaient pas de place de se poster aux fenêtres, loges improvisées donnant sur un parterre bondé de détenues et de gardiennes qui ne voulaient pas manquer l'occasion d'admirer la Colomé. Dans les derniers rangs, près de la grille, se trouvait don Fernando, qui avait demandé l'autorisation d'assister au spectacle avec sa femme, doña Amparo. Tous deux auraient dû être assis à côté de La Savate, au premier rang, si doña Amparo n'avait pas décliné l'invitation prétextant qu'elle préférait être près de la porte par peur de la foule. En réalité, doña Amparo avait peur des recluses. L'aspect de ces femmes faméliques la saisit d'effroi au premier regard, et elle préféra ne pas se mêler à elles.

— Lever du rideau !

Cria Tomasa depuis les coulisses. Et les autres actrices qui jouaient dans la pièce répondirent :

— Lever du rideau !

Le premier acte démarra. Tomasa joua à la perfection le rôle qui aurait dû être joué par Hortensia, La Moronda. De la scène, Elvira, dans le rôle de María, ne quittait pas des yeux Antoñita Colomé. Lors du second acte, Reme cria plus que jamais en chantant *La Tarántula*, dans le rôle de Gabriel :

No se mata con piedra ni palo.
Maldita la araña que a mí me picó.

Le signal convenu. *La Tarántula*. Lorsque la troupe d'actrices au complet, contrairement au livret de Julián Romea, envahirait la scène et que toutes les voix s'uniraient à celle de Gabriel pour chanter *La Tarántula*, doña Antoñita ferait semblant de s'évanouir.

La troupe d'actrices rejoignit Reme. Elles chantèrent *La Tarántula* en chœur.

Le signal.

L'artiste fit semblant.

Elle s'évanouit.

Les actrices continuèrent à chanter *La Tarántula*. Elles haussèrent la voix jusqu'à s'arracher la gorge. La chanson passa par-dessus les murs et parvint à l'extérieur de la prison. De l'autre côté de la cour, deux hommes en uniforme attendaient le signal.

Maldita la araña que a mí me picó.

Le reste ne fut que confusion.

Deux phalangistes exhibèrent à la porte un ordre de transfert au nom de Soledad Pimentel, originaire de Peñaranda de Bracamonte, tandis que les actrices avaient interrompu la représentation et descendaient toutes de la scène pour s'approcher de leur marraine d'honneur. La Vénéneuse éventait l'actrice évanouie. La Savate réclamait à grands cris qu'on fasse venir un médecin. Tomasa vociférait qu'elle avait vu un rat. Les prisonnières qui occupaient la cour crièrent à leur tour et se mirent à courir de tous les côtés. Celles qui étaient postées aux fenêtres voulurent descendre. Et descendirent. Le médecin mit du temps à atteindre le premier rang. La femme du médecin resta derrière. La cafteuse tentait de la calmer. Sole se tint près de la porte qui donnait sur le couloir de sortie. Reme et Tomasa se postèrent à ses côtés. Elvira courut vers elles. La fonctionnaire de garde à la porte courut vers le centre de la cour. Les sentinelles qui surveillaient l'extérieur de la prison la suivirent et les deux phalangistes qui portaient l'ordre de transfert également. Elvira les vit arriver. Elle scruta le visage des deux hommes. Sole quitta Reme et Tomasa et fit un pas en avant :

— C'est moi Soledad Pimentel.

Les phalangistes la prirent chacun par un bras.

— Suivez-nous !

L'un d'eux regarda Elvira dans les yeux et lui ordonna d'une voix rude :

— Toi, viens par ici.

Elvira caressa la petite tête noire de la ceinture de Joaquina qu'elle gardait toujours dans sa poche, et s'approcha. Il la prit par un bras, comme Sole. Et tous quatre firent demi-tour.

Parfois, il faut demander l'autorisation de Dieu avant d'entreprendre quelque chose. D'autres, il ne faut pas craindre de provoquer sa joie, ou sa colère.

Mais avant que les phalangistes aient atteint la porte de sortie, La Savate criera dans leur dos :

— Halte !

Le plus jeune se retourne vers elle, irascible :

— Depuis quand arrête-t-on les sauveurs de la patrie ?

— Bien, c'est que vous partez sans..., et comme vous emmenez deux prisonnières, alors...

Le phalangiste lui tend l'ordre de transfert en même temps qu'il enjoint la gardienne d'ouvrir la porte.

La Savate lit le papier et bafouille à nouveau :

— Ici, y en a marqué qu'une seule. Et vous, vous en emme..., eh bien celle-là, avec l'autre.

— Celle-là, je l'emmène pour moi, je la ramènerai demain matin.

— La dernière qu'ils ont emmenée comme ça, ils me l'ont rendue comme une loque.

— Et alors ?

— La directrice a dit qu'on n'en emmènerait plus aucune sans les papiers nécessaires.

— Appelez la directrice, et finissons-en.

Du fond du couloir, un groupe important de personnes s'approchait. Parmi eux, marchait don Fernando, accompagné de sœur María de los Serafines. Le médecin portait doña Antoñita Colomé dans les bras. Sa femme, doña Amparo, impressionnée, le suivait sans quitter des yeux la silhouette pâle et merveilleuse de la Colomé. Mercedes marchait à côté d'elle, également en extase. Reme et Tomasa surveillaient de près la cafteuse. La Savate courut vers La Vénéneuse et lui montra l'ordre de transfert de Soledad Pimentel.

— C'est bien, qu'ils l'emmènent, vous voyez pas que je suis occupée ?

— Mais c'est qu'ils en emmènent une autre.

— Pour l'amour de Dieu, fichez-moi la paix !

La Savate insista à nouveau. Et doña Antoñita fit mine de glisser des bras de don Fernando.

— Attention, elle tombe, elle tombe ! Vous voyez pas qu'elle tombe ?

Sans d'autres contretemps, les deux phalangistes franchirent la porte de sortie, emmenant les deux prisonnières. Reme et Tomasa sourirent en voyant s'éloigner leurs camarades, qui feignaient de marcher à contrecœur. La cafteuse les vit sourire.

Une fois dehors, lorsqu'ils se trouvèrent au coin de la rue Alcalá, loin de la prison, le plus jeune des deux hommes caressa la chevelure de la petite rousse :

— Qu'est-il arrivé à tes cheveux, mignonne ?

L'artiste était encore évanouie.

6.

Les deux uniformes de la Phalange que Reme avait confectionnés pour l'évasion de Sole n'étaient pas les seuls habits à être sortis en cachette des sous-sols de la prison. Ce n'étaient ni les seuls, ni les premiers. Cela faisait longtemps que l'atelier de Ventas approvisionnait la guérilla en vêtements chauds. Reme avait découvert comment tromper la surveillante qui comptait le tissu, le fil et le temps nécessaire à la confection d'un vêtement. Cette dernière surveillait le premier métrage et était présente lors de la confection du premier vêtement. Ensuite, elle distribuait le matériel nécessaire, selon ses calculs, pour les autres pièces et se contentait de sillonner l'atelier d'un bout à l'autre sans prêter grande attention aux ouvrières. Le truc consistait à changer la position des patrons sur le métrage du tissu. Les coupeuses remettaient trois pièces aux ouvrières, quand la surveillante avait calculé qu'il y en aurait juste assez pour deux. Coudre plus vite, utiliser le moindre bout de fil et cacher le troisième vêtement sous sa propre robe lorsque la gardienne avait le dos tourné, était une question d'adresse. Et plus on répète l'acte, plus on est adroit. Manteaux, chemises, pantalons, toutes sortes de vêtements gonflaient les jupes des prisonnières en sortant de l'atelier. L'habileté de Reme était incroyable, et on ne comptait pas le nombre de vêtements passés clandestinement sous ses jupes. En revanche, Tomasa les manipulait avec une certaine maladresse. Lorsqu'elle avait appris que les sous-sols de Ventas avaient été transformés en centre de production pour la guérilla, la fille d'Estrémadure au teint couleur olive s'était inscrite à l'atelier. Elle avait appris rapidement ; elle lésinait sur le fil destiné aux uniformes de l'armée et utilisait celui qu'elle avait mis de côté pour coudre les vêtements destinés aux hommes et aux femmes du maquis. Mais elle était encore incapable de cacher quoi que ce soit sans risquer de se faire découvrir. De sorte que, quand elle venait de terminer un vêtement, elle le remettait à Reme.

— Reme, Reme.

— Quoi ?

— Tiens.

C'était le jour des Cendres. Le jour où Reme et Tomasa se sentirent plus seules que jamais à leur retour de l'atelier de couture dans la division numéro deux droite, en rang, en silence et en ordre. Deux manteaux gonflaient la jupe de Reme.

— Aujourd'hui, on a bien bossé.

— Oui, on a bien bossé.

Le ton de leurs voix dénonçait la tristesse des deux femmes. La nostalgie qu'elles éprouvaient à l'égard de leurs camarades se mêlait au chagrin qu'elles avaient ressenti en les voyant partir. À cette confusion des sentiments, s'ajoutait la joie, oui, la joie qu'elles avaient eue en les regardant s'éloigner vers la porte de sortie.

— Regarde, Reme, ils ont ouvert la porte de la cage.

— Et maintenant elles sortent, Tomasa, elles sortent.

Reme et Tomasa furent émues de les voir libres, de se sentir libres, elles aussi, un court instant. Libres, de les voir libérées. Mais, ensuite, lorsqu'elles firent demi-tour pour se diriger, seules, vers la cour, la liberté de leurs camarades renforça leur sentiment d'enfermement.

Toutes seules.

— T'as faim ?

— Évidemment que j'ai faim, comment veux-tu pas crever de faim, nom de Dieu !

Toutes tristes. Tomasa pense à ses fils. Elle pense toujours à ses fils lorsqu'elle est triste, entraînés en aval par le courant du fleuve.

— Reme.

— Quoi ?

— Tu crois que ce qui est emporté par le fleuve réapparaît ensuite dans la mer ?

— Tout ce qui est emporté par le courant se retrouve au fond de la mer.

Cette nuit-là, lors de la réunion du Parti, dans la salle des douches, Tomasa et Reme devaient s'intégrer à une nouvelle famille. Comme Reme recevait des paquets, et pas Tomasa, elles cherchèrent un groupe déjà équilibré. Elles se joignirent à celui de quatre prisonnières dont seules deux recevaient des paquets. C'était la famille de la femme qui avait pleuré le jour de la Merced parce que ses filles ne l'avaient pas reconnue. Reme lui demanda son nom.

— Josefina.

— D'où es-tu ?

— De Gijón.

Et Tomasa lui demanda si, là-bas, il y avait la mer.

Reme et Tomasa abandonnèrent leur place dans le couloir central, et s'installèrent à l'intérieur de la cellule qu'occupait leur nouvelle famille, près d'un autre groupe de six prisonnières. Au moment où Josefina leur montrait les deux dalles auxquelles chacune aurait droit, la voix de La Savate appela au comptage. La gardienne avait passé la journée à attendre le retour d'Elvira. Épiant le registre des entrées, elle allait et venait, et comptait et recomptait les prisonnières, comme si, à force de les compter, elle pouvait faire réapparaître la jeune fille rousse.

Mais Elvira ne reviendra jamais à la prison de Ventas.

Non.

La Savate ne sait pas qu'Elvira ne reviendra pas. Elle ne sait pas non plus que l'ordre de transfert de

Sole était un coup monté. Elle ne sait pas qu'Antoñita Colomé ne s'est jamais évanouie. Elle effectue à nouveau un comptage inhabituel et, en arrivant à Tomasa, recompte en sens inverse.

— Quand est-ce qu'ils ramènent Elvirita ?

La Savate ne répond pas ; et Tomasa répète la question :

— Quand est-ce qu'ils ramènent Elvirita ?

L'insistance de la femme d'Estrémadure au teint couleur olive ne fait qu'accroître l'inquiétude de la gardienne. Tomasa le sait. Elle la regarde dans les yeux et attend un instant avec la perverse intention de répéter sa question si elle n'obtient pas de réponse. La Savate soutient son regard et, avant qu'elle ne tourne les yeux, une voix dans son dos réclame son attention :

— Sœur María de los Serafines demande que vous ayez l'obligeance de vous rendre à son bureau.

C'est Mercedes. Ses mots n'attendent pas le bon vouloir de La Savate, ils lui intiment un ordre.

L'ordre de La Vénéneuse fait trembler La Savate. Tomasa savoure la terreur que dénonce le rictus de sa bouche. La coiffure de Vive l'Espagne vire sur la tête dressée qui pivote à ce moment-là.

— Quoi ?

— Sœur María de los Serafines vous appelle à la Direction.

Les prisonnières de la division numéro deux droite verront partir La Savate, regard droit devant elle. Ce sera la dernière fois qu'elles la verront.

La Savate ne reviendra pas faire tinter ses clés en fermant les portes métalliques du couloir central. Elle ne reviendra pas exhiber un bonbon jaune entre ses lèvres rouges en surveillant les détenues dans la cour. Elle ne reviendra pas murmurer à voix basse la litanie qu'elle fredonne au parloir, le dernier communiqué de guerre. Elle ne reviendra pas manifester son mépris, encore et encore, en regardant les familles et les prisonnières. *L'armée rouge, captive et désarmée.*

Nul ne reverra plus La Savate à la prison de Ventas.

Et nul ne la réclamera.

7.

Les premières journées dans le Cerro Umbría se révélèrent, pour Elvira, le défi le plus important qu'elle eût jamais à affronter. Elle, et seulement elle, devait prouver à Mateo que son frère n'avait pas commis une folie. Le premier jour, et en dépit des réticences de Mateo, elle le consacra uniquement à jouir de sa première journée de liberté.

— T'as failli faire capoter l'opération. Les intérêts personnels doivent pas entrer en compte, ça paraît dingue que tu saches pas encore ça, merde.

— T'aurais fait la même chose, Mateo, fais pas chier. T'aurais fait la même chose et t'aurais fait pareil.

— Ce que j'aurais fait ou non n'a pas d'importance. Mais ce dont je suis sûr, c'est que ça va lui coûter cher à la gamine. Tu devrais laisser Amalia l'emmener.

— Pas question. Elle reste avec moi.

Assis sur un rocher, leurs armes entre les jambes,

les deux hommes fumaient une cigarette en attendant que Sole et Elvira se changent. Eux-mêmes s'étaient déjà changés ; ils avaient rangé leurs uniformes de phalangistes dans leurs sacs à dos. Amalia restait debout. À quelques mètres du rocher, elle leur tournait le dos, appuyée sur sa canne, le regard perdu vers l'horizon. Elle venait de dire à Jaime que Pepita était venue la voir à la porte de Ventas.

— Elle est venue me demander de tes nouvelles.

— Comment va-t-elle ?

— Elle est inquiète.

— Elle sait que je suis revenu ?

— Elle le devine. Tu veux qu'on lui dise ?

— Non.

La maintenir à l'écart. Jaime veut la maintenir à l'écart. Depuis qu'il a appris que la lettre qu'il lui a envoyée de France l'a menée droit dans les sous-sols du ministère, il ne lui a plus écrit. Il ne la mettra plus jamais en danger.

— Quand tout ça sera terminé, j'irai la chercher.

Mateo l'écoute et pense à sa fille.

— J'irai chercher ma fille.

— Elle la portait dans les bras.

— Comment est-elle ?

— Très belle.

Les femmes ne tardèrent pas à les rejoindre. Elles avaient revêtu des pantalons et des blousons trop grands pour elles. Le sourire lumineux d'Elvira contrastait avec l'allure préoccupée de Sole. Amalia se retourna en les entendant arriver ; sa mère s'approcha d'elle et la serra à nouveau dans ses bras, avec une émotion aussi intense que celle ressentie en l'embrassant à l'angle des rues Alcalá et Manuel Becerra, où Amalia attendait les fugitives pour les conduire dans le maquis.

— Qu'est-ce qu'ils t'ont fait, ma fille !

— Je vais bien, on n'a pas besoin de deux yeux pour voir. Et la jambe me fait pas mal. T'as pas vu comme j'ai grimpé jusqu'ici, maman ? Allons-y.

Elvira tournoyait sur elle-même pour montrer son costume à son frère :

— Regarde, Paulino, est-ce que j'ai l'air d'un garçon ?

Oui, elle ressemblait à un garçon.

— Je m'appelle plus Paulino.

— Ah bon ?

— Non.

— Et comment t'appelles-tu ?

— Jaime. Ça te plaît ?

— Jaime. Oui, c'est joli.

Elle resta pensive un moment puis retroussa les manches de son blouson, et sans perdre son sourire, demanda :

— Et moi, je m'appelle toujours Elvira ?

Amalia remonta les manches de la veste de sa mère et s'adressa à Jaime Alcántara, qui enfonçait sa casquette sur sa tête.

— La bande d'El Tordo vous attend au point de rencontre d'El Pico Montero, à midi.

— Combien sont-ils ?

— Dix-sept.

— Trop nombreux, faudra faire deux groupes.

El Chaqueta Negra était revenu de Toulouse avec deux missions. L'une, libérer immédiatement Soledad Pimentel, avant que l'ennemi découvre qu'elle appartenait à la direction du Parti à Salamanque, et l'envoyer en France, avec sa fille, afin d'éviter de faire courir des risques aux autres responsables du Parti. La seconde, réorganiser la guérilla et constituer le Mouvement Guérillero du Cerro Umbría. Tous les partis de la gauche espagnole en exil avaient uni leurs forces en un bloc antifranquiste, l'Union Nationale Espagnole, qui obligerait les Alliés à intervenir lorsque la guerre prendrait fin en Europe ; pour cela, il était nécessaire d'organiser une véritable Armée de Guérilla pour prouver qu'en Espagne, la lutte armée continuait.

— Il est encore temps que tu penses à Elvira, laisse-la partir avec Amalia.

— Je t'ai déjà dit qu'elle reste avec moi, Cordobés.

Elvira craignait que l'insistance de Mateo finisse par vaincre la volonté de son frère de l'emmener dans le maquis. Depuis qu'ils étaient sortis de Ventas, et qu'ils s'étaient mis à marcher vers la rue Alcalá, Mateo n'avait eu de cesse de répéter qu'emmener Elvira dans le maquis était une folie. Amalia était d'accord avec lui, et dès les premières minutes, elle proposa que la jeune fille rousse reste avec elle, à Galapagar.

— La maison de Galapagar est un lieu sûr. Elle y sera en sécurité, et tu pourras venir la voir de temps en temps.

Mais Jaime ne se laissa pas convaincre. Il n'abandonnerait plus jamais sa sœur.

— Elle vient avec moi. N'insistez pas. Toi, tu vas à Galapagar, et tu sors pas de la maison jusqu'à ce que nous y ayons amené ta mère. S'il n'y a pas de contre-ordre, d'ici trois mois, nous nous verrons là-bas.

La petite rousse respire enfin. Elle se plante à la gauche de Jaime et lui donne la main :

— Moi, je vais avec lui.

Sole et Amalia s'enlacèrent à nouveau. Elles s'embrassaient en se disant l'une à l'autre « Ne t'inquiète pas pour moi ». Sole resterait trois mois dans le Cerro Umbría, période indispensable avant d'entreprendre sa fuite vers la France. Pendant ce temps, sa fille se cacherait au point de rencontre de Galapagar. Là-bas, deux camarades les rejoindraient pour les aider à passer la frontière en traversant à pied, par les Pyrénées.

Au moment où la mère et la fille se détachaient l'une de l'autre, Jaime demanda à Amalia de faire quelque chose pour lui. Il avait peur, que, à cause de l'évasion d'Elvira, son grand-père fasse l'objet de représailles.

— Débrouille-toi pour le faire sortir de Madrid.

— T'en fais pas, je m'en charge.

— Qu'il retourne à Pampelune.

— D'accord.

Amalia commença lentement à descendre. Et les autres commencèrent à monter.

Il était six heures du soir, le deux novembre mille neuf cent quarante-deux.

Il avait commencé à pleuvoir.

8.

Mateo n'aimait pas que les femmes rejoignent le maquis. Il tolérait Sole parce qu'elle devait bientôt partir, et parce qu'Elvira lui avait raconté que c'était elle qui avait assisté Hortensia lors de son accouchement. Et il acceptait la gamine rousse parce qu'elle avait prouvé qu'elle était courageuse, comme son frère, et parce qu'elle avait appris à manier les armes comme un homme. Lui-même l'avait entraînée, lui avait appris à tirer avec son fusil et à reconnaître le son des armes à feu. Elle était capable de se servir de n'importe quelle arme ; mais elle préférait son petit pistolet qu'elle portait à la ceinture. De plus, Elvira avait une formation politique beaucoup plus avancée que la plupart des guérilleros de la bande. C'est en prison qu'elle avait appris tout ce qu'elle savait en politique. Et à l'école de campagne, elle instruisait des hommes qui ne savaient ni lire ni écrire. Elle était intelligente, et à seize ans, elle en savait parfois plus que certains, au crépuscule de leur vie. Et elle était forte. En moins d'un mois, elle avait surmonté cette fièvre qui l'accablait tous les soirs, et s'était presque débarrassée de la toux qu'elle avait ramenée de Ventas. Elle respirait goulûment l'air de la montagne et même si elle semblait être d'une petite nature, elle portait son sac à dos et son fusil pendant de longues marches sans jamais se plaindre. Elle n'avait pas trébuché une fois lorsqu'ils avaient dû marcher à reculons dans la neige pour dérouter d'éventuels poursuivants. Mais c'était une femme, même si elle ressemblait à un garçon, et les femmes ne doivent pas courir le maquis comme des chattes sauvages. Mateo acceptait Elvira parce qu'elle était la sœur d'El Chaqueta Negra. Il l'acceptait, parce qu'elle lui parlait de Tensi.

— Parle-moi de Tensi, Elvira.

— De la mère ou de la fille ?

— Des deux.

— Ta fille a les yeux plus bleus que le ciel. Et Hortensia ne t'appelait jamais Cordobés ni Mateo, elle t'appelait Felipe.

Quand Mateo lui demandait de lui parler de Tensi, Elvira lui disait toujours que sa femme l'appelait Felipe. Il aimait se souvenir d'Hortensia en écoutant Elvira.

Oui, il tolérait Elvira, parce qu'elle lui parlait de Tensi. Lorsque la gamine rousse prononçait le nom de son épouse, et ensuite le sien, il s'émouvait de les sentir réunis un instant. Hortensia. Felipe.

Mais c'était une femme, et les femmes ne doivent pas vivre dans la montagne, comme des bêtes sauvages. El Chaqueta Negra n'aurait pas dû l'amener, et il le sait. C'est pour cela qu'il la laisse sous la garde de Mateo quand la bande mène une action, comme maintenant. Son frère lui a dit qu'elle était sentinelle, et la gamine l'a cru. Mais Mateo, lui, n'est pas dupe ; le prétexte qu'elle n'ait jamais participé à un enlèvement n'est pas suffisant. Il y a toujours une première fois. Et cela ne sert à rien non plus de dire qu'elle est trop jeune ; dans la bande d'El Tordo, il y a ses deux filles, aucune n'a plus de seize ans et elles ne restent jamais à garder le campement. Mais El Chaqueta Negra traite sa sœur comme si elle était encore la petite fille qu'il avait laissée sur le port d'Alicante ; alors que cette gamine a cessé d'être une fillette en franchissant la porte de la prison pour en sortir ; ou mieux, pour y entrer, va savoir. C'est une femme, et rien que pour cette raison, il n'aurait pas dû l'amener. Non. Il n'aurait pas dû.

El Pico Montero était un amas de rochers entourés

de ronces qui surmontait un mont. Le cercle dessiné par les pierres formait en son centre une esplanade que la guérilla utilisait comme base de campement ; et, à quelques mètres des ronces, sous un petit tas de rocailles, une profonde crevasse dans la roche leur servait de réserve. Ils y stockaient des armes, des munitions et du matériel de propagande. El Chaqueta Negra installa son quartier général là-bas ; et c'est de là-bas qu'il partit avec la bande d'El Tordo pour aller séquestrer le percepteur du centre des impôts d'El Altollano ; et c'est là-bas que Mateo et Elvira attendaient son retour. Pendant qu'ils attendaient, elle lavait son linge, et lui la contemplait. La gamine rousse avait creusé une cuvette dans le sol, l'avait tapissée d'une peau de mouton, et remplie d'eau. De l'eau claire, et c'est tout. Le savon était interdit pour éviter toute tentation de l'utiliser dans la rivière, et que la mousse les dénonce. Mateo venait d'enterrer les boîtes de sardines vides, leur unique nourriture de cette journée. Il s'approcha d'elle avec l'intention de lui demander de lui parler de Tensi. Mais, en voyant l'énergie avec laquelle elle frottait un pantalon, il lui parla de la chance qu'aurait l'homme qu'elle épouserait.

— Pourquoi ?

— Parce qu'avec toi, il serait toujours propre comme un sou neuf, gamine.

— Si tu crois que je vais me marier pour laver le linge de mon mari, tu te mets le doigt dans l'œil ! Il lavera lui-même son linge. T'as tiré aucune leçon de la République, Mateo, le temps des bourgeois et des machos est révolu.

— Toi aussi, tu te mets le doigt dans l'œil. C'était

aussi un gouvernement de machos et de bourgeois. Et je ne vois pas ce qu'ils auraient bien pu m'apprendre !

— Que les hommes et les femmes sont égaux, voilà ce qu'ils t'auraient appris.

— Égaux pour quoi, pour laver le linge ?

— Et pour voter, par exemple ; c'est pas pour rien qu'ils nous ont donné le droit de vote.

— Mais quel rapport entre une chose et l'autre ? Vous les femmes, vous savez pas discuter, vous trouvez toujours le moyen de vous débiner. Je me suis trompé, c'était un gouvernement de femmelettes, c'est pour ça qu'ils vous ont donné le droit de vote. Des femmelettes mortes de trouille.

— T'es qu'un abruti, Cordobés, un âne bâté !

Mateo fit demi-tour et s'éloigna du souvenir d'Hortensia sans avoir pu l'évoquer. Elvira était une femme, même si elle avait l'air d'un garçon, et l'on ne peut pas parler à une femme sans perdre le fil de la conversation. Et encore moins de politique. Les femmes veulent tout savoir et ne veulent rien entendre. Quelques minutes plus tard, lorsqu'El Chaqueta Negra reviendra avec la bande et dira que les frères du percepteur n'ont pas voulu payer la rançon, Elvira reviendra à la charge. Elle s'approchera de Mateo et lui demandera :

— Que s'est-il passé ?

— Rien, ils l'ont exécuté.

— Qui ça ?

— Qui veux-tu que ce soit, gamine ? T'es pas au courant qu'ils sont allés enlever le type des impôts ?

Mateo percevra un léger frémissement sur les lèvres d'Elvira, lorsqu'elle demandera qui l'a exécuté, et qu'il lui répondra que cela n'a pas d'importance.

— Qui que ce soit, qu'est-ce que ça peut bien faire ? Ils lui ont tiré trois ou quatre balles dans la tête, sur place, et l'affaire a été bouclée !

Elle demandera qui a pris cette décision. Et il répondra que ces décisions ne se prennent pas.

— Les règles sont les règles. S'ils paient pas, tant pis pour eux.

Cela ne servira à rien que Mateo tente d'expliquer à Elvira qu'ils ne s'en prennent pas à n'importe qui :

— Tu crois peut-être que ce salaud qui trafique au marché noir est un agneau ? Sous prétexte qu'il appartient au service des impôts, il s'est rempli les poches sur le dos des pauvres qui crèvent de faim.

Non. Ça ne servira à rien. Elvira conservera son regard horrifié. Et Mateo abandonnera. Il lui tournera le dos et se dirigera vers la tente en toile où El Chaqueta Negra s'est réuni avec ses hommes pour planifier la prochaine action. En jetant un regard derrière lui, vers Elvira, il haussera les épaules et baissera la tête, en soupirant ; il aura un geste de découragement, en repoussant l'air à la hauteur de l'oreille, comme pour chasser une mouche. Avec les femmes, on ne peut décidément pas parler politique.

9.

La nuit accompagne les pas de deux hommes et deux femmes qui se dirigent vers la maison où Amalia attend sa mère. Les quatre personnages marchent en recherchant l'ombre des haies, pour se cacher du clair de lune. El Chaqueta Negra ouvre la marche, suivi de Sole et d'Elvira ; Mateo leur emboîte le pas. La lueur blanche de nombreux tracts dispersés par terre, ou accrochés aux branches de quelques rares arbres, se distingue dans le noir.

— Regarde.

Mateo presse la sage-femme de Peñaranda de Bracamonte, lui ordonne de continuer à marcher et de se taire. Au ton de sa voix, on sent le reproche. Il est défendu de parler lors des marches, formellement défendu. Jaime se retourne et porte son index à ses lèvres. Ils sont maintenant dans les environs de Galapagar. El Chaqueta Negra décroche son fusil de son épaule et observe au loin la première maison sur la droite, à une dizaine de mètres d'un grenier à foin. Il cherche des yeux le signal lumineux qui leur indiquera qu'ils peuvent approcher. Oui, la lumière clignote deux fois. Elle reste allumée et se remet à clignoter. Ils courent discrètement en file indienne et se cachent sous le toit du grenier à foin. De cet endroit, Jaime imite le cri du hibou. Au bout de quelques instants, une huppe lui répond.

Une fois dans la maison, Sole montrera un papier qu'elle a pris sur un arbre, et elle dira à nouveau :

— Regarde.

Elle le fera juste après avoir embrassé sa fille et s'être assurée que la blessure de sa jambe ne l'oblige plus à boiter. Elvira demandera des nouvelles de son grand-père, et Amalia lui annoncera qu'il se porte bien :

— Il est à Pampelune, chez lui. Il a souffert d'une très forte bronchite, mais il est guéri. Le Secours Rouge s'occupe de lui.

Alors, Jaime lira le papier que Sole lui demande de regarder, un des milliers de tracts dont l'armée arrose les montagnes, dans lesquels elle promet le pardon aux fugitifs qui se rendent et qui n'ont pas de sang sur les mains, et un enterrement en terre consacrée, avec une bénédiction chrétienne, aux autres.

— Ils ont fait la même chose dans les Asturies, en trente-neuf. Beaucoup ont cru ces promesses.

Mais la contre-offensive est en marche. La guérilla d'El Llano s'est chargée de distribuer des affiches sur lesquelles elle informe ceux qui ont l'intention de se rendre du sort qui leur est réservé. Tout un réseau de contacts est engagé dans une mission de dissuasion envers ceux qui éprouveraient le moindre doute. C'est ce que dit Amalia à sa mère pour la calmer.

— Les gens savent que les tracts qu'ils ont semés dans le maquis sont des tissus de mensonges. T'en fais pas, maman, et viens dîner.

Elle la prend par le bras et l'invite à passer, avec les autres, dans la cuisine.

— Je vous ai préparé des haricots avec du chorizo, comme tu aimes.

Posé sur le feu, un chaudron fume. Elvira s'approche du foyer et hume l'arôme des haricots au chorizo, en se réchauffant les mains près des flammes. Mateo la suit, attiré par le fumet du ragoût, comme un âne vers sa carotte.

— Dîner chaud.

Ils mangeront chaud. Ils n'ont pas même souvenir de leur dernier repas chaud.

— Il y a aussi du pain, du pain frais.

Sur la table, une belle miche de pain attend les nouveaux arrivants. Mateo s'assoit en premier. Il noue une serviette autour de son cou, prêt à savourer les haricots, sans attendre que les autres aient pris place. Amalia lui remplit son assiette à ras bord ; et lui, y trempe des morceaux de pain, soupire d'aise et se lèche les doigts.

Durant le dîner, les deux camarades, arrivés le matin pour accompagner Sole et Amalia en France, mettront leurs compagnons au courant de l'optimisme qui habite la gauche espagnole en exil. L'Union Nationale Espagnole envisage la possibilité d'une invasion en passant par les Pyrénées.

— Même les catholiques, les monarchistes et les carlistes se sont enrôlés dans la UNE, avec pour devise « Tous contre Franco et la Phalange ». Lorsque Hitler et Mussolini tomberont, les puissances démocratiques ne toléreront pas un pays fasciste en Europe et ils nous aideront à faire tomber Franco.

— Et ce sera bientôt, très bientôt. Quand la guerre sera terminée, la République triomphera.

L'esprit plein de rêves d'une République retrouvée, Jaime, Mateo et Elvira rempliront leurs sacs à dos de provisions. Celui d'Elvira sera chargé de couvertures, confectionnées à la prison de Ventas, et Mateo et Jaime porteront la nourriture qu'ils auront généreusement payée. Cette nuit, ils transporteront leurs sacs jusqu'au campement. Amalia et Sole quitteront leurs compagnons et partiront peu après vers la France avec les deux camarades pour guides.

Tous les adieux ne sont pas tristes.

Cet adieu-là ne fut pas triste. Quand le fascisme tombera en Europe, Sole et Amalia reviendront. Le bloc de la gauche espagnole en exil rendra leur retour possible. Et ils se reverront.

— Nous nous reverrons.
— Salut, camarades.
— Salut.
— À bientôt.
— À très bientôt.
— À la République !
Sole a levé le poing pour dire adieu en criant « À la République ! » Les autres aussi le lèvent et répondent en chœur :
— À la République !
Mais ils ne se reverront pas. Sole et Amalia ne reverront jamais Jaime, ni Elvira, ni Mateo. Jamais elles ne reviendront d'un voyage qu'elles entreprennent avec l'espoir du retour. Jamais elles ne reviendront d'une fuite qui les mènera de l'autre côté de la frontière, après avoir traversé les Pyrénées, à pied. L'enthousiasme leur fera souvent croire que le retour est possible. Mais Sole et Amalia ne reviendront pas.
Non.
Elles ne reviendront jamais.
Jamais.

10.

Le poids du sac à dos d'Elvira l'oblige à ralentir. Les couvertures que Reme et Tomasa ont envoyées de prison lui font courber le dos. Jusqu'à maintenant, elle n'avait pas ressenti de fatigue, mais ses jambes perdent de leur force. Sa respiration se fait haletante et un goût de sang lui envahit la bouche. Elle devrait s'arrêter, aspirer une grande bouffée d'air pour libérer l'angoisse de ses poumons, mais elle sait qu'il ne faut pas retarder la marche. Il faut marcher vite, atteindre le tunnel caché dans les ronces qui entourent El Pico Montero, avant que le froid forme une gelée blanche sur le sol, et que l'on puisse détecter leurs traces aux alentours du campement. Elle doit accélérer le pas. Marcher plus vite. Plus vite. Une quinte de toux alerte Jaime. Ils ne sont pas encore suffisamment loin de Galapagar. Ils sont encore trop près. C'est dangereux de tousser. Le moindre bruit est dangereux. El Chaqueta Negra s'arrête et attend sa sœur, qui est à une dizaine de mètres de lui, et autant de Mateo. L'aboiement de chiens au loin survient en même temps qu'une autre quinte de toux. Elvira met ses deux mains sur sa bouche et tombe.

— Cordobés, prends son sac.

Les aboiements des chiens continuent de plus belle. Maintenant, d'autres chiens les imitent.

— Vite.

Jaime parle le plus bas possible. Il sort un mouchoir de sa poche et l'enfouit dans la bouche d'Elvira.

— Tu peux respirer ?

La gamine rousse acquiesce de la tête.

— Quand t'auras fini de tousser, tu l'enlèves.

Elvira se relève et acquiesce à nouveau. Son frère se retourne, alarmé par les aboiements incessants des chiens. Il montre la cavité d'une roche et signale à Elvira et Mateo de le suivre. Tout en marchant, il disperse derrière lui le poivre qu'il porte dans un sac pour dérouter l'odorat des chiens. Ils continuent à aboyer. On risque de les lâcher à leurs trousses. Si c'est le cas, le poivre les arrêtera. Tous trois blottis l'un contre l'autre, dos à la paroi de la grotte, attendent en silence tandis qu'Elvira étouffe sa toux dans le mouchoir. Quelques instants plus tard, les chiens commencent à se calmer. Lorsque les aboiements se seront tus, ils reprendront leur expédition. Jaime embrassera sa sœur sur le front avant de donner l'ordre de se remettre en marche. Et Elvira essaiera d'esquisser un sourire, serrant son bâillon entre les dents.

Sans le poids du sac sur son dos, elle rattrapera le rythme de ses compagnons, mais ne se risquera pas à libérer sa bouche avant d'être arrivée au campement d'El Pico Montero.

— Je suis désolée.

Je suis désolée, dira Elvira à El Chaqueta Negra, et elle ajoutera qu'elle regrette de ne pas avoir pensé elle-même au mouchoir. Elle avait oublié la consigne : pendant les marches, un simple éternuement peut entraîner la mort. Elle le savait. Mais elle l'avait oublié. Les bruits de toux sont étouffés par le mouchoir. Cela n'arrivera plus, elle le jure. Et il l'embrassera à nouveau sur le front.

— T'es brûlante, mignonne.

Oui, son front brûle.

Surpris de voir que les filles d'El Tordo sont seules à garder le campement, Jaime ordonnera à Mateo de prendre la relève.

— Où sont les autres ?

— Partis à El Altollano.

Les filles d'El Tordo suivent Jaime, qui conduit sa sœur à l'intérieur de la tente, en la tenant par la main. Tandis qu'il l'aide à s'étendre sur un lit de feuilles séchées, et la couvre avec deux couvertures qu'il sort du sac, il continue à les interroger :

— Que sont-ils allés faire à El Altollano ?

— Passer la nuit.

— Ils vous ont pas dit ce qu'ils allaient faire là-bas ?

— Ils nous ont simplement dit qu'ils y passeraient la nuit, et que nous, nous pouvions pas y aller.

À l'aube, au retour de la bande, El Chaqueta Negra convoquera ses hommes en conseil. Devant la tente, El Tordo, haussant la voix, se défendra contre l'accusation de négligence. Et ses deux filles baisseront les yeux en entendant les mots qui traverseront la toile de la tente.

— T'as risqué la sécurité du campement pour aller au bordel ?

La fièvre d'Elvira l'empêchera d'ouvrir les yeux. Les filles d'El Tordo penseront qu'elle dort. Mais elle ne dort pas.

— C'est une maison de confiance.

— T'as mis tes hommes en danger. Tu nous as tous mis en danger.

— On avait besoin de se soulager.

— Alors, faut jouer du poignet.

— C'est pas la même chose, on en a marre de faire appel à la veuve poignet.

— Fais pas le malin.

— Je fais pas le malin, mais je te dis que parfois, faut faire comme le charpentier, mettre la cheville dans le trou.

— Fiche-moi la paix avec tes chevilles, abandonner un campement sans surveillance est une négligence grave !

— Mais il y avait mes filles !

— Écoute-moi bien, Tordo, parce que je veux pas avoir à le dire deux fois. Des fautes comme celles-ci sont punies de mort.

Elvira tente d'ouvrir les yeux. Mais ses paupières sont lourdes. Elles brûlent. Elle tremble. Les dernières paroles de son frère aggravent son tremblement. Elles sont punies de mort. Elle cherche refuge sous les couvertures. Elle cache sa tête. Le goût du dîner lui monte à la bouche. Elle a chaud. Elle va tousser. À présent, elle peut tousser. Oui. Elle a froid. Elles sont punies de mort. Elle étouffe. Elle dégage sa tête de sous la couverture. À présent, elle peut tousser. La mort. Elle se redresse. Elles sont punies de mort. Les haricots et le chorizo jaillissent de sa bouche avec une quinte de toux. Une main tiède lui touche le front. Et elle sent la main de Tomasa. D'autres mains l'aident à se recoucher, nettoient son menton et épongent sa sueur avec un chiffon propre et frais. Une serviette fraîche sur le front. Tomasa. C'est Tomasa qui rafraîchit son visage avec des serviettes froides. Reme sourit. Et Hortensia écrit dans son cahier bleu. Reme va chanter. Elvira n'essaie plus d'ouvrir les yeux. Maintenant elle se laisse emporter, elle s'abandonne. Elle se laisse doucement soigner par les filles d'El Tordo. Ses lèvres se sont entrouvertes.

— J'ai soif.

Une main lui redresse la tête et maintient sa nuque, une autre approche une gourde de ses lèvres.

Elle tremble.

— Reme, comme tu chantes mal.

Elle a froid. Un camion emporte les Treize Roses et Julita Conesa n'arrête pas de chanter. Joaquina défait sa ceinture. Joaquina a les cheveux lisses et noirs, et de grands yeux. Elles sont punies de mort. Hortensia porte treize roses dans les bras. Reme continue de chanter. Hortensia porte treize roses mortes dans les bras. Et elle caresse une petite tête noire.

— Serre-moi dans tes bras.

Elle a froid.

— Reme !

Elle crie Reme.

Elle a froid à l'intérieur.

— Reme !

Elle ouvre les yeux et les ferme à nouveau. Et se laisse emporter par la voix qui lui propose de la prendre dans ses bras. Une voix qui vient de très loin, qui vient de l'intérieur :

— Viens, mon petit ange.

11.

Le désespoir est une façon de nier la vérité, lorsque l'assumer suppose accepter une douleur insupportable. Et le corps refuse, se rebelle. Le chagrin devient rage. Et Tomasa se détruit de l'intérieur et à l'extérieur, dans un coin de sa cellule. Assise sur la chaise de Reme, elle se détruit. Parce que Reme est partie.

Oui.

Reme est partie. Et Tomasa ressasse sa peine en secouant la tête d'un côté et de l'autre. Elle se griffe le visage. Elle rumine ses lamentations. Se mord les lèvres. Regarde devant elle. Le mur. Elle regarde les dalles du sol. Se cogne la tête contre le mur. Les murs. Elle n'a pas mal. Elle se mord les lèvres et secoue la tête. Elle se griffe les bras. Ses compagnes dorment. Reme est partie.

— Qu'est-ce qui t'arrive ?

C'est Josefina, la fille des Asturies qui pleurait le jour de la Merced.

— Qu'est-ce qui t'arrive ?

Elle a été réveillée par le bruit de la tête de Tomasa contre le mur. Elle s'approche d'elle et lui prend les mains.

— T'es en train de te blesser.

Le désespoir se rebelle contre un possible réconfort.

— Laisse-moi.

Josefina insistera :

— Qu'est-ce qui t'arrive ?

Elle nettoiera le sang sur son visage, à l'aide d'un coin de son tablier.

— Il m'arrive rien, bon sang !

Cette nuit-là, et bien d'autres, la fille des Asturies empêchera Tomasa de se déchirer le visage et les bras avec ses ongles. Elle essaiera de la sortir de ce *Il ne m'arrive rien, bon sang !* Mais elle n'y arrivera pas. Parce que Reme est partie. Elle a obtenu la liberté conditionnelle. Tomasa ne la reverra pas. Elle est partie. Et Tomasa ressasse, seule, les souvenirs de Reme.

— Mets ce pull rouge, moi je vais mettre le violet, et on va prêter le jaune à la cafteuse. Et on va sortir toutes les trois ensemble dans la cour.

C'était le quatorze avril, et Reme voulait fêter l'anniversaire de la proclamation de la République en arborant les couleurs de son drapeau.

— On le fait enfiler à la cafteuse.

— Oui.

Elles le lui firent enfiler. La cafteuse se grattait les bras et les jambes avec désespoir. Reme lui proposa de l'enduire de Sarnical :

— Ce que t'as, c'est la gale. Viens, que je te mette ça.

— Ça empeste.

— Mais t'as jamais vu la publicité ? Sarnical, le traitement contre la gale à l'odeur agréable ! Et mets ce pull propre, jusqu'à ce que t'aies lavé le tien.

Elle se laissa enduire de pommade à l'odeur agréable. Puis mit le pull propre. Et sortit au bras de Reme et de Tomasa, étonnée par tant d'amabilité à son égard. Elle marcha vêtue de jaune entre Tomasa et Reme, entre le pull rouge de l'une et violet de l'autre. Et toutes trois se promenèrent dans la cour en arborant les couleurs du drapeau républicain.

— Et on va lui tirer les vers du nez.

La cafteuse leur raconta ce qu'elle savait de Sole. Elle est en France, dit-elle.

— Elle et sa fille. La sage-femme est une des chefs de file des communistes. Et la fille, qui a été torturée, leur sert de contact.

Elles la firent parler, et la cafteuse leur raconta que la mère et la fille étaient chargées d'aider les exilés espagnols, tombés entre les mains de Pétain, à fuir des camps de concentration.

— Et Elvirita ?

— Pas de nouvelles de celle-là.

Tomasa caressa l'étoffe de son pull. Et elle continua à sourire en écoutant la cafteuse se mettre à parler de La Savate sans qu'elles le lui aient demandé.

— Sœur María de los Serafines est entrée dans une

fureur incroyable lorsqu'elle a appris que la Phalange n'avait jamais entendu parler des deux prisonnières de Ventas.

La cafteuse se trouvait dans les bureaux de la Direction quand La Vénéneuse a ordonné à Mercedes d'aller chercher La Savate.

— C'était le jour des Défunts ; elle m'a demandé de sortir quand La Savate est entrée ; mais dehors, j'ai parfaitement entendu qu'elle lui disait que si les prisonnières ne réapparaissaient pas dans la matinée, elle la ferait muter à Málaga. Elle lui a dit en hurlant qu'elle ne voudrait plus la voir si les prisonnières ne réapparaissaient pas. On dit que la prison de Málaga, c'est pire qu'ici.

— Pire ?

— Il y a toujours pire.

Les prisonnières ne sont pas revenues. Et La Savate a été transférée à la prison provinciale de Málaga. Les rumeurs disent que la surveillante est folle furieuse et que les prisonnières de Málaga la surnomment La Tombe. On dit aussi qu'elle est connue à Málaga sous le nom de La Dracula.

— Ça te gratte ?

— Moins.

— Tu vois ?

La cafteuse se gratte les bras sous le pull jaune. Reme sourit à Tomasa. Et Tomasa se griffe les jambes. Parce que Reme est partie.

— Je te laisse la petite chaise.

— Il n'en est pas question, c'est ton mari qui te l'a offerte.

— Et moi, je te l'offre.

— D'accord, je la garde. Et toi, emmène la valise

d'Elvirita, recherche la gamine et apporte-lui sa valise, c'est un souvenir de sa mère. Et dis-lui de ma part que je porte toujours sa jupe.

Reme est partie. Elle a emporté avec elle la valise d'Elvira et le dernier sourire de Tomasa.

Elle est partie, et elle ne la reverra peut-être jamais. Tout comme est partie Sole, la sage-femme petite et énergique qui lui donnait de la purée avec une sonde ; tout comme Elvira et Hortensia, la jeune fille rousse qui est partie sans sa valise et la femme qui s'asseyait sur la chaise en paille de Reme. Toutes sont parties. Et Tomasa se retrouve aussi seule qu'à Olivenza, quand elle ne pouvait pas pleurer ses morts et qu'elle écoutait les lamentations de la mère qui avait perdu ses deux fils à Castuera. Mais, à présent, elle peut pleurer. Et elle pleure. Repliée sur ses genoux, elle se désespère en se souvenant de ses camarades. Et elle pleure ses morts. Son mari. Sa belle-fille. Sa petite-fille. Elle ne les reverra jamais plus. Ses fils. Ses fils, elle ne reverra plus ses fils.

Lorsque le désespoir aura laissé la place à la tristesse, lorsque Tomasa sera capable d'affronter la douleur, elle s'abandonnera dans les bras de Josefina.

— C'est beau la mer ?

— Oui, c'est très beau.

— C'est ce que disent les gens qui l'ont vue. Moi, j'aimerais bien que ce soit vrai que la mer est belle.

— Pourquoi ?

— Parce que mes fils sont dans la mer.

12.

Un pas après l'autre. Lentement. Il faut marcher lentement au bras de Benjamín, en regardant par terre pour ne pas perdre l'équilibre ; parce que la distance qui s'étend devant Reme, dans la rue Hermosilla, lui donne déjà le vertige. Six ans sans marcher dans la rue. Six ans sans voir d'autre horizon qu'un mur qui cogne contre le ciel, distant de seulement quelques pas. Six ans sans marcher au bras de Benjamín. La musique d'une danse madrilène contraste avec le rythme traînant de Reme. Un faux pas. La joueuse d'orgue de Barbarie continue à donner des tours de manivelle tandis que Benjamín lâche la valise qu'il tenait dans la main et retient son épouse. Pour l'empêcher de tomber, il la prend par la taille, comme pour exécuter un pas de danse.

— Pauvre Benjamín.

— Pourquoi m'appelles-tu toujours pauvre Benjamín ? C'est toi qui as besoin d'apprendre à marcher !

— Parce que tu es très brave.

— Très brave, très brave, arrête de dire des bêtises !

— Nous sommes bientôt arrivés ?

Oui, ils étaient bientôt arrivés. Il ne restait que quelques mètres pour atteindre la maison, le petit appartement que Benjamín avait loué après avoir quitté le petit village de Murcie pour venir s'installer à Madrid avec sa famille. Quelques mètres. Les trois filles célibataires et le garçon né tardivement et avec difficulté marchent derrière le couple. Tous quatre sourient en regardant leur mère. Ils sourient, depuis qu'ils l'ont vue apparaître à la porte de la prison, sa valise dans une main, et se protégeant du soleil de l'autre. Ils ont couru vers elle. Ils l'ont serrée dans leurs bras et couverte de baisers. Elle ne pouvait plus s'arrêter de pleurer.

— Mon petit ange !

Benjamín fut le dernier à lui ouvrir les bras. Reme enfouit son visage contre la poitrine de son mari, en murmurant :

— Pauvre Benjamín !

Pour tout mobilier, Reme trouva dans le petit appartement loué une table ronde, six chaises et un petit buffet.

— Ça te plaît ?

Sans lâcher la main de son mari, Reme répondit en regardant ses filles :

— Très joli, c'est très propre et bien ordonné.

— Nous avons dû vendre tes meubles.

— Ça n'a pas d'importance.

— Mais regarde.

Benjamín ouvrit la porte de la dernière pièce.

— Regarde.

La chambre.

— Le lit, les deux tables de chevet, la commode et l'armoire à linge.

Reme s'assit sur le lit, et caressa de ses deux mains le couvre-lit en crochet que lui avait fait sa mère.

— Mon couvre-lit !

Cette nuit-là, dans la chambre de Reme et de Benjamín, deux corps se sont retrouvés. Reme avait pris un bain chaud, pour la première fois depuis six ans.

— Mon amour.

— Mon amour.

Et pour la première fois depuis longtemps, les mots qu'échangèrent Reme et Benjamín furent des mots d'amour. La tendresse vainquit la pudeur jusqu'alors ressentie. Ils oublièrent tous deux la retenue, la peur de prononcer le nom de l'autre dans un gémissement.

— Benjamín.

— Reme, ma Reme.

Il lui retira sa chemise de nuit, pour la première fois.

La peau fraîchement baignée de Reme reçut les baisers de Benjamín. Pour la première fois en vingt-sept ans de mariage, elle caressa le corps tout entier de son mari. Surprise, elle garda précieusement dans ses mains sa découverte tout en enfonçant son nez sous l'aisselle de Benjamín.

— Comme tu sens bon, mon amour.

— Continue à me caresser comme ça.

— Comme ça ?

— Comme ça.

Un feu de cheminée ardent. Telle fut leur nuit d'amour.

— Benjamín.

— Oui ?

— Tu dors ?

— Non.

— Aujourd'hui, je vais dormir dans un lit.

— Hein ?

— Tu dors.

— Non, je dors pas.

— Je vais dormir sur un matelas de laine bien moelleux. Dans un lit. Dans mon lit, et avec mon oreiller.

Benjamín lui caressa la joue.

— Et avec moi.

— Oui, avec toi.

— Alors, dormons. T'as pas sommeil ?

Non, Reme n'avait pas sommeil. Blottie sous l'aisselle de Benjamín, elle parcourait sa chambre des yeux, essayant de se convaincre qu'elle ne rêvait pas. Si Tomasa la voyait. Si Tomasa pouvait la voir. Mais il vaut mieux qu'elle ne la voie pas. Pauvre Tomasa.

— Benjamín.

— Oui.

— J'ai offert la chaise que tu m'avais apportée à une compagne de cellule.

— T'as bien fait.

Tomasa est bonne. Tomasa n'est pas méchante ; elle fait la dure pour qu'on ne voie pas qu'elle est bonne. Tomasa a voulu lui offrir la petite tête noire de la ceinture de Joaquina. Elle est bonne, et généreuse. Elle ira l'attendre le jour où ils la relâcheront. Parce qu'elle n'a personne pour l'attendre. Et elle n'a personne pour lui envoyer des colis. Elle va lui en envoyer. Oui. Et elle va lui écrire des lettres, parce qu'elle n'a personne pour lui écrire, et il n'y a rien de plus triste que de la voir se cacher dans un coin à l'heure de la distribution du courrier. Elle se cache, Reme l'a souvent vue se cacher. Et elle sait qu'elle le fait pour ne pas voir la mine réjouie de celles qui tendent leur main vers une enveloppe, et pour qu'on ne s'aperçoive pas qu'à elle, nul ne lui a jamais écrit, et nul ne lui écrira jamais. La fille d'Estrémadure va avoir une drôle de surprise. Reme lui écrira, et lui donnera des nouvelles de la fille d'Hortensia. Et d'Elvirita. Et de Sole. Elle partira à la recherche de la fille d'Hortensia, et de la jeune fille rousse qui a offert à

Tomasa la jupe de sa mère. *Chère sœur*, la lettre commencera ainsi. *Chère sœur*, pour qu'on la lui remette, elle se fera passer pour sa sœur, *j'espère que lorsque tu recevras cette lettre*, c'est ça, sa sœur, parce qu'il faut que ce soit un parent proche.

Reme s'endormira en pensant à Tomasa, cherchant les mots qu'elle écrira sur sa première lettre. Il faudra trouver une façon de parler de leurs camarades sans que la surveillante qui censure le courrier s'en rende compte. Elvirita, elle l'appellera la fille à la valise, et Hortensia sera la mère de la fillette aux yeux bleus qui ne voulait pas naître. Sole, elle ne sait pas comment appeler Sole. La porte ouverte de la cage. La cage ouverte.

Oui, Sole sera la cage ouverte.

13.

Chère sœur, j'espère que lorsque tu recevras cette lettre, tout ira bien pour toi. Tomasa est au centre de la cour, son enveloppe à la main. Comme chaque fois, elle était partie se cacher en voyant arriver la femme qui distribue le courrier ; mais lorsqu'elle avait entendu son nom, elle s'était mise à courir, cette fois-ci vers le centre de la cour, la main tendue et les yeux rivés sur l'enveloppe qui lui était adressée. *Chère sœur*, lisait-elle. Grâce au contenu de la lettre, elle reconnut Reme. À l'évocation de la mère de la petite fille qui ne voulait pas naître, elle reconnut Hortensia. À celle de la porte de la cage ouverte, elle reconnut Sole et sut qu'elle était en France, bien que le mot France ait été rayé. Elle lit *Chère sœur* et traverse la cour de long en large pour que tout le monde voie bien qu'elle a reçu une lettre. Regarde, ma sœur m'a écrit, dit-elle à Josefina, la femme qui pleurait le jour de la Merced. Regarde, ma sœur m'a écrit, dit-elle en montrant la lettre à la cafteuse.

— Je savais pas que t'avais une sœur.

— Je vois pas pourquoi je te l'aurais dit.

— Pourquoi elle t'a pas écrit avant ?

— Qu'est-ce que ça peut bien te foutre ?

Tomasa ne dira à personne que sa sœur n'est autre que Reme. Elle ne le dira pas. Elle plia la lettre, la remit dans l'enveloppe, jeta un regard noir à la cafteuse, qui se grattait furieusement les bras, puis s'éloigna d'elle.

Depuis que Reme est partie, depuis que toutes ses compagnes d'infortune sont parties, l'une après l'autre, Tomasa se promène toujours seule dans la cour. Les femmes de sa nouvelle famille carcérale ne lui plaisent pas. Leurs rires ou leurs blagues ne lui font aucun effet. Elle ne s'est liée d'amitié avec aucune, pas même Josefina, qui s'évertue à être aimable avec elle. Il n'y a que Josefina qui fasse cet effort. Les autres la regardent de travers, surtout au moment du partage de la nourriture contenue dans les colis, et elles comptent et recomptent avant de lui donner sa part ; et Tomasa mange, le regard vissé sur le bout de ses chaussures.

L'enveloppe à la main, elle arpenta la cour dans tous les sens. Regarde, regarde, ma sœur m'a écrit, répétait-elle aux prisonnières qu'elle croisait. Et elle s'assit sur le banc où, il y avait déjà longtemps de cela, elle prenait le soleil dix minutes par jour ; c'était l'époque où Sole la nourrissait avec une sonde par la serrure de son cachot. Sole, la camarade sage-femme de Peñaranda de Bracamonte, la porte ouverte de la cage. Tomasa serra l'enveloppe sur sa poitrine et chercha du regard la fenêtre de la division numéro deux droite. De là-haut, Reme, Hortensia et Elvira la regardaient. Cela fait déjà si longtemps. Si longtemps. Elle imagina les trois têtes collées à la vitre. Si longtemps. Assise sur le banc, elle observait la fenêtre. Mais cette fois-ci sans amertume. Elle prononça trois noms à voix basse, pour se laisser porter par la nostalgie. Hortensia. Elvira. Reme. Parce que la nostalgie porte aujourd'hui trois noms. Hortensia, la femme qui est morte sans que Tomasa puisse lui dire adieu. Elvira, la jeune fille rousse partie sans sa valise. Et Reme, *Chère sœur.*

Tous les quinze jours, régulièrement, lorsqu'une lettre de Reme arrivera, la solitude de Tomasa se fera moins pesante. Elle s'assoira sur le banc et regardera vers la fenêtre. Moins pesante aussi lorsqu'elle partagera avec sa nouvelle famille les colis que Reme lui enverra.

— Que fais ta sœur, Tomasa ?

— Elle est couturière, pourquoi ?

— Parce qu'elle a l'air d'être riche, avec les paquets qu'elle t'envoie.

C'est la cafteuse, qui enquête sur les lettres et les colis que reçoit Tomasa.

— Non, elle n'est pas riche, mais elle a bon cœur, et m'aime beaucoup.

— Et ça lui est venu tout d'un coup, comme ça, ou elle l'a gardé caché jusqu'à maintenant ?

— Mêle-toi de tes oignons, abrutie, va fourrer ton nez ailleurs.

La correspondance et les paquets de Reme vont susciter un regain de fierté chez Tomasa. Elle lèvera les yeux pour manger. Et lors des réunions du Parti, elle se donnera de grands airs en communiquant des nouvelles de l'extérieur, grâce à Reme. *Chère sœur : la jeune fille à la valise est tombée à nouveau malade. Tu te souviens quand elle a chanté notre chanson ? Eh bien elle était aussi malade qu'alors. Mais maintenant, ça va mieux. Je n'ai pas pu aller la voir parce qu'elle est avec son frère ; mais je sais, par des amis communs, que maintenant elle va mieux et qu'elle s'est remise à chanter, pour qu'un jour on puisse à nouveau chanter toutes ensemble.* C'est ainsi que Tomasa apprit qu'Elvira se trouvait dans le Cerro Umbría, avec El Chaqueta Negra. C'est ainsi qu'elle apprit que la jeune fille rousse avait été sur le point de mourir une seconde fois.

— Elvira est engagée dans la guérilla.

Et elle s'est vantée devant ses camarades.

— Avec El Chaqueta Negra.

Mais ce seront les réponses de ses camarades qui feront vraiment comprendre à Tomasa ce que Reme insinue dans ses lettres.

— Oui, cette gamine, elle en a dans le pantalon. Comme son frère qui est en train d'organiser la guérilla pour prêter main-forte, de l'intérieur, à l'invasion qui se prépare en France.

— Pour quand ?

— Pour quand les Alliés entreront. Et quand Hitler tombera, on pourra déjà faire nos valises, parce qu'ils feront pareil avec le nain Franco.

Tomasa relatera de petites nouvelles, de petites histoires.

— Ma sœur m'a écrit que Reme aussi travaille pour la cause.

Chère sœur : j'espère que lorsque tu recevras cette lettre, tout ira bien pour toi. Je travaille dans un groupe d'aide aux familles des victimes mortes pour la patrie, de l'autre côté du fleuve.

— Oui, au Secours Rouge.

C'est grâce à ses camarades que Tomasa comprendra que Reme s'est mise à la disposition du Parti dès le lendemain de sa libération, qu'elle appartient à un groupe d'aide aux familles des prisonniers, comme ses filles, et qu'elle est vite devenue responsable de la cellule qui se réunissait à la Casa de Campo, organisant un simulacre de repas champêtre sous deux arbres qu'ils appelaient Puerta Chiquita. C'est également ainsi qu'elle comprendra que Reme a été arrêtée.

— La Reme est tombée. Elle est au ministère de l'Intérieur.

Elle saisira aussi qu'elle a été relâchée, faute de preuve, dix jours plus tard.

— Ils ont relâché la Reme. Ils n'en ont pas tiré un mot, et ils l'ont libérée.

Et grâce aux codes dont se sert Reme pour lui écrire, et éviter que la censure découvre leur petit jeu, Tomasa saura que sa *Chère sœur* continue la lutte et se porte bien. Je suis partie en vacances, je me suis goinfrée de pois chiches pendant dix jours, mais ça y est, j'ai enfin digéré. Je les hais, les pois chiches. J'ai repris mon travail, notre travail.

Tous les quinze jours, Tomasa recevra une lettre de

Reme et elle se vantera d'avoir une sœur qui continue de travailler à la disparition des pois chiches. Et elle se sentira seule, sur son banc face à la fenêtre, pour lire et relire les mots de Reme, qui termine sa lettre en lui promettant qu'elle viendra l'attendre à la porte de Ventas quand elle sortira.

Et elle le fera.

Reme attendra des années avant de pouvoir tenir sa promesse.

Mais elle la tiendra.

14.

Les objectifs de Jaime Alcántara s'accomplirent dans les délais prévus. Il organisa les fugitifs dispersés dans les montagnes en brigades et répartit par secteurs ceux qui étaient organisés mais dont les bandes étaient trop importantes. Le Mouvement Guérillero du Cerro Umbría fut créé lors d'une assemblée au moulin Antón, la nuit du premier avril mille neuf cent quarante-trois, devant les chefs de toutes les brigades. Ils rédigèrent les statuts ; le territoire d'action des différentes bandes qui venaient d'être organisées fut délimité ; et après avoir mis fin aux réticences de certains guérilleros, qui causèrent de nombreux affrontements entre anarchistes, socialistes et communistes, Jaime, Mateo et El Tordo signèrent l'acte de constitution :

Acte de création du Mouvement Guérillero du Cerro Umbría.

Aujourd'hui, 1er avril 1943, nous, tous les guérilleros réunis en ce lieu, qui formons ce détachement, décidons ce qui suit :

1° Constituer avec nos propres forces, organisées et encadrées militairement, le Mouvement Guérillero du Cerro Umbría.

2° Manifester notre adhésion inconditionnelle à la politique de l'Union Nationale de tous les patriotes d'Espagne, et nous constituer en bras armé pour protéger la zone dans laquelle nous opérons, sous la direction stratégique de la Junte Suprême de l'Union Nationale Espagnole, qui dote le peuple espagnol d'une direction nationale de combat antifranquiste pour le salut de l'Espagne.

Signé : El Chaqueta Negra. El Cordobés. El Tordo.

Le Mouvement était composé de soixante-deux guérilleros. L'un d'eux était Elvira.

— Comment ça va, mignonne ?

— Ça va, je tousse plus, même quand je cours.

— Tu as déjà pensé au nom que tu vas prendre ?

— J'aimerais m'appeler Celia, comme notre grand-mère, et comme Celia Gámez.

— Va pour Celia.

— Ça te plaît ?

Oui, cela plaît à Jaime. Il caresse les cheveux courts de sa sœur et sourit :

— Dans peu de temps, tu pourras te refaire une queue-de-cheval et la faire bouger pour moi, Celia.

Au cours de l'assemblée constitutive du Mouvement, il avait été exigé que tous les guérilleros prennent un faux nom, pour éviter, au cas où certains seraient capturés en vie, qu'ils dénoncent leurs camarades, ignorant leurs noms réels. Elvira approuva ce point du code guérillero qui fut rédigé cette nuit-là ;

elle comprenait la nécessité de préserver la sécurité des autres. Mais elle ne se résignait pas à accepter un point que tous prirent l'engagement d'exécuter ; et elle ne savait pas comment annoncer à son frère qu'elle ne serait pas capable de le faire.

— Une queue-de-cheval bien longue, comme j'aime, mignonne.

— Bien sûr, et tu m'enlèveras mon ruban, comme ce jour-là.

— Quel jour ?

— Quand tu as annoncé à maman que tu partais à la guerre. Tu t'en souviens ?

— Oui, oui, je m'en souviens. Tu étais petite comme ça. Une fillette taquine qui savait pas encore qu'un jour elle s'appellerait Celia.

— Je suis toujours une fillette taquine.

— Viens ici, alors, que je te taquine un peu.

Jaime s'approcha d'elle, et commença à lui faire des chatouilles. Les éclats de rire résonnèrent à l'extérieur du moulin Antón jusqu'à ce que Celia s'échappe et se précipite vers Mateo. Jaime la regarda courir. Ses cheveux roux incendiaient l'air qui s'embrasait à son passage. Sans savoir pourquoi, il pensa à son grand-père. Il pensa à leur rencontre devant la porte de la prison de Ventas. Il se souvint de l'expression de son visage, de la douleur dans sa voix. Elvirita est à l'intérieur. À l'intérieur, mon petit ; Elvirita est à l'intérieur. Il aurait voulu que son grand-père la voie maintenant, courir comme la lumière dans la nuit. Il aurait voulu que son grand-père la voie libre. Libre. Il pensa au sinistre parloir de Ventas. À son grand-père agrippé à la grille métallique. À sa sœur agrippée à la grille opposée. Il aurait voulu que son grand-père la voie courir dans cette nuit claire, courir en liberté. Liberté. Sa sœur court ; lui la regarde courir, il sourit, et se retourne. Liberté, prononce-t-il à voix basse. Liberté, comme elles sont étranges ces paroles qu'on a du mal à prononcer sans se sentir ému. Et comme c'est étrange d'appeler liberté une course dans la nuit, sous un ciel étoilé, dans le maquis, sous le froid ou la chaleur, un foulard sur la bouche, ou un fusil à la main.

— Mateo, Mateo.

— Qu'est-ce qui t'arrive, gamine ?

— C'est El Chaqueta Negra, il veut me faire mourir de rire.

— Autant mourir de ça, non ?

Mateo nettoyait le canon de son fusil avec un chiffon sale. Il cessa de frotter son arme et colla l'œil sur le viseur. Elvira voulut lui dire qu'elle s'appelait Celia. Mais, en voyant le fusil, elle fut prise de panique et lui posa la question qu'elle n'avait pas osé poser à son frère quelques minutes plus tôt :

— Mateo, tu serais capable de t'en servir contre toi ?

— Je sais pas.

Il répondit qu'il ne savait pas parce qu'il avait honte d'avouer qu'il avait déjà eu l'occasion de s'apercevoir qu'il n'en serait pas capable, et qu'il avait demandé à El Chaqueta Negra de le faire pour lui.

— Ferme ce bouton, petite.

Elvira ferma un bouton de sa chemise qui s'était échappé de sa boutonnière.

— Mais je t'ai entendu jurer que tu le ferais. Tu as juré que tu le ferais.

Mateo continuait à nettoyer son fusil.

— Je l'ai juré parce que je crois qu'il faut le faire. Et puis, mieux vaut mourir plutôt que d'être pris vivant par ces gens-là. Tu peux me croire, Elvirita. Tu peux me croire.

— Maintenant je m'appelle...

Avant de pouvoir dire qu'elle s'appelait Celia, El Tordo apparut, comme sorti d'entre les ombres, et s'assit à côté d'eux.

— Quand partons-nous ?

Mateo observa le ciel et plissa les yeux pour répondre :

— Ça fait une heure que le premier groupe est parti. Tiens-toi tranquille, on va pas tarder.

— Je vois pas pour quelle raison à la con on doit partir les derniers.

— Toi, tu vois jamais rien, c'est pas la peine que tu piges quoi que ce soit. Obéis aux ordres, et pose pas de question.

— Les ordres, les ordres, c'est tout ce que sait faire le frère de celle-là. Moi, je préférerais décider moi-même.

— T'es comme les socialistes, imbécile, qui ne savent que remettre en question tout ce qu'on fait. Et « celle-là », elle a un nom, c'est pas comme les ânes, elle s'appelle Elvira,

— Je m'appelle Celia. Et ce que fait mon frère s'appelle de l'organisation militaire, rentre-toi ça dans le crâne, Tordo. Et fais-toi à l'idée que désormais, tu décides plus de rien.

Elle lui parla sur un ton qui ne laissait aucune place au doute. Elle s'appelait Celia, et n'était pas disposée à se laisser appeler « celle-là » par qui que ce soit, ni à ce que les hommes la laissent en dehors des conversations.

— Celia, c'est très joli.

— Me traite pas comme une fillette, Tordo, j'ai très bien vu ce qui s'est passé là-bas, à l'intérieur, avec certains des chefs de brigade. Et je vois bien que ça t'a sapé le moral d'entendre dire que les communistes veulent prendre le contrôle de la UNE* en organisant des guérillas. Il vaudrait mieux garder votre rivalité pour l'ennemi, et votre méfiance pour les traîtres, on se bouffe déjà bien assez le nez entre nous.

— Bien parlé, Elvira.

— Celia. J'ai dit que je m'appelais Celia.

— Celia, oui, bon dieu, je me suis gouré, quel con !

Mateo jura en se frappant le front avec le poing, et regarda Celia avec une expression de fierté. Il prononça à nouveau le nom d'Elvira, Celia.

— Celia.

Et il le répéta, sourire aux lèvres.

— Celia.

Celia s'éloigna d'eux, réprimant une légère toux. El Tordo la regarda s'éloigner.

— Elle devient vraiment un beau brin de fille. Et elle sait parler !

— Arrête de la regarder comme ça, Tordo.

— Quelle mouche t'a piqué ?

— Moi, aucune, et toi non plus, alors tu arrêtes de la regarder avec ces yeux-là. J'espère que t'as saisi.

— Te fâche pas, j'ai seulement dit que c'était une belle fille. T'es pas son père...

— Fais comme si je l'étais, et ferme-la.

De la porte du moulin, El Chaqueta Negra leur fit signe. C'était l'heure de partir. Les deux hommes se levèrent en même temps. El Tordo regarda Jaime, et puis Mateo :

— Écoute, moi j'ai voulu faire de mal à personne. Va pas lui raconter que j'ai manqué de respect à sa sœur.

Mateo ne répondit pas. Il se dirigea avec lui vers le moulin, et lorsque El Chaqueta Negra donna l'ordre de se mettre en route, il lui passa le bras autour du cou.

— Si je te vois encore une fois regarder Celia avec ces yeux vicelards, je te tue.

Pendant le voyage du retour au campement d'El Pico Montero, El Tordo marchait derrière Mateo, le regard bas. Les yeux levés vers le ciel, Mateo marchait à dix pas derrière Celia, protégeant son dos du regard d'El Tordo. Une nuit sans lune, une nuit étoilée. Il aimait les nuits comme celle-ci, lorsque le ciel se dessine lui-même et que les étoiles semblent être les éclats lumineux d'une explosion de lumière. Il aimait cela. Et lors de ces nuits pleines d'étoiles, il aimait chercher celle de Tensi. Il chercha dans la nuit. L'étoile de Tensi. Regarde, la plus petite des étoiles, celle-ci, la plus petite, je te la donne à toi, lui avait-elle dit lorsqu'il lui avait offert les boucles d'oreilles qu'il avait achetées à Azuega.

— Et on peut savoir pourquoi tu m'offres la plus petite ?

— Pour que nous soyons toujours tout près l'un de l'autre, idiot.

— Viens ici, idiote.

Et il l'avait aimée.

Et elle lui avait demandé de la regarder.

Regarde-moi.

Oui, Mateo pensait à Tensi en marchant derrière Celia, à dix pas de cette fillette qu'il avait conduite au port d'Alicante, qui avait cessé d'être une fillette, et qui maintenant ne ressemblait plus à un garçon.

Quatre heures de marche. Quatre heures pour penser à Hortensia. Quatre heures pour se pencher sur l'abîme de sa perte, pour affronter de nouveau sa mort, pour faire l'amour à une étoile et sentir que la vie le quitte et que son corps n'existe plus. De ne plus sentir celui de Tensi contre le sien. De ne plus la serrer dans ses bras. Et qu'il n'a plus de lèvres, de ne plus sentir sa bouche sur la sienne. Baisers, caresses et vibrations. Tout cela lui manque. Regarde-moi, même si je ne te regarde pas. Il ne la verra jamais plus. Jamais. Pourquoi Tensi est-elle morte ? Le maquis n'est pas un endroit pour une femme. Pourquoi l'a-t-il laissée descendre aux jardins potagers d'El Altollano ? Il faut qu'il s'habitue à la douleur. Pourquoi n'a-t-il pas su protéger la femme qui portait son enfant ? S'habituer, pour pouvoir supporter. Pourquoi Tensi est-elle morte ?

Le groupe est arrivé au campement, et Celia se retourne. Elle s'apprête à parler à Mateo. Mais elle ne le fait pas. Elle le regarde. Et Mateo fuit son regard. Il la fuit et se dirige d'un pas rapide vers les crevasses que forment les derniers rochers, puis se cache derrière eux. Pour qu'on ne voie pas ses larmes.

15.

Un soleil de braise transperce la toile de la tente. Malgré les branches vertes qui recouvrent le toit, la chaleur à l'intérieur de la tente fait suffoquer Celia. Les filles d'El Tordo se sont déjà rendues, vaincues par le sommeil. Elle essaye de dormir. Elle sèche la sueur qui coule le long de son cou et se redresse pour chercher la gourde. Le pistolet à sa ceinture la gêne. Elle voudrait le retirer, mais c'est interdit de dormir sans son arme. L'hiver, c'est bien mieux. Même si parfois le froid est difficilement supportable. Elle se souvient avec horreur des nuits de marche, des pas enfoncés dans la neige, des membres gelés en traversant les rivières, même après s'être enduit de baume. Mais l'hiver, c'est quand même mieux. Elle avale de l'eau fraîche, verse le reste de la gourde sur sa tête et la met en bandoulière. Elle se lève. Puis sort de la tente et cherche le réconfort d'une ombre. Son frère somnole, allongé près de son arme, à l'abri d'un rocher. Elle s'allonge à ses côtés. Même ici, elle étouffe. La roche qui leur sert d'abri les protège des rayons du soleil, mais concentre aussi la chaleur et brûle. Les effluves qui émanent par vagues du corps de son frère, au moindre de ses gestes, lui donnent la nausée. De même que sa propre odeur. Il faut sentir le maquis, lui avait dit Mateo la première fois qu'elle lui avait demandé du savon ou un peu d'eau de Cologne.

— Le maquis, petite, pour qu'on ne puisse pas nous suivre à la trace.

Et ils sentaient le maquis, le maquis sale et en

sueur, lourd, chaud, pesant et animal. L'épuisement finit par vaincre la répulsion, et Celia s'endormit. Ils avaient marché toute la nuit. Et la journée avait été longue, et belle. Oui, cela avait été une belle journée. Sur le chemin d'El Llano avec la bande d'El Chaqueta Negra, elle s'était plus que jamais sentie guérillera, son fusil à l'épaule. Cela avait été une belle journée. Lors d'une opération militaire parfaitement coordonnée, ils avaient pris un village au nom de la République. Toutes les bandes du Mouvement Guérillero du Cerro Umbría avaient participé à l'invasion. C'était un jour de victoire. Les guérilleros avaient accroché le drapeau tricolore sur le balcon de la mairie, confisqué le pistolet du maire, les armes et les munitions du poste de gendarmerie, dévalisé le coffre-fort du chef de la Phalange locale, et les villageois leur avaient donné des paniers remplis de provisions. Ivres de joie, ils avaient célébré leur victoire en chantant l'hymne guérillero sur le chemin du campement. Ils avaient marché toute la nuit, et en arrivant à El Pico Montero, avaient rempli leur réserve avec l'armement réquisitionné et les provisions de nourriture, et s'étaient remis à chanter.

Tous avaient été impressionnés par la voix d'Elvira.

— Mais c'est la vraie Celia Gámez que nous avons là !

C'était El Peque, un chef du Mouvement qui était venu de Tolède pour coordonner le soulèvement des villages de l'intérieur. Il avait les yeux noirs, le sourire généreux, facile, et portait un chapeau. Les hommes de son unité l'admiraient pour son courage, mais le craignaient tout autant. Il appliquait les lois du maquis avec la plus grande sévérité. On disait de lui que sa main ne tremblait pas lorsqu'il devait se jeter dans un corps à corps avec l'ennemi, et qu'elle ne tremblait pas non plus lorsqu'il devait lui-même exécuter les traîtres. C'est ce que l'on disait. Et Celia avait pu s'en rendre compte lors de l'occupation du village, lorsqu'un garçon galicien avait annoncé sur la place de l'église qu'il avait l'intention d'abandonner la guérilla, qu'il n'en pouvait plus. El Peque lui sourit, arracha l'arme qu'il portait à l'épaule et jeta un coup d'œil à deux de ses hommes. Un seul regard suffit. Les deux maquisards pointèrent leurs armes sur le gamin et, sous les yeux ébahis de Celia, l'emmenèrent dans la rue derrière l'église. El Peque les suivit.

On raconte qu'El Peque a menacé le jeune Galicien de mort. Si tu t'en vas, je te tue, lui aurait-il dit. On dit aussi que son regard noir a transpercé le garçon. Et avant même qu'il ait braqué son arme sur lui, le gamin avait mouillé son pantalon.

— Je peux te liquider tout de suite, c'est toi qui décides.

Les quatre hommes revinrent sur la place. L'un d'eux passa son bras par-dessus les épaules du garçon, un autre lui donna une tape dans le dos. El Peque lui rendit son arme, et sourit. Personne n'avait jamais vu de tendresse chez El Peque. Personne. Jamais. Au moment précis où il la sentait monter en lui, il la cachait sous un sourire ironique, ou par un éclat de rire. Et devant le gamin galicien au pantalon mouillé, il avait souri. Mais après avoir chanté l'hymne guérillero au campement, cette matinée d'août, le regard noir d'El Peque transperça Celia. Et elle sentit sa tendresse l'atteindre au fond, au plus profond d'elle-même. Et pour toujours.

Peu après, lorsque Celia et les filles d'El Tordo se retirèrent pour dormir, El Peque les rejoignit sur le chemin de la tente :

— Tu chantes très bien.

— Merci.

En voyant El Peque marcher à ses côtés, pour la première fois Celia détesta sentir l'odeur du maquis.

— Mieux que la Gámez.

— N'exagère pas.

— J'exagère pas.

Elle s'arrêta en arrivant à la tente. El Peque continua à marcher, et sans se retourner, agita la main pour dire au revoir :

— Dors bien.

Mais elle ne peut pas dormir. Elle ne peut pas. Elle ne pouvait pas dans la tente et elle ne peut pas maintenant. Elle s'est réveillée dans les bras de son frère. La chaleur des deux corps rapprochés l'a réveillée. Elle se redresse. Et regarde autour d'elle. Tous les coins d'ombre sont occupés. Au loin, elle aperçoit Mateo, avec son fusil en bandoulière et un seau dans chaque main. Elle se lève et crie :

— Cordobés !

Lui s'arrête et l'attend.

— Tu vas chercher de l'eau ?

— J'en ai pas l'air ?

— Laisse-moi venir avec toi.

— Pas question.

— S'il te plaît, j'ai besoin de me rafraîchir à la rivière.

Ce n'est pas la première fois que Celia veut accompagner Mateo lorsque c'est son tour d'aller à la rivière. Elle sait que c'est très dangereux, et n'est donc pas surprise que Mateo refuse.

— Je t'ai dit non.

— Allez, mon beau, j'ai jamais vu un guérillero plus beau que toi. Regarde ma gourde, elle est aussi sèche que la peau d'un lézard.

— Alors, attends-moi ici, je te la remplirai à mon retour.

— Allez, Mateíto, sois pas méchant.

— Essaie pas de me charmer, petite, tu m'auras pas avec des cajoleries. Je ne me laisserai pas prendre à ton petit jeu, c'est pas la peine d'essayer.

Non. Elle n'y arrivera pas. Elle aura beau essayer, Celia ne réussira pas à convaincre Mateo. Elle le verra disparaître sous le tunnel de ronces. Puis, juchée sur le rocher le plus haut, elle le verra rejoindre la rivière avec un seau dans chaque main et son fusil en bandoulière. Il saura qu'elle le regarde. Il lâchera les seaux, ôtera son fusil et, penché sur la rivière, prendra l'eau à pleines mains et la jettera de toutes ses forces derrière lui, par-dessus ses épaules. Et il sourira, sans que la gamine rousse le voie sourire. C'est pour elle, qu'il sourira.

C'est ainsi que Celia le verra pour la dernière fois, faisant éclabousser de l'eau par-dessus ses épaules. Pour elle.

16.

La présence de sa sœur réveilla El Chaqueta Negra. Il se retourna et vit Celia parler avec Mateo. Puis ferma les yeux. La chaleur suffocante l'empêchait de retrouver le sommeil, mais il essaya de se rendormir. Revoir Pepita, voir sa mèche lui glisser sur le front. Il serra les paupières. Sous ses paupières fermées, il chercha Pepita. Ses hanches ondulaient dans la maison de la rue Ave María. Il la vit marcher vers la cuisine. Les fleurs de sa robe tombaient sur le sol au rythme de ses pas. Ses chaussures étaient mouillées. Jaime ouvrit les yeux. Il secoua la tête, sécha la sueur de son front et entreprit de se lever. Il fit un tour par les postes de garde, essayant de chasser la vision des fleurs fanées sur le sol. En arrivant au rocher qu'occupait El Tordo, il lui offrit une cigarette.

— On s'en fume une ?

— D'accord.

Fumer en plein jour requérait une adresse que tous deux possédaient. Ils cachaient le bout embrasé de leurs cigarettes dans le creux de leurs mains et expulsaient la fumée peu à peu, la dispersant en même temps qu'ils la recrachaient.

— Faut aller à l'estafette du courrier ; cette nuit tu y fais un saut.

— T'as vu ça ?

— Quoi ?

— Ce qui brille, derrière l'arbre.

— Je vois rien.

Une même crainte s'empara des deux hommes.

Lors de la prise du village, un guérillero d'El Llano les avait prévenus qu'une femme de Guadarrama servant de contact s'était rendue à Soto del Real pour acheter des vivres, et n'en était pas revenue.

— Je sais pas, mais ça me dit rien qui vaille. C'était la première fois qu'elle allait à Soto. Si elle revient pas cette nuit à Guadarrama, demain je vous laisserai un message à l'estafette et vous décamperez du maquis à toute berzingue.

Les partisans chargés de ravitailler la guérilla avaient pour consigne d'acheter dans différents magasins et dans différents villages, afin de ne pas éveiller les soupçons en achetant une trop grande quantité de nourriture à la fois.

— Elle connaît l'endroit du campement ?

— Parfaitement, son fils est avec El Tordo. Avant ton arrivée, elle montait elle-même avec un âne. J'ai bien peur qu'ils l'aient attrapée. Et cette femme nous a avertis qu'elle ne résisterait pas à la torture.

Le guérillero d'El Llano ne se trompait pas. L'épicier de Soto Real fut surpris en servant les provisions, trop importantes pour une seule famille ; mais il ne prévint pas la Garde Civile. En revanche, le pharmacien qui avait vendu un kilo de bicarbonate en avisa le poste de gendarmerie. Et la femme ne résista pas à la torture.

— On dirait que quelque chose brille là-bas, derrière cet arbre.

Oui, quelque chose brillait derrière un arbre. Jaime scruta l'horizon ; le léger mouvement des buissons autour du maquis fit grandir son inquiétude :

— Regarde !

El Tordo mit sa main en visière pour inspecter les alentours :

— Y a pas un souffle d'air. Qu'est-ce que c'est que cette saloperie ? Quelqu'un fait bouger les buissons.

— Réveille tout le monde ! Faut foutre le camp d'ici.

À cet instant, la lumière du soleil réverbéra sur le vernis d'un tricorne. Et sur un autre.

Et sur un autre.

Et sur un autre.

Les gardes civils de la Benemérita s'approchaient de la rivière, où Mateo faisait gicler de l'eau derrière lui.

Celia vit les gardes civils entourer Mateo. Elle cria son nom :

— Mateo !

Mateo leva les yeux. À cet instant, il sut qu'il était perdu. À cet instant, il sut qu'il devait alerter le campement, et comment s'y prendre. Il mit la main sur son fusil. Et il sut, à cet instant, qu'ils ne le prendraient pas vivant. La détonation du fusil du Cordobés prit de court la Garde Civile. Ceux qui étaient encore accroupis se redressèrent. Ceux qui étaient encore cachés se dévoilèrent.

Un coup de feu.

Celia reconnut la détonation du fusil de Mateo, tandis que quelqu'un la tirait par le bras pour la faire descendre du rocher.

Un coup de feu, un seul coup de feu suffit pour réveiller les guérilleros encore endormis.

17.

La Garde Civile photographia le cadavre de Mateo, et celui de chacun des guérilleros morts sur El Pico Montero, et exposa leurs portraits dans les vitrines des magasins de tous les villages de la région d'El Llano. Six hommes. Et une jeune fille. Les rumeurs qui couraient faisaient état du piège dans lequel tombaient les personnes qui identifiaient un de leurs proches parmi les cadavres. Seuls quelques-uns espéraient qu'on leur remettrait les cadavres, et qu'ils ne seraient ni arrêtés ni interrogés. Les autres regardaient les portraits, tentant de maîtriser leur émotion, pour que leur visage ne les trahisse pas en reconnaissant un proche ou un ami. Ils regardaient. Ils gardaient le silence et s'éloignaient, sans un geste de douleur, sans une larme.

Une fois chez eux, à l'abri des regards, ils pleuraient. À l'abri des regards, ils priaient pour leurs morts. Comment faire son deuil quand on n'a pas de défunt ? Ils ne faisaient dire aucune messe, aucun répons, n'organisaient pas d'obsèques pour leurs disparus. Leurs morts ne leur appartenaient pas. Ils ne prendraient pas le deuil. Et l'on ne sonnerait pas le glas.

— N'y va pas.

C'était une prière inutile, et doña Celia le savait. Mais elle supplia à nouveau :

— N'y va pas.

Les rumeurs étaient parvenues jusqu'à la pension Atocha. Pepita était en train de recueillir les croûtes de pain noir dans son petit sac de velours lorsque le fossoyeur vint porter la nouvelle. On raconte, dit-il, qu'ils arrêtent tous ceux qui reconnaissent un des cadavres et qu'ils ont emmené une femme parce qu'elle avait affirmé qu'aucun des portraits n'était celui d'El Chaqueta Negra. Un garde civil l'a prise par le bras et ne l'a plus lâchée jusqu'à ce qu'ils arrivent au poste. *Et maintenant, tu vas me dire à quoi ressemble ce brigand et comment tu le connais.*

— Et c'était El Chaqueta Negra ?

— Je sais pas, personne le sait ; et je dis moi, que celui qui le sait, il a pas intérêt à le clamer sur les toits !

Au départ du fossoyeur, Pepita demandera à doña Celia de garder Tensi pendant qu'elle ira voir ces photographies.

— N'y va pas.

Pepita n'écoutera pas la prière de doña Celia, malgré l'insistance de celle-ci :

— N'y va pas.

Elle quittera la pension Atocha. Et fermera la porte sans écouter la voix qui continue à implorer :

— N'y va pas.

Elle ira.

Elle va prendre le même train que celui qui l'avait conduite vers Jaime Alcántara lorsqu'il s'appelait encore Paulino. Et à la gare de Delicias, elle se souviendra des baisers qu'ils s'échangèrent alors.

Des algues.

Elle montera dans le dernier wagon, et s'assiéra sur le dernier siège sans remarquer que, dans le premier, Reme est installée au bras de Benjamín.

Elle voyagera tournée vers la fenêtre, transpirant

alors qu'elle ne ressent pas la chaleur, serrant ses mains à ne plus sentir ses doigts, regardant sans le voir ce paysage de mi-août, jaune et douloureux.

Elle descendra sur le quai, là où un jour elle foulait du pied le sang sans le savoir, et se dirigera vers la vitrine la plus proche sans regarder derrière elle. Sans voir que Reme est descendue du train en se tenant le ventre, ni que Benjamín la tient par les épaules en demandant au chef de gare où se trouvent les toilettes, parce que Reme est souffrante.

Elle marchera à pas rapides.

Elle serrera les lèvres.

Six hommes et une jeune fille. Sept photographies. Sept morts.

Et des yeux bleu océan qui cherchent avec angoisse dans une vitrine.

Un couple de gardes civils fait sa ronde et s'arrête devant la porte d'une mercerie.

— Tu reconnais quelqu'un, ma belle ?

— Non.

Elle a menti. Elle en reconnaît un. Juste un. Il a les yeux fermés et la bouche ouverte.

Les gardes civils cherchent l'abri d'une ombre. Campés sous le store de la taverne qui jouxte la boutique, ils reluquent Pepita qui se retourne. Pepita se retourne. Le mouvement aérien de sa jupe caresse ses jambes.

Elle s'en va.

Un frisson lui parcourt le corps. Elle en reconnaît un. La première photo, en haut, à droite.

— Au revoir, ma jolie.

Elle s'en va sans les regarder. Au fond de ses yeux bleus, elle emporte le visage de la mort. Et eux lorgnent ses mollets.

Pepita marche en faisant attention à ses pas. Elle pense à Tensi. Son talon gauche heurte un pavé saillant sur le trottoir. Après un léger déséquilibre, elle récupère sa posture et traverse la place sans voir Reme. Sans voir Benjamín qui évente son épouse tandis que celle-ci tamponne son cou avec un mouchoir pour éponger la sueur. Le malaise de Reme les a obligés à chercher un banc à l'ombre.

Cela fait plusieurs jours que Reme est malade, mais lorsque la rumeur des photos exposées a atteint la rue Hermosilla, elle a quitté le lit et a voulu se rendre sur place. Il fallait qu'elle sache si la jeune fille était Elvira.

— Tu te sens mieux ?

— Oui, allons-y.

Pepita avait déjà franchi le coin de la rue quand Benjamín aida Reme à se lever du banc.

Le regard de Reme ne s'est pas arrêté sur le visage des hommes. Elle n'a pas reconnu le mari d'Hortensia. Benjamín ne s'est pas non plus rendu compte que la première photo, en haut à droite, était celle de l'homme qui était entré avec lui au parloir, un jour de Noël, lorsque son fils et son petit-fils étaient venus depuis León et que Pepita avait réussi à les faire tous entrer dans la prison de Ventas.

Des lèvres de Reme, un soupir s'échappe. La jeune fille n'est pas Elvira.

Les gardes civils l'entendent soupirer :

— Que vous arrive-t-il, señora, vous la connaissez ?

— Non.
— Alors pourquoi vous avez l'air décomposé ?
— C'est qu'elle est malade.
— C'est pas en les voyant, par hasard, qu'elle est tombée malade ?
— Non, señor, elle était déjà malade.
Reme se tient le ventre des deux mains et se rue vers la taverne. Benjamín la suit, ainsi que le couple de gardes civils. Elle demandera où sont les toilettes ; et lui, commandera un verre d'eau avec du citron, pour son épouse.
Lorsqu'ils arriveront à la gare, le train sera sur le point de partir. Pepita est déjà assise dans le premier wagon ; eux monteront dans le dernier.
Ce n'est pas Elvira. Ce n'est pas Elvira. Reme emporte dans ses yeux soulagés l'image d'Elvira faisant voleter sa chevelure rousse.
Benjamín, lui, emporte dans les siens l'horreur, les yeux fermés et la bouche ouverte de l'une des filles d'El Tordo.

18.

La main qui a tiré le bras de Celia pour la faire descendre du rocher est celle d'El Chaqueta Negra. Fuis, lui a-t-il dit, cours, cours. Et elle s'est mise à courir, à courir. Sans regarder derrière, et sans attendre son frère. Elle s'est mise à courir, la détonation du fusil de Mateo résonnant encore dans ses oreilles. Elle n'entendait plus rien d'autre. Un coup de feu, comme un cri. Un hurlement qui lui a transpercé le corps, qui la transperce encore en courant avec les autres, dans tous les sens. Elle court. Seuls quelques-uns restent en arrière. Elle dévale l'autre versant de la montagne, le pistolet en main et la gourde vide en bandoulière. Son frère organise la fuite, pressant ceux qui fuient, leur criant de ne pas abandonner leurs armes, leur donnant rendez-vous au campement de réserve, la base de retraite pour les situations d'urgence. Mais elle ne regarde pas derrière elle. Elle n'entend pas son frère. Elle n'entend plus que le coup de fusil de Mateo. Ce coup de feu, et seulement celui-là, c'est ce qui la fait courir. Elle court. Elle fuit un hurlement qui lui déchire le cœur pendant sa course. Elle pleure. Elle court. Elle sent qu'elle étouffe. Elle transpire. Elle tousse. Elle fuit vers El Llano. Elle trébuche. Elle tombe. Elle se relève. Elle court. Elle court même si ses jambes n'arrivent plus à la porter. Vers El Llano. Même si elle n'a plus de souffle. Vers El Llano. Elle court. Sans regarder ceux qui partent d'un autre côté. Il fait chaud. Elle court. Elle regarde en arrière. Elle est seule. Elle court seule vers le bas de la montagne. Toute seule. Vers El Llano. Elle n'a pas arrêté de courir. Et elle a senti qu'elle étouffait. Ses jambes ne répondaient plus. Une quinte de toux. Elle a mis un mouchoir dans sa bouche. Elle courait de moins en moins vite. Elle est tombée. Et s'est relevée. Elle est retombée. Encore quelques pas. Vers El Llano. Elle a regardé autour d'elle et a aperçu des buissons. Elle y a cherché de l'ombre et un refuge, pour un moment. Seulement un moment. Elle s'est accroupie. Entre les buissons. Il faisait très chaud. Elle avait soif. La poitrine la brûlait et ses jambes tremblaient. Elle a scruté l'horizon. Rien. Personne. Elle s'est assise par terre. Puis a sorti le mouchoir de sa bouche et retourné la gourde sur sa langue. Une goutte a glissé comme un cadeau. Une goutte. Elle l'a savourée. Puis elle a à nouveau scruté au loin. Personne. A tendu l'oreille. Le silence. Le silence et la solitude entre les feuilles. Il faut quitter la cachette. Chercher les autres. Et quand elle était sur le point de se lever, elle a entendu le hululement du hibou. Trois fois. Oui, c'était le cri d'un hibou. Elle a répondu en imitant la huppe. Trois fois. Les buissons les plus proches se sont mis à bouger. Quelqu'un a demandé à voix basse :

— Qui es-tu ?

Celia est restée muette quelques secondes avant de répondre :

— Et toi ?

Les branches ont commencé à s'entrouvrir, et Celia a vu lentement apparaître le visage d'El Peque.

Elle a séparé des deux mains le ramage qui la recouvrait.

Il a souri en voyant la jeune fille rousse qui écartait les branches comme si elle ouvrait un rideau, et sortait peu à peu la tête.

— Celia !

Celia aussi s'est mise à sourire. Un sourire triste, profondément triste.

— Je me suis perdue.

El Peque a porté son index à ses lèvres. Celia s'est approchée de son oreille.

— Mateo a été tué.

— Oui, je sais.

Tous deux ont partagé le refuge et la douleur.

Et, jusqu'à la tombée de la nuit, ils ont affronté ensemble les affres de la soif.

19.

Chargée d'une bassine en fer remplie d'eau, Pepita monte à la terrasse de la pension. Elle lève les yeux vers le ciel, et se met à pleurer.

— Maintenant, vous êtes à nouveau réunis, Hortensia.

Depuis qu'elle a vu les photographies, le chagrin la saisit brusquement, sans prévenir. Tous les jours, à plusieurs reprises, elle pleure. Les larmes se mettent à couler n'importe quand, n'importe où, sans même qu'elle pense à des choses tristes.

— Voilà, au soleil, l'eau va être bien chaude pour ma petite fille.

Elle laissera l'eau au soleil tout l'après-midi. Puis, avec l'eau réchauffée, elle baignera Tensi. Parce qu'elle n'a plus de travaux de couture et peut se distraire avec la petite. Cela fait à peine une heure qu'elle a rendu son dernier trousseau à la boutique de Pontejos. Quatre paires de draps, trois jeux de serviettes, deux nappes accompagnées chacune de leurs douze serviettes de lin, le tout brodé des lettres *D* et *MA* dans un écusson décoré de fleurs de lys, et une chemise de nuit de mariée, avec trois rangées de volants en dentelle hollandaise au décolleté et aux poignets. La vendeuse a examiné le travail. Elle s'appelait Manolita.

— Quelle merveille ! Ce n'est pas étonnant que le bruit court que tu es la meilleure brodeuse de Madrid.

Manolita la paya et ne lui remit pas d'autres trousseaux, mais un message de la patronne :

— Elle me fait dire qu'on te préviendra.

Pepita sortit dans la rue, ne doutant pas qu'on la préviendrait, mais avant d'arriver au coin de la rue, la vendeuse la rattrapa et lui dit à voix basse :

— Elle te donnera plus de trousseaux.

— Pourquoi ?

— On lui a dit que ton père et ta sœur étaient des Rouges, et que tu avais été détenue au ministère de l'Intérieur.

Il n'était pas nécessaire d'en dire davantage. Pepita avait déjà perdu un emploi pour avoir passé quelques heures au ministère, lorsque don Fernando l'avait sortie de là et lui avait dit qu'elle ne pouvait plus travailler chez lui.

— Merci de m'avoir prévenue, du fond du cœur, Manolita.

— Y a pas de quoi.

La vendeuse regarda d'un côté et de l'autre et retourna en courant vers sa boutique.

Sur le chemin de la pension, Pepita entra dans l'église San Judas Tadeo. Elle alluma deux cierges.

— Un pour que tu me dises si Jaime est en vie, et un autre pour que tu me trouves du travail.

Les larmes roulaient sur ses joues. Elle mit une pièce de dix centimes dans le tronc et murmura en implorant le patron des vœux impossibles :

— Cette pièce, c'est pour le travail. Et si d'ici demain matin j'apprends que Jaime est vivant, je t'en donne une autre.

Après avoir consolé Pepita à son retour de l'église, doña Celia fixa un mot sur la porte de la pension, et un autre sur le portail donnant sur la rue Atocha, où l'on offrait les services d'une couturière avec de l'expérience.

Pepita n'attendra pas longtemps pour trouver du travail. Trois semaines plus tard, alors qu'elle donnera le bain à Tensi, la patronne de la boutique de Pontejos sonnera à la porte et demandera à lui parler. Elle voudra savoir si c'est Pepita la couturière qui offre ses services sur la petite annonce, on dit qu'elle est la meilleure couturière de la ville, et elle a besoin d'une robe très spéciale, parce que son mari va l'emmener à la soirée romantique du Palace.

Pepita s'occupera de sa première cliente, prendra ses mesures, et lui demandera d'apporter le coupon de tissu, en ayant pris soin auparavant de faire profiter doña Celia de la nouvelle et d'en avoir bien ri avec elle dans la cuisine.

— Vous vous rendez compte, señora Celia ? Cette femme voulait plus que je brode pour sa boutique, et maintenant, elle veut que je couse pour elle, personnellement.

Le lendemain, au petit matin, Pepita descendra remercier saint Judas. Elle allumera un autre cierge. Un seul, cette fois-ci. Un grand cierge qu'elle aura acheté au magasin, en face de l'église. Et elle déposera un billet d'une peseta dans le tronc, pour que le saint lui dise si Jaime est vivant :

— Je vois bien que tu réponds aux vœux un par un. C'est que tu es très intelligent. Un vœu impossible : un cierge, et une grosse pièce. C'est pour ça que je t'ai donné une peseta, et que je t'ai mis un cierge bien grand ; c'est que moi aussi je suis très futée et je sais que plus le travail est difficile, plus il est cher.

De retour à la pension, elle lèvera les yeux vers le ciel. Elle montera à la terrasse pour tendre du linge blanc et regardera à nouveau le ciel en secouant un drap et en l'étirant bien sur le fil à l'aide de deux pinces à linge :

— Je savais pas que les saints étaient si cupides.

Après elle tendra un autre drap, puis encore un autre. Lorsqu'elle aura terminé, elle restera à les contempler se mouvoir au gré du vent. Et s'il n'y a pas de vent, elle remuera la corde à linge avec la main. Elle aime le vol blanc du linge et le parfum de fraîcheur qui s'en dégage.

— Pepita, Pepita !

C'est doña Celia, dont le buste surgit dans la cage d'escalier. Elle tient Tensi par la main. La petite fille l'appelle grand-mère et lui réclame les bras. Elle crie :

— Pepita, descends en vitesse !

Elle crie, parce que le facteur est en bas.

— Qu'est-ce qui se passe ?

— Il y a une lettre pour toi !

L'escalier qui monte à la terrasse est raide et étroit. Pepita dégringole les marches deux par deux. Le facteur attend à la porte, une lettre à la main. Doña Celia n'a pas voulu la prendre elle-même. Elle a demandé au facteur d'attendre un instant, puisque Pepita l'avait attendu, lui, pendant si longtemps. Elle a souvent tendu la main vers une lettre qui ne lui était jamais destinée. Et, depuis plusieurs mois, depuis le désastre d'El Pico Montero, elle se désespère et pleure en refermant la porte derrière le facteur qui, une fois de plus, n'a pas prononcé son nom. Mais, aujourd'hui, il l'a prononcé. Et doña Celia veut que Pepita l'entende, et qu'elle prenne elle-même la lettre des mains du facteur.

Pepita entendra son nom.

Et tremblera en tendant la main.

— Merci.

Elle pleurera en retournant l'enveloppe :

Expéditeur : Jaime Alcántara.

Elle lira au verso Jaime Alcántara. Elle embrassera l'enveloppe. Elle embrassera le facteur et doña Celia. Elle tendra les bras vers Tensi. Et dansera avec elle.

La joie de Pepita ne fléchira pas lorsqu'elle lira, dans sa chambre, le premier paragraphe de la lettre et comprendra d'où elle est expédiée ; ni lorsqu'elle prendra l'enveloppe, abandonnée sur son lit, pour vérifier l'adresse de l'expéditeur :

Prison Centrale de Burgos.

Jaime est en prison. Oui, il est en prison. Mais il est vivant. Et il lui a écrit pour lui dire qu'il l'aimait toujours. Il est vivant. Il n'a pas cessé de penser à elle pendant tout ce temps. Il l'aime toujours. Burgos est très loin. Mais elle ira le voir à Burgos.

Elle ira à Burgos.

Oui, dès qu'elle aura terminé la robe pour la soirée romantique du Palace.

Elle ira, parce qu'il l'aime toujours.

Elle prendra les mesures de la patronne de la boutique de Pontejos en se remémorant, un à un, les mots que Jaïme lui a écrits sur la lettre. Elle lui fera essayer la robe plusieurs fois, parce que sa cliente veut porter la robe la plus romantique du bal. Elle conversera avec elle, sans y prêter beaucoup d'attention, et saura, au peu de mots qu'elle retiendra, qu'il s'agit d'amour. Oui, son ancienne patronne se vantera d'être aimée tandis que Pepita la piquera avec une aiguille en lui marquant la taille. Elle se vantera, parce que son mari l'a invitée au bal, où joueront cinq orchestres, où se produira Minerva, et où l'on donnera un récital de poésies et un bal de clôture avec Ana d'Espagne et ses huit cavaliers de bal, puis un dîner au Salon rouge, et enfin une valse dans le jardin d'hiver. Oui, elle se vantera d'aller au bal du Palace, auquel accourra le gratin de Madrid, et elle se vantera d'être aimée. Elle rougira en parlant de son mari. Et, plus d'une fois, soupirera d'aise. Pepita aussi soupire en l'entendant soupirer, en rêvant aux lettres qu'elle reçoit tous les quinze jours de Burgos.

La cliente soupire.

Et Pepita soupire.

20.

Quelques jours avant la fête donnée par l'Association de la presse au Palace, la robe sera terminée. La patronne de Pontejos enverra sa vendeuse, Manolita, la chercher à la pension Atocha. Manolita remettra à Pepita un cadeau de Noël de la part de sa patronne : le tube de rouge à lèvres que la parfumerie Roberta offre à ses clientes qui achètent l'entrée à la soirée dans son établissement, et des bas transparents trop petits pour elle.

Pepita recevra son dû, acceptera le cadeau et priera la vendeuse d'attendre dans l'entrée, parce qu'elle est en train de finir d'envelopper la robe dans la cuisine. Mais avant même qu'elle ait terminé de le faire, quelqu'un sonnera à la porte.

— C'est don Fernando.

Doña Celia annonce à Pepita que don Fernando désire la voir.

— Don Fernando, mon ancien patron ?

— Lui-même.

— Et que veut-il ?

— Te voir, il paraît.

Pepita reçut don Fernando dans la cuisine. Et tandis qu'il clignait des yeux, elle continua d'envelopper la robe sur la table.

— Je vous écoute, señorito.

— C'est Noël.

Devant une nouvelle aussi évidente qu'inattendue, Pepita leva les yeux. Elle serra les trois têtes d'épingle qui dépassaient entre ses lèvres et émit un son que don Fernando interpréta comme un ironique *Voilà une nouvelle intéressante*. Malgré cela, le docteur Ortega dit à nouveau :

— C'est Noël.

Et Pepita n'eut plus qu'à retirer les épingles d'entre ses lèvres.

— Vous êtes venu exprès pour me dire que c'est Noël, señorito ?

— Non. Mais j'ai appris que ton fiancé est à Burgos, et comme c'est Noël...

— Comment savez-vous cela ?

— Tout se sait. Et comme c'est Noël, je suis venu te demander de ses nouvelles, et je veux profiter de l'occasion pour te remettre des étrennes.

Don Fernando sortit la main de sa poche, et lui tendit quelques billets.

— Gardez ça, señorito, m'offensez pas.

— J'ai une dette envers toi, Pepita, et là c'est une bonne occasion.

— Vous me devez rien du tout ; alors, m'offensez pas avec cet argent.

— Ce sont des étrennes, Pepita. Seulement des étrennes.

Pepita prend les billets dans la main tendue vers elle et les met dans la poche de la veste de don Fernando. Elle soupçonne que, sous prétexte des étrennes, se cache un sombre motif qu'elle ne saisit pas encore.

— N'en parlons plus, señorito. Je vous ai dit que vous m'offensiez.

— Je ne veux pas t'offenser, je veux seulement t'aider.

— Vous voulez me dire pourquoi vous vous sentez obligé de m'aider ?

Le docteur Ortega ferma la porte de la cuisine et répondit à voix basse :

— Parce que tu m'as aidé.

— Moi, je peux savoir comment ?

— T'as pas prononcé mon nom.

Pepita termina d'envelopper le vêtement. Tandis qu'elle attachait le papier de soie avec des épingles, elle se souvint de l'insistance de don Fernando pour savoir si elle avait cité son nom le jour où il l'avait sortie du ministère de l'Intérieur. À présent, Jaime est en prison, pense-t-elle. Et don Fernando croit sans doute que Jaime sait des choses qu'il ne doit pas savoir. De la peur. De la peur, c'est ce qu'éprouve don Fernando. Et de la honte. La honte pèse sur sa conscience et brouille son regard quand il cligne des yeux. Pepita s'en est rendu compte la dernière fois qu'ils se sont vus. Elle traversait la rue et ils sont tombés nez à nez. Don Fernando marchait en compagnie de son père, et au bras de sa femme, qui maintenant ne vit plus dans sa tour, comme une colombe. Pepita voulut s'arrêter pour leur dire bonjour. Mais doña Amparo la salua et continua son chemin ; les deux hommes, eux, se regardèrent, puis baissèrent la tête sur son passage. Le père souriait, le fils ne cessait de cligner des yeux. De la peur et de la honte. Par peur, il l'a congédiée ; et la honte d'avoir agi ainsi le ronge. Don Fernando l'a fait sortir du ministère uniquement pour qu'elle ne mentionne pas son nom, et maintenant, il sait que Jaime est en prison. Alors, il cligne des yeux parce qu'il craint que lui le dénonce.

— Vous m'avez curieusement récompensée en me renvoyant de chez vous, comptez pas soulager votre conscience en salissant la mienne. Vous m'avez curieusement récompensée, et n'allez pas vous figurer qu'avec de l'argent, vous allez vous racheter. Ce que vous venez acheter ne se vend pas.

— Pepita.

— Il n'y a pas de Pepita ! Allez-vous-en sur-le-champ !

Doña Celia entendra les cris de Pepita. Et elle accourra dans la cuisine :

— Que se passe-t-il ?

— Rien, señora Celia, c'est le señorito qui s'en va.

— Mais que s'est-il passé ?

— Rien, je m'en allais, c'est vrai.

Tandis que don Fernando sortait, Pepita se dirigea

vers son oreille, lui prit le bras caché sous la cape espagnole, et l'obligea à s'approcher d'elle :

— Vous pouvez partir tranquille, señorito, votre nom sera bien gardé ; et s'il a pas été cité jusqu'à aujourd'hui, ça veut dire qu'il ne le sera pas, argent ou pas argent.

— Je voulais seulement...

— Je sais ce que vous vouliez, et maintenant vous savez que ce que vous veniez acheter n'est pas en rayon ici. Adieu, señorito.

Pepita plisse ses lèvres en un sourire forcé.

Don Fernando cligne des yeux.

Dès le lendemain de la soirée romantique, Pepita commencera à recevoir des commandes et devra donner des rendez-vous pour satisfaire ses clientes. Sa robe d'époque fera sensation lorsque la patronne de la boutique de Pontejos franchira les portes du Salon rouge du Palace. Ses amies lui demanderont l'adresse de sa modiste ; et elle rechignera à l'idée de partager la meilleure couturière de Madrid. Ce sera sa vendeuse, Manolita, qui répandra le bruit parmi les clientes de toutes les boutiques de la rue, et de la place de Pontejos.

Et le bruit courra. La créatrice de la plus belle robe du bal vit à Atocha, à la pension de doña Celia.

Pepita sera contrainte de s'organiser. On fera la queue devant la porte de la meilleure couturière de Madrid. Mais le premier rendez-vous ne sera pas avant la fête des Rois, à son retour de Burgos. Pour le moment, elle va acheter deux billets de train, parce qu'elle ira voir Jaime avec doña Celia et la petite. Deux billets, parce que l'enfant ne paie pas. Elle aura l'argent nécessaire avec ce qu'elle a touché pour la robe. Elles iront toutes les trois.

Elle revêtira sa plus belle robe, celle qu'elle avait mise pour se rendre à la rue Ave María, la première fois qu'elle avait voulu se faire belle, la robe avec des fleurs violettes et une jupe en voile qui appartenait à Almudena. Elle a repris le décolleté et les manches, comme le veut la dernière mode, et a ôté un peu de voile à la jupe.

Parce qu'elle désire à nouveau être belle.

Elle portera des bas transparents.

Et se mettra du rouge à lèvres.

21.

Une partie d'échecs pour s'occuper l'esprit. Jaime recherche le calme. Faire bouger le fou pour oublier un rêve qui revient et revient sans relâche. Pepita marche vers la cuisine, porte des chaussures mouillées, les fleurs de sa robe tombent sur le carrelage. Une partie d'échecs contre le désespoir et la défaite. El Cordobés est mort. Une partie contre la détresse. Le camarade qu'il n'avait pas quitté depuis leur rencontre à l'école de la guérilla de Benimamet est mort. Les blancs jouent. L'ami qui s'appelait Felipe est mort en s'appelant Mateo Bejarano. El Tordo aussi est mort, il n'a pas pu protéger la fuite d'une de ses filles et il est tombé avec elle ; on leur a tiré dans le dos. La tour menace le fou. Une partie d'échecs pour que Jaime évite de penser aux événements qui se sont succédé, dans le désordre le plus total. À peine constituée, la Guérilla du Cerro Umbria a été désagrégée par le désastre d'El Pico Montero. Il avait fait descendre sa sœur du rocher. Il l'avait traînée, et conduite vers la sortie arrière du campement. Il l'a vue courir. Tout le monde courait. Elle a couru vers le bas de la montagne. Elle portait son petit pistolet à la main.

— À toi de jouer.

— Échec au roi.

Les hommes qui avaient réussi à s'échapper restèrent cachés tant qu'il faisait jour. À la nuit tombée, ils se regroupèrent au lieu convenu pour ce genre de situations et c'est là qu'ils décidèrent, à cause de la chute du Cerro entre les mains ennemies, de rejoindre la Guérilla d'Estrémadure et du Centre. Cette même nuit, ils apprirent que le village d'El Llano, qu'ils avaient occupé avec succès, avait été rasé, les gardes civils qui avaient rendu leurs armes avaient été fusillés, les habitants chassés, leurs maisons brûlées, et on leur avait interdit de revenir sur leurs terres, ou de s'en approcher à une distance inférieure à cinquante kilomètres. Le roi roque. Sa sœur ne s'est pas rendue au point de rencontre. Il ne l'a plus revue. Mais Jaime a eu de ses nouvelles un mois plus tard, quand il s'est retrouvé avec Jesús Monzón* dans une cave de la rue Ave María, pour préparer l'offensive de la vallée d'Arán*. Elle est en sécurité, c'est tout ce qu'on lui a dit et il n'en a pas demandé plus. Elle est en sécurité. Il doit seulement savoir qu'elle est en sécurité. Et c'est suffisant. Il déplacera le troisième pion, s'il ne veut pas que son roi soit à découvert. Au cours de la réunion avec le commissariat politique, rue Ave María, il a tenté de chasser de son esprit l'image de Pepita. Ses chaussures mouillées, sa robe à fleurs. Il n'a pu éviter le souvenir de son cauchemar récurrent. Il a hésité à sortir dans la rue et, à l'angle de la rue Magdalena, il a hésité encore, Pepita vivait si près de là. Ce serait tellement facile de monter, de perdre une minute et de la serrer dans les bras. Il désirait la voir, avec sa robe pleine de fleurs, à nouveau pleine de fleurs. Il hésitait mais n'a pas voulu la mettre en danger, il s'est mordu les lèvres et s'est rendu directement à la gare de Delicias. Sur le quai des baisers, il a pensé à Pepita, à ses yeux d'une couleur incroyable, à la mèche qui lui tombait toujours sur le front et à ses lèvres tendues vers les siennes. C'est peut-être pour cela qu'il n'a pas pris garde aux deux hommes qui le suivaient. Il n'a pas pu monter dans le train.

— Échec et mat.

Le roi tombe sur l'échiquier. C'est la défaite. On propose une revanche.

Une autre partie.

Le temps passe entre les pièces noires et blanches. Il fait froid dans la cour. L'infusion de malt qu'il a prise au petit-déjeuner ne lui tient déjà plus chaud à l'estomac. C'est le milieu de la matinée, et il a toujours dans sa poche les quatre figues sèches fourrées avec une amande. L'heure du déjeuner. Son compagnon de jeu a également mis de côté les figues du petit-déjeuner ; leur valeur énergétique leur permettra de supporter la faim, parce qu'au réfectoire, ils refuseront la soupe, à base de laitue, pestilentielle et froide, ou le bouillon de pois chiches, quatre pois chiches baignant dans une eau sale, encore pires que les fameuses « lentilles de Negrín » que l'on mangeait pendant la guerre. Les figues, et un quignon de pain qui accompagne la bouillie, empêcheront de crever de faim jusqu'au soir. Après avoir assisté à l'atelier d'ébénisterie, où l'on construit de petites boîtes en bois que les femmes vendront dans des tombolas dans les rues de leurs villages, ils descendront à la cuisine, se griller quelques pommes de terre.

— À toi de jouer, Gerardo.

Il perdra une seconde fois. Il se dira à nouveau qu'il n'y attache aucune importance. Mais il y attache de l'importance. Trop de défaites, personnelles ou non, le pousseront à rechercher dans le jeu d'échecs d'infimes victoires. Il apprendra de nouvelles stratégies, attaques et défenses qui atténueront pour un moment la sensation qu'il n'exerce plus d'activité sur aucun front. Il jouera avec passion. Et dans cette prison, qu'on appelle l'Université, il étudiera les livres qui passent à travers le mur de la censure, attendra avec passion les lettres de Pepita, qui, elles, ne parviendront pas à le franchir ; et deviendra expert de l'histoire du Parti Bolchevique de l'Union Soviétique.

— Échec.

Plus que deux jours avant de revoir Pepita. Deux jours. Il attendra, impatient, que ces deux jours passent.

Deux jours.

Ses reins le font encore souffrir et il urine du sang. Ses doigts aussi lui font mal, bien que les ongles aient déjà repoussé. Mon nom est Jaime Alcántara. Je suis prisonnier de guerre. Jaime Alcántara. Le Tribunal Militaire jugea Jaime Alcántara, natif de Belchite. Ils ne firent pas le lien avec El Chaqueta Negra.

Il ne fut pas condamné à mort.

La présente cause est instruite comme conséquence des enquêtes menées par la Brigade Politico-Sociale de la Police Préfectorale de cette capitale, qui ont conduit à la découverte et au démantèlement des activités clandestines de caractère subversif qui se déroulaient sous l'égide de certains habitants de cette capitale, et qui avaient pour but de réorganiser le Parti Communiste, grâce à la saisie de divers fascicules publiés sous le titre « Guide du bibliophile », qui contenaient plusieurs articles du journal clandestin *Mundo Obrero*.

Le président du tribunal était colonel et avait un bâton de commandement. Lorsque l'avocat de la défense tentait une allégation, le colonel frappait du bâton sur le sol.

Tout d'abord, on lut la liste des condamnés à mort. Un nom après l'autre, en vitesse. Sans trembler. Ensuite, les autres condamnations, en prononçant le nom de l'accusé et la peine correspondante.

Jaime Alcántara, trente ans.

— Mat.

— T'apprends vite.

De petites victoires.

— On s'en fait une autre ?

— Plus tard.

Oui, plus tard, il jouera plus tard. Pour le moment, il veut faire quelques pas, dans la cour.

— Je t'aide ?

— Merci, je peux y arriver tout seul, maintenant.

Il arrive à peine à marcher. Mais il marche. Et il pense à Pepita. Je viendrai avec la señora Celia, et j'amènerai la petite, lui avait-elle écrit dans sa dernière lettre. Elle s'appelle Tensi, comme sa mère. Il pense à Mateo, il va rencontrer sa fille ; lui ne l'aura même pas connue. Deux jours. Et il se souvient d'Hortensia, la femme qui avait appris à écrire sur les murs de la Casa Grande de Don Benito. Elle avait appris avec un vieux crayon, et lui, dirigeait sa main.

— Comme ça, tu vois ?

— Comme ça, oui. Mais si tu me lâches, je m'embrouille. Et j'aurai des lettres en trop ou en moins.

— Tu écris, et moi je regarde. Je verrai bien la lettre en trop ou en moins.

— Et tu sauras rajouter celle qui manque et enlever celle qu'il y a en trop ?

— Pense pas à ça. Tu dois seulement penser à écrire un mot, à lier les lettres et à te dire que c'est bien.

— Bien sûr, et la lettre qu'il y a en trop ici, elle manque de l'autre côté.

Jaime se promène dans la cour. Il termine une cigarette et écrase le mégot avec son talon. Il se sent mal. Il peut à peine faire un pas sans que la douleur lui broie la vessie, et les testicules. Don Gerardo s'approche. Il l'aide à atteindre l'infirmerie et demande une bouillotte d'eau chaude.

Jaime appliquera la bouillotte sur son ventre. La chaleur l'aidera à uriner. Du sang. La douleur persistera. Et il ressentira de la rage. De la rage, parce qu'il faut qu'il guérisse en deux jours. Il faut qu'il entre debout dans le parloir. Deux jours. De la rage, parce qu'il sait que ce sera impossible, que Pepita le verra marcher en s'appuyant sur don Gerardo. De la rage.

Oui, de la rage.

22.

Le parloir de la Prison Centrale de Burgos est sombre et triste, mais silencieux. À la place des grilles métalliques, deux murs à mi-hauteur terminés par des barreaux qui montent jusqu'au plafond délimitent le couloir central. Les prisonniers ne reçoivent pas beaucoup de visites, de sorte que les fonctionnaires qui surveillent le couloir peuvent entendre les conversations de chaque famille et s'arrêter pour écouter celle qui éveille chez eux le plus d'intérêt. Pepita et doña Celia attendent. Chacune tient Tensi par la main. La petite promène autour d'elle ses yeux grands ouverts. Elle a vu les familles s'agripper aux barreaux devant elles, mais le mur l'empêche de voir les prisonniers qui sont entrés de l'autre côté. Pepita la prend dans ses bras.

— Ils sont là.

Doña Celia a vu don Gerardo. Pepita ne distingue que deux hommes, le premier soutenu par le second.

— Où ça ?

— Là.

Don Gerardo aide Jaime à atteindre la grille. Pepita serre la petite dans les bras en gémissant :

— Que t'ont-ils fait ?

Entre les barreaux, Jaime passe sa main droite et la tend vers Pepita. Elle tend la sienne. Ils ne peuvent pas se toucher. Mais ils sentent leurs doigts s'effleurer.

Le garde leur ordonne de retirer leurs mains. Jaime observe les yeux bleu océan qui sont en face de lui.

— Si longtemps sans voir cette couleur incroyable !

— Quelle couleur ?

— Celle de tes yeux, mignonne.

Tu m'aimes ? demanda-t-elle. Je t'aime, répondit-il, en se tenant aux barreaux parce qu'il avait du mal à rester debout.

— Recule un peu, je veux voir ta robe.

Pepita fait quelques pas en arrière, pour que Jaime admire sa robe.

Pleine de fleurs.

Et Jaime sourit, et lui demande si la petite fille qu'elle porte dans ses bras est Tensi.

Oui, c'est Tensi, lui explique Pepita en revenant à la grille ; et elle demande à la fillette de regarder Jaime :

— Regarde.

— C'est toi mon papa ?

— Non, petite, je suis pas ton papa.

Elle te ressemble, dit-il à Pepita, elle a les mêmes yeux que toi. Puis il lui demande d'aller chercher le pantalon qu'il a laissé au service des colis.

— Je t'ai mis dans la poche mes mesures pour la longueur. C'est pour que tu me reprennes les ourlets.

Elle ne sait pas que dans les ourlets, Jaime a caché un manifeste dans lequel les prisonniers réclament la suspension des exécutions. Elle ne le sait pas encore. Mais elle le saura. Elle le découvrira quand elle s'apprêtera à reprendre les ourlets et les découdra. Elle remettra le manifeste à Puerta Chiquita, où elle sait que Reme rencontre les femmes du Secours Rouge.

Pepita s'approche des barreaux. Elle crie, parce qu'elle était habituée à crier au parloir de Ventas.

— Je t'ai apporté un colis, et de l'argent.

— Pourquoi cries-tu ?

— Je sais pas.

— N'apporte plus d'argent, le Parti se charge de moi, et tu en as besoin pour ce petit ange.

Le temps de visite est terminé. Le gardien ordonne aux prisonniers de se retirer. C'est au tour de Jaime de demander :

— Tu m'aimes ?

— Oui.

— Moi aussi, je t'aime, mignonne.

Don Gerardo aide Jaime à marcher Le garde s'impatiente :

— Allons, dépêchons-nous, chacun dans sa division !

Les cris de Pepita volent jusqu'à Jaime, portés par l'air :

— Je reviendrai l'année prochaine !

Jaime regarde derrière lui, vers les yeux bleu profond, en quittant le parloir :

— Écris-moi.

Le temps est terminé. Jaime voit les lèvres de Pepita qui tremblent, sa main faire un signe d'adieu.

— Je reviendrai l'année prochaine, mon amour.

Désormais, il faut attendre.

Ils devront patienter un an pour se revoir. Ils s'écriront une lettre tous les quinze jours. L'attente. Jaime retourne à la division en s'appuyant sur don Gerardo. Il jouera aux échecs avec lui. En attendant. Il attend les lettres censurées de Pepita. Il attend ces lettres et celles de son grand-père. Attendre, attendre. Pampelune et Madrid prendront tour à tour place dans le courrier de la prison, une lettre par semaine. Il répondra à chaque lettre. Il exprimera ses sentiments avec des mots, pour pouvoir survivre. Et ce n'est pas facile. Des mots qui trompent l'absence mais qui révèlent l'intolérable éloignement. Non, ce n'est pas facile de savoir que la vie suit son cours en dehors de la prison, et qu'il n'est qu'un témoin passif qui assiste aux événements à travers les autres, de loin. Toujours de loin.

Non, ce n'est pas facile.

23.

Les villes ont leur propre histoire. Mais elles ont aussi une autre histoire, voire des milliers d'autres, petites et personnelles ; l'histoire qu'écrivent ceux qui l'ont gardée dans un coin de leur mémoire. Jaime est à Burgos. Il est de retour dans cette ville où il est né, où il a été à l'école pour la première fois, où sa mère veillait sur lui, penchée sur son berceau, où son père lui apprenait à défiler, soldat de plomb avec une épée de bois, où il a appris à lire et à écrire, où il s'est battu pour la première fois, où il a connu le plaisir de tirer les tresses, enfin là où il a saisi l'importance du mot « passion ». Il est à Burgos. Et à Burgos, il ne laissera pas mourir sa passion. Il ne la laissera pas mourir, même si parfois il sent qu'elle l'abandonne. Même si parfois, il sent que Burgos est très loin. Il continuera la lutte avec passion, de Burgos, de loin, en souvenir de son père qui, dans l'armée, était passionné par la discipline militaire ; en souvenir de sa mère, conteuse passionnée d'histoires pour enfants. Il assistera avec passion aux discussions politiques nocturnes, dans sa division. Il lira les communiqués de guerre anglais. Il débattra avec ses compagnons de l'évolution du conflit mondial. Il fêtera avec passion l'avancée des Alliés, la prise de Paris, le repli des forces de l'Axe, et il nourrira l'espoir que les gouvernements démocrates soutiendront l'Union Nationale. Et il le fera avec passion, dans la prison de Burgos.

Les gardiens restent dans leurs guérites, à la chaleur d'un poêle à charbon ; ils n'interrompent l'activité carcérale que pour le comptage. L'ensemble des détenus peut vaquer librement dans la prison, sortir dans la cour, descendre à la cuisine, ou se réunir dans les divisions pour y tenir des débats politiques. Jaime vivra l'enthousiasme des détenus pour le débarquement en Normandie, l'optimisme de ceux qui feront leur valise, convaincus que la fin de la dictature franquiste sera la suite logique du débarquement, et la déception quand ils comprendront que les portes des prisons ne s'ouvriront pas après la victoire des Alliés. De Burgos, il vivra l'impuissance du Gouvernement républicain en exil, et les raisons que donne le Parti Communiste à la décision des puissances démocratiques de ne pas intervenir sur le territoire espagnol. Ces motifs seront débattus entre les prisonniers, ne faisant qu'augmenter le conflit qui existait déjà entre socialistes, anarchistes et communistes :

— Ils parlent de la situation espagnole comme étant « le problème espagnol », vous pouvez le croire ? C'est tout ce que nous sommes, un problème.

— Moi, je chie sur ces démocrates.

— Alors, essuie-toi avec ce papier, où c'est marqué très clairement, « c'est de la faute des communistes ». Si tout le monde ne pensait pas que, si on revenait à la République, le gouvernement tomberait entre vos mains, personne ne craindrait de voir un satellite de l'Union Soviétique dans le sud de l'Europe.

— Et c'est qui ce tout le monde, on peut savoir ?

— Arrête de la ramener ; c'est le camarade qui a raison, c'est vous qui avez tout foutu en l'air avec votre marxisme-léninisme.

— Je vais te casser la gueule.

— Viens, je t'attends.

Discussions auxquelles se joindront les autres prisonniers. Ceux qui viennent grossir, chaque jour, le nombre des détenus. Le dernier camarade arrivé a apporté de mauvaises nouvelles :

— L'affaire de la vallée d'Arán a été un désastre, une catastrophe.

Jaime l'aide à arracher le dernier volet en bois, qu'ils glisseront sous le matelas pour l'isoler du froid et de l'humidité du sol.

— Faut convoquer une réunion d'urgence.

Ils convoquèrent une assemblée générale. Et le dernier venu rendit compte de l'échec de l'Opération Reconquête de l'Espagne et proposa comme thème de discussion la responsabilité de Santiago Carrillo* dans la retraite de la vallée d'Arán ; l'importance excessive prise par Jesús Monzón, son imprudence ; l'optimisme démesuré et l'absence de stratégie de la UNE pour une invasion dont l'effectif était de sept mille guérilleros espagnols préparés à l'offensive depuis la France, mais qui n'a pas tenu compte du manque de soutien de l'intérieur.

— Ils comptaient trop sur l'insurrection du peuple, et le peuple en a plein le dos.

— L'aventure a duré dix jours, et ça s'est terminé.

De la Prison Centrale de Burgos, de loin, toujours

de loin, Jaime vécut avec ses camarades la tentative manquée de pénétration en Espagne par les Pyrénées. Et, par la presse de la guérilla, qu'un surveillant infiltre dans l'enceinte de la prison moyennant une gratification mensuelle de cent cinquante pesetas, il apprendra que les guérillas continuent la lutte armée, malgré l'échec.

Les discussions politiques concourront à entretenir dans leur esprit l'illusion qu'ils font partie encore de la résistance active. Ils écriront des manifestes et de la propagande qu'ils diffuseront parmi les prisonniers et qu'ils feront passer à l'extérieur pour prouver que la lutte continue aussi dans les prisons. Jaime participera au comité d'agitation et de propagande et donnera des instructions à ses compagnons de l'atelier d'ébénisterie pour façonner des compartiments secrets sur les côtés des boîtes, où ils glisseront les tracts que leurs femmes distribueront dans les autobus et les trains. Et le temps aussi passera dans ces boîtes. Parce que le temps ne s'arrêtera pas à Burgos, même si Jaime a souvent le sentiment qu'il le voit s'écouler de loin. Le temps et la passion de Jaime parviendront à franchir les murs de la prison, lorsque Pepita ouvrira ces petits compartiments latéraux à la pension Atocha.

— Jaime.

— Dis-moi, Gerardo.

Jaime a dans la main une lettre de son grand-père. Don Gerardo en a une autre. Tous deux ont attendu tout l'après-midi, mais le gardien qui distribue le courrier n'était pas en forme, aujourd'hui ; et il a eu deux heures de retard dans la distribution.

— On s'en fait une petite dernière quand on a fini de lire ?

— D'accord.

La lettre de don Javier est plus courte que d'habitude. Les lettres plus déformées. La main qui l'a écrite était plus tremblante. En à peine quelques lignes, il raconte à son petit-fils, *Cher petit-fils*, qu'Elvirita est venue lui dire au revoir avant de quitter l'Espagne et lui a annoncé que maintenant elle s'appelait Celia, comme sa grand-mère. Il ajoute que, quant à lui, il va bien, si ce n'est une pneumonie. *Elle est légère*, écrit-il, *ne t'inquiète pas*. Mais Jaime ne peut s'empêcher de s'inquiéter. Les mots de son grand-père le submergent de chagrin. Son grand-père est malade. Et Celia est à Prague.

Il achève de lire la lettre. Et au moment précis où il en lira la dernière ligne, il commencera à attendre la suivante.

— Quand tu veux, on se fait la petite dernière.

Oui, la dernière. Son camarade n'attendra plus avec lui, en jouant aux échecs, le moment de la distribution de la lettre hebdomadaire. Il n'attendra plus avec lui le jour de la visite annuelle pour descendre au parloir, ni ne retournera ensuite avec lui à la division, pour attendre à nouveau l'année suivante. Parce que son camarade sera libéré dans le courant de l'après-midi. Un gardien prononcera son nom et ajoutera à voix haute :

— Et prends toutes tes affaires !

Il prendra toutes ses affaires, plus une boîte qu'il apportera à Pepita de la part de Jaime. Ses compagnons de division applaudiront, et accompagneront sa sortie de *Vivats !* Une file d'embrassades. Des larmes dans les yeux. Il chargera son sac à dos sur l'épaule, et offrira à Jaime son jeu d'échecs :

— La prochaine fois, on s'en fait une dehors.

Et, à la porte de la prison, doña Celia l'attendra.

24.

Pour fêter le retour de son mari, doña Celia a invité à goûter Pepita et Tensi à San Ginés. Chocolat chaud et churros.

— Je peux manger tous les churros que je veux ?

— Tous ceux que tu veux.

La petite fille se mord la lèvre inférieure et lève les yeux en calculant combien de churros elle sera capable de manger. Doña Celia s'accroche fermement au bras de don Gerardo qui serre la main de sa femme dans la sienne. Tous deux essaient de cacher leur émotion devant Pepita, pour que la présence de don Gerardo ne lui fasse pas ressentir davantage l'absence de Jaime. Mais cette absence, elle la ressent, comme un coup, même si elle parvient à dissimuler son émotion et sourit en regardant Tensi.

— Tu vas drôlement te gaver, ma petite. Je vois que tu manges déjà tout des yeux ; et je vois aussi que tu vas avoir une sacrée indigestion cette nuit !

Oui, Tensi réveillera Pepita à l'aube en se retournant sans arrêt dans le lit.

— Tu veux rester tranquille et cesser de me donner des coups de pied, t'as la bougeotte !

— C'est que j'ai mal au ventre.

— Je le savais bien, moi, que tu avais les yeux plus gros que le ventre.

Après avoir rendu son trop-plein de churros et de chocolat, et comme tout convalescent à la recherche de réconfort, Tensi se blottit dans les bras de Pepita.

— Le señor Gerardo, c'est mon grand-père ?

— Oui.

— Mais si t'es pas ma mère et que lui n'est pas ton père, il peut pas être mon grand-père.

— Je suis ta mère pour de faux.

— Et le señor Gerardo, c'est mon grand-père pour de vrai, ou pour de faux, comme toi ?

— Pour de faux, mais il y a des mensonges qui sont des vérités plus profondes que les vérités vraies.

— Les enfants de l'école ont des mères pour de vrai. Et moi aussi, je veux une mère pour de vrai.

— Tu as une mère pour de vrai qui est au ciel, et une autre pour de faux ; tu as plus de mères que les autres enfants. Allez, endors-toi, il est très tard.

— Mais, qu'est-ce que je leur dis aux enfants qui disent que c'est pas vrai que j'ai un grand-père ?

— Dis-leur qu'il y a des mensonges qui sont vrais.

— Et aux bonnes sœurs aussi ?

— Aussi. Fais dodo.

Le lendemain matin, lorsque Pepita coiffera Tensi, la fillette observera leur reflet dans le miroir. Et l'après-midi, lorsqu'elles se rendront à la Casa de Campo pour rejoindre Reme, Tensi tirera la main de Pepita pour que sa tante la regarde.

— Alors c'est à toi que je ressemble ?

— Oui.

— Je te ressemble comme si tu étais ma mère pour de vrai ?

C'est dimanche, et malgré le froid, il y a plus de monde que d'habitude à la Casa de Campo. En arrivant à Puerta Chiquita, le groupe de femmes qui fait semblant de s'être réuni pour goûter entoure Reme.

— Le pauvre petit.

— Je compatis à ta douleur.

— C'est une consolation qu'il n'ait pas souffert.

— Que s'est-il passé ?

— C'est le petit garçon de Reme, il est parti d'un coup.

Pepita se fraie un passage vers Reme tandis que les femmes derrière elle se désolent :

— On sait bien que ces petits anges n'ont pas le cœur très solide.

— Mais on ne s'y attend jamais quand ça arrive.

— Et elle encore moins, qui se lamente de toutes ces années perdues en prison. Elle dit qu'elle aurait dû les passer à s'occuper de son enfant et qu'elle a été une mauvaise mère.

— Une mauvaise mère, certainement pas.

Reme embrasse Pepita.

— Mon petit garçon.

— Il est au ciel maintenant. C'est un ange de plus dans le ciel, et il y est bien mieux qu'ici. Il est bien plus heureux que nous autres, Reme.

Après avoir tenté de consoler la mère de la perte de son fils, les femmes ouvrent leurs paniers. Elles en sortent la nourriture qu'elles ont pu rassembler et Reme la répartit en colis qu'elles feront parvenir aux prisonniers qui n'ont pas de famille.

— C'est pas beaucoup.

Non, ce n'est pas beaucoup.

— Est-ce que quelqu'un a apporté de l'argent ?

Pepita apporte de l'argent. Et aussi un manifeste dans la boîte que Jaime lui a envoyée par l'intermédiaire de don Gerardo.

— Faut le faire parvenir à l'étranger, pour que les journaux le publient.

Avant la fin de l'année, le manifeste sera publié. Les boîtes des ébénistes rempliront leur mission de pigeons voyageurs et Pepita, sans le vouloir, deviendra un membre de plus du Parti Communiste dans la clandestinité ; et pourtant elle n'y adhérera jamais.

— Je le fais pour Jaime, vous savez ? Je ne dois rien aux vôtres, señora Reme. Avant, je vous aurais dit de vous débrouiller sans moi.

Elle le fait pour Jaime. Elle porte à la Casa de Campos les messages qu'il lui envoie, vend les boîtes au marché aux puces de Madrid, ou fait le tour des magasins d'alimentation que Reme lui indique, pour remplir son panier, au nom du Secours Rouge ; tout cela pour Jaime. Et elle met de côté une partie de ce qu'elle gagne en cousant pour le donner à Reme, parce qu'elle sait que celle-ci fait parvenir l'argent recueilli aux prisonniers. Et Jaime est prisonnier. Il refuse toujours l'argent que Pepita lui apporte une fois par an. Elle se réunit avec Reme à Puerta Chiquita pour Jaime. Mais tous les mois, elle vient au rendez-vous en pestant contre le Parti.

— Les vôtres m'ont apporté que des malheurs, señora Reme.

— Je comprends bien.

— Des malheurs, je vous dis, et je voudrais pas être à votre place à toutes, avec toute cette politique, et avec tout ce qui arrive, ou qui pourrait arriver.

— Ce qui pourrait arriver, c'est la liberté.

— Et les malheurs. Vous verrez.

Les malheurs.

Le dernier malheur de Pepita, elle le doit à l'archevêque qui, il y a un mois, lui a refusé le sacrement du mariage parce que son fiancé était communiste. Jaime avait déjà signé le pouvoir qui autorisait don Gerardo à le représenter pour se marier par procuration avec Pepita. Mais l'aumônier de la Prison Centrale de Burgos l'a informé qu'il devait abjurer ses idées politiques avant de se marier. Jaime a refusé. « L'archevêque dit que la faute est en toi », a rétorqué l'aumônier. « Moi, ça m'est égal, mais cela va faire de la peine à ma fiancée », répondit Jaime ; et ensuite il lui a demandé si lui-même pourrait abandonner la soutane sous un quelconque prétexte. Lorsque le prêtre a répondu sous aucun prétexte, il lui a demandé alors de comprendre qu'un communiste non plus n'abandonnait ses idées sous aucun prétexte.

— Alors tu vois bien, Reme. À cause de ça, je risque d'aller à Burgos et qu'on me laisse pas entrer, comme ça m'est arrivé l'année dernière, quand ils m'ont dit que je n'étais pas de sa famille et que j'ai dû repartir sans l'avoir vu. J'ai encore subi un sacré coup, dont je n'arrive pas à me remettre ; et ça, personne peut le comprendre. Et le coup que ça lui a fait à lui, je peux même pas me l'imaginer. Une année entière, c'est si vite dit ; mais c'est une année à attendre, à économiser pour le voyage, et s'en retourner sans même l'avoir aperçu ne serait-ce qu'un instant, un tout petit instant, pour dépenser tout cet argent que j'aurais pu consacrer à autre chose ! Et maintenant, après toutes ces années, on me dit que je suis pas une proche parente, et que l'archevêque veut pas que je le sois parce que mon fiancé fait de la politique. Alors, venez pas me dire qu'on fait de la politique pour la liberté ; parce que moi, tout ce que j'ai vu de liberté, c'est quand les gosses sautent à pieds joints dans les flaques d'eau et y pataugent autant qu'ils veulent.

Elle n'aime pas la politique. Elle aimerait vivre en paix. Et être à Cordoue. Et que Jaime ne soit pas prisonnier. Pepita n'aime pas les choses qu'elle ne comprend pas ; et elle assiste aux réunions, année après année, apportant ce qu'elle peut apporter ; mais elle ne parle pas de politique. Elle parle avec ses camarades de la mort de l'enfant de Reme, du mariage des trois filles célibataires qui lui restaient, ou encore de Tensi qui grandit. Elle n'aime pas parler de politique. Elle interviendra dans les conversations quand les femmes parleront de choses qu'elle comprend, ou lorsque Reme dira qu'elle a pu enfin remettre sa valise à Elvira, la jeune fille rousse qui a continué la guérilla, à lutter les armes à la main, plus courageuse que jamais, avant qu'on l'envoie en Tchécoslovaquie. Et quand elle raconte que Sole, la sage-femme de Peñaranda de Bracamonte, et sa fille, qui avait perdu un œil sous la torture, se sont exilées au Mexique et aident activement le gouvernement républicain, ou encore lorsqu'elle annonce qu'Antoñita Colomé, la cantatrice qui avait aidé Sole et Elvira à s'évader, a dû elle-même fuir en France pour avoir avoué à un phalangiste que tout son sang était rouge.

Mais lorsque les femmes parleront des Alliés qui ont gagné leur guerre et qui n'iront pas plus loin, indignées de savoir qu'ils n'interviendront pas sur le territoire espagnol, et commenteront le fait que l'Organisation des Nations Unies a été créée en excluant l'Espagne, Pepita gardera le silence. Et quand arrivera la nouvelle que l'Argentine, le Portugal, la République dominicaine et le Saint-Siège sont les seuls pays à conserver leurs ambassades en Espagne, en dépit de la proposition de l'ONU de rompre les relations diplomatiques en mesure de rétorsion, Pepita continuera à garder le silence. Elle regardera autour d'elle, assistera en silence aux commentaires de ses compagnes sur l'isolement infligé à l'Espagne par les puissances démocratiques, sur la crise économique, le soutien argentin, la visite d'Eva Duarte, ou les lentilles que Perón a fait envoyer par cargos entiers.

Pepita assistera en silence aux goûters à la Casa de Campo, année après année, en compagnie de Tensi, qui grandira en écoutant les paroles que Pepita ne veut pas entendre. Pepita se rendra compte que la petite garde les yeux grands ouverts et, à la fin des réunions, court voir Reme pour qu'elle lui parle de sa mère.

— Elle était courageuse, très courageuse.

Pepita remarquera que Tensi regarde Reme avec admiration.

Et qu'elle commence à poser les questions qu'elle ne devrait pas poser.

— C'est quoi un laissez-passer, Reme ?

Alors elle cessera de l'emmener aux réunions.

— Pourquoi tu n'amènes plus la petite ?

Lui demanderont-elles.

Elle répondra que l'enfant s'ennuie, pour ne pas dire qu'elle est trop petite pour s'intéresser à la politique. Et qu'elle n'acceptera pas qu'elle s'y intéresse.

Elle continuera à écouter ses camarades en silence.

Et elle sentira une araignée noire et velue tisser sa toile poisseuse autour d'elle, et craindra que sa nièce ne soit à la maison, en train de gratter sa morsure.

25.

— Pepita.

— Hein ?

— Tu es dans la lune.

— J'étais distraite.

La réunion à Puerta Chiquita vient de s'achever. Pepita a appris avec joie que Tomasa a maintenant un lit. La prison de Ventas s'est désengorgée et chaque prisonnière a droit à son lit et à un espace qui lui est propre. Tomasa a écrit cette nouvelle à Reme, et Reme a lu la lettre. Pepita a écouté les mots de la camarade qui appelle Reme *Ma sœur*. Ensuite, elle a entendu que les dernières guérillas allaient être dissoutes, après la lente disparition de leurs divisions.

— Ils sont de plus en plus harcelés par les brigades mobiles de la Garde Civile.

— Et de moins en moins soutenus par leurs contacts d'El Llano.

— La lutte armée n'a plus aucun sens.

La lutte armée n'a plus aucun sens. Et Pepita pense à Hortensia, qui est morte pour avoir lutté les armes à la main, plus courageuse que jamais. Elle pense à ceux qui sont morts dans le Cerro, au sang qu'elle a foulé des pieds à la gare le jour de sa première rencontre avec El Chaqueta Negra, et à la photographie de ceux qui avaient les yeux fermés et la bouche ouverte.

— Mais tu as entendu quelque chose ?

— Quoi ? Que la guérilla est finie parce qu'elle n'a plus de sens ?

— T'as compris que la moitié des choses. Viens, accompagne-moi au métro, sur le chemin je t'expliquerai le reste.

C'est vrai, elle n'a pas tout compris. Pepita s'est mise à penser aux morts quand les femmes ont annoncé que l'année prochaine serait l'année de saint Jacques. Elle a pensé aux morts. Et elle a pensé à ce maudit Parti, qui a poursuivi la guérilla inutilement, pendant des années, pour prouver sa force, pour que la plupart d'entre eux meurent plus courageux que jamais, sans raison.

Et, sur le chemin du métro, Reme lui explique qu'il restait très peu d'hommes et de femmes dans le maquis.

— Ils ont déjà bien assez souffert ; à présent, faut qu'ils s'en aillent. Notre lutte est politique, et désormais ne peut plus être que politique.

La lutte est politique, et ceux qui ont lutté avec des armes sont morts, en prison, ou en danger.

— L'année prochaine, c'est l'année de saint Jacques.

— Et alors ?

— Tu dois écrire une lettre.

Elle doit écrire une lettre parce que l'année prochaine est l'année de saint Jacques, et tous les parents des prisonniers vont écrire au cardinal archevêque de Saint-Jacques-de-Compostelle afin de solliciter son intervention auprès du gouvernement en faveur d'une amnistie.

Pepita doit demander la grâce de Jaime.

Reme la demandera pour Tomasa, sa sœur, la fille d'Estrémadure à la peau d'olive qui dispose maintenant d'un lit.

Pepita écrira la lettre. Et le sept janvier mille neuf cent cinquante-quatre, elle recevra une réponse du cardinal Quiroga Palacios dans laquelle *il Salue et Bénit Josefa Rodriguez García* et l'informe *qu'il a requis avec le plus vif intérêt la grâce à laquelle elle faisait référence dans sa lettre*, et *qu'il a reçu en retour l'information que le gouvernement étudie avec bienveillance sa requête, et que pour sa part, il s'en remet au Très-Haut pour cette affaire. Il nous viendra en aide*, écrit-il, en guise de conclusion.

Il nous viendra en aide. Le Très-Haut. Pepita se répète cette phrase à elle-même, et se rend ce même après-midi à l'église San Judas Tadeo, munie d'un billet d'une peseta pour le tronc. Il nous viendra en aide. C'est mardi, et la queue devant l'église déborde sur la place Santa Cruz. Il nous viendra en aide. Le Très-Haut. Pepita attendra patiemment en répétant son souhait. Il nous viendra en aide. Quand viendra son tour, elle entrera dans l'église. Elle prendra un cierge. Il nous viendra en aide. Elle glissera son billet d'une peseta dans le tronc en levant les yeux vers le saint.

— Donne-lui un coup de main, toi, saint Tadeíto.

26.

L'amnistie accordée par le gouvernement pour l'année de saint Jacques ne concerne pas Jaime. Pepita écrit une autre lettre. Et cette fois, c'est le secrétaire particulier de son Excellence Monseigneur Cardinal Archevêque de Saint-Jacques-de-Compostelle, Jesús Precedo Lafuente, qui lui répond.

À peine la moitié d'une petite feuille, tapée à la machine :

Le secrétaire salue la très estimée, Doña Josefa Rodríguez García, par notre Seigneur et, au nom de Son Excellence révérendissime, a le plaisir de lui annoncer que Monseigneur le Cardinal a reçu sa lettre du 3 de ce mois. Son Excellence le Prélat me charge de vous communiquer qu'il a sollicité auprès des Autorités compétentes un décret de grâce la plus étendue possible pour commémorer les célébrations de saint Jacques de cette année. Son Excellence regrette que votre proche n'ait pu en bénéficier et conserve son nom au cas où se présenterait une occasion propice à une quelconque demande en sa faveur. Monseigneur vous bénit et profite de cette lettre pour vous témoigner sa considération distinguée.

Pepita lit la lettre à voix haute. Jaime l'écoute de l'autre côté des barreaux, et baisse les yeux. Quand Pepita finit de lire, Jaime lève à nouveau les yeux et trouve le surveillant en face de lui.

— Je regrette. Si t'as besoin de quelque chose...

Pepita ne peut retenir ses larmes. Jaime la désigne

du regard pour attirer l'attention du surveillant sur elle.

— Laisse-moi la consoler.

— Je peux pas faire ça.

— Si, tu peux.

— Déjà, je la laisse passer alors que vous êtes pas mariés ; m'en demande pas plus.

— Si je te demande pas plus, je te donnerai plus rien à toi non plus. Jamais, tu entends ?

Oui, il entend. Le surveillant est celui qui se charge de faire passer la presse clandestine, et le Parti rétribue grassement ses services. Et Jaime lui verse une prime, une fois par an, pour qu'il attende Pepita à la porte de la prison et la fasse entrer avant qu'un autre gardien exige son livret de famille.

La femme aux yeux bleu océan ne parvient pas à entendre la conversation entre les deux hommes, mais elle découvre dans le regard de Jaime un air de dureté qu'elle ne lui connaissait pas. Jaime se lève.

— Tu vas me donner cinq minutes.

— Tu te rends pas compte de ce que tu me demandes.

— Cinq minutes.

Pepita se lève, s'agrippe aux barreaux. Elle regarde le surveillant quitter le couloir central et Jaime sortir du parloir. Quelques secondes plus tard, le surveillant qui venait de quitter le couloir la tire par le bras.

— Accompagnez-moi.

Au fond d'une galerie étroite, il y a une porte. Pepita sait que, derrière cette porte, Jaime l'attend. Elle le sait. Même si elle ignore pourquoi, elle le sait. Elle avance jusqu'à la porte, guidée par le fonctionnaire, qui ne lâche pas son bras.

En effet.

Jaime.

Le gardien a ouvert la porte.

— Vous disposez de cinq minutes.

Cinq minutes. Pour la première fois depuis tant d'années, le temps compte pour Jaime ; il compte et s'écoule avec Pepita, même si ce n'est que pour cinq minutes.

Elle lui offre sa bouche.

— De près, tu es encore plus belle.

Il lui caresse les joues et cherche son regard.

— J'ai encore beaucoup d'années à passer ici, tu perdras ta jeunesse, si tu m'attends.

— Et toi de près, t'es plus bête. Viens, embrasse-moi.

Sans hâte. Ils s'embrasseront sans hâte. En silence et sans hâte, ils s'enlaceront, se toucheront les mains l'un l'autre, regarderont leurs doigts en se couvrant de caresses, et souriront avant de réunir à nouveau leurs lèvres. Pendant cinq minutes.

Lorsque le gardien ouvrira la porte, Jaime lui demandera encore une minute.

— D'accord, mais seulement une.

Une minute de plus, pour que Jaime l'embrasse encore. Pour sentir dans sa bouche les algues de la mer, une toute petite minute. Une minute.

— Elle doit partir maintenant.

Elle doit partir.

Elle part.

Cela fait des années que Jaime n'avait pas senti la mer sur ses lèvres.

Elle part.

De nombreuses années passeront avant qu'il puisse à nouveau l'embrasser.

Elle part.

Le garde a déjà refermé la porte.

27.

Après avoir récupéré une boîte que Jaime a laissée pour elle au service des colis, Pepita quitte la prison de Burgos, plus triste que jamais.

Plus triste que jamais, elle marchera vers l'autobus qui la mènera à Burgos. Plus triste que jamais, elle prendra le train pour Madrid. Et lorsqu'elle arrivera à la pension Atocha, avec ses yeux bleu profond plus tristes que jamais, doña Celia et don Gerardo cesseront de noter les entrées et les sorties dans le livre de comptabilité, quitteront tous deux la table de la cuisine, et renonceront à leurs tentatives d'équilibrer le bilan du mois, accablés par la tristesse qu'ils verront dans le regard de Pepita.

— Que t'arrive-t-il, ma fille ?

— Il m'arrive rien, señora Celia.

— Comment va Jaime ?

— Ça va, ça va.

Quand elle entendra la voix de Pepita, Tensi abandonnera sur son lit les cahiers bleus de sa mère. Avant de sortir de sa chambre, elle s'attardera un instant devant le miroir de l'armoire à linge, ceindra sa taille avec un large nœud de satin, et se mettra sur la pointe des pieds. Puis elle courra donner un baiser à la nouvelle venue.

— T'as mangé ?

— Non.

— Viens, assieds-toi, je vais te servir une assiette de lapin à la tomate, tu vas voir comme c'est bon, c'est moi qui l'ai fait.

— C'est vrai ?

— Vrai de vrai !

Le lapin à la tomate revigora Pepita. Quand elle eut terminé, elle se leva de la table pour laver son assiette, tandis que don Gerardo se retirait pour faire la sieste.

— Regarde, maman.

Tensi se remit sur la pointe des pieds et approcha son épaule de celle de Pepita.

— Presque comme toi.

— Il t'en manque encore un peu.

— Ça suffit, laisse ta mère tranquille, et continue à grandir.

Doña Celia retira l'assiette des mains de Pepita.

— Tu es fatiguée, ça se voit. Va dormir un peu, je vais la laver moi-même.

C'est vrai, Pepita était fatiguée, mais elle ne pouvait pas aller dormir. Jaime lui avait laissé une boîte en bois au service des colis.

— Je dois aller porter une boîte à Puerta Chiquita.

— J'y vais avec toi.

— Non.

Depuis longtemps Pepita refusait d'emmener Tensi aux réunions de la Casa de Campo, mais l'adolescente revenait toujours à la charge.

— Laisse-moi y aller !

— Tu restes ici avec ta grand-mère.

— Emmène-moi, avant tu m'emmenais.

— Oui, mais plus maintenant, c'est compris ?

— Mais pourquoi ?

— Sois pas casse-pieds, aujourd'hui j'ai pas envie de discuter.

Elle partit seule faire semblant de participer à un goûter champêtre, en emmenant dans son panier la propagande qu'elle devait remettre à Reme.

Une des femmes avait apporté une bouteille de cidre et des verres. C'était jour de fête, et elles attendaient Reme pour porter un toast aux prisonniers graciés. Tomasa en faisait partie. La femme à la peau d'olive était sortie de la prison de Ventas la tête haute, serrant avec force le baluchon qu'elle avait fait avec les rares affaires qu'elle possédait, et craignant jusqu'au dernier moment que la porte ne s'ouvre pas pour elle.

Elle tremblait.

Tomasa s'était mise à trembler dès l'instant où elle avait commencé à rassembler ses affaires. Et elle avait continué à trembler toute la matinée, en attendant la gardienne qui devait la conduire jusqu'à la porte. Josefina tentait de la calmer.

— Allons, sois pas si nerveuse.

— C'est qu'ils en mettent du temps à m'appeler, nom de Dieu !

— Ils vont pas tarder.

Assise sur le lit, accrochée à son baluchon, elle tremblait. Ne pouvant contenir son anxiété, elle restait en alerte, guettant le bruit du verrou du couloir central. Josefina s'assit à côté d'elle. Mais elle ne tarda pas à se lever, en entendant des gémissements provenir de la cellule d'à côté.

— Elle se remet encore à pleurer.

Oui, sa compagne de cellule, une femme de Grenade qui avait passé vingt ans en prison pleurait une fois de plus et poussait des cris déchirants parce qu'elle s'était rendu compte qu'elle était ménopausée. Cela faisait plus de quinze jours qu'elle pleurait. Josefina essayait de la consoler. « Allons, tu es plus tranquille maintenant », lui disait-elle. Et la femme de Grenade continuait à geindre que son mari voulait des enfants, et elle aussi, et que pendant la courte année qu'ils avaient passée ensemble, ils avaient cherché à en faire.

— Et maintenant, voilà ce qui m'arrive, alors que je sors dans deux mois à peine !

Tomasa tremblait. Elle entendait les voix étouffées de la cellule d'à côté, mais son oreille guettait le verrou de la prison. Les clés tintèrent. Le verrou grinça. Le bruit des talons de la gardienne parvint aux oreilles de Tomasa. Tomasa tremblait. Elle se leva avec son baluchon dans la main. Ferma les yeux. Retint sa respiration et attendit dans sa cellule. Elle tremble, elle pense, elle doute, et elle a peur que la gardienne passe devant sa cellule sans s'arrêter.

Mais non.

La gardienne prononça son nom. Et Tomasa fit ses adieux à ses camarades. Elle serra dans ses bras Josefina, la femme qui n'avait pas reconnu ses filles le jour de la Merced, et la femme de Grenade, qui ne serait jamais mère. Elle marcha lentement jusqu'à la porte de sortie en suivant Mercedes ; craignant jusqu'au dernier moment que ce ne soit qu'un rêve. Mais la porte s'ouvrit. La porte de la cage, ouverte.

Avant de tourner la clé, Mercedes lui tendit la main,

et la femme d'Estrémadure lui offrit sa joue. La surveillante l'embrassa. Tourna la clé. Et dit à voix basse :

— Ça me fait plaisir. C'est vrai, ça me fait plaisir que tu puisses partir d'ici.

La porte ouverte de la cage se referma dans le dos de Tomasa. Mercedes resta à l'intérieur, elle était encore coiffée d'un chignon haut en forme de banane.

Reme attendait sa sœur de l'autre côté. En voyant sortir Tomasa, en voyant son désarroi, elle traversa la rue et se dirigea rapidement vers elle, au bras de Benjamín. Pauvre Benjamín.

Tomasa la serra dans ses bras :

— Reme, ta chaise s'est cassée il y a plusieurs années. Je l'ai réparée plusieurs fois, mais cette plaie s'est à nouveau cassée.

— Que dis-tu ?

— Ta chaise, celle en paille.

— C'est pas le moment de parler de chaises. Que veux-tu faire, Tomasa ? Que veux-tu faire en tout premier ?

— Je veux voir la mer.

Elle veut voir la mer. Et elle avance lentement vers la Casa de Campo, soutenue par Reme. Un pas après l'autre. Lentement. Reme sourit. Elle regarde Benjamín. Et lui, lui retourne son sourire. Complices, car ils savent que ce n'est pas l'âge de Tomasa qui l'empêche de marcher sans trébucher. Complices, car ils savent que la femme d'Estrémadure qui est sortie de Ventas avec les cheveux complètement blancs et la peau plus que jamais couleur olive doit à nouveau apprendre à marcher.

— Regarde ce que j'ai, Reme.

Tomasa lui montre la petite tête noire de la ceinture de Joaquina. Le cadeau qu'elle porte toujours avec elle, dans son sac, en souvenir des Treize Roses.

— Elle est à nous deux. Maintenant, je veux que ce soit toi qui la gardes.

À leur arrivée à Puerta Chiquita, les trois anciens sont accueillis par un toast :

— À la liberté !

— À la liberté !

— À la liberté !

Et, à la fin de la réunion, Pepita dira adieu pour toujours à Reme et Benjamín.

Pour toujours, parce que Reme et Benjamín ont décidé de retourner dans leur village.

— Nous retournons dans notre village.

— Comment ça se fait ?

— Tu vois, j'ai toujours dit que j'y retournerai jamais. Mais maintenant nous sommes vieux et nous voulons y retourner. Alors, c'est comme ça, merde, nous partons !

Ils retournent dans leur village et emmènent Tomasa avec eux, parce que Tomasa veut voir la mer, et leur maison est en bord de mer.

Un jour, Pepita aussi retournera chez elle. Un jour, quand Jaime pourra porter lui aussi un toast à sa propre liberté, elle retournera à Cordoue. En attendant, elle continuera de se rendre aux réunions de Puerta Chiquita, et Reme lui manquera. Et elle continuera à prendre le train pour Burgos une fois par an et, dès son retour, Jaime lui manquera.

Mais un jour, Pepita retournera à Cordoue.

28.

— Si tu veux partir, on s'en va.

— C'est vrai ?

— Je vais où tu veux, mignonne.

Le sourire de Pepita fait sourire Jaime.

— J'ai une maison. Et la clé de la maison. Il faudra acheter quelques meubles, d'abord la chambre, parce que je veux un lit et un matelas à moi. Nous nous marions, et nous partons pour Cordoue !

Elle rêvait. Et lui la laissait rêver.

Peu à peu, le visage de Pepita perdra de son enthousiasme. Elle se tâtera le menton en redescendant, sans hâte, sur terre. Elle écartera la mèche de son front avec un léger geste de mélancolie ; elle dira qu'ils ont encore le temps pour y penser et demandera à Jaime des nouvelles de la santé de son grand-père :

— Comment va-t-il, il s'est bien remis ?

— Mon grand-père est mort.

— Mon Dieu !

— Il m'a menti.

— Dis pas ça.

C'est vrai, il lui avait menti. Dans ses lettres, il lui disait toujours qu'il allait mieux.

— On me laisse pas écrire à ma sœur. J'ai déposé pour toi un coffre en bois, pour que tu le vendes au marché aux puces.

Pepita sortira une lettre de la prison, dans la cache latérale d'un coffre en bois qu'elle vendra au marché aux puces, un dimanche matin. Elle portera la lettre à Puerta Chiquita ; et de là, on se chargera de l'envoyer à Prague.

La lettre mettra deux mois à arriver entre les mains de la jeune fille rousse qui ne ressemble plus à un garçon ; mais elle arrivera. Et Jaime saura qu'elle est arrivée lorsqu'il recevra la réponse, cachée dans le fond d'un panier que Pepita apportera lors de sa prochaine visite, dans un an.

La réponse de sa sœur fera découvrir à Jaime que, dans le passé, existe un espace blanc que seuls les mots peuvent remplir. Les mots. Les mots que Celia écrira après avoir reçu la lettre de Jaime, à Prague. Mots qui lui indiqueront que sa lettre est arrivée, qu'elle l'a tenue entre ses mains émues. Elle l'a lue, dans la salle de séjour de sa maison, sous le regard attentif de son mari. Mots qui lui feront comprendre qu'Elvira s'appelle toujours Celia.

Son frère l'appelle mignonne. *Ma mignonne.* Il l'appelle mignonne et lui annonce que don Javier Tolosa est mort. *Notre grand-père est mort, ma mignonne.*

Un gémissement s'échappe dans le ciel de Prague. Un sanglot. Celia se réfugie dans les bras de son mari. Elle cherche le réconfort de sa force, de ses mains qui l'enlacent, de la sécurité que lui insufflent les paroles qu'il murmure à son oreille :

— Tu surmonteras tout cela, Celia Gámez.

Tu surmonteras tout cela. Et Elvira écrira à son frère. Elle remplira de mots le vide de ces années passées sans se voir. Elle lui racontera qu'après le désastre d'El Pico Montero, elle a continué la lutte ; et après l'échec de la vallée d'Arán, elle a rejoint les guérilleros qui venaient de France. Elle lui racontera que le manque de soutien à la guérilla l'a obligée à renoncer. Elle lui dira qu'elle est tombée amoureuse d'El Peque le jour où ils ont tué Mateo. Elle se souvient bien de cette journée. Elle courait vers le bas de la montagne, un pistolet à la main, en pleurant la mort de Mateo.

Et elle s'est perdue.

Dans le maquis, elle a retrouvé El Peque. Son regard noir l'a à nouveau transpercée. Il lui a infusé sa tendresse. Dans ses bras, ses larmes ont cessé de couler. Lorsque la nuit s'est refermée sur eux, El Peque lui a annoncé qu'il allait retourner à El Pico Montero ; il voulait récupérer les armes et les munitions qu'ils avaient abandonnées dans la réserve.

— Je vais avec toi.

Ils sont retournés au campement.

La Garde Civile avait laissé des piquets de surveillance. El Peque a senti leur présence. Celia ne sait pas comment. Elle sait seulement que lorsqu'ils rampaient vers le nord du campement, il s'est subitement immobilisé, a enfoncé sur sa tête le chapeau qu'il portait toujours, a plaqué son fusil contre sa joue, et lui a signalé une crevasse dans les rochers proches puis, de la main, lui a fait signe de le suivre. Une fois dans la cachette, il lui a parlé à voix basse, très basse ; elle devinait les mots sur ses lèvres :

— Il y a des piquets de surveillance. Tu m'attends là. Tu ne bouges d'ici pour rien au monde jusqu'à mon retour.

Celia resta cachée dans l'enfoncement des rochers durant des heures. Et El Peque n'est pas revenu.

Deux mois plus tard, tandis que Celia rejoignait la guérilla d'Estrémadure et du Centre, on lui annonça qu'El Peque était mort en tentant de récupérer les armes, sur El Pico Montero.

Celia décrira à son frère l'immense tristesse des camarades en lui apprenant la nouvelle, et le deuil qu'elle porta en elle-même pendant dix ans. Elle lèvera les yeux de la feuille de papier, au souvenir de sa douleur.

Elle écrira, pour que son frère lise sa lettre dans un an. Pour que le vide du temps se remplisse de mots. Pour que Jaime reçoive, dans un an, la réponse à la lettre que Pepita porte dans le compartiment secret du coffre en bois qu'elle ira vendre au marché aux puces. Celia écrira, se souvenant d'un sourire, celui d'El Peque, une chaude et lointaine nuit d'août. Se souvenant de la tendresse d'un regard cherchant le sien entre les buissons, quand elle a écarté les branches et qu'El Peque a souri.

Elle écrira, se remémorant le froid d'une autre nuit moins ancienne, lorsque le Parti a jugé nécessaire de dissoudre les guérillas et l'a envoyée en Tchécoslovaquie ; et elle est arrivée à Prague, épuisée par un voyage en train vers l'exil.

À la gare, un camarade t'attendra, il est petit et porte un chapeau, lui avait-on dit.

Quant à lui, on l'avait chargé d'accueillir une Espagnole qui arriverait à neuf heures. Une camarade qui porterait un nœud rouge attaché à la poignée de sa valise en cuir marron.

Jaime mettra un an à savoir que Celia est arrivée à Prague avec un nœud sur la valise de sa mère.

Et, en descendant sur le quai, Celia s'est retrouvée face à El Peque.

Il fut stupéfait de la voir, et lui sourit.

Tous deux furent stupéfaits de se voir.

Celia accueillit le regard noir d'El Peque, sa tendresse. Et elle posa sa valise, et les traces d'anciens voyages, sur le quai.

— Allons, allons, pourquoi ces larmes ?

— Pourquoi t'es pas revenu me chercher ?

— J'y suis allé, mais tu n'y étais plus.

— C'est vrai ?

Oui, à l'aube, à peine quinze minutes après que Celia avait décidé de quitter sa cachette, El Peque était revenu à la crevasse. Quelques mois plus tard, lorsqu'il avait rejoint la guérilla du Levant et d'Aragon, on lui avait dit, à lui aussi, que Celia était morte, qu'elle avait été abattue alors qu'elle tentait de gagner la frontière française par les Pyrénées. Dix ans avaient passé, durant lesquels tous deux croyaient que l'autre était mort. À la gare, Celia ne pouvait retenir ses larmes.

— Allons, Celia, Celia Gámez.

— Tout ça est si loin, maintenant, c'est trop pour moi.

El Peque l'embrassa.

Elle sentit ses mains l'enlacer. Et sa voix murmurer dans son oreille.

Tu surmonteras tout cela, lui dit-il, et tu le surmonteras avec moi.

Jaime mettra un an à apprendre que Celia et El Peque se sont mariés à Prague. La lettre de Celia mettra un an à lui parvenir. Ils mettront un an à venir, ces mots qui soulageront l'inquiétude de Jaime, sa détresse des heures perdues, des nuits à fuir un rêve répétitif où les fleurs d'une robe tombent sur le sol.

29.

— À Cordoue ?

— Ici, nous sommes déjà trop nombreux, señora Celia. Dès que Jaime sortira, nous partirons. Je veux ma propre maison, et lui aussi.

— Si c'est pour quand Jaime sortira, nous verrons cela le moment venu, nous avons encore du temps devant nous, ma fille.

— C'est déjà tout vu, nous partirons pour Cordoue.

Les deux femmes bavardaient en allant et venant de la cuisine à la salle à manger, chargées d'assiettes et de verres, préparant les tables pour les repas.

— Jaime sera d'accord pour partir à Cordoue ?

— Il m'a dit qu'il ira où je voudrai.

— Et Tensi ? Vous emmènerez Tensi ?

Tensi lisait les cahiers de sa mère, assise dans son coin préféré. La lumière du balcon dessinait les contours de sa silhouette recueillie. Pepita la contemplait tout en remplissant une carafe de cristal dans l'évier, sous le robinet d'eau froide. Elle aimait voir l'expression de son visage lorsqu'elle était absorbée par les cahiers bleus. Elle sentait que la mère était présente aux côtés de la fille. Que toutes deux étaient réunies par les mots qu'Hortensia avait écrits pour Tensi. Cela fait des années qu'elle les lit à voix basse, toujours adossée au même balcon. En la voyant, Pepita a le sentiment qu'Hortensia aussi regarde Tensi. Elle sourit, parce que Tensi est devenue une très jolie jeune fille. Et Hortensia la regarde sans doute avec émerveillement, comme le fait Pepita.

Doña Celia est entrée dans la cuisine. Et ordonne à Tensi de les aider :

— Allons, sois pas feignante, dresse la table pour nous.

C'était le premier mai et don Gerardo ne mangerait pas avec elles. Comme tous les ans, la police s'était présentée tôt le matin, à la pension, et l'avait emmené au commissariat. Mesure à laquelle devaient se plier tous les éléments perturbateurs ou soupçonnés de l'être, pour éviter des altercations le jour des travailleurs. Il en avait pris l'habitude, et doña Celia aussi. Et tous deux attendaient dans l'entrée, guettant le bruit de la sonnette pour ne faire attendre la police devant la porte que le temps nécessaire. Elle lui donnait un baiser et un sandwich enveloppé dans du papier gris. Et passait la journée à attendre la nuit. Et ce n'est qu'une fois la nuit tombée qu'il revenait à la maison.

— Tensi, tu m'entends ?

— Oui, mamie.

— Alors dépêche-toi, remue-toi.

Pepita avait fini de remplir sa carafe et sortait de la cuisine ; Tensi profita de l'occasion pour s'approcher de l'oreille de doña Celia.

— Dis-lui, toi.

— Nous étions convenues que ce serait à toi de lui dire.

Depuis la porte, Pepita les entendait chuchoter et leur demanda ce qu'elles complotaient avec tant de messes basses.

— Dis-lui, toi.

— Non, toi tu lui dis.
— Bon, mais alors tu commences.
— Bon, alors, vous allez le dire ou pas ? On dirait deux perruches qui se chamaillent sur leur perchoir ! Avec tout le respect que je vous dois, señora Celia.
Tensi fut la seule à prendre la parole :
— Je veux adhérer au Parti.
La carafe que portait Pepita s'échappa de ses mains et se fracassa sur les dalles du carrelage.
— Qui t'a mis cette idée dans la tête ? C'est vous, señora Celia ? C'est vous ? Vous voyez pas que c'est qu'une gamine ?
— T'en prends pas à elle, elle n'y est pour rien.
— Alors, c'est le señor Gerardo. Regarde ce qui arrive au señor Gerardo tous les 1er mai. Regarde où il est ; et dis-moi si c'est ça la vie que tu recherches.
Doña Celia ramassa les débris de verre et Tensi posa sur la table les cahiers de sa mère.
Le regard bleu intense de Pepita s'arrêta sur les couvertures bleues, sur les mots d'Hortensia. Pour Felipe. Pour Tensi.
— T'es une enfant. T'es trop jeune pour t'embarquer là-dedans.
— Maman, j'ai dix-huit ans.
— Oui, c'est ce que je dis, t'es trop jeune, n'est-ce pas, señora Celia ? N'est-ce pas qu'elle est trop jeune pour prendre de tels risques ?
Les doigts de Pepita caressent les cahiers qu'elle a tant de fois lus à voix haute. Pour Tensi. Tensi les lit seule à présent. Cela fait longtemps qu'elle les lit seule, et les a même appris par cœur. Et Pepita sait qu'elle n'arrivera pas à convaincre Tensi. Elle sait que ses paroles ne feront pas le poids face aux mots

qu'Hortensia a écrits. Lutte, ma fille, n'arrête pas de lutter, comme ta mère lutte, comme ton père lutte, parce que c'est notre devoir, même si cela doit nous coûter la vie.

Non, elle ne la convaincra pas. Et elle le sait.

— Tes parents peuvent être fiers de toi.

Elle se retire dans sa chambre et cherche sous son lit sa vieille boîte en fer-blanc. Elle revient dans la cuisine, sort de la boîte les boucles d'oreilles que Felipe avait achetées à Azuaga, et les remet à Tensi :

— Ta mère m'avait demandé de les garder jusqu'à ce que tu sois assez grande pour les porter.

Les mains de Pepita tremblent en cherchant à l'intérieur de la boîte. Elle en sort un petit bout de tissu qu'elle serre dans son poing tandis qu'elle retourne la boîte sur la table de la cuisine, parce qu'elle cherche autre chose. La clé de sa maison de Cordoue tombe par terre. Sous son petit sac de velours rouge, et sur les lettres de Jaime, plié en quatre et jauni par les ans, elle trouve un papier. Une lettre de condamnation.

— Maintenant, tu es grande, Tensi. Tu es assez grande pour faire ce qui te plaît, même si je ne suis pas d'accord. Mais jure-moi que tu seras prudente, jure-moi sur la mémoire de ta mère que tu seras très prudente.

— Sur les deux mères que j'ai, je te le jure, je serai extrêmement prudente, t'en fais pas pour ça.

— Comment veux-tu que je m'en fasse pas ?

— Allons, maman, pleure pas.

Tensi ramasse la clé qui est tombée par terre. Elle sèche les larmes de Pepita avec les doigts, lui donne un baiser sur la joue et demande ce qu'elle garde dans son poing serré.

Derrière Tensi, doña Celia observe Pepita et désapprouve de la tête. Par ce geste, elle implore Pepita de ne pas remettre à Tensi le morceau d'étoffe qui appartenait à la robe de sa mère. Il y a longtemps que doña Celia ne se rend plus au cimetière en compagnie de sa nièce, Isabel, munie de sa paire de ciseaux. Il y a longtemps que les parents proches des victimes ont le droit d'enterrer leurs morts. Mais doña Celia n'a pas oublié la douleur qui défigurait les visages lorsqu'elle remettait les morceaux de tissu. Pepita n'y a pas réfléchi. Elle ne veut pas voir cette douleur sur le visage de Tensi. À l'expression de doña Celia, Pepita reconnaît son erreur.

— Vas-tu me dire ce que tu tiens dans la main ?

Sans répondre à Tensi, Pepita regarde doña Celia. Elle regarde la lettre de condamnation, et doña Celia fait à nouveau non de la tête.

— Maman, je te demande ce que tu tiens dans la main.

Pepita reprend les lettres et la condamnation, dépose un baiser sur le morceau de tissu avant de le remettre dans la boîte, et répond que c'est un souvenir.

— C'est un souvenir.

Seulement un souvenir.

30.

Pepita va avoir quarante-deux ans. Elle se regarde dans le miroir et observe les cheveux blancs qui apparaissent sur ses tempes et à la naissance de la mèche qui glisse sur son front. Elle est encore belle, même si elle ne voit dans son reflet que l'urgence de teindre ses cheveux et les rides qui menacent le contour de ses yeux.

Quelques secondes suffisent à Pepita pour se couvrir de son voile et fuir sa propre image. Quelques secondes, pour chercher sous son lit la boîte en fer-blanc, et lire la dernière lettre de Jaime. La lettre dans laquelle il évoque une rumeur.

Ma chérie, une rumeur court dans la prison, chaque jour plus précise ; et cette rumeur me donne la certitude que le temps qui nous sépare s'amenuise de jour en jour. Nous serons bientôt réunis, mignonne, très bientôt.

Oui, très bientôt.

Une rumeur qui évoque une réduction de peine imminente. Le pape est mort. La grâce s'appliquera à toutes les condamnations à des peines de trente ans qui ne résultent pas de commutation de peines de mort. Ces condamnations seront réduites de cinq ans.

Pepita refait les calculs que Jaime détaille dans sa lettre. La grâce lui réduirait sa peine de cinq ans, ajoutés aux dix-neuf années qu'il a déjà passées en prison, cela fait vingt-quatre ; si bien qu'il lui resterait six années à accomplir, qui sont celles auxquelles il a droit sous liberté conditionnelle ; c'est aussi clair que deux et deux font quatre.

Elle lit à nouveau les indications de Jaime. Je t'enverrai un télégramme dès que la notification de la grâce me parviendra, peut-être après le Conseil des ministres de jeudi prochain. Si tu veux te marier à Madrid, il faudra le faire le jour même de ma remise en liberté. Arrange-toi pour la cérémonie de mariage, parce qu'ils ne me laisseront pas passer une seule nuit à Madrid.

Pepita lit le mot grâce, lit liberté, lit la semaine prochaine, lit cérémonie de mariage, et se souvient que doña Celia et Tensi l'attendent. Avant de remettre la lettre dans la boîte, elle s'arrête un instant sur le poème de Luis Álvarez Piñer par lequel Jaime conclut sa lettre,

Procura no herir tu corazón en su escarcha.
No dejes que se enrede en el reloj
el azul de tus ojos[1].

fait tenir sur ses cheveux un voile noir à l'aide de deux épingles, et se dirige vers la cuisine :

— Vous êtes prête, señora Celia ?

— Oui, allons-y.

— Je suis présentable ?

— Évidemment que tu es présentable !

— J'ai mis du rouge à lèvres.

— C'était pas indispensable, tu vas demander au curé de te marier à Jaime, tu ne vas pas lui demander sa main !

---

1. Veille à ne pas blesser de givre ton cœur.
Ne permets pas que l'horloge piège
l'azur de tes yeux. (N.d.T.)

— Et Tensi ?

— Tu sais comme elle est impatiente, elle nous attend en bas.

— Elle a mis des manches longues ?

— Oui.

— C'est sûr ? Faudrait pas qu'on lui refuse l'entrée.

— Elle a mis un cardigan, commence pas, toi aussi.

Les trois femmes marchent rapidement vers l'église. Pepita regarde devant elle avec anxiété et impose son rythme à la jeune fille et à la femme âgée qui l'accompagnent. Lorsqu'elles entreront dans la sacristie, le prêtre sera près de l'autel, à les attendre :

— Dites-moi.

— Je veux me marier.

Pepita exposera son cas. Son fiancé est athée.

— Mais moi, je crois en Dieu.

On leur a déjà refusé une fois le sacrement du mariage. Son fiancé est un militant politique et n'a pas l'intention de renoncer à ses idées, même s'il consent à se marier à l'église. Sous peu, il sortira de la prison de Burgos. Ils partiront pour Cordoue, où Pepita possède la maison de son père.

— Je veux franchir le seuil de ma maison en étant mariée.

— Je te connais, ma fille, je t'ai vue souvent au pied de la statue du saint et je sais que tu es une femme pieuse et croyante. Je pourrais te marier, mais nous parlons d'un sacrement, et ton fiancé est communiste.

Pepita garde ses yeux bleu océan ancrés dans ceux du prêtre. Doña Celia et Tensi ne l'ont pas non plus quitté du regard un seul instant. Elles interviennent toutes deux pour intercéder en faveur de Pepita :

— Mais le fiancé désire se marier !

— Et le sacrement, elle le mérite pas elle, oui ou non ?

— Oui, elle le mérite, mais je ne peux bénir cette union. Les choses sont ainsi faites, mon enfant.

Pepita saisit la main du prêtre.

— Les choses sont comme on veut qu'elles soient. Je suis chrétienne et vous êtes prêtre. Les choses sont ainsi, mais elles peuvent aussi être autrement ; et vous pouvez pas me dire ça pour que je me résigne, parce que moi, maintenant, j'en peux plus, et je n'ai pas l'intention de me résigner. Regardez, mon père, je vous apporte tous les papiers, à part le livret de famille pour lequel nous devons nous présenter tous les deux au tribunal ; je vous apporte tout : le certificat de baptême, l'acte de naissance de chacun, une dévotion sans borne et l'espoir que vous allez accepter de me marier et que saint Tadeo me protège.

Le prêtre s'appelait Abundio. La détermination de Pepita l'émut ; il prit sa main, lui demanda de le suivre et l'invita à s'asseoir sur le premier banc de l'église. Tensi et doña Celia sortirent de la sacristie et attendirent devant l'image de saint Judas Tadeo.

Pepita et don Abundio causèrent pendant un long moment. Il la pria de raconter toute son histoire. Elle la lui raconta. Et lui avoua que cela faisait des années qu'elle faisait semblant d'être mariée :

— Des années, et des années, vous comprenez ? Chaque fois que j'arrivais à Burgos, mon cœur cessait de battre de peur qu'on refuse de me laisser passer ; et ce n'est qu'une fois à l'intérieur du parloir, que l'angoisse qui me tenaillait l'âme s'apaisait.

— Et quand ton fiancé sort-il de Burgos ?

— Tout de suite après le Conseil des ministres ; peut-être la semaine prochaine. Sa peine sera réduite de cinq années, et il en aura six de liberté conditionnelle ; mais il n'aura pas le droit de passer la nuit à Madrid, nous devons nous marier le jour même, avant de prendre le train de nuit pour Cordoue, qui part à neuf heures. J'irai le chercher à la prison à sept heures du matin et je l'amènerai illico à l'église.

— Et s'il n'obtient pas la grâce ?

— Il va l'obtenir, mon père. Cette fois-ci, il va l'obtenir. Et s'il ne l'obtient pas, si par malheur cette grâce lui est refusée, et que je doive attendre encore cinq longues années, alors je vous demande votre parole que vous nous marierez à sa sortie.

La pluie menaçait. En sortant de l'église, Pepita respira profondément. Doña Celia et Tensi, impatientes, regardaient Pepita sans oser lui poser de question. Toutes trois firent quelques pas. Et puis s'arrêtèrent. Pepita soupira à nouveau et, au milieu du soupir, lança : Il accepte de nous marier !

— Allons tout de suite acheter les meubles pour la chambre !

Toutes trois se hâtèrent. Elles souriaient. Elles entrèrent dans le magasin de meubles, sourire aux lèvres. Et en souriant, elles achetèrent les plus beaux meubles de chambre qui soient. Mais lorsque le vendeur demanda l'adresse de livraison, la future mariée éclata en larmes.

— Faut les livrer à Cordoue.

— À Cordoue, vous inquiétez pas, señora, ils seront livrés à Cordoue. Mais pleurez pas ; de ma vie, j'ai vu une jeune mariée commander les meubles et se mettre à pleurer !

Tensi sécha les larmes de Pepita avec son mouchoir, et se tournant vers le vendeur :

— Eh bien señor, si vous saviez où se trouve le futur marié, vous comprendriez la raison de ces larmes.

31.

On découvre souvent la solitude lorsqu'on ressent l'envie que quelqu'un nous serre dans ses bras. Pepita désire que quelqu'un la serre dans ses bras, elle le désire plus que jamais. Et elle est inquiète. Elle fait les cent pas dans la maison vide, un télégramme à la main.

GRÂCE DANS BOE[1] DEMAIN LIBERTÉ

Tensi tarde à revenir. Pepita ouvre la porte de la pension et attend sur le palier, dans la cage d'escalier. Elle ne devrait pas tarder, Tensi. Et doña Celia et don Gerardo doivent être sur le point d'arriver eux aussi. Mais ils n'arrivent pas. Et Pepita revient vers la porte ouverte. Elle pense avoir entendu des pas et retourne sur le palier. Non, il n'y a personne en bas. Elle rentre à la pension et ferme la porte. Elle a besoin qu'on la serre dans ses bras, et boit un verre d'eau fraîche. Elle s'assoit dans la cuisine. Elle relit le télégramme. Elle le pose sur la table, le regarde, le caresse, le lisse avec

1. Bulletin officiel de l'État (N.d.T.).

les doigts, le défroisse, le prend, l'embrasse. Puis se lève. Elle va dans sa chambre. Puis revient dans la cuisine. Elle s'assoit. Ils devraient être là. Elle se lève. Elle va au balcon. Elle se penche par-dessus la balustrade. Elle regarde dans la direction de la place Jacinto Benavente. Puis vers l'angle des rues Saint-Sébastien et Atocha. Elle regarde sa montre. Puis de nouveau vers la droite puis vers la gauche. Où peuvent-ils bien être ? Pourquoi, justement aujourd'hui, mettent-ils tellement de temps à revenir de la réunion de ce maudit Parti ? Elle se penche un peu plus. Encore plus. Elle regarde encore des deux côtés de la rue.

— Vierge Marie, faites qu'ils arrivent, j'en peux plus d'attendre !

À gauche et à droite.

Cela fait plus de quarante jours qu'elle attend ce télégramme, quarante-trois exactement, à recevoir une lettre par semaine dans laquelle Jaime lui promet que les rumeurs se confirment, que la grâce approche, qu'il lui enverra un télégramme dans les jours qui suivent. Nous serons bientôt réunis, mignonne. Très bientôt.

Cet après-midi, elle ira à Burgos, elle dormira à la pension où elle descend tous les ans. Il faut qu'elle soit devant la porte de la prison, demain matin, à sept heures. Et Tensi qui n'arrive pas ; et doña Celia et don Gerardo non plus. Et il faut qu'elle voie don Abundio. Et qu'elle prépare une petite valise. Et qu'elle retire le billet. Et elle a besoin qu'on la serre dans ses bras.

— Ah, les voilà ! Sainte mère de Dieu, je commençais à me faire un sang d'encre ! Tensi ! Tensi !

Elle crie en brandissant son télégramme comme si elle hissait un drapeau. Mais Tensi ne l'entend pas, elle marche aux côtés de doña Celia et de don Gerardo, loin de se douter de l'agitation de Pepita.

— Señora Celia ! Señor Gerardo !

Eux non plus ne l'entendent pas, ni ne la voient brasser l'air en agitant son télégramme.

— Tensi ! Tensi !

Rien.

Pepita quitte le balcon. Alors que le groupe s'apprête à traverser la rue Saint-Sébastien, elle sort en courant et dévale les escaliers pour aller à leur rencontre.

Qu'on la serre dans ses bras, elle a besoin qu'on la serre dans ses bras.

Tensi la voit arriver en courant et se précipite vers elle :

— Maman, qu'est-ce qui se passe ?

— Jaime sort demain.

Ses mains tremblent, à Pepita, en montrant le télégramme. Et la voix de Tensi tremble, en le lisant.

— Demain liberté.

— Embrasse-moi, ma fille !

Toutes deux s'enlacent. Et doña Celia et don Gerardo les enlaceront à leur tour. Tous quatre s'enlaceront. Et don Gerardo criera :

— Allons immédiatement acheter le BOE !

Et les trois femmes répliqueront :

— Allons-y !

Pepita et Tensi prendront le bras de doña Celia, pour l'aider à presser le pas.

Vite, à la Puerta del Sol.

Vite, au kiosque à journaux.

DEMAIN LIBERTÉ.

Don Gerardo achètera le Bulletin officiel. Et vite, il tournera les pages. L'une après l'autre, vite.

Les trois femmes regardent les pages qui tournent. Pepita se tord les mains. Doña Celia et Tensi pleurent.

— Ici, je l'ai, le mille cinq cent quatre !

Devant le kiosque, don Gerardo lira le Décret 1.504, mot après mot.

— Relisez-le, don Gerardo.

Le pria Pepita. Et don Gerardo le lut une nouvelle fois, en pleine rue, et à voix haute.

Les quatre pleuraient.

Avant de retourner à la pension, ils se rendront à l'église San Judas Tadeo. Pepita ira en serrant le Bulletin officiel de l'État contre sa poitrine. Elle montrera à don Abundio le décret qui porte les signatures de Francisco Franco et de Luis Carrero Blanco, sous-secrétaire de la Présidence du gouvernement.

Décret par lequel est consentie la grâce en vertu de l'élévation au trône pontifical de sa Sainteté le Pape Paul VI.

Des événements mémorables nous invitent à partager avec les condamnés à des peines de prison la joie et l'allégresse de leurs concitoyens, dans l'espoir que le souvenir de l'événement qui a motivé la grâce contribuera à la repentance du délinquant, en le réinsérant ainsi dans une vie familiale et sociale paisible, finalité ultime à laquelle aspire notre système pénitentiaire.

Le magnifique et heureux événement de l'élévation au Pontificat Suprême de Son Éminence Révérendissime le Cardinal Giovanni Battista Montini, et la sainte mémoire de Jean XXIII, ont conduit le Chef de l'État, fidèle interprète des sentiments d'adhésion inébranlable et de fidèle dévotion que le peuple espagnol éprouve à l'égard du successeur de saint Pierre, à décréter une amnistie générale, en hommage à la personne auguste et sacrée du Pape et à la magnanimité de la Sainte Église Catholique.

L'amnistie comporte huit articles qui précisent les mesures en faveur de chaque catégorie de condamnés. Le cas de Jaime est envisagé à l'alinéa d) de l'article premier. Pepita montre le paragraphe du doigt :

— Regardez, don Abundio, regardez, lisez ici, cet alinéa, le d).

Les peines excédant vingt ans seront raccourcies d'un sixième, à l'exception des peines capitales commuées en peines de trente ans.

À peine don Abundio a-t-il terminé de lire l'alinéa d) de l'article premier, que Pepita lui montre le télégramme.

GRÂCE DANS BOE DEMAIN LIBERTÉ

— Vous voyez ? Je vous l'ai dit, je vous l'ai dit qu'il sortirait aussitôt après le Conseil des ministres, et maintenant je viens vous demander de tenir votre parole.

32.

L'heure de la liberté était prévue à sept heures du matin, mais le directeur de la prison a pris du retard. Jaime a compté une à une les minutes passées à attendre, sa valise à la main, en pensant à Pepita.

Il n'était pas loin de huit heures lorsqu'un gardien a prononcé son nom :

— Jaime Alcántara, sortez avec vos affaires !

Et Jaime s'est dirigé vers le bureau du directeur, pressant ses pas et ceux du gardien. Pepita l'attendait.

Un mouchoir à la main, essuyant son nez à chaque instant, le directeur de la Prison Centrale de Burgos signa le Certificat de Libération Conditionnelle au nom de Jaime Alcántara, ainsi que l'accord figurant au verso, revêtu de cinq timbres et d'autant de signatures, détaillant les instructions que devait suivre le prisonnier libéré. Quelques minutes après huit heures du matin, on remit le document à Jaime qui pensait à Pepita ; il était angoissé car il savait qu'elle était probablement venue le chercher bien avant l'heure autorisée pour sa sortie. Il le mit dans sa poche. Un bout de papier, un simple bout de papier. Il serra la main que lui tendit le directeur. Inquiet, il écouta les recommandations et les bons vœux que celui-ci lui prodiguait. Pepita l'attendait.

Oui, à l'extérieur de la prison, Pepita arpente le trottoir, les yeux rivés sur la porte. Des pas courts et lents qui reviennent sur eux-mêmes, et n'ont parcouru qu'une distance de trois mètres à peine. Elle attend. Et ses yeux qui reviennent sans arrêt sur sa montre. Elle la colle à son oreille. Peut-être a-t-elle oublié de la remonter ce matin ?

Non.

Elle n'a pas oublié de la remonter.

Les aiguilles de la montre obéissent au temps, et elles avancent lentement. Pepita entend un léger tic-tac tout en martelant de ses talons le trottoir, sans perdre la porte de vue. Cela fait plus d'une heure et demie qu'elle déambule. Cela fait plus d'une heure et demie que ses talons martèlent le bruit de l'attente.

De leurs guérites, les soldats l'observent, et sont déjà las de lui lancer des compliments ; ils ont cessé les sifflements, les flatteries et les sourires. D'ailleurs, Pepita ne les regarde même pas. Elle ne réserve le bleu de ses yeux que pour la porte de la prison, et la montre de son poignet.

Huit heures dix

Les soldats aussi regardent leurs montres, contaminés par l'impatience de la femme aux yeux bleu océan.

Lorsque les aiguilles indiqueront huit heures et quart, la porte s'ouvrira. Et celui qui autrefois s'appelait Paulino sortira de la prison, laissant derrière lui les dix-neuf dernières années de sa vie.

Pepita courra vers lui.

Et il écartera la mèche grisonnante qui tombe sur son front.

— Tu attends depuis longtemps ?

— Tout le temps qu'il a fallu pour nous retrouver.

Oui, elle a attendu longtemps. Et elle a envie qu'il la prenne dans ses bras.

— Tu es très jolie, mignonne.

— Serre-moi dans tes bras.

Elle a attendu Jaime longtemps. Trop longtemps, et Jaime la serre dans ses bras.

Deux corps qui s'élancent.

Deux corps qui se rencontrent.

Deux corps qui vibrent.

Mais il faut prendre l'autobus, et se dépêcher, parce qu'il ne faut pas rater le train de neuf heures. Doña Celia, don Gerardo et Tensi les attendent à la gare de Madrid ; et don Abundio, à la sacristie de l'église San Judas Tadeo.

Jaime et Pepita ne se lâcheront pas le bras un instant.

Ils ne détacheront pas leur regard l'un de l'autre.

Ne trouveront pas de mots pour se parler.

Et ils souriront.

À leur arrivée à Madrid, doña Celia, don Gerardo et Tensi les verront descendre du train en souriant.

Jaime les embrassera tous, un par un, longuement.

Tensi porte les boucles d'oreilles de sa mère.

— J'étais avec ton père quand il a acheté ces boucles d'oreilles.

— C'est vrai ?

— Oui, à Azuaga.

Et Jaime se souviendra d'une photo d'Hortensia portant ces mêmes boucles d'oreilles, et avec un bébé dans les bras.

Il embrassera la joue de Tensi, caressera ses boucles d'oreilles.

Mais il ne dira rien. Il ne dira pas qu'Hortensia, lorsque Felipe lui avait offert ses boucles d'oreilles, portait dans ses bras un bébé qui n'était pas le sien et avait crié qu'elle en voudrait un comme celui-là. Un jour. Et lui l'avait prise en photo.

— Don Abundio nous attend ; il faut se dépêcher, parce qu'avant, il faut passer à la pension.

Don Abundio attend. Et avant de se rendre à l'église, Pepita veut se changer. Elle mettra un ensemble avec une veste grise et une mantille courte que lui ont offerts les parrains de la noce, doña Celia et don Gerardo.

À la porte de l'église, les témoins sont déjà là, Isabel, la nièce de doña Celia, et Manolita, la vendeuse de Pontejos.

En entrant dans l'église au bras de Jaime, Pepita tournera la tête vers la droite, attachera sa mantille et sourira, en direction du saint. Jaime aussi sourira en regardant vers la droite, et embrassera le pouce de Pepita en faisant un clin d'œil au patron des vœux impossibles.

Le cortège nuptial avance vers la sacristie, que don Abundio a soigneusement remplie de fleurs.

Les futurs mariés.

Les parrains.

Isabel.

Manolita.

Tensi porte les alliances.

Don Abundio a béni cette union :

— *In nomine Dei.*

Lorsque le cortège est sorti de la nef centrale pour se rendre dans la rue, don Abundio les a retenus. Et à voix haute, dans l'église, il a prié pour le couple, devant le grand autel.

En sortant de la chapelle, le prêtre a fait un cadeau aux jeunes mariés : il a fait sonner les cloches.

Puis un orage d'été.

Il pleuvait.

Des trombes d'eau dégoulinaient des franges de la mantille de Pepita, comme si celle-ci n'était que pluie. Et en marchant, les pieds des uns éclaboussaient les pieds des autres. Des flaques. Des mers.

Des flaques.

Oui.

Don Gerardo, doña Celia et Tensi iront directement à la pension Atocha. Isabel et Manolita vont chercher le gâteau de mariage commandé à l'ancienne pâtisserie del Pozo, une tarte décorée pour l'occasion de rosettes de beurre et bordée de meringue, confectionnée par le chef de l'établissement, Julián Leal en personne.

Les jeunes mariés marcheront seuls sous la pluie. Seuls, trempés et souriants, ils se dirigeront vers la Puerta del Sol, où Jaime s'achètera une gabardine et des chaussures. De ses doigts, il ôtera les gouttes de pluie qui glissent sur les joues de Pepita. Elle ne pourra éviter de se mouiller les pieds dans les flaques d'eau.

Lorsqu'ils sortiront du magasin de chaussures, Pepita remarquera les pas vacillants de Jaime, et ses trébuchements tandis qu'il regarde devant lui et se tient à son bras.

— Tout cet espace sans mur, tout cet espace devant moi, je m'emmêle les pieds !

— C'est à cause des chaussures, tu n'es pas habitué.

Pour célébrer les noces, ils dîneront tous ensemble dans la salle à manger de la pension Atocha. Le prisonnier libéré maniera maladroitement la fourchette et le couteau. Et don Gerardo lui promettra qu'en peu de temps leur maniement lui reviendra. C'est fini le temps du ragoût et de la louche, lui dira-t-il.

Tensi sourit. Elle regarde Jaime avec admiration et ne cesse de poser des questions. Par moments, elle veut savoir des choses sur sa mère ; d'autres sur son père.

— Ma mère m'a dit dans son cahier que tu lui avais appris à écrire, et que mon père était très courageux.

Jaime répondra que c'est vrai, son père était très courageux, et sa mère également, tout en aidant Pepita à couper la tarte.

— Laissez-moi vous accompagner à la gare.

Tensi restera à Madrid pour continuer la lutte dans la cellule du Parti, et pour aider à la pension de ses grands-parents.

— Nous préférons faire nos adieux ici.

Ils feront leurs adieux à la pension et Tensi pleurera.

— Écris-moi dès que tu seras arrivée, maman.

Doña Celia et Pepita pleureront, elles aussi.

Les jeunes mariés descendront les marches de l'escalier au bras l'un de l'autre.

Du haut de la cage d'escalier, Tensi demandera encore :

— Écris-moi.

Pepita promet qu'elle écrira.

Jaime sourit.

Tous deux sourient.

Elle porte dans son sac la clé de la maison de son père.

Il garde dans sa poche l'adresse du Comité Provincial du Parti Communiste à Cordoue et les instructions de sa liberté conditionnelle.

Il fait déjà nuit noire. Le couple marche dans la rue Atocha.

Pepita regarde Jaime.

Et Jaime ne la quitte pas des yeux.

Il pleut.

Il a été long, cet orage d'été.

1° Vous vous rendrez directement au lieu que vous nous avez indiqué, en l'occurrence Cordoue, province du même nom, où vous résiderez jusqu'à l'obtention de votre liberté définitive en cas de bonne conduite.

2° Vous ne pourrez sortir du lieu auquel vous êtes assigné sans en avoir au préalable obtenu l'autorisation.

Si vous vous trouvez dans l'obligation de changer de résidence, vous devrez en faire la demande à la Commission Locale ou Provinciale de Liberté Surveillée, et vous attendrez qu'elle ait examiné votre requête, afin d'éviter l'annulation de la grâce dont vous bénéficiez, qui aurait pour conséquence votre retour en prison.

3° Aussitôt arrivé à votre destination, vous vous présenterez devant les Commissions Locales de Liberté Surveillée, et, dans les grandes villes de province, devant les Commissions Provinciales de Liberté Surveillée, qui vous informeront du lieu où vous devrez vous présenter par la suite. Le non-respect de cette procédure sera porté à la connaissance de la Commission Centrale de Liberté Surveillée, qui prendra les mesures adéquates, pouvant aller jusqu'à solliciter de son Excellence le Ministre de la Justice, par le biais d'organisme compétent, la révocation du bénéfice de liberté surveillée. Afin de vous identifier, vous présenterez le présent document tant que la Commission Centrale ne vous aura pas remis le carnet de protection et tutelle mentionné dans l'article 11 du Décret du 22 mai 1943.

4° Vous êtes dans l'obligation de fournir tous les premiers de chaque mois, par courrier, un rapport concis sur vos activités, écrit de votre propre main. Ce rapport devra être remis aux Autorités ci-dessus citées afin qu'elles le visent et le fassent parvenir au Directeur de la Prison.

Si vous vous trouvez sans emploi, vous devrez en aviser les Commissions Locales ou Provinciales dont vous dépendrez, en en indiquant la raison, pour que l'on puisse envisager une solution afin de vous procurer un nouvel emploi, si votre conduite le mérite.

Vous devrez être sincère dans vos déclarations ; et dans votre intérêt, il vous est conseillé d'éviter les mauvaises fréquentations et tout ce qui pourrait vous conduire à mener une vie répréhensible ou à commettre de nouveaux délits.

Burgos, le vingt juillet mille neuf cent soixante-trois.

Et c'était mercredi.

« Y a lo lejos
la empalizada temporal improvisaba
el horizonte imprescindible. »
Luis Álvarez Piñer

« Et au loin,
la palissade du temps improvisait
un horizon primordial. »

REMERCIEMENTS

Je remercie toutes les personnes qui m'ont fait cadeau de leur histoire.

Je dois une grande partie de ce roman à une femme de Cordoue aux yeux bleu océan. Pepita, qui a su garder sa prodigieuse beauté. Et à Jaime, qui s'est éteint auprès d'elle, le 29 avril 1976 à Cordoue, peu avant que la police vienne le chercher à son domicile, comme tous les ans, pour l'empêcher de participer aux manifestations du 1er mai. *Entrez, et emmenez-le*, leur a dit Pepita, et elle les a conduits devant le corps de Jaime.

À Felipe, l'amour d'Hortensia, qui a quitté sa maison à l'âge de 21 ans et n'est revenu que lorsqu'il en avait 47.

À Elvira, la propriétaire de la valise expédiée de Trijueque avec deux uniformes de son père, deux paires de guêtres et une casquette.

À Enrique, dont la mère a été fusillée juste après son accouchement.

À Mercedes, qui a recherché Pura et m'a présenté José Luis Silva.

À José Luis Silva, qui fut détenu seize ans à Burgos.

À Isabel Sanz Toledano, qui a partagé la cellule des Treize Roses.

À Manolita del Arco, qui fut condamnée à mort durant cinq mois, et qui passa dix-huit ans en prison.

À Soledad Real, condamnée à 30 ans de prison par un tribunal spécial contre le communisme et la franc-maçonnerie.

À José Amalia Villa, qui fut témoin du désespoir d'une femme de Grenade qui ne reconnaissait pas ses filles, et de la douleur insupportable d'une autre, de ses cris déchirants, parce qu'elle n'avait pas eu d'enfants et eut sa ménopause en prison.

À une femme qui ne veut pas que je mentionne son nom ni celui de son village, et qui m'a demandé de fermer la fenêtre avant de commencer à parler à voix basse.

À Rafaela, qui n'avait jamais raconté son histoire et a accepté que l'on se rencontre à Cadix.

À Gerardo Antón, alias Pinto, qui m'a raconté sa lutte dans la guérilla d'Estrémadure et du Centre, avec une multitude de détails et une extrême générosité.

À Reme et Florián, Celia et El Grande, qui se sont connus dans la guérilla ; et se sont aimés, à Prague.

À El Rubio, à Quico, au Commandante Ríos, et à Sole, à Carme, à Esperanza, à María, à Rafael, à Antonio, et à Carmen, qui m'ont enrichie de leur expérience.

À José Luis Muñoz Bejarano, qui m'a prêté le prénom de son grand-père, Mateo.

À Fernando Antón. À toute la Gabilla Verde, et à Santa Cruz de Moya.

À Joxe Izquierdo, qui m'a fait visiter le camp de concentration de Castuera et la Casa de la Sierra, à Don Benito. À l'association Les Jeunes du Jerte, pour les rencontres d'El Torno, et de Jerte.

À Rosa qui m'a offert le roman de Juana Doña.

À Rosario Ruiz, qui a cherché pour moi le livre de Giuliani di Febo et de la documentation sur les Treize Roses.

À Fernando Romeu Alfaro, pour son essai *El Silencio Roto*, et parce qu'il a fait en sorte que je puisse consulter chez moi les lettres originales de Julita Conesa, et parce que, grâce à celle-ci, j'ai connu José Amalia Villa, Soledad Real, Manolita del Arco et Isabel Sanz Toledano.

À Antonio, neveu de Julita Conesa, pour sa générosité, pour la boîte qu'il m'a fait parvenir, contenant les lettres de sa tante.

À Tomasa Cuevas, à Soledad Real, à Juana Doña, pour leurs témoignages écrits.

À José Hernández, témoin d'un drapeau national sur des lèvres, et d'une coiffure de Vive l'Espagne.

À Juan Luis et Raquel, et à Toñi, parce que c'est à eux qu'appartient le souvenir du petit sac de velours rouge.

À Nieves Moreno, qui a découvert le portrait d'Hortensia dans un livre de Julián Chaves.

À José María Lama, qui m'a présenté Libertad, la fille de José González Barrero, dernier maire républicain de Zafra.

À Benjamín, d'Alicante, qui m'a conté son histoire sur la promenade des palmiers.

À une femme de Gijón qui m'a priée de raconter la vérité.

À Manuel Santiago et à María José Martín pour le témoignage de leur grand-mère María de los Ángeles.

À Matilde Eiroa, à Secundino Serrano, à Francisco Moreno Gómez, à Daniel Arasa, à Julían Chaves, à José María Lama, à Nigel Townson, à Paul Peterson, à Gerald Brenan, à Carlos Llorens Castillo, à Josep Maria Sanmarti, à Javier Marcos Arévalo, à Hugh Thomas, à Mary Nash, à Jacobo García Blanco-Cicerón, à Mirta Núñez Díaz-Balart, à Antonio Rojas Friend, à Fernando Díaz-Plaja, à Francisco Espinosa et à Manuel Tagüeña, pour m'avoir laissée mettre à sac leurs livres, sources pour moi d'informations précieuses et de nombreuses documentations.

Aux fonctionnaires de la Bibliothèque nationale, de l'Hémérothèque, et de la Bibliothèque de la Communauté de Madrid de la rue du Docteur Esquerdo, qui m'ont aidée dans mes recherches.

Et à María Ageo, qui a poursuivi un rêve.

NOTES DU TRADUCTEUR

ARÁN (offensive de la vallée d')

Le 19 octobre 1944, — au cours d'une opération appelée « reconquête de l'Espagne », 3 000 guérilleros espagnols exilés franchissent la frontière espagnole par la vallée d'Arán, dans les Pyrénées, comptant sur le soutien des Alliés qui venaient de combattre le fascisme, et sur un soulèvement du peuple espagnol. Depuis plusieurs mois, des groupes de guérilleros infiltraient les provinces limitrophes, dans le but d'occuper de façon permanente une partie du territoire espagnol et d'y installer un gouvernement républicain qu'ils espéraient voir reconnu officiellement par les nations occidentales. Mais l'invasion ne produisit pas l'effet escompté. La population, épuisée par des années de guerre civile et de dictature, ne soutint pas l'opération.

AZAÑA (loi d') – de Manuel Azaña Díaz, ministre de la Guerre du gouvernement provisoire d'Alcalá Zamora (1931) puis Premier ministre et enfin président de la République. Responsable de la loi de réforme militaire qui provoqua un bouleversement dans l'armée, réduisant les postes de commandement, bloquant toute promotion au mérite, obligeant grand nombre d'officiers à se retirer.

CARRILLO Santiago (1916) dirigeant du Parti communiste espagnol, farouche opposant à Franco.

CASADO LOPEZ Segismundo (1893-1968).

Colonel républicain, chef de l'Armée du Centre. Trois semaines avant la fin de la guerre, le 5 mars 1939, il dirigea un soulèvement militaire contre le gouvernement de Juan L. NEGRÍN pour négocier avec Franco.

CAUSA GENERAL – Processus judiciaire mis en place par les vainqueurs de la guerre civile pour informer « des faits délictueux et autres aspects de la vie en zone rouge du 18 juillet 1936 jusqu'à la libération ». Appliqué officiellement en 1942, à l'initiative de Franco pour tenter de légitimer son régime.

CEDA (Confédération espagnole des Droites autonomes).

Fondée en 1932. Mouvement fascisant créé par José María GIL ROBLES (1898-1980), chef de la droite catholique, ministre de la Guerre (1934-1935).

EUSKADI (Comité d')

Organisation communiste du Pays basque.

KENT Victoria (Málaga 1898-New York 1987).

Juriste et sociologue. Députée du Front populaire. À la tête de la Direction générale des prisons de 1931 à 1934, elle entreprit une grande réforme du système pénitentiaire espagnol. Elle fit construire la prison pour femmes de Ventas qui devait accueillir 500 détenues mais on y entassa jusqu'à 5 000 prisonnières dans les années 1940.

KOLTSOV Mikhaïl Efimovitch (1898-1942).

Célèbre correspondant du quotidien soviétique la *Pravda*, et ami d'André Malraux. Sous le nom de Karkov, Ernest Hemingway en a fait un personnage de son roman *Pour qui sonne le glas ?* Certains le considèrent comme le responsable direct de l'extermination des prisonniers franquistes à Paracuellos del Jarama. Il fut lui-même exécuté par ordre de Staline en 1942.

LÍSTER Enrique (1907-1994).

Communiste galicien. Général légendaire de la guerre civile espagnole. Emprisonné de 1929 à 1931. Il part en Union soviétique de 1932 à 1935 pour parfaire sa formation politique. Durant la guerre civile, il devient un symbole de l'héroïsme et un des militaires les plus populaires en participant à de célèbres batailles (Guadarrama, Talavera, Teruel, Brunete, Aragon, de l'Ebre, et bien d'autres).

MONZÓN REPÁRAZ Jesús (1910-1973). Communiste de Navarre. Précurseur de la réconciliation nationale entre le communisme et la démocratie chrétienne, il encouragea l'union nationale de toutes les forces antiphalangistes et tenta de provoquer la chute de Franco en 1944 en appelant des milliers de guérilleros exilés à envahir l'Espagne par la vallée d'Arán. Puis il devint dirigeant du PCE et fut emprisonné par Franco.

NEGRÍN LOPEZ Juan (1892-1956).

Président du gouvernement républicain de mai 1937 à mars 1939. Renversé par le soulèvement militaire du colonel Casado.

NEGRÍN (Les dames de)

Les « maîtresses de Negrín ». Juan L. Negrín était connu pour son goût de la bonne chère et des jolies femmes. Il eut, selon ses propres amis républicains, des dizaines d'aventures féminines.

PARACUELLOS DEL JARAMA. Commune proche de Madrid où, en novembre 1936, des centaines de prisonniers furent fusillés par les républicains.

PASIONARIA : Dolores IBARRURI GOMEZ (dite la Pasionaria) (1895-1989). Adhère très jeune au Parti communiste espagnol (PCE). Députée des Asturies en 1936, elle lutte contre le parti conservateur des généraux Franco et Sanjurjo. Le 19 juillet 1936, Dolores Ibarruri appelle à la résistance du camp républicain en assenant ces mots : « No pasaran » (ils ne passeront pas). Elle dira aussi : « Mieux vaut mourir debout que vivre à genoux ! » Après la victoire de Franco, en mars 1939, elle s'exile en Russie et devient en 1942 secrétaire générale du PCE en exil, jusqu'en 1960.

SALAZAR Antonio de Oliveira (1889-1970).
Dictateur du Portugal de 1932 à 1968. Allié du général Franco.

UNE (Union nationale espagnole).
Organisation politique de résistance. Fondée en 1942 à Montauban puis transférée à Toulouse, par les adhérents du Parti communiste espagnol et du Parti socialiste unifié de Catalogne.

Cet ouvrage a été imprimé sur presse Cameron
par **Bussière Camedan Imprimeries**
à Saint-Amand-Montrond (Cher)
pour le compte des Éditions Plon
76, rue Bonaparte
Paris 6e

Achevé d'imprimer en août 2004.

Photocomposition Nord Compo
Villeneuve-d'Ascq (Nord)

N° d'édition : 13783. — N° d'impression : 043285/1.
Dépôt légal : mai 2004.
Imprimé en France